대한민국을 검색하다

Searching for Korea on the Internet

대한민국을 검색하다

초판 1쇄 인쇄   2010년 09월 20일
초판 1쇄 발행   2010년 09월 30일

지은이 | 박재균
펴낸이 | 손형국
펴낸곳 | (주)에세이퍼블리싱
출판등록 | 2004. 12. 1(제315-2008-022호)
주소 | 서울특별시 강서구 방화3동 316-3 한국계량계측회관 102호
홈페이지 | www.book.co.kr
전화번호 | (02)3159-9638~40
팩스 | (02)3159-9637

ISBN 978-89-6023-437-6 03810

Searching for Korea on the Internet

대한민국을 검색하다

| 에세이 작가총서 320 | **박재균** 지음

ESSAY

인터넷이 발달하면서 글쓰기가 많이 편리해졌다. 과거 같으면 자료를 찾아 도서관의 서고(書庫)를 뒤져야 할 경우가 많았겠지만, 지금은 컴퓨터에 앉아서 글을 쓰면서 즉석에서 필요한 자료를 찾을 수 있으니 정말 대단히 편리한 세상에서 문명의 이기(利器)를 마음껏 즐기고 있는 것 같다. 단 몇 줄의 글을 쓰기 위해 수많은 책을 찾아야 한다고 생각하면 옛날 사람들의 글 쓰는 일이 얼마나 고된 일이었을지 짐작이 간다.

블로그 등에 글을 쓰기 시작하면서, 각종 자료를 찾기 위해 인터넷을 효율적으로 서핑(surfing: 주로 web surfing을 뜻함. 인터넷에 개설된 여러 사이트를 이리저리 접속하는 일)하는 방법을 익혔다. 또한 인터넷에 들어 있는 자료들 가운데 필요한 내용을 찾아내어 검색하는 즐거움도 발견했다.

그동안 블로그에 글을 올리며 주로 관심을 가진 주제는 우리나라, 대한민국에 관한 내용이 많았다. 글들이 제법 모이면서, 그렇다면 제대로 한번 공부를 해보자는 생각이 들어 시간 나는 대로 메모지에 주제를 적어 나갔다. 그런 다음 그 주제 하나하나를 다시 정리해 나가기로 했다. 먼저 한글로 된 사이트를 검색하여 간단한 내용을 확인하고, 다음은 외국 사이트를 검색하여 객관적인 입장에서 외부가 바라보는 시각이 어떠한지 검토해 나가는 방식을 택했다. 또한 관련된 책을 찾아 혹시 자료의 인용이 잘못되지나 않았는지 확인하는 절차를 거쳤다.

그런 다음, 최종적으로 그동안 내가 가지고 있던 주관적인 입장을 서술해 나가는 방식을 택했다.

그러나 전문적인 지식이 많이 부족한 필자로서는 그 일 또한 쉽지 않았다. 어떤 때는 단 몇 줄의 글을 쓰기 위해 복사지(複寫紙)만 수십 장 낭비한 적도 있다. 민감한 문제에 대한 글은 수십 차례 망설일 뿐 글도 쓰지 않으면서 시간을 보낸 적도 있다. 어떤 때는 이러한 작업에 대해 누군가 비웃지나 않을까라는 생각에 아예 며칠씩 손을 놓은 경우도 있었다.

그러다가 문득 옛날 선비들이 관직에서 벗어나거나 귀양을 가면 그 시간에 후손을 위해 글을 남기는 소중한 우리의 '기록정신'을 떠올리며, 30여 년의 공직생활을 하고 은퇴한 지금의 필자도 그러한 전통에 따라 오늘을 살고 있는 우리의 모습과 생각을 기록할 수 있다면, 그리고 그 글을 나중에 누군가가 읽어준다면(내 손자들이라도 읽을 수 있다면) 작은 가치가 있는 일이라는 생각이 들어 용기를 낼 수 있었다.

글을 쓰면서 항상 느끼는 점은 우리나라 대한민국과 대한민국 국민이 참으로 위대하고 대단하다는 것이었다. 그리고 버려야 할 단점이나 잘못된 점도 많다는 것도 알게 되었다. 나는 기본적으로 항상 낙관적인 사고를 가진 사람이라고 생각한다. 따라서 많은 글들이 긍정과 희망적인 결론으로 귀착되곤 했다. (글을 쓰면서 오늘날 많은 학자나 전문가들이 우리나라에 대한 긍정적인 측면보다는 부정적이거나 과도하게 비판적인 책을 많이 쓰고 있음을 알게 되었다. 이러한 것이 시대적 유행[trend]인지, 아니면 이러한 글들만이 독자들의 관심[appeal]을 유도하는 방법인지는 잘 모르겠다.)

필자는 근본적으로 우리 대한민국이 유구한 역사 속에 끈질긴 생명력으로 평화를 사랑하는 매우 똑똑하고 우수한 민족이 만들어온 위대한 국가라는 생각을 늘 가져온 사람으로서 긍정적인 측면에서 고찰해 보기로 했다. 그리고 그 속에 어떤 문제와 고쳐야 될 점이 있는지를 나름대로 살펴보기로 했다. 그러나 '대한민국'을 검색(檢索)하면서 놓친 부분이 많을 것으로 생각한다. 호흡이 긴 문장보다 짧은 에세이 형식의 글이 아쉬울 수도 있을 것이라는 생각도 든다. 작은 공간(空間) 속에 많은 주제를 펼치다 보니 어쩔 수 없는 측면도 있다. 한 가지 변명이라면, 이 책은 독자 여러 분들로 하여금 스스로 이러한 문제를 고민하고 해답을 찾도록 하는 시간과 장(場)을 마련해 드린 것이라고 말하고 싶다. 필자 또한 전문가가 아니기 때문에 독자들은 마음껏 비판적으로 이 글을 읽을 수 있는 편안함이 있을 것이다.

이 글을 끝으로 손을 놓을 생각은 없다. 이 글은 이제 시작이고 앞으로 계속하여 자료를 검색하여 보완하고 다듬어 나갈 생각이다.

2부 대한민국, 다른 이야기 Miscellaneous

3부 간추린 역사 History of Korea Summary

마침표 Epilogue

대한민국 이야기

About Korea

우리는
어디쯤 있는가?

'한국은 높은 생활수준을 가진 발전된 국가이다. 아시아에서 4번째, 세계에서 15번째로 큰 경제력을 가진 나라이다. 전자, 자동차, 선박, 기계, 석유화학 그리고 로봇 등을 주력 산업으로 하는 수출 지향적 경제 구조를 가지고 있다. UN, WTO(세계무역기구), OECD(경제협력 개발 기구)의 회원국이며 G-20주요 경제국가의 회원이다. APEC(아시아 태평양 경제협력기구)과 동아시아 정상 회의의 창설 멤버이기도 하다.'

이 말은 위키피디아(Wikipedia) 백과사전을 인터넷으로 검색하면 나오는 말이다.

우리는 지금 어디쯤 와 있을까? 몇 가지 사례를 분야별로 찾아보면 다음과 같다.

1. **정부** : 1948년에 처음으로 직선제 투표가 이루어졌다. 1960년대 이후부터 1980년대에 걸쳐 군부 독재를 경험했으나, 이후 성공적인 자유 민주주의 체제를 이루었다. CIA(미 중앙정보부)가 발간하는 세계 실상 보고서(CIA World Factbook)에 의하면, 한국은 현대 민주주의가 충실히 기능하는(fully functioning modern

democracy) 국가로 서술되어 있다.

2. **역사(현대)** : 1988년 하계 올림픽을 개최했고, 이어서 1996년 OECD에 가입했다. 1997년에 아시아 금융위기로 많은 아시아 국가들처럼 어려움을 겪었으나 이를 극복하고 경제성장을 계속하고 있다. 2002년 일본과 더불어 '2002 월드컵'을 주관했다. 그러나 일본과는 독도 영유권 문제로 불편한 관계에 있다.

☞ 독도 문제를 외국에서는 리앙쿠르트 바위섬 분쟁(Liancourt Rocks dispute)이라고 한다.

3. **외교** : 한국은 대략 170개 국가와 외교관계를 맺고 있다. 1991년 UN에 가입했으며, 2007년에는 반기문 외교통상부 장관이 유엔 사무총장이 되었다. 이어서 ASEAN Plus three(동남아시아 국가연합 플러스 3. 한국·중국·일본)와 동아시아 정상회의 회원이 되었다. 2007년 5월부터 유럽연합과 자유 무역협정을 맺기 위해 협상을 진행 중이고, 캐나다 및 뉴질랜드와도 자유 무역협정을 협상 중에 있다. 과거 원조를 받는 국가에서 원조를 하는 국가로서, 처음으로 OECD 회의를 2009년 한국에서 개최했다. 2010년에는 G-20 회의가 서울에서 개최될 예정이다.

☞ ASEAN은 Association of South East Nations의 약자로서 '동남아 국가연합'을 말한다.

4. **군사력** : 한국은 GDP의 2.6%, 정부 예산의 15%를 국방비에 지출하고 있다. 의무 복무 제도를 채택하고 있는 한국은 세계에서 6번째로 많은 현역 군인을 가지고 있다. 육군은 K1A1 전차와 K2 흑표전차(K2 Black Panther)를 포함하여 2,300대의 전차를 작전에 투입하고 있으며, 해군은 이지스 유도무기 체계를 갖춘 대형 구축함인 '세종함'을 비롯하여 세계에서 6번째로 큰 대형 전

함을 가지고 있다. 세계에서 9번째인 한국 공군은 미국제인 F-15K와 KF-16 전투기를 보유하고 있으며, 한국에서 자체 생산한 T-50 Golden Eagle(검독수리)를 갖고 있다.

🅙 주한미군 병력은 29, 000명이다.

5. **경제** : 1960년대 초부터 1990년대 말까지 한국 경제는 세계에서 가장 빠른 성장을 이루었다. 복지와 산업화로 국가를 변형시킨 경제성장이 짧은 기간에 이루어짐으로써 '한강의 기적'으로 불린다. 한국 경제에 대해 세계은행(World Bank)은 고수익 경제(High-income economy)라고 하며, 국제 통화기금(IMF)과 미 중앙정보부에서는 선진 경제(Advanced Economy)라고 한다. 그리고 FTSE 그룹(파이낸셜 타임스와 런던 국제 증권거래소)에서는 발전된 시장(developed market)이라고 부른다.

아시아의 네 마리 호랑이 중 하나인 한국은 아시아에서 4번째, 세계에서 15번째 경제대국이며 영국, 러시아, 캐나다를 뛰어넘어 세계 8위의 무역국이 되었다. 중국과 일본의 세계 3위 무역 파트너이며, 미국의 7번째, 유럽연합의 8번째 무역 파트너이다. 한국은 세계에서 가장 큰 선박 건조국가이고, 5번째 자동차 생산국이다. 아시아에서 가장 큰 석유제품 수출국이며, 국제 건축 산업에서 지배적인 입지를 갖고 있다. 한국의 서울은 금융과 상업에서 꾸준히 세계 Top-10의 지위를 갖고 있으며, 포브스지(Forbes)의 평가로는 세계에서 6번째로 경제적인 힘을 가진 도시이다.

한국은 디지털 기회 지수(Digital Opportunity Index)에서 세계 첫 번째이며, 세계 혁신 지수(Global Innovation Index)에서도 1위를 차

지하고 있다. 세계에서 가장 빠른 평균 인터넷 접속을 비롯하여 첨단 기술 인프라를 갖추고 있다. 세계에서 가장 큰 LCD(액정화면 Liquid Crystal Display), OLED(Organic Light-Emitting Diod : 발광 다이 오드), CRT(Cathode-ray Tube : 브라운관에 문자. 도형을 표시하는 컴퓨터 단말장치)와 플라스마 디스플레이 제조 국가이기도 하다.

TV와 휴대전화의 세계 3대 제조회사 중에 한국의 삼성과 LG가 포함되어 있다. 한국은 미국과 일본에 이어 세계에서 3번째로 특허를 많이 가지고 있는 기술혁신 주도 국가이다. 전력의 45%를 원자력에 의존하고 있는 한국은 세계에서 6번째, 아시아에서 2번째의 원자력 생산 국가이다.

6. **과학과 기술** : 우주 개발 분야에서는 1999년 아리랑 1호를, 그리고 2006년에는 아리랑 2호를 쏘아 올렸다. 고흥에 '나로 우주기지'가 2008년에 건설되었고, 2009년 최초로 인공위성을 발사했으나 실패했다. 2003년에 국가 주요 연구개발 프로젝트에 포함시킨 로봇 개발 결과 2005년 세계에서 2번째로 걸어가는 인간을 닮은 로봇 HUBO를 개발했다.

7. **교육** : 한국에서 교육이란 가난에서 성공으로 가는 길로 인식되고 있다. 그리고 경쟁은 매우 강렬하고 뜨겁다. OECD가 주관하는 국제 학생평가(International Student Assessment)의 문제풀이 능력도에서 세계 1위를 했으며, 수학에서 3위, 그리고 과학 분야에서 11위를 했다. 교육 체계는 기술적으로 선진화되었으며, 초·중등학교에 전국적으로 초(超) 스피드 광역 인터넷망이 접속되도록 한 세계 최초의 국가가 되었다. 세계에서 최초로 디지털 교과

서를 개발하여 2013년에는 초·중등학교에 배포될 예정이다.

객관적인 시각에서 본 우리의 현재를 검색하여 우선 소개했지만 모든 것을 기술하지 못했고 일부분만 발췌한 것에 지나지 않는다. 우리는 지금 어디쯤에 있을까를 우리 입이 아닌, 외국 백과사전에서 말하고 있는 바를 먼저 살펴보았다. 나도 그동안 잘 몰랐던 부분이 많이 있지만, 실로 우리가 여기까지 왔는지 의아할 정도이다. 짧은 기간 동안에 이룩한 괄목할 만한 성취에 대해 정말 '대한민국 만세!'를 외치고 싶다.

빛이 있으면 어둠이 있기 마련이다. 우리가 이룩한 많은 성취 뒤에는 자성(自省)하고 고쳐 나가야 할 것이 또한 많을 것이다. 대한민국을 검색해 나가면서 이러한 점도 찾아볼 생각이다. 다만 염려되면서 스스로 되돌아보게 되는 것은 '들어가는 말'에서도 언급했지만, 전문적인 소양도 별로 없는 내가 끝까지 이 글의 마침표를 찍을 수 있을까 하는 것이다.

그러나 나는 이 책을 집필하기로 결심하고, 어제와 오늘을 되돌아보며 내일을 꿈꿔 보기로 했다. 전문가도 아니면서 감히 이러한 주제에 도전한다는 것이 어려운 일인 줄 안다. 그러나 작은 실타래를 풀듯 차분하게 하나하나 헤쳐 나간다면 결론에 이르게 될 것이다.

우리가 처한 환경

　우리가 어디쯤 위치하고 있는지를 낙관적인 시각에서 먼저 바라보고 기분이 좋았다면, 우리가 처한 환경을 냉철하게 살펴보는 것도 균형 잡힌 시각을 가지고 대한민국을 발전시켜 나가는 바탕이 되리라고 생각한다. 한 나라의 국력을 논할 때 여러 가지가 동원되지만, 가장 기본적인 요소(기초가 되는 요소)는 '국토 면적' '천연자원' 그리고 '인구'를 말한다. 우리나라는 비록 이러한 기본 요소가 매우 빈약하지만, 당당히 세계에서 차지하는 위치가 선두(先頭)에 있음을 자랑스러워해도 좋을 것이다. 그러나 또한 매우 취약한 환경에 처해 있음을 늘 머릿속에 두어야 한다.

　프랑스와 스페인 여행 시 지평선이 보일 정도의 넓은 포도밭과 밀밭 길을 보며 참으로 부러웠다. 땅이 넓으면서도 비옥하고, 적절한 비와 햇볕이 만들어 내는 천혜(天惠)의 자연이 제공되는 이 나라가 농업국으로도 손색이 없음을 깨달았다. 적어도 식량만큼은 자급자족이 가능한 나라로 느껴졌다. 우리나라의 식량 자급률은 28%라고 한다. OECD 국가들 중에서도 최하위를 차지하고 있으며 식량의 70%를 수입에 의존함으로써 우리의 세 끼 식사 중에 두 끼를 외국 농산물을 먹고 있는 셈이다. 프랑스는 자급률이 329%로 농업국임이 분명하다(미국의 자급률은 125%이다).

우리나라는 쌀을 제외하면 밀이 0.2%, 옥수수가 0.8%, 그리고 콩이 13.6%의 자급률에 그쳐 대부분 수입에 의존하고 있다. 앞으로 2050년이 되면 세계 인구가 90억 명에 달한다고 한다. 식량이 에너지처럼 무기화된다고 하는데, 만약 농업이 허물어진다면 지금의 석유 수입만큼이나 비싼 비용을 지출해야 하는 형편이 될 것이다. 중국의 경우에도 식량 무기화 정책 성향을 보이고 있는데, 작년부터 쌀과 옥수수, 밀가루 등 57개 품목에 대해 수출 관세를 5~27% 부과했다. 식량에 관한 문제는 우리 국민들과 정부가 비상한 관심을 가지고 대처해야 할 것이다. 쌀 소비량이 극도로 줄어든 오늘날 우리의 식습관을 바꾸고, 우리 농산물을 애용하는 국민의식이 함양되어 농업이 발전될 수 있도록 해야 하며, '새만금' 같은 광활한 새로운 국토를 활용하는 방안을 강구하는 등 우리 국토를 효율적으로 운영하는 대책을 정부에서 적극 마련한다면 충분히 극복이 가능하리라고 생각한다.

"천연자원(天然資源)이 없는 한국은 오히려 행운이다. 자원이 풍부한 나라는 땅을 파서 발전하려고 하지만, 한국처럼 자원이 없는 나라는 두뇌를 개발해 앞서갈 방안을 모색한다. 그런 측면에서 볼 때 한국은 '녹색성장(Green growth)'을 이룩할 커다란 잠재력을 가졌다고 할 수 있다."(토머스 프리드먼)

앞으로는 정보 기술(IT)이 아닌 에너지 기술(ET : Energy Technology)에서 승리하는 나라가 세계에서 경쟁 우위를 차지한다고 한다. 그럼에도 우리나라는 세계 에너지 사용 10위 국가이면서도 97%를 해외에 의존하고 있는 취약한 구조를 가지고 있다. 앞으로 에너지 가용연수는 석유는 40년, 천연가스는 60년, 석탄은 230년, 우라늄은 60년(재처리 시 3600년)이라고 한다. 특히 중국, 인도 등의 경제성장과 세계의 빠른 인구증가로 인한 에너지 소비 급등으로 인해 자원이 부족한 우리나라로서는 대체 에너지 개발을 서둘러야 할 입장이다. 특히 지구 온난화와 관련하여 화석(化石) 에너지를 대체할 태양, 지열, 풍력, 조력(潮力) 등의 무공해 에너지(Green Energy) 개발에 관심을 가져야 할 것이다. 연료전지 에너지의 개발과 세계적인 수준에 도달한 원자력에 대한 투자도 증가해야 할 것이다.

각종 철광석, 구리, 및 삼림자원의 부족도 우리가 극복해 나가야 할 취약 요소이다. 『자원전쟁』(에리히 폴라트, 알렉산더 융 저)에 의하면, 천연자원을 둘러싸고 치열한 전쟁이 일어나고 있으며 이를 '새로운 냉전'이라고 부른다. 중국은 이미 그들이 보유한 막대한 외환(外換)을 이용해 전 세계 자원 부국들인 중앙아시아, 아프리카, 남미 등의 국가를 대상으로 투자와 차관(借款)을 제공하는 등 공격적인 자원 확보 전쟁을 벌이고 있다. 자원이 빈약한 우리나라가 지속적인 성장을 하기 위해서는 자원 확보를 위한 외교적인 노력도 필요하지만, 한편으로는 기술을 더욱 발전시켜 녹색 에너지의 선진국이 되도록 해야 한다는 생각이 든다.

2009년 통계로 볼 때 우리나라의 출산율은 1.19명으로, OECD 국가에서 최하위(最下位)를 차지한다. 일본(1.29), 미국(2.10), 프랑스(1.88), 영국(1.73)보다도 낮다. 출산율 저하와 더불어 급격한 인구의 고령화도 우리가 처한 심각한 현실이다. 이는 앞으로 우리나라가 지속적인 경제발전과 선진국가로 발전해 나가는 데 큰 장애 요인이 될 것이다. 오늘날 자녀를 낳아 기르기 어려운 육아 문제, 사교육비 문제, 주택 문제, 자녀부양 문제에 대한 해결 방안과 더불어 청소년들과 가임(可姙) 연령 세대에 대한 의식교육 등 여러 가지 대책이 시급히 마련되어야 할 것이다.

우리 경제는 여러 가지 취약 요소를 안고 있다. 미국이 기침만 해도 우리는 감기에 걸린다는 말이 있듯이, 미국 경제에 대한 의존도가 무척 높은 편이다. 무역 상대국이 다양해지면서 어느 정도 줄었다고는 하지만, 여전한 미국 중심의 투자자본의 영향이 크다. 최근에 중국에 대한 수출 편향(偏向)도 커지고 있다(2008년 대(對) 중국 수출 비중은 21.7%). 우리 경제가 극복해야 할 취약 요소는 그 외에도 환율 문제, 과다한 외국 부채, 좁은 내수(內需) 시장 등이다.

최근 무디스(Moody's Corporation)가 우리나라 국가 신용등급을 A2에서 A1으로 상향 조정했다. 이는 OECD 국가 중에서 하위인 22위에 해당하는 것으로, 체코 그리고 슬로바키아와 동급이며, 최근 경제 위기를 겪고 있는 그리스(A2)보다 한 단계 높은 정도이다. (이 글을 쓰고 있는 동안에 그리스의 신용등급이 한 단계 더 떨어져 A3가 되었다.) 서구(西歐) 중심으로 신용등급을 후하게 매기는 것에 대한 비판이 제기되고는 있지만, 우리나라의 거시 경제여건, 재정 건전성, 금융기업 부문 건전성 등이 나쁠 것이 없는데도 비교적 저평가 받을 수밖에 없는 이유는 북한으로 인한 '안보위험' 부문에서 불리하게 적용되기 때문이라고 한다. 우리의 취약 요소 중에는 이와 같은 지정학적 요인이 다른 나라에 비해 한 가지 더 있는 셈이다. 우리나라는 이제 세계 일류의 제품을 만드는 기업도 많이 있고, 경쟁력 있는 우수 제품이나 각종 첨단 기술로 인해 외국으로부터 경이적인 찬사를 받고 있다. 그럼에도 막상 우리나라의 기업들이 받는 대우나 주식(株式) 가치 등은 동종(同種) 외국 경쟁 업체보다 평가가 할인된 취급을 받고 있다. 우리나라 기업의 주가는 미국보다 60~70% 선에서 낮게 결정되는 코리아 디스카운트(Korea Discount, 한국 할인)가 있다고 한다. 이러한 이유 중에는 '북한의 핵' 위협 같은 안보 문제가 많은 비중을 차지하고 있다. 이런 측면에서 볼 때 전시 작전권의 조기 환수를 단순한 국가 자존심의 문제만으로 풀 것은 아니라고 생각한다. 천안함 피격(被擊) 상황에서도 우리의 경제가 굳건하게 버티고 있는 이유는 '한미 동맹'이라는 굳건한 버팀목이 있기 때문이다. 언젠가 전시 작전권은 당연히 우리가 행사해야 한다. 그러나 아직은 국민들이 참고 기다려야 한다고 생각한다.

우리는 지금까지 이러한 여러 취약 요소를 잘 극복해 왔기 때문에 지금의 세계적인 선두 그룹의 위치에 올라와 있다. 그러나 지금의 결과에 자만하지 말고 우리의 취약함을 잊지 않고 경계하여 우리가 가진 뛰어난 지식과 부지런함으로 더욱 대한민국을 발전시켜 나가야 할 것이다. 지금 우리 내부적으로 너무 첨예하게 분열되어 있는 여러 갈등 요인을 슬기롭게 해결하고 다시 한 번 일체 단결하여 과거와 같은 경제 기적을 이룩해야 할 것이다.

◐ 2010년 11월 서울에서 열리는 G-20 정상회의는 과거 여러 회의와는 격(格)이나 성격이 확연히 다른 중요한 회의이다. 이를 통해 대한민국의 위상을 세계에 보여주고, 특히 이른바 코리아 리스크(Korea Risk)를 완화시키는 계기가 되어, 우리나라 기업이나 국가의 신용등급 향상 등 제대로 된 평가와 대접을 받게 되고 경제발전에 큰 도움이 될 것으로 기대해 본다.

국가 신용등급(Sovereign Credit Ratings)

	S & P(21등급)	Moody's(21등급)	Fitch(24등급)
투자 적격	AAA	Aaa	AAA
	AA+	Aa1	AA+
	AA	Aa2	AA
	AA−	Aa3	AA−
	A+	**A1(한국)**	**A+(한국)**
	A(한국)	A2	A
	A−	A3	A−
	BBB+	Baa1	BBB+
	BBB	Baa2	BBB
	BBB−	Baa3	BBB−
투자 부적격	BB+	Ba1	BB+
	BB	Ba2	BB
	BB−	Ba3	BB−
	········B1, B2, B3. Caa1, Caa2, Caa3, Ca, C		

Aaa : 미국, 영국, 호주, 오스트리아, 캐나다, 덴마크, 핀란드, 프랑스, 독일, 네덜란드, 노르
　　　웨이, 싱가포르, 스웨덴, 스위스, 스페인

Aa1 : 벨기에, 아일랜드(Negative)

Aa2 : 버뮤다, 이탈리아, 일본, 쿠웨이트, 포르투갈,

Aa3 : 사이프러스, 사우디아라비아, 타이완,

A1 : 한국, 중국, 칠레, 체코, 에스토니아, 이스라엘, 오만, 말타, 슬로바키아,

A2 : 바레인, 폴란드,

A3 : 그리스, 말레이시아, 남아공

Pigs 국가 : 포르투갈, 아일랜드, 그리스, 스페인 중 그리스를 제외한 3국이 한국보다 상위
　　　　　　등급

국토 면적 / 인구

1.	러시아	17,098,242(km²)	1.4(억 명)
2.	캐나다	9,984,670(km²)	0.32(억 명)
3.	미국	9,826,675(km²)	3.07(억 명)
4.	중국	9,596,962(km²)	13.38(억 명)
5.	브라질	8,514,877	1.98
6.	호주	7,741,220	0.22
7.	인도	3,287,263	11.56
8.	아르헨티나	2,780,400	0.40
9.	카자흐스탄	2,724,900	0.15
10.	수단	2,508,813	0.41
- - -	- - -	- - -	- - -
61.	일본	378,000	1.2
62.	독일	357,000	0.82
71.	이탈리아	301,000	0.58
79.	영국	245,000	0.60
98. 북한		**120,538**	**0.22**
108. 남한		**99,720**	0.48
		(100,032)	

◐ 남북통일 시 국토 84위/ 인구 16위

전 세계 인구 : 64억 3,700만 명

한반도(韓半島)

　반도(半島)라는 어원을 영어로 표현하면 Peninsula인데, 이 말은 라틴어에서 유래된 것으로 Pene+insula로 구분된다. 풀이해 보면 Pene이라는 말은 라틴어로 Penis를 뜻하는 것으로 남자의 성기(性器)를 일컫고, insula는 island, 즉 섬이라는 것이다. 그래서 어떤 분은 로마와 같은 반도 국가는 남성과 같은 강력한 힘의 원천을 갖고 있기 때문에 강력한 국가가 될 수 있었다는 주장을 하기도 한다. 그러나 이는 조금 과장된 말이라고 생각한다. 만약 히틀러의 선전 상 '괴벨스' 정도의 선동술을 가지고 있다면 국민들을 고무시키고 국가의 자존심을 불러 일으킬 만한 소재가 되기도 하겠지만, 오늘날 현대인들은 단지 용어에 의한 선전, 선동술에 쉽게 넘어가지 않을 것 같다. 사전(辭典)적인 의미는 '육지가 바다 쪽으로 돌출하여 삼면이 바다로 둘러싸여 있는 땅'으로, 아마 Pene을 사용한 뜻이 '돌출'과 관련이 있는 듯하다.

　반도 국가는 대륙과 해양을 잇는 무척 중요한 지정학적 위치를 점하고 있다. 특히 한반도(Korean peninsula)는 미국 안보에 있어 중요한, 동아시아에서 대륙과 해양을 연결시켜 주는 역할을 하고 있으며, 세계의 강대한 세력이 집중되어 냉전의 잔재가 남아 있으면서도 새로운 이해(利害)가 교차하고 있는 중요한 지역이 되었다. 만약 남북이 통일된 한국을 중국이 자기네 이익이 되는 방향으로 끌어들일 수만 있다면, 그들 대륙 세력이 해양으로 뻗어 나갈 수 있는 힘을 갖게 될 수도 있을 것이다.

유럽에는 이탈리아 반도, 이베리아 반도, 발칸 반도와 스칸디나비아 반도 등이 있다. 특히 이탈리아는 반도의 힘을 대륙 쪽으로 지향하여 대 로마제국을 이룩한 역사를 가지고 있다. 이베리아 반도(Iberian Peninsula)는 포르투갈, 스페인, 그리고 일부 프랑스 땅 등이 포함된 지역으로서 역사적으로 부강한 힘을 가졌던 역사가 있는 곳이다. 북부 유럽에서 가장 큰 스칸디나비아 반도(Scandinavian Peninsula)에는 노르웨이와 스웨덴이 속해 있는데, 역시 그 지정학적 역할을 잘 수행하고 있다. 유럽에서 항상 화약고 같은 지역인 발칸 반도(Balkan Peninsula)는 알바니아, 보스니아, 불가리아, 그리스, 코소보, 마케도니아, 세르비아 등의 국가들이 오밀조밀하게 모여 있고, 터키, 슬로베니아, 몰도바 등이 조금씩 포함되어 있는 지역으로 정치·경제·문화·민족적 문제가 뒤엉켜 있다.

한반도는 여러 국가가 모여 있는 이들 반도보다는 작지만 하나의 민족으로 구성된 지역으로, 우리가 통일되고 경제적으로 부강한 나라로 발전시켜 나가게 된다면, 그리고 경제력의 힘으로 군사력을 키운다면, 러시아, 중국의 대륙 세력과 미국, 일본의 해양 세력의 가운데서 중요한 정치적 균형 국가로서의 역할을 충분히 할 수 있을 것이다. 세계의 슈퍼 파워(super power)가 밀집된 한반도 주변에서 우리는 세계 평화의 조정자 또는 균형자로서의 중요한 역할을 수행할 수 있을 것이다.

역사적으로 외침을 받아온 한반도는 최근 6·25 전쟁에서도 보듯 대륙 세력인 중국과 소련이 그들의 공산주의 세력을 해양으로까지 연결시키려는 의도를 드러낸 전쟁으로도 볼 수 있다. 소련의 스탈린은 아마 한반도가 적화되어 공산주의가 일본을 건너 태평양까지 이르는 몽상(夢想)을 꿈꾸었는지도 모른다.

우리는 이제 세계에 우뚝 선 세계의 주요 국가로서 우리의 이익과 우리 민족의 항구적인 평화를 위해 한반도를 두 번 다시 외부 세력이 이용하지 못하도록 해야 할 것이고, 오히려 당당하게 지정학적인 이점을 최대한 이용하여 대한민국의 번영과 만세를 이어갈 소중한 터전으로 자리매김해야 할 것이다.

한반도(韓半島)

한반도(지형) : 동아시아에 있는 반도

- 아시아 대륙(북쪽)으로부터 태평양(남쪽)까지 684마일(1,100km)

- 동해, 서해(황해), 남해(태평양)로 둘러싸임

⇨ 대한해협(Korea Strait) 한 · 일 사이의 해협/동 중국해와 북서 태평양 연결

- 중국 압록강과 두만강을 경계로 1,416km, 러시아 19km 경계

- 면적 22만 0847㎢, 산악 지형 70%, 해안선 길이 8,460km

➡ 육지의 폭이 가장 좁은 곳 : 평안남도~함경남도 구간

- 가장 높은 산 : 백두산 2,744m(9,003 feet)

- 3,579개의 섬

기후 : 남북이 서로 상이하다/ 남쪽 지역 : 비교적 온난하고 습하다, 북쪽 지역 : 추운
대륙성 기온(만주 지역 기후와 유사)

⇨ (예) 강수량 비교 : 압록강 지역 600mm, 남부해안 지역 1,500mm

(예) 1월 평균 기온 차이 : 북쪽과 남쪽 20도 차이 발생

➡ 공통적으로 : 여름에 몬순 기온, 가을에는 태풍, 겨울은 춥고, 1월의 평균 기온은
영하(제주 제외) 유지, 겨울 강설량은 산악 지역을 제외하고 비교적 적다.

기타 : 한반도의 식물은 3,000종 이상이 있다

- 지질 구조는 낮은 산맥으로 주름져 있다

- 신생대 시대는 수차례 화산활동/ 현무암질 마그마의 분출로 백두산과 개마고원
형성 : 한해 두 차례 정도 지진활동이 있으나 큰 충격은 아님

■ 예로부터 대륙(중국)과 해양(일본)을 잇는 가교 역할 담당-동북아시아의 물류 중
심지가 되기에 가장 좋은 위치

⇨ 냉전 시대 : 자본주의와 공산주의의 대립의 장 · 중국 러시아 동맹과 미국 일
본 동맹 세력 간 완충지대

슈퍼 파워
대한민국의 꿈

우리는 늘 지정학적으로 대륙 세력인 중국과 러시아, 그리고 해양 세력인 미국과 일본 강대국에 둘러싸인 반도(半島) 국가로 이들 국가의 흥망과 세계 지배 또는 세계 경영의 의도에 따라 국가의 운명이 결정될 수밖에 없는 신세를 탄식하곤 한다. 우리도 언젠가 힘을 키워 슈퍼 파워(초강대국)가 되어 당당히 세계와 우리 주변국에 영향력을 행사할 수 있는 날을 꿈꿔 본다.

슈퍼 파워(super power)라는 말은 1944년 미국, 소련, 그리고 영국 제국(British Empire : 필자는 굳이 대영제국이라는 표현을 쓰고 싶지 않다)에 대해 처음 적용된 용어로서, 2차 세계대전 이후 영국 제국은 '영연방(英聯邦)'으로 성격이 전환되어 그 힘이 약화되었다. 따라서 냉전 시대에 초강대국 이란 미국과 소련 두 나라만을 지칭하는 것이었다.

초강대국이란 강대국보다는 한 단계 높은 위치의 국가로서 자신들의 이익을 지키기 위해 전 세계적인 영향력을 행사할 수 있는 국가이다. 밀러(Alice Lyman Miller, 미 해군대학 교수)는 '전 세계 어느 곳이든 어느 시간이든, 또는 동일한 시간에 지구상의 한 곳 이상의 지역에 압도적인 힘과 영향력을 발휘할 수 있는 국가로서 국제적인 주도권

(hegemony)을 합당하게 행사할 수 있는 국가'를 초강대국이라고 정의하고 있다.

냉전 이후 명실상부한 슈퍼 파워는 오직 미국이라는 것에는 이견(異見)이 없는 듯 하나, 21세기에 슈퍼 파워에 등극할 가능성이 있는 국가로 중국, 브라질, 유럽연합, 인도, 러시아를 꼽고 있는 것 같다.

여러 학자들이 대체적으로 공감하는 초강대국이란 먼저 대륙 정도의 광대한 영토가 있어야 하고, 다른 강대국과 비교하여 압도할 정도의 인구가 있어야 하며, 자국 내에서 독립적으로 조달이 가능한 풍부한 식량과 천연자원을 가진 최상급의 경제력을 가져야 한다. 그리고 매우 발전된 핵능력을 가져야 하는데, 이는 2차 타격 능력을 의미한다.

북한이 강성대국 운운하는 것은 최근 핵무기 몇 개 개발한 것을 가지고 얘기하는 것으로 정말 가소롭기 짝이 없는 일이 아닐 수 없다. (정말 개발했는지? 효율적인 핵무기 체계인지 필자는 심히 의문스럽다.)

이러한 기준에 비추어 과연 우리 대한민국이 '슈퍼 파워'가 될 수 있는 길은 없는 것일까? 나라별 땅 크기는 러시아, 캐나다, 중국, 미국, 브라질, 인도, 호주… 순(順)이고 우리가 남북한이 통일되었을 시 현재 세계 60위 정도인 일본보다도 작다. 인구는 남북한 합쳐서 7천만이 조금 넘는데, 이는 세계 15위쯤 되는 것 같다. (세계 인구 순위 : 중국, 인도, 미국, 인도네시아, 브라질, 러시아….)

일본은 비록 세계 경제 2위이지만 한번도 '슈퍼 파워'라는 칭호를 들은 적이 없는데, 이는 이러한 기준에 합당한 힘을 가지지 못했기 때문이고, 최근의 여러 가지 미래 전망에서도 지금 정도의 힘도 발휘하지 못할 것이라는 말들이 있다. 오히려 역동적이며 장차 통일된 대한민국의 미래보다도 더 어둡게 전망되곤 한다.

우리는 과연 이러한 기준 때문에 미리부터 의기소침해져서 손을 놓거나 포기해야만 할까? 나는 역설적으로 앞으로 민주화된 중국이 여러 가지 혼란으로 어려움을 겪을 것이고, 다민족(多民族) 국가로 형성된 현재의 통일된 중국의 구도가 지속되리라고 전망하지 않는다. 중국의 오랜 역사에서 분열, 통일이 반복되어 왔듯이, 경제적인 이유이든 민족적인 문제이든 지금처럼 비민주적인 강압에 의해 통일된 나라를 유지하는 것이 가능할 것 이라는 데 회의적이다. 필자의 개인적인 생각(아마 바람일는지도 모르지만)으로는 공산당이 지배하는 일당지배(一黨支配) 체제가 언젠가는 변화될 것이고, 민주화 바람이 걷잡을 수 없이 일어나 중국은 결국 지금의 러시아처럼 분할되고 말 것이다.

만약 우리가 지금처럼 어려운 가운데서 기적적인 발전을 이루어온 힘과 역동성을 유지하고 남북통일을 이룩한다면, '슈퍼 파워'는 아닐지라도 '슈퍼 파워'를 견제하는 힘 있는 국가로 우뚝 설수 있을 것이라는 꿈을 가져본다. 비록 작은 땅이지만, 이 땅에 살고 있는 대한민국 국민만큼 지혜롭고 역동적인 민족은 없으니까 하는 말이다.

그리고 미래의 '슈퍼 파워'의 기준이 지금처럼 땅이나 인구라는 척도보다는 경제와 문화라는 키워드로 세계의 주도권을 행사할 수 있는 날이 올지도 모른다. 군사력에 관해서도 첨단과학 기술의 발달로 지금의 핵무기보다도 더 가공할 무기가 개발되어, 단순한 힘의 논리만으로 세계를 지배하는 시대는 지나가고 있을지도 모르기 때문이다. 50년쯤 후의 세계는 지금 상상하는 것 이상으로 기술이 획기적으로 발전되어 오늘날의 비행기나 함정, 미사일로 대변하는 군사력의 기준이 바뀔지도 모를 일이다.

꿈은 누구나 꿀 수 있다. 개인이 아니라 전 민족이 꿈을 꾼다면 이는 역사가 될 수 있다. 인구 200만 명뿐이었던 몽골의 징기스칸은 그 꿈을 이루었다….

■ 대한민국이 미래에 슈퍼 파워 국가가 될 수 있다고 말하는 외국인이 있다. 그(Hank Hyena)가 말하는 바를 간단히 요약하면 다음과 같다.

❶ 광대역 전산망이 95%의 가정에 깔려 있는 한국은 이 분야에서 미국보다 15년이나 앞서 있고, 세계에서 가장 먼저 전자 정부(e-government)를 구현했으며, 세계 최고의 디지털 기술과 최고의 선박기술, 그리고 가장 높은 빌딩 건조 기술(Burj Khalifa in Dubai)을 가지고 있다. 그리고 세계에서 가장 큰 쇼핑센터를 건축(Shinsegae Centum City)했고, 가장 큰 선박을 건조(Oasis of the Seas)했다. 교육열이 높고 근로 시간이 미국보다 34%나 많은 한국은 대담한 창조력으로 나라를 발전시켜 나가고 있다.

❷ 대한민국은 미래 사이보그(Cyborg, 인조인간)의 중심 국가가 되기 위해 로봇 개발에 박차를 가하고 있으며 이미 마루-Z(Mahru-Z)와 마루-M을 개발한 바 있다.

❸ 군사력은 남북한이 통일되면 병력이 1천만 명이 되어 미국(330만 명), 중국(7백만 명)을 능가할 것이다. 북한의 핵과 남한의 선박건조 기술 등 첨단 기술이 조합을 이룬다면 한국은 무척 무서운(toughest) 호랑이가 될 것이다.

❹ 남북한이 통일된다면 수십억 톤의 광물이 남한의 기술력과 인프라의 확충으로 개발될 수 있을 것이다. 석탄, 철, 아연, 마그네사이트, 니켈, 우라늄, 텅스텐, 흑연, 금, 은, 수은, 유황, 석회암, 구리, 망간, 몰리브덴 등의 개발이 가능한데, 골드만삭스(Goldman

Sach)는 약 2조 5천억 달러의 가치가 있다고 추정한다.

❺ 그 외에도 그는 세계 최고의 교육열과 지능지수(IQ)를 가지고 있으며 남북통일 시 북한의 사이버 전사를 활용할 수 있는데, 이는 현대의 핵무기에 버금간다고 말하고 있다. 또한 매혹적인 한국의 문화는 이미 '한류 열풍'으로 나타나고 있다는 등의 말을 하며 '한국이 미래의 슈퍼 파워'가 될 수 있다고 한다. 하여튼 기분 좋은 말이다. 그러나 이 때문에 주변 국가들이 우리의 통일을 원하지 않을지도 모른다. 통일만 된다면, 비록 초기에 엄청난 비용과 희생이 있겠지만, 이는 북한의 무한한 광물 자원이 중국 등에 값싸게 흘러 들어가는 비용을 상쇄하고도 남을 것이라는 생각이 든다.

시대 별 강대국

- **1815년**
  오스트리아 제국, 영국 제국, 프랑스, 프러시아, 러시아 제국
- **1880년**
  오스트리아-헝가리, 영국 제국, 프랑스, 독일 제국, 러시아 제국
- **1990년**
  오스트리아-헝가리, 영국 제국, 일본 제국, 프랑스, 독일 제국, 이탈리아, 러시아 제국, 미국
- **1919년**
  영국 제국, 일본 제국, 프랑스, 이탈리아, 미국
- **1939년**
  독일, 일본 제국, 미국, 영국, 소련, 프랑스, 이탈리아
- **1946년**
  미국, 소련, 중국, 영국, 프랑스
- **2000년**
  미국, 중국, 영국, 러시아, 일본, 독일, 프랑스,

인재의 보고(寶庫)
대한민국

　인재(人材)란 지능지수, 즉 IQ(Intelligence Quotient)가 높은 사람을 의미하는 것이 아니다. 다양한 분야에서 남들보다 높은 역량을 최대한 발휘하고 잘할 수 있는 사람을 일컫는다고 생각한다. 그러나 이러저러한 논의를 떠나, 여러 연구 논문과 조사에 의하면 한국이 180개국 국민들 가운데서 평균 IQ가 106을 기록하여 세계 1위라는 결과가 나와 있다. (스위스 취리히 대학 토마스 폴켄 박사의 연구 논문 및 북아일랜드 울스터[Ulster] 대학의 리차드 린 박사 IQ and the Wealth of nations)

　북 아일랜드 리차드 린 박사의 『지능지수와 국가의 부(富)』(IQ and the Wealth of nations)라는 책에서는 홍콩이 1위이고 한국이 2위로 나와 있다. 홍콩을 국가로 보기에는 약간의 문제가 있기 때문에 사실상 여기서도 한국이 1위인 셈이다. IQ는 유전적 요인과 경제적 요소가 상호 관련이 있다고 하는데, 경제적으로 부유한 나라의 국민이 IQ가 높으며, 반대로 IQ가 높으면 나라가 부유하다는 주장도 있다.

　토마스 폴켄 박사는 IQ와 경제성장에는 함수 관계가 존재하지 않는다고 말하기도 한다. 어찌되었건 대한민국 국민의 평균 IQ가 세계에서 제일 높다는 것이 기분 좋은 일이 아닐 수 없다. 이스라엘이나 독일이 세계에서 제일 우수하고 IQ도 높은 줄 알았는데, 우리나라가 세계 제일이라니 기분이 좋은 것은 사실이다.

20여 년 전 나는 미국에서 3년간 근무한 적이 있었다. 처음 미국에 갔을 때 영어를 한 마디도 모르던 딸아이가 3년 뒤 6학년이 되자 백인 남자 아이와 공동으로 전교 회장이 되었다. 피아노도 잘 연주했던 딸은 그녀가 그린 그림이 카운티(County) 도서관에 걸리기도 했다. 수학 같은 것은 물론이지만 예능 분야에서도 두각을 나타낸 것을 보고 딸아이의 재능을 칭찬하기보다 미국 아이들의 모자람을 탓했던 기억이 난다.

지금 우리 대한민국의 인재들은 IQ도 높지만, EQ로 말할 수 있는 분야에서도 두각을 나타내고 있다. 이미 아시아권에서는 한류(韓流) 열풍이 일본, 중국, 동남아를 넘어 이란에까지 불고 있는 것을 보면, 영화나 음악 등 다양한 분야에서 재능을 뽐내고 있는 것 같다. 이미 비-보이(B-boy) 대회에서 한국 팀이 세계를 주름잡고 있다는 것이 이제는 더 이상 뉴스거리도 되지 않은 지 오래되었다. 또한 스포츠 분야에서는 동·하계 올림픽에서 꾸준하게 세계 10위권에 드는 국가가 되었고, 한국 여자 프로골퍼의 선전도 더 이상 화제가 되지 않을 정도이다.

주 EQ.Emotional Quotient(감성지수)는 1990년 샐로비와 메이어 교수가 도입한 개념이다. 1995년 다니엘 골맨의 저서 Emotional Intelligence에 의해 개념이 정립되고 확산되었다.)

손자가 즐겨보는 '뽀로로'라는 만화영화가 외국에서 만든 것인 줄만 알았다. 그런데 알고 보니 우리나라에서 북한과도 합작으로 제작한 것이라고 한다. 전 세계 82개국에 수출되었고, 심지어 문화 예술의 중심지인 프랑스에서는 평균 시청률 47%를 달성할 정도로 인기 있다고 한다. 탄탄한 스토리 전개 능력과 무한한 감성으로 무장한 한국의 인재들이 이룩해낸 쾌거라는 생각이 든다. 이제 전 세계 애니메이션 제작자들이 한국과의 합작 사업을 진행하기 위해 몰려오고 있다고 한다.

🔵 **뽀롱뽀롱 뽀로로'** : 아이코닉스 기획, 오콘, SK 브로드밴드, EBS, 북한 삼천리 총회사가 공동 제작한 Full 3D 유아용 애니메이션)

　이러한 창의적인 작업에서 성공하고 있는 한국의 '게임 산업' 역시 전망이 밝다. 우리나라에 왜 닌텐도 같은 회사가 없는가라고 하지만, 게임 산업의 미래는 닌텐도 같은 패키지 게임 산업은 축소되고, 한국이 저가의 개발비로 아이디어 하나만 가지고 수많은 장르를 개척한 온라인 게임 산업이 주류로 올라선다고 한다.

　2009년에 15억 달러를 수출한 게임 산업을 정부는 앞으로 수출 주력 산업으로 지원 육성한다고 한다. 참으로 재능과 창의력 그리고 열정 하나로 황무지나 다름없던 척박한 게임 시장을 전 세계가 주목할 정도로 끌어올린 게임업계의 인재들에게 경의를 표하고 싶다. 외국 게임 산업 업계의 한 CEO가 "미래는 한국에서, 과거는 일본에서 찾으라."라고 했다고 한다. 이런 기분 좋은 말이 앞으로 우리 게임 산업의 큰 발전을 기대하게 한다.

　불과 50여 년 전만 하더라도 목선(木船) 정도의 건조 능력밖에 없던 우리나라가 명실 공히 세계 조선 산업의 1위로 등극한 것은 정말 경이적인 일이라고 말할 수밖에 없다. 이러한 업적을 달성한 데에는 열심히 현장에서 땀 흘려 일한 우리의 산업 역군이 있었기에 가능한 일이었다고 말할 수 있다. 그러나 그것만으로는 부족하다. 그 비밀의 한 켠에는 "한국의 조선 회사들이 기발한 공법으로 배를 만들고 있다."라는 외신 보도에서 보듯이, 비용과 공기(工期)를 줄이는 획기적인 방법을 창안해내고 또한 '기발한' 방법으로 공간의 부족을 해결하는 등의 창의력을 현장에 접목시킨 인재들이 있었기에 가능했다. 예를 들면 드라이 도크(dry dock)에서 배를 만드는 방식에서 탈피하여, 땅 위에서

배를 만들어 바다에 띄우는 기발한 해결책을 찾아낸 현대 중공업이 있고, 아예 바다 속에서 블록을 붙이는 신공법을 도입해 도크보다 큰 컨테이너 선박을 건조한 한진 중공업이 있으며, 그 외에도 STX 조선, 삼성조선 등 모든 국내 조선업계는 깜짝 놀랄 기발한 신공법으로 세계 조선 산업을 주도해 나가고 있다. 이제 아랍에미리트(UAE)를 시작으로 세계를 향해 나아갈 원자력 발전소 건설 역시 우리가 자체 개발한 고리 발전소의 한국형 원전 APR1400 모델이 지구 곳곳에 건설될 것이다. 참으로 우리는 복이 많은 나라가 아닌가? 도처에 인재가 넘쳐나는 '인재의 보고(寶庫)'가 대한민국 아닌가!

군에 입대하는 자유분방한 요즘 신세대 장병들을 보고 군기가 없다거나 끈기가 부족하다거나 하는 말과 함께 실전에서 전투를 잘 수행할 수 있을지 우려된다는 말들을 하곤 한다. 그러나 나는 정반대의 생각이다. 북한과 같이 경직된 군대는 우리 신세대 장병들의 자유분방하면서도 창의적인 사고로 무장된 한국군과 싸워서 결코 이길 수 없다.

주어진 상황에 자주적이고 창의적으로 대처할 수 없는 경직된 군대가 신속하게 상황 변화에 적응할 수 있는 우리 젊은이들을 결코 넘어설 수는 없다. 또한 첨단 장비를 다룰 수 있는 전자장비 운용 능력은 아마 세계 최고 군대로서 손색이 없을 것이다. 능수능란하게 컴퓨터를 다루는 신세대 장병들은 우리 군이 강군임을 여실히 증명하고 있는 것이다. 이와 같이 오늘날 우리나라에는 컴퓨터를 능숙하게 다룰 수 있고 지능과 감성을 두루 갖춘 자유분방한 젊은 인재들이 넘쳐나고 있다. 그만큼 우리의 미래는 너무나 밝다.

지금 많은 다양한 분야에서 우리의 젊은 인재들이 약진하고 있다. 노벨상 수상도 시간의 문제일 뿐이다. 해방 후 60여 년이 흘렀다. 그동안 먹고 살기 위해 노력한 세대가 이루어 놓은 풍요 위에서 이제 우리의 인재들이 대학과 연구실에서 결과물을 내어 놓을 때가 다가오고 있다. 올림픽에서 금메달 하나를 따내는 데 해방 후 30년이 걸렸다(레슬링에서 양정모 선수가 1976년 첫 올림픽 금메달을 획득했다). 그 이후 금메달이 쏟아져 나오지 않았는가? 이제 과학 분야에서 노벨상이 나오기 시작하면 이처럼 많은 노벨 수상자를 우리나라에서 보게 될 것이다. 지금 많은 분야에서 대한민국이 세계를 선도하고 있으며, 많은 것이 세계의 표준과 모델이 되고 있다. 우리의 인재들이 요소요소에서 그 능력을 발휘하고 있는 대한민국은 세계가 부러워할 인재의 보고이다.

국가별 지능지수(IQ)
(Jette Wicherts, 독일 심리학자)

1. 싱가포르 108/ **2. 대한민국 106**/ 3. 일본 105/ 4.이탈리아 102

5. 아이슬랜드 101/ 5. 몽골 101/ 6. 스위스 101/ 7. 룩셈부르크 100

7. 오스트리아 100/ 7. 중국 100/ 7. 네덜란드/ 7. 노르웨이 100

7. 영국 100/ 9. 벨기에 99/ 9. 캐나다 99/ 9. 에스토니아 99/ 9. 핀란드 99

9. 독일 99/ 9. 뉴질랜드 99/ 9. 폴란드 99/ 9. 스웨덴 99/ 10. 호주 98

10. 체코, 덴마크, 프랑스, 스페인, 미국 98

11. 러시아, 우크라이나 98

12. 슬로바키아, 우루과이, 몰도바 97

13. 이스라엘, 포르투갈 95

학습 수행 능력
(Student Performance, 2006년)

순위	국가	읽기	수학	과학
1	대한민국	556	547	522
2	핀란드	547	548	563
3	캐나다	521	527	534
4	뉴질랜드	521	522	530
5	아일랜드	517	501	508
6	호주	513	520	527
7	폴란드	508	495	498
8	스웨덴	507	502	503
9	네덜란드	507	531	525
10	벨기에	501	520	510

11 스위스, 12 일본, 13 영국, 14 독일, 15 덴마크, 16 OECD 평균(492)
17 오스트리아, 18 프랑스, 19 아이슬란드, 20 노르웨이, 21 체코
22 헝가리, 23 룩셈부르크, 24 포르투갈, 25 이탈리아, 26 슬로바키아
27 스페인, 28 그리스, 29 터키, 30 러시아, 31 멕시코, 32 브라질
33 미국…

금속활자
그리고 한글

　『교양』이라는 책(디트리히 슈바니츠 저)에 의하면, 유럽 문화의 중심적 두 가지 텍스트가 있는데 그것은 (1) 유대교인의 성서(聖書)와 (2) 그리스가 트로이를 포위한 사건에 관한 기록인 '일리아스(Ilias)', 그리고 지략이 뛰어난 오디세우스가 파괴된 트로이에서 자신의 아내 페넬로페가 있는 고국으로 귀환하는 도중에 길을 잃고 헤매게 되는 과정을 묘사한 ' 오디세이아(Odyssey) '라는 양대 서사시라고 한다.

　'일리아스'와 '오디세이아'는 유럽의 궁정(宮廷) 문화를 대변하는 것으로서, 귀족 계급이 자신들의 기득권 유지를 위해 국가 권력을 궁정으로 집중시키고 궁정의 과시적 문화를 이들 고대 영웅과 신(神)들이 사는 하늘의 모델을 차용하여 표현했다.

　'성서'는 종교 개혁가들에 의해 사제가 독점하고 있던 것을 민중에게 돌려줌으로써 서민 문화를 대표하게 되었다. 그리고 종교개혁의 여파로 활짝 꽃 피운 서민 문화가 귀족 문화와 서로 혼합되었는데, 그 결과로 유럽 문화가 발달하게 되었고, 이후 유럽의 발전이 급속도로 이루어지게 되었다고 한다. 1517년 루터(Martin Luther)에 의해 촉발된 종교개혁이 성공할 수 있었던 데는 1444년 구텐베르크(Gutenberg)가 발명한 인쇄술이 큰 몫을 차지한다. 그 이유는 당시 라틴어로 씌어진 데다 사제 외에는 접근이 원천적으로 불가했던 성서를 루터가 독일어로 번역하여 대량으로 인쇄, 서민들에게 배포할 수 있었기 때문이다. (1521년에 신약성서가, 1534년 구약성서가 출판되었다.) 유럽 문화의 꽃을 피운 종교개혁의 이면에는 '금속활자'가 있었던 것이다. '금속활자 인쇄술'은 인간의 역사를 통틀어 가장 위대한 발명이라고 『워싱턴포스트』지 나 『타임스』, 『월스트리트 저널』 등 세계의 유수 언론이 지목하고 있다. 이 세계적인 발명은 사실 알고 보면 역사적으로 우리나라가 앞장서 있다. 학계에서는 1102년 고려 숙종 때, 또는 1047년-1083년 문종 재위 기간으로 보고 있는데, 이는 구텐베르크의 '금속활자'보다 무려 400년에서 300년을 앞서고 있다. 지금으로 말하자면 인터넷 혁명이 세계에서 처음으로 대한민국에서 일어난 것이다. 그러나 우리는 아쉽게도 이 훌륭한 인쇄술을 국가 발전에 크게 이용하지 못했다. 개인적인 생각으로,

- 금속활자 인쇄술이 세종대왕께서 창제한 한글 같은 서민(庶民) 문자와 결합하지 못한 데 있는 것 같고,
- 유교 중심 국가인 조선왕조 500년의 영향 때문에 이를 실사구시(實事求是)적으로 활용하지 못한 때문이라고 생각한다.

조선왕조 500년 그리고 일제에 의한 30여 년의 강점기가 끝나고 다시 6·25전쟁을 겪는 등 나라전체가 그라운드 제로가 되었던 우리나라가 60년 세월 만에 세계가 놀랄 정도의 경제를 비롯한 여러 분야에서 기적을 창출해 나가고 있는 것은 누구나 쉽게 쓸 수 있는 가장 서민적인 문자인 한글과 금속활자 같은 창의적 발명 기질이 이루어낸 결과물이 아닌가! 지금의 인터넷 강국으로 우뚝 올라선 우리나라가 그냥 만들어진 것이 아닌 훌륭한 우리 조상들의 지대한 공헌이 있었음을 잊지 말아야 할 것이다.

한글의 우수성

□ 1997년 유네스코에 세계 기록 유산으로 지정된 글자

□ 세종대왕 상(賞) King Sejong Prize

– 세계 각국에서 문맹 퇴치 사업에 공이 큰 개인이나 단체를 뽑아 매년 시상하는 문맹퇴치 공로상으로 유네스코가 1989년 6월 제정

– 1990년부터 대상자를 뽑아 문맹 퇴치의 날인 매년 9월 8일 수상한다. 상금 3만 달러는 한국 정부가 출연

■ 단 하루 만에 배우고 읽을 수 있는 글자

– 소리글자인 한글보다 배우기 쉬운 글자는 이 세상에 없다.

– 영어의 경우 발음과 실제 글자가 다른 경우가 많다. 그러나 한글은 소리와 글자가 모두 일치하여 어느 나라 사람이라도 하루만 배우면 한글을 읽을 수 있다.

■ 탄생 기록을 가진 유일한 문자

– 한글은 그 탄생 기록이 『세종실록』에 정확히 나와 있다.

⇨ 1446년(세종 28년) 9월 제정 공포/ 1443년(세종 25년)글자 완성

– 세계의 다른 글자는 오랜 세월에 걸쳐 누가 어떻게 만들었는지 모름

■ 과학적이고 체계적인 문자

– 한글 자모(字母) 28자는 제각각 만들어진 것이 아님

– 닿소리(자음) 17자는 발음기관의 모양을 본떠서 'ㄱ, ㄴ, ㅁ, ㅅ, ㅇ'의 기본자 다섯 자를 만들고, 이 기본자에 획을 더해 나머지 자음을 만듦

– 홀소리(모음) 11자는 천(天) 지(地) 인(人)을 본떠서 ' · , ㅡ, ㅣ '의 기본 세 자(字)를 만든 다음 나머지는 그것들을 조합함

■ IT 강국이 되도록 한 글자–한글

– 한글은 컴퓨터, 휴대전화와 궁합이 가장 잘 맞는 글자

⇨ 모아쓰기 방식 : 휴대폰 전송 용량에 비해 많은 내용 전달 가능/ 문서처리에 효율적(예 : 커피, coffee, 한글 커피를 삭제 시 Backspce 키를 두 번 누르면 되지만, 영어의 coffee는 6번을 눌러야 된다.)

⇨ 영어 또는 다른 말과 달리 한글의 소리와 글자의 일치성은 음성 인식률이 높아질

유비쿼터스 시대에 매우 유리한 조건

⇨ 기본 글자·다른 글자 파생·자음과 모음이 만나 한 글자를 이룸·글자에서 낱말을 만듦 : 컴퓨터의 계산 원리와 유사(컴퓨터 시대를 염두에 두고 만든 글자가 아닌가?)

■ 중국어나 일본어와는 다른 '음소 문자(音素文字)

– 한글은 동양권의 중국이나 일본처럼 음절 문자가 아닌 독특한 음소 문자

■ 한글의 모음(홀소리)은 언제나 일정한 소리를 가지고 있다.

– 영어의 모음은 쓰임에 따라 소릿값이 달라진다.

⇨ 'a'의 경우 쓰임에 따라 아(a), 어(eo), 에이(ei), 애(æ) 등으로 소리가 달라진다.

세계를 움직이는 손 유대인,
대한민국은?

그리스는 국가 부채를 해소하기 위해 세계적 관광지 중의 하나인 미코노스 섬의 국유지 가운데 ⅓을 팔기로 했다고 뉴스에서 전하고 있다. 그리스 정부의 부채는 3000억 유로(3490억 달러)로 GDP 대비 국가 부채 비율이 111.8%에 달한다. EU(유럽 연합)와 IMF는 1100억 유로 규모의 구제 금융을 지원하기로 결정했다. 이처럼 그리스가 파탄 수준에 이르게 된 데에는 경상수지 적자가 2009년 GDP의 6.5%를 넘을 정도로 열악한 경제 펀드멘탈을 유지해온 것에 기인한다. 우리나라가 IMF 사태 당시의 경상수지 적자 비율이 4.5%였던 것에 비교해 봐도 높은 수준이다. 그럼에도 그리스 정부는 임금 대비 연금 수령액을 95%를 유지하는 등 방만한 재정 운영을 했다. 영국이 30%, 독일이 37%, 프랑스가 50%인 것과 비교해 보아도 과도한 복지 정책임에 틀림이 없다. 또한 필요 이상의 공무원 조직을 유지하고 이들에게 경제 복지혜택이 집중되었으나 업무 효율성은 오히려 떨어졌다. 근무경력 3~4년 공무원의 월급이 민간기업 경력 10년 이상자보다 많이 받는 경우가 비일비재했다고 한다.

그리스 금융위기 가운데 심증(心證)이 가는 유력한 주범(主犯)은 골드만삭스, JP 모건, 체이스 등 월가(Wall Street)의 대형 은행이라고 한다. 서브프라임 모기지(비우량 주택 담보대출) 사태와 AIG 위기의 원인이 된 파생금융 상품을 활용해 부채가 늘도록 기여했다는 것인데, 무모한 대출과 투자로 버블이 형성되고, 버블로 인해 발생한 차익을 챙기고 빠진 '헤지펀드' 등 미국계 투기 세력, 그리고 이들과 결탁한 신용 평가사들이 있다고 판단하고 있는 것 같다. 이처럼 그리스뿐만 아니라 유럽 연합과 유럽 국가의 정부들은 남유럽을 강타하고 있는 재정 위기가 결국은 유로화의 가치 하락으로 이어지고 있는데, 그 작전 세력의 중심에 '월스트리트'의 헤지펀드가 있다고 믿고 있다. 유럽 연합(EU)이 단일 통화로 유로화를 채택할 당시 1유로의 가치가 1.2달러였는데, 만약 이들 작전 세력의 유로 가치 하락이라는 기도가 성공한다면 천문학적인 이익을 볼 수 있다는 것이다.

1997년 아시아에 금융 위기가 닥쳤을 때 자주 들은 이름 중에 우리 기억에 생생히 남아 있는 인물이 조지 소로스(George Soros)였다. 그는 복마전 같은 국제 투기판에서 '마이다스의 손', '중앙은행 킬러', '유대 금융 마피아'라 불리는 미국 최대 투자 신탁회사 퀀텀(Quantum Group of Fund)을 경영하는 인물이다. 그는 1930년 헝가리의 한 유대인 가정에서 태어나 1947년 영국으로 건너가 공부를 했으며, 1956년에 미국 월스트리트로 옮겨 펀드매니저 경력을 쌓는다. 1970년대 초 짐 로저스(Jim Rogers)와 본격적으로 펀드에 뛰어든 그는 1969년에 6백만 달러로 시작했는데, 이 자금은 공개되지 않았지만 유대인 자본가인 로스차일드(Rothchild family) 가(家)와 유럽 부호들의 자금으로 조성된 것으로 알려져 있다. 그가 악명을 날리기 시작한 것은 1992년 영국 파운드 화(貨)의 가치를 평가 절하시켜 영국 은행(Bank of England)을 무너뜨린 사건 때문이다. 그는 순이익(純利益)으로 100억 달러의 돈을 거둬들였다고 한다. 1997년에는 우리가 잘 알고 있는 동남아시아 국가들의 화폐 가치를 평가 절하함으로써 우리 나라를 금융 위기에 이르게까지 한 사실이 있다.

역사적으로 일찍부터 유럽에서 은행, 금융업을 시작해서 그 뿌리가 수백 년에 이르는 유대인들은 영국 청교도 혁명 당시 혁명파 수장 올리버 크롬웰에게 자금을 지원해 영국에 진출, 1694년 잉글랜드 은행을 설립했다. 이들의 영향력으로 몇몇의 유대인들이 직접 영국 수상 자리에 오르기까지 했다. 독일에서는 로스차일드 가문이 금융업으로 크게 성공하여 이후 오스트리아, 이탈리아, 프랑스 등으로 영역을 확대하고 국제 금융업의 대표 주자로 자리 매김하게 되고, 오늘날까지 그 영향력은 전 세계를 향해 뻗치고 있다. 로스차일드 가문의 후원으로 스펜서 모건과 그의 아들인 피어폰 모건은 미국 시장에 진출했다. 유대인들은 미국의 영화계(초기 8대 헐리웃 영화사 사장이 유대인)뿐만 아니라 언론(LA 타임스, 워싱턴 포스트, 뉴욕 타임스, UPI, AP, AFP통신, NBC, ABC, CBS-TV)을 장악하고 있다. 이들이 장악하고 있거나 영향력을 행사하고 있는 곳은 너무나 많아서 여기서 다 열거하기 어려울 정도이다. 몇 가지 기업 부분에 대해 조금 더 살펴보면, 미국 100대 기업의 40%가 유대인 소유이며, 세계 7대 슈퍼 메이저 석유 회사 중 6개가 유대인 소유라고 한다. 전 세계에 기축 통화인 달러를 찍어내는 FRB(미 연방 준비은행)는 미국 정부 소속이 아니라 민간 은행이며, FRB 의장을 네 번이나 연임했던 미국의 경제 대통령이라 불리던 앨런 그린스펀(Alan Greenspan, 1987년~2006년 FRB 의장) 역시 유대인이다. ⇨ FRB : 1913년 창립. 미국 정부를 대신해서 달러를 발행하고 통제하는 민간 은행. 시티그룹, JP모건, 체이스 은행 등이 대주주. 현 의장 벤 버냉키도 유대인이다(Ben Bernanke, 임기 2006년~2014년).

미국을 움직이고 세계를 움직이는 보이지 않는 손이 '유대인'이라는 생각이 음모(陰謀)라고 보이지 않는 여러 가지 이유가 있다. 필자는 유대인이 세계를 지배하고 있다거나 이들의 부정적인 면을 말하고자 하는 것이 아니다. 이들 유대인들은 이스라엘에 500만 명, 미국에 600만 명 살고 있으며, 전 세계를 통틀어 불과 1200만~1300만 명 정도라고 한다. 전 세계 인구의 0.2%에 불과한 이들 유대인들이 이루어 낸 업적과 파워는 실로 놀라울 따름이다.

우리 대한민국은 해외 동포 700백만 명과 남북한 합치면 8천만 명의 인구를 헤아린다. 이는 전 세계 인구의 약 1.3%에 해당한다. 한국 사람의 지능지수(IQ)는 조사된 바에 의하면 세계 1위에 해당한다. 우리가 이들 유대인보다 못할 이유가 없다고 생각한다. 다만 이들은 나라를 잃고 수천 년 동안 세계 각지를 떠돌아다니며 생존하는 법을 터득했고, 특히 자녀교육과 금융 등 돈을 통해 영향력을 행사하고, 그럼으로써 스스로 살아가는 법을 일찍이 배운 것 같다.

우리 경제 여건이 많이 호전되고 미국 발 금융 위기에서 우리가 다른 나라보다도 먼저 빠져나와 금년에만도 OECD 국가 중 선두의 경제 성장을 할 것이라고 한다. 그러나 아직까지는 우리의 취약한 재무 구조나 금융 시스템으로는 앞에서 말한 국제 헤지펀드 세력의 작전에 의해 한 방에 갈 수 있다. 지금도 해외 투기세력이 우리나라를 좋은 먹잇감으로 여기고 있다. 비록 우리나라의 부채 비율이 40%를 넘지 않은 건전한 상태라고 하고 수출이 호조세를 이루어 경상수지도 나쁘지 않다고 하지만, 방심하고 있다가 또다시 제 2의 IMF 사태를 맞지 않을 것이라고 장담하기에는 갈 길이 멀다고 생각한다. 왜냐하면 정부와 정치권에서는 선거 때마다 국가 곳간에 쌓여 있는 돈을 털어 선심을 베풀 궁리만 하고 있기 때문이다. 정부와 지자체(地自體)는 치적(治績)성

사업을 벌이려 하고, 야당은 복지혜택을 늘려 국민들의 표를 얻으려 하고 있다. 이렇게 하다가는 국가 부채가 50%, 100%가 넘어서는 것은 시간문제다. 현명하게 생각할 시점이고, 지금이 호기(好機)가 아니라 위기(危機)라고 생각하고 정부, 정치인, 기업인, 국민들이 합심해서 대한민국의 곳간이 든든하도록 노력해야 할 것이다.

과거 IMF 사태를 가져온 주범 중의 하나는 은행 등의 금융권이라고 말하고 있다. 우리나라 금융권의 부도덕성은 이미 세계에 알려져 있다. 지금도 외국 헤지펀드가 노리는 이면에는 이러한 금융권의 부도덕성을 이용하려는 것일 수 도 있을 것이다. 이들 은행은 당시 국민들이 낸 세금인 공적 자금으로 구조 조정도 했고 살아날 수 있었다. 아직까지 정신 못 차리고 다시 한 번 국가적 위기를 초래하는 행위에 직간접적으로 연루되는 일이 없기를 바란다. 필자 개인적인 생각으로 아직까지 금융권의 초고액 임금이 도마에 오를 때마다 불쾌한 생각이 들곤한다. 또한 이들 금융권이 서브프라임 모기지 사태로 인한 금융 위기가 오기 전에 각종 파생 상품으로 무분별하게 국민들을 현혹시킴으로써 많은 국민들이 '펀드 열풍'에 빠져 자산을 잃은 일을 뼈저리게 반성해야 한다.

유대인처럼 세계적인 금융회사가 나와야 한다. 대형 금융회사의 출현에 대해 우려 하는 목소리도 있겠지만, 보이지 않는 '손'인 세계 주요 금융 자본에 의해 쉽게 농락당하지 않을 정도로 우리도 힘을 키워야 할 것이다. 금산(金産) 분리법을 완화하면 재벌에 의한 여러 가지 폐해를 입을까 봐 걱정하는 것 같은데, 그에 앞서 국가의 파워를 키워 세계 금융 질서를 어지럽히는 세력에 우리도 당당히 맞서 나갈 수 있는 힘이 있어야 할 것이다. 우리나라 정부와 기업, 금융권이 연구하고 힘을 합쳐 나가야 할 길이 아닐까.

■ 세계은행(The World Bank) 총재 : Robert B. Zoellick(유대인)

　 IMF 총수(Managing Director): John Lipsky(유대인)

　 FRB 의장 : Ben Bernanke(유대인)

■ 미국의 연방 준비은행(FRB)을 실질적으로 운영하고 있는 유대인

➡ 역대 의장(초기부터 현재까지 모두가 유대인이다)

1. Charles S. Hamlin(August 10, 1914–August 10, 1916)

2. William P. G. Harding(August 10, 1916–August 9, 1922)

3. Daniel R. Crissinger(May 1, 1923–September 15, 1927)

4. Roy A. Young(October 4, 1927–August 31, 1930)

5. Eugene I. Meyer(September 16, 1930–May 10, 1933)

6. Eugene R. Black(May 19, 1933–August 15, 1934)

7. Marriner S. Eccles¹(November 15, 1934–February 3, 1948)

8. Thomas B. McCabe(April 15, 1948–April 2, 1951)

9. William McChesney Martin, Jr.(April 2, 1951–February 1, 1970)

10. Arthur F. Burns(February 1, 1970–January 31, 1978)

11. G. William Miller(March 8, 1978–August 6, 1979)

12. Paul A. Volcker(August 6, 1979–August 11, 1987)

13. Alan Greenspan(August 11, 1987–January 31, 2006)

➡ 현재 FRB 운영 유대인

14. Ben S. Bernanke(February 1, 2006–) : 현 의장

　 – 지역 책임자(12명 중 9명이 유대인, 75%)

　 FRB of 보스톤 : Eric S. Rosengren–유대인

FRB of 뉴욕 : Timothy F. Geithner-유대인

FRB of 필라델피아 : Charles I. Plosser-유대인

FRB of 리치몬드 : Jeffrey M. Lacker-유대인

FRB of 세인트 루이스 : James B. Bullard-유대인

FRB of 미네아 폴리스 : Gary H. Stern-유대인

FRB of 캔사스 시티 : Thomas M. Hoenig-유대인

FRB of 달라스 : Richard W. Fisher-유대인

FRB of 샌프란시스코 : Janet L. Yellen-유대인

FRB of 클리블란드 : Sandra Pianalto-기타

FRB of 아틀란타 : Dennis P. Lockhart-기타

FRB of 시카고 : Charles L. Evans-기타

■ 세계 유대인 기업가(Jews in the Business)
➡ 억만장자(Billionaire) 기준

호주 : Northgan Gandel 그룹 회장 John Gandeldhl 외 4명의
　　　억만장자

벨기에 : 1명, Alfred Lowenstein

캐나다 : 캐나다 최대 언론 재벌 Izzy Asper 외 14명

중국 : 1명, CLP 홀딩스 소유주

프랑스 : Citroen 자동차 메이커 Andre Citroen 외 7명

독일 : 독일 조선업계의 거물이며 정치인 Albert Ballin 외 13명

이탈리아 : Olivetti 창업자 Camilo Olivetti 외 3명

멕시코 : 1명, Grupo Casa Saba 소유주 Saba Issac Raffoul

러시아 : 억만장자 Roman Abramovich 외 9명

스페인 : Mango 소유주 Issac & nahman Andic 외 3명

남아프리카 공화국 : Liberty Life의 창업자, 소유주 Donald
Gordon 외 1명

스위스 : Hofman-La Roche 창업주 외 1명

영국 : Tesco 슈퍼마켓 창업주 Jack Cohen 외 14명

미국 : TV 가이드 및 Triangle 출판업자 Leonore Annenberg 외
114명

(출처 : Wikiprdia Jews in Business)

주요 국가별 부채 순위
(CIA World Factbook 2010)

GDP 대비 국가부채 수준(2009년 추계)

1. 짐바브웨(304.30), **2. 일본(192.10)**, 6. 싱가포르(117.60), **7. 이탈리아(115.2) 8. 그리스(108.1), 10. 아이슬란드(100.6)**, 11. 벨기에(99.0), 13. 이스라엘(83.9)

16. 프랑스(79.7), 17. 독일(77.2), 18. 포르투갈(75.2), 20. 캐나다(72.3), 22. 영국(68.5), 27. 아일랜드(63.7), 28. 네덜란드(62.3), 29. 노르웨이(60.2), 30. 인도(60.1), 31. 스페인(59.5), **40. 세계 평균(53.6)**, 42. 베트남(52.3), 44. 태국(49.4), 46. 아르헨티나(49.1), 47. 터키(48.5), 48. 말레이시아(47.8), 52. 브라질(46.8)

59. 스위스(43.5), 60. 스웨덴(43.2), 62. 멕시코(42.6), 64. 미국(39.7), 67. 덴마크(38.1), 70. 남아공(35.7), 73. 타이완(34.6), 75. 체코(32.8), 85. 뉴질랜드(29.3), **86. 대한민국(28.0)**, 109. 중국(18.2), 124. 러시아(6.9)

➡ **IMF 발표에 의하면 2009년 한국 부채는 32.6%라고 함. 기획 재정부 발표는 35.6%로 약간씩 차이가 있음**

한국 남성과 군대

    필자는 한 등산회에 가입하여 주말이면 종종 산을 찾는다. 보통 30여 명 모이는데 인원 파악이 어렵다. 그럴 때면 총무가 4열종대로 줄을 서라고 명령하고, "앞에서 뒤로 번호!" 하면 쉽게 인원 확인이 되곤 한다. 군대를 다녀온 한국 남성들에게 이러한 종류의 군대식 행동은 흔히 볼 수 있다. 동창회, 체육대회 같은 행사에서도 줄을 서고 식순에 의해 행사를 진행하는 등 한국 남자들은 누구나 다 잘한다.

    군에 갓 입대한 병사들은 하나같이 '어리버리' 하다. 박사 학위를 가지고 있든, 아니면 나이가 많든 부잣집 아들이든 유명 연예인이든 할 것 없이 공통적으로 그렇다. 그러면서 세월이 가면서 계급이 오르고 어느덧 병장이 되면 그렇게 의젓하고 늠름할 수가 없다. 이병, 일병이 범접할 수 없는 권위를 가지게 된다. 비록 중학교 중퇴를 한 시골 출신이라도 병장으로서 분대장이라는 리더 역할을 감당해 내는 것을 보면 참으로 군대라는 곳이 희한한 곳이라는 생각이 들곤 했다.

♣ 주 과거에는 무 학력자도 군에 입대했으나, 요즘은 고등학교 졸업 이상의 학력자만 현역에 입대한다. 극히 일부 직종에서만 중졸 학력자 현역 입대가 가능하다.)

    나는 우리 대한민국이 가진 저력(底力) 중의 하나가 바로 군 경험이 있는 한국 남성들이라고 생각한다. 군에 입대하는 순간부터 모두가 평등한 인간이 된다. 훈련병이라는 가장 낮은 계급으로 모두가 동일한 조건에서 출발하고 생활함으로써 인간의 평등을 배우게 된다. 혹독한 훈련을 통해 참고 인내하는 극복정신을 배운다. 그러한 가운데 동료를 의지하고 단결하는 정신을 갖게 된다.

특히 어린 나이에 부모 곁을 떠나게 됨으로써 한국 남성은 누구나 독립적인 상태에 있게 되는 경험을 한다. 외국의 젊은이들이 어린 나이에 무절제한 생활로 인해 술과 마약 등의 범죄에 빠져들 시기에, 우리의 젊은이들은 매일 아침 6시면 일어나서 연병장을 뛰면서 강인한 체력 단련을 하는 것이다.

군부대의 대부분은 문명과는 멀리 떨어진 오지(奧地)에 있다. 입대한 많은 병사들은 사람이 몇 살고 있지 않은 강원도 산골짜기에 배치되기도 하고, 심지어 최전방 철책 같은 민간인이 살 수 없는 곳에서도 근무한다. 이들은 이러한 곳에서의 생활을 통해 '내가 살던 문명화된 구역'을 벗어나서 그보다 더 열악한 곳에서 생존할 수 있다는 자신감을 스스로 터득하고 배운다. 한국 남자들이 전 세계 건설 현장 곳곳에서, 심지어 중동의 모래바람 속에서도 꿋꿋하게 버티며 이겨낸 그 힘이 대한민국의 발전을 가져온 원동력이 되었다.

요즈음은 군에 입대한 병사들이 자유 시간을 이용해서 컴퓨터를 배우고 영어공부도 하는 등 개인 발전의 기회로 삼는다. 얼마 전 군에 입대하는 아들을 둔 친구가 아들이 수송 주특기를 받았다고 했다. 나는 잘되었다고 하면서, 이왕이면 자동차 정비기술까지 배워서 나오라고 했다. 대학을 다니면서 언제 자동차 정비 기술 같은 것을 배워 보겠는가? 그런데 군대에서는 가능하다. 많은 병사들이 군에서 기술 자격증을 취득하고 전역하는 것을 본다.

한때 군부 독재 시대를 거치면서 군사문화가 비하되고 사회에 나쁜 영향을 미친다고 폄훼(貶毀)된 적이 있었다. 심지어 '폭탄주 문화'가 군대 문화의 전부인 것처럼 회자(膾炙)된 적도 있었다. 그러나 실제 군대 문화에는 나쁜 점보다도 좋은 점이 오히려 더 많이 있다. 공동체 의식을 함양하는 '단체 얼차려'나, 모든 일상에 대한 '보고의 생활화', 미사여구가 생략된 간략하면서도 '서식화된 공문서', 상관에 대한 예의와 복종, 최초 첩보를 정보로 생산해 나가는 과정을 통한 '상황을 체계적으로 정리하는 기술' 등 많은 분야에서 군대 문화가 대한민국 발전에 공헌한 부분이 생략된 채 인식되곤 하는데 안타까울 때가 많다. (대한민국 근대화 과정에는 군에서 교육받은 엘리트에 의해 관공서와 기업체의 공문 작성, 회의 문화, 브리핑, 규범 등이 체계화되었다. 만약 고급영어를 배우고 싶다면 군사영어 교범을 읽어보라고 개인적으로 권하고 싶다.)

일부에서는 앞으로 우리 군을 전부 지원병(志願兵) 제도로 하여 직업 군인화하고자 하는 주장이 있는데, 개인적으로 나는 반대한다. 국가 예산이 많이 들 것이라는 등의 이유가 아니라, 대한민국을 강하고 더욱 발전시켜 나갈 원동력이 의무복무 제도 속에 있다고 믿기 때문이다. 오늘날 일본의 급격한 쇠퇴 속에는 부모 세대와는 다른 나약하고 꿈 없는 신세대들이 그 중심에 있다. 일본의 전후 세대라고 일컫는 단카이(團塊) 세대(1976년 사카이야 다이치 경제 평론가가 쓴 책 제목에서 유래. 1943~1953년에 출생한 일본의 베이붐 세대로서 오늘날 일본의 번영을 이끈 주역들)가 정년을 맞이하면서 일본이 서서히 쇠락하고 있는 것이다.

물론 일본의 쇠락(일본이 쇠락하고 있다고 보는 것도 관점의 차이가 많이 있다)에는 여러 가지 요인이 있을 것이다. 나는 여기서 그러한 논의를 하고자 하는 것이 아니다. 다만 이러한 원인의 한 부분을 일본

젊은이들의 도전정신 결여나 강인한 체력과 정신력의 결핍에서 찾고
싶다. 우리나라도 많은 사람들이 요즘 젊은 세대에 대해 나약하며 힘
든 일을 하지 않으려 하고 인내력이 부족하다고들 말한다. 그러나 군
대를 다녀온 젊은이들의 마음 한구석에는 어떠한 어려움도 군대 시절
고생했던 순간을 떠올리면 극복이 가능하다는 믿음이 존재하고 있다.
우리나라 남성과 군은 대한민국의 지속적이고 영속적인 발전의 원동
력이 될 것이다. 이것은 지구상에 있는 많은 국가들에서는 볼 수 없는
특이한 경험이자 특별한 또 하나의 자원이 되고 있다고 생각한다.

지원병(志願兵)제 채택 시의 예산

■ 가상수치에 의한 단순 계산으로 환산해봄

□ 현 병 봉급 : 이등병(73,500원), 병장(97,500원)

➡ 1인 월 10만 원, 50만 명 가정 시 예산

10만 원×50만 명×12개월 = 6 천억 원 ➡ 상여금, 기타 수당을 제외한 계산

□ 지원병 봉급 : 1인 100만 원 지급 가정

100만 원×50만 원×12개월 = 6조 원 ➡ 상여금, 기타 수당을 제외한 계산

➡ **지원병 채택 시 천문학적인 예산소요 발생, 지원병에 대해 상여금, 수당 및 퇴직금
(연금) 산정 시에는 엄청난 국가 예산이 소요될 것임**

◎ 최근 어느 여성 CEO께서 여자들도 군 입대를 시키자고 말하면서 현재의 징집(徵
集) 제도를 바꿔 지원병 제로 하자고 주장했다는 기사를 읽었다. 성급한 판단이라
는 생각이 들었고, 예산 문제나 필자가 앞에서 쓴 글과 같은 여러 가지 측면 등을
연구한 후에 그러한 주장을 했으면 하는 아쉬움이 들었다.

◎ 여성 군입대 시 추가 소요 예산 : 전 병영시설 및 훈련장에 여자용 화장실 별도 건
립/ 여성용 숙소 별도 건축 : 수천억 원~수조 원의 예산이 추가 소요될 것임. (그
외 기본 화장품 제공 등 추가로 들어가는 비용이 만만치 않을 것임)

의병(義兵)이
나라를 구하다

　과문한 탓인지 의병(義兵)이라는 말을 하나로 표현한 영어 단어를 찾지 못했다. '정의를 위해 자발적으로 조직된 민병'을 굳이 영어로 표현하면 'Army raised in the cause of justice'라고 장황하게 풀이할 수밖에 없다. 대체로 민병대(Militia)라는 말과 의미를 비슷하게 볼 수 있으나 이마저도 우리의 의병이라는 정의(定義)와 1대 1로 대입시켜 설명하기에는 역부족이다.

　그래서 아마도 의병이라는 개념은 우리나라만이 가지고 있는 독특한 역사적 산물이 아닌가 하는 생각이 든다. 미국 독립전쟁(American Revolutionary War, 1775~1783) 시 조직된 민병대를 굳이 의병의 개념으로 생각해 보려고 해도, 초기 13개 주(州)에서 모인 지방 민병대는 자발적 성격의 의병이라기보다는 각 주에서 인원을 모아서 방위임무를 맡긴 지원병 성격이 강하다.

　그마저도 곧바로 1775년 6월에 대륙의회에서 정규군을 창설하고 조지 워싱턴을 사령관으로 임명함으로써 근무 연한이 있고 급료를 받는 군대 조직이 되었다. 그리고 1781년에는 급료를 받지 못한 식민지군의 사병들이 반란을 일으켜 주동자에 대한 처벌이 있었다. 순수한 독립군대 또는 의병과는 거리가 먼 행동이었던 셈이다.

대체로 민병대를 정의해 보면 다음과 같다.

민병대(Militia)란 급료를 받지 않고, 임기가 없으며, 일반 시민들로 구성된 군사조직을 말하며

- 공동체와 그 영토, 재산 및 법을 보호하기 위한 방위 활동이나 근무를 한다.
- 공동체, 마을, 군(郡), 또는 주(州)에 살고 있는 강건한 신체를 가진 자로서
  - 소환에 응하지 않을 시 처벌을 받으며
  - 법적 의무에 관계없이 실제 소환에 응한 작은 조직을 말한다.
- 사적(私的)인 비정부군(軍)으로서 정부로부터 직접적인 지원이나 제재를 받지 않는다.
- 기타 공식적인 예비군 또는 시민 구성군으로, '예비군', '국가방위군' 그리고 '주방위군' 등으로 불린다.

유럽이나 서구에서 생각하는 민병대의 개념은 우리의 의병과는 약간의 차이가 있음을 발견할 수 있다. 실제 역사적으로도 이들은 대체로 국가적 위기에 자발적으로 일어났다기보다는 어느 영주(the Lord)의 주도 하에 일어난 정치적 의미가 많이 내포된 조직이었다. 따라서 엄밀히 조선 시대나 대한제국 시기에 일어난 우리의 의병과는 근본적으로 다르다고 생각한다. 고려 시대 때 항몽(抗蒙) 활동을 한 삼별초(三別抄)를 의병이라고 보지 않는 것은 이들이 당시 집권세력인 최우의 사병(私兵)이라고 인식하고 있기 때문이다.

중국의 경우 두 차례에 걸쳐 몽고와 만주족의 침략으로 나라가 무너져 그들의 지배를 받은 경우가 있는데, 두 번의 경우 다 의병의 항쟁을 찾아볼 수 없다. 명(明)나라 말 만주족인 청에 의해 한족(漢族) 국가가 소멸되는 시점에 일어난 이자성(李自成) 농민 반란군은 의병이 아니

다. 스스로 황제가 되고자 한 이자성의 욕심에 의해 조직된 군으로서 결국은 나라를 결단 내는 데 한 몫 한 반란 세력에 지나지 않는다.

반대로 우리는 임진왜란(壬辰倭亂, 1592~1598년) 때 전국 각지에서 이름 없는 백성들이 나라를 구하고자 들고 일어났다. 당시의병이 각처에서 수를 헤아리기 어려울 정도로 들고 일어났다. 농민들이 그 주축을 이루었고 전직 관료와 사림 그리고 승려들이 이들을 조직하고 이끌었다. 평안도에서 조호익(曺好益), 양덕록(楊德祿), 서산대사가 의병을 이끌고 일어났으며, 함경도에서 정문부(鄭文孚), 경기도에서 김천일(金千鎰), 심대(沈岱), 홍계남(洪季男), 경상도에서 곽재우(郭再祐), 김면(金沔), 정인홍(鄭仁弘), 권응수(權應銖), 충청도에서 조헌(趙憲), 전라도에서 고경명(高敬命), 황해도에서 이정암(李廷馣), 그리고 강원도에서 사명당이 의병을 이끌고 일어나 큰 공을 세웠다.

병자호란(丙子胡亂, 1636년) 때도 의병들이 일어났는데, 평산의 이진형, 해주의 유 즙, 평양의 조유부, 김지구, 곽산의 홍천감, 이여각 등이 일어나 청군과 싸웠다. 이들은 오로지 충의(忠義) 정신과 나라를 지키겠다는 순수한 마음으로 싸워 나라를 지켰다는 점에서 우리나라만이 가지고 있는 백성들의 기풍이었다고 생각한다.

대한제국 시기에도 일제(日帝)에 대항하여 독립군과 광복군으로 의병이 봉기하여 해방될 때까지 나라의 독립을 위해 싸웠다. 특히 안중근 장군은 의병으로서 1909년 10월 26일 대낮에 하얼빈 역 인파가 모여 있는 곳에서 일제의 이토 히로부미를 저격함으로써 의병다운 활동도 못 하고 있던 중국인들의 심금을 울리기에 충분했다. 대한제국의 의병의 기개를 만천하에 보여준 것이다.

비록 정부가 백성에게 해준 것은 없어도 외적(外敵)에게 결단코 나라를 내어줄 수 없다는 특별한 정신을 가진 민족이 아닌가 하는 생각이 든다. 위기 때마다 의병이 일어나서 나라를 구한 매우 특출한 민족이 살고 있는 우리나라가 자랑스럽지 않은가!

아쉬운 것은 국난(國難)을 극복한 이후 의병(義兵)들이 임금으로부터 죽임을 당하거나 천대받고 내쳐 버려지는 역사가 있었다는 점이다. 또한 오늘날에도 국가를 위해 의로운 일을 한 사람들이 국가로부터 정당한 대접을 받지 못한 채 노후에 가난과 병으로 고통 받는 경우가 있고, 그들 유족 역시 지독한 생활고를 겪거나 배우지 못해 사회의 하층에서 신음하고 있는 사실을 접할 때 참담한 심정을 가눌 길 없다. 반면 국난(國難)을 피해 도망간 사람들이나 그 자손들이 상대적으로 잘살고 있음을 보면 정의가 어디에 있는지 가늠하기 어려울 때가 많다. 대한민국이 제대로 된 선진 국가(先進國家)로 도약하기 위해서는 이러한 의로운 사람들에 대한 제대로 된 대접이 이루어져야 할 것이다. 고위직 공무원이나 정치인 그리고 기업가 등 높은 신분에 있는 사람들은 '노블레스 오블리주(Noblesse Obige)'의 정신으로 그 도의상(道義上)의 의무를 다하는 나라가 되어야 한다.

■ 오늘날 반 정부활동이나 시민운동을 하는 사람들, 그리고 학생들을 가르치는 전교조(全敎組)에서 이러한 사례를 들어 국가와 정부 그리고 위정자나 기업가 등을 공격하는 데 많은 사람들이 쉽게 동조(同調)하는 빌미가 되고 있다. 보수적인 성향이 강한 필자 역시 다른 부분은 몰라도 국가에 헌신한 분들에 대한 홀대 행위에 분개할 수밖에 없게 된다. 지금부터라도 우리는 건전한 국가관(國家觀)을 가지고 몸소 이를 실천한 사람에 대해 국가, 사회적으로 존중하는 분위기가 성숙되어야 할 것이다.

얼마 전 설화(舌禍)로 인해 전격 경질된 아프가니스탄 주둔 미군 사령관 데이비드 맥키어넌 장군(Gen. David Mckiernan)의 전역식이 매우 정중하고 격조 있게 이루어졌다는 기사를 읽었다. 비록 대통령과의 불화로 1년 만에 전격 경질된 장군이지만, 그가 수십 년간 군에서 국가를 위해 헌신한 공로를 국가가 품격 있게 인정해주는 방법과 문화가 부러웠다. 돈이 들지 않으면서도 많은 군인들의 사기를 올려주고 국민들로 하여금 이들의 노고를 잊지 않도록 배려해주는 것이 감동적이었다.

■ 의병장 김덕령을 죽인 선조(宣祖)

직계가 아닌 방계(傍系) 출신으로 즉위한 선조는 왕권에 대해 늘 불안한 심리를 보였다. 특히 임진왜란 시 백성과 서울을 버리고 도망간 임금에 대한 백성들의 민심이반은 극에 달하게 된다. 오히려 목숨을 걸고 왜적(倭敵)에 대항한 의병이나 이순신장군 같은 위인들이 백성들의 신임을 얻게 되었다.

선조는 불안감이 더욱 커져서 당시 민심을 얻고 있던 충신이나 의병들을 경계하고 미워하게 되었다. 이몽학(李夢鶴)의 난에 가담했다는 죄목으로 의병장 김덕령(金德齡)을 모진 고문 끝에 죽이고 만다. 의병장으로 활약한 덕망 있는 김덕령 같은 인물이 군사력과 민심을 발판으로 민란을 일으켜 왕권을 빼앗을 것을 우려한 것이었다. 곽재우 장군의 경우도 선조의 경계와 의심을 피해 깊은 산중으로 숨어버렸다고 한다.

전후 많은 의병들은 국가로부터 제대로 대접도 받지 못했고, 오히려 앞장선 의병장 같은 사람들은 목숨을 부지해도 다행일 정도였다고 한다. 만약 이순신 장군이 노량해전에서 전사하지 않았다면, 분명 선조에 의해 죽임을 당했을 것이라는 가설이 전혀 틀리지 않을 듯하다.

➡ 논공행상에서 의병장은 하나도 없었다.

➡ 선조는 왜적을 몰아낸 것은 오로지 명나라 원군(援軍) 덕분이라고 강변했다.

➡ 전쟁을 직접 치른 장수들에게 주는 선무공신(宣武功臣)은 고작 18명

➡ 임금을 따라 피난 갔던 사람에게 주는 호종공신(扈從功臣)은 무려 86명(그 중 내시 25명, 말몰이꾼 6명 포함)

➡ 혹자(或者)는 이후 조선에는 의로운 일에 나서려는 사람이 사라졌다고 말하는 사람도 있다.

➡ 일제에 항거한 독립투사, 6·25전쟁 때 목숨을 바친 순국열사 등 의로운 사람들이 오늘날 제대로 대접받고 있는지 살펴봐야 한다. 국난(國難)을 피해 달아났던 사람들이 대접받는 사회가 결코 되어서는 안 될 것이다.

대한민국 만세(萬歲)

　만세(萬歲)라는 말은 아쉽지만 조선왕조 시대에는 사용하지 못했다. 황제국인 중국에서만 황제 만세, 즉 나이로 만(萬) 살을 살듯이 만수무강하라고 한 말이다. 조선은 국왕에 대해 천세(千歲)라는 말을 사용했다고 한다. 만세까지 어떻게 살 것이며, 천세까지 어떻게 살겠냐마는, 중국에 사대(事大)할 수밖에 없었던 역사의 한 단면으로 씁쓸한 마음을 금할 길 없다. 영국에서는 여왕 만세라는 뜻으로 Long live the queen!이라고 했다. 만수무강을 비는 마음은 동서(東西)가 다르지 않은 것 같다. 또한 중국의 황제는 폐하(陛下)라는 존칭을 썼고, 국왕은 전하(殿下)라는 존칭을 사용했다. 고종이 대한제국 황제가 되고 나서야 우리도 폐하라는 존칭을 쓸 수 있게 된 아픈 역사가 있다. (주: 폐(陛)는 황제가 기거하는 건물 앞에 놓인 계단을 말하고, 전(殿)은 왕과 왕비의 거처 및 집무실을 말한다. 또한 당(堂)은 왕의 자녀, 유생의 공부방이며, 합(閤)은 왕족 중 서열이 높은 사람이 기거하던 건물(대원군 합하)이다. 각(閣)은 왕실 가족, 정승, 판서 집무실로서 지금의 장관급(각하), 제(齊)는 고급 관리, 헌(軒)은 공무용 건물을 말한다. 또 루(樓)는 휴식용 2층 건물을, 정(亭)은 휴식용 1층 건물을 말한다.)

　역사적으로 천 년의 왕국을 이어온 나라는 많지 않다. 만 년을 지탱할 것 같은 중국은 500년이 아니라 300년을 넘은 왕조로서 한(漢)나라가 400년 정도 유지되었을 뿐이다(BC206년~220년). 청(淸)나라가 267년(1644년-1911), 명(明)나라가 276년(1368년-1644년), 원(元)나라는 89년, 그리고 당(唐)나라가 289년(618년-907년) 동안 왕조가 존속했을 뿐이다. 그러나 우리나라의 경우 신라(新羅)가 992년(BC57년-AD992년)을 존속하여 우리는 천년왕국 신라라고 칭한다. 조선왕조 역시 519년을 지탱하여 500년이 넘는다. 유럽의 경우 신성로마 제국(Holy Roman Empire)이 AD 962년부터 AD 1806년까지 존속하여 천년왕국에 가깝다. 제 3제국, 나치 독일 역시 천년왕국을 꿈꾸었지만 불과 12년(1933년-1945년) 버텼을 뿐이다.

따라서 만세라는 것은 그냥 희망에 불과한 말일 것이고 과장이 심한 중국인들이 만들어 낸 조어(造語)일 뿐이다. 그러나 우리나라는 단군께서 이 나라를 건국하신 후 반만 년이 되도록 존재한다고 생각해볼 때, 앞으로 5천 년을 이 땅에서 우리 민족이 번영과 생존을 이어간다면 만세(萬歲)가 되는 것이 아닐는지….

언제가 될지는 모르지만 대한민국이라는 공화국이 다른 정치체제나 다른 이념의 나라로, 그리고 다른 이름으로 통합되기도 하고 분리되기도 할 것이다. 그동안의 역사가 그것을 증명해준다. 그렇지만 오늘 여기 대한민국이라는 민주 공화체제에 살고 있는 우리는 현 시점에서 자유로우며 민주적이고 날로 개선하고 발전해 나가는 우리나라의 만세를 기원해야 할 것이다.

그래서 우리의 후손들이 만세에 걸쳐 당당하고 자랑스러우며 대접받는 민족으로 살아갈 수 있도록 정성을 다해야 한다. 그래서 오늘의 풀 한 포기 나무 한 그루도 소중하게 생각해야 하며, 우리의 후손들이 먹고 살아갈 수 있는 길을 닦아야 하는 것이다.

남북한이 서로 평화적으로 통일되고 우리의 우수한 두뇌와 근면한 정신으로 나라를 더욱 부강하게 만들어, 평화를 사랑하는 마음으로 주변국과 서로 전쟁 없이 안정을 이루어 천 년 만 년까지 번영했으면 한다. 맑은 하늘과 깨끗한 자연이 만들어 내는 사계절마다 아름다움이 서로 다르게 빛을 내는 나라, 정(情)이 넘쳐흐르고 도덕과 질서가 확립되어 범죄가 없으며, 최첨단 시설과 함께 과거의 질박한 전원(田園)이 조화를 이루어 인간다운 삶이 넘쳐흐르는, 전 세계 사람들이 오고 싶고 살고 싶어 하는 대한민국이 만세를 유지하는 그 날이 오기를 기대한다….

요하(遼河) 문명을
아시는지?

　인류의 4대 문명은 학창 시절에 배운 대로 '이집트·메소포타미아·인더스·황하 문명'이다. 이들 문명이 발달한 곳은 대체로 기원전 3000~3500년대에 거대한 강을 중심으로 하여 인류의 고대 문명을 일으킨 지역으로 알려져 있다. 중국은 황하 문명(黃河文明)을 자랑하고 그에 따라 많은 연구와 고대 유물을 발견하여 자기들의 역사를 세계에 자랑해왔다. 학자들의 견해에 따르면, 황하 문명의 성립기는 오리엔트나 인도보다 늦은 BC 2000년경이고 한다.

　그런데 1980년대 이후 중국 만리장성 북동부 지역에 있는 요하(遼河)에서 세계 고고학계를 깜짝 놀라게 만든 대발견이 이루어졌다. 유적의 발굴을 통해 기원 전 6500년까지 거슬러 올라가는 문화가 발견되고, BC 3500년경에는 이미 고대 국가 체계로 진입하는 단계로 들어섰음을 엿볼 수 있는 대형 제단, 여신 묘, 그리고 적산총군 등이 발굴되었다. 이는 세계에서 가장 앞선 고대 문명이다. 또한 그들의 황하 명보다 1000년 이상 앞선 문명이 존재했음이 밝혀지게 되었다.

　요하 지역에서 발굴된 유적들 중에서 특히 당시대와 같은 시기의 것으로 추정되는 옥귀고리 같은 것이 한반도(강원도 고성)에서도 발굴되었고, 중화 문명권에서는 발견되지 않는 빗살무늬 토기, 세석기, 적석

총, 석관묘, 치를 갖춘 석성, 비파 청동 검, 고인돌 같은 것이 발견되어, 당시 요하 문명이 우리 한반도, 고조선(古朝鮮)과 깊은 연관이 있음을 알 수 있게 되었다. 여러 가지 연구를 통해 우리나라의 많은 학자들이 요하 문명은 단군조선(檀君朝鮮)이 주역이고 진정한 주인공이라고 주장하고 있다.

나는 역사학자도 아니고, 이 방면에 전문적인 지식도 갖고 있지 않다. 『환단고기(桓檀古記)』에 나오는 여러 가지 놀랄 만한 숨은 비사(秘史)를 믿고 따르는 사람도 아니다. 그러나 우리 조상의 뿌리가 단지 작은 한반도에만 머물지는 않았을 것으로는 믿는다. 왜냐하면 56개 민족으로 구성된 다민족(多民族) 국가인 중국을 볼 때 우리나라는 중국에 인접한 나라로서 수천 년에 걸쳐 거의 유일하게 민족적 주체성과 정체성을 유지한 우수한 민족이 살고 있는 국가이기 때문이다. 그리고 고구려와 발해가 활동했던 광대한 과거 역사를 봐서도 그러하다.

중국은 지금 이 지역을 중화문명과 연결하는 작업을 벌이고 있고, 이러한 공정(工程)을 통해 '요하 문명론'이 만들어졌다. 나는 중국이 벌이고 있는 여러 가지 역사왜곡(동북공정[東北工程] 등) 행위가 걱정된다. 그럴 리는 없겠지만, 여러 가지 역사왜곡 행위가 급기야는 우리의 고대 역사와 문화가 저들 중화(中華) 역사의 일부분으로 전락됨으로써 현재 중국 내에 있는 55개 소수민족처럼 되지는 않을는지 우려된다. 특히 작금의 김정일 정권이 자신의 세습 독재체제를 지속하기 위해 중국에 백두산 한쪽을 양도하듯이 신의주나 남포를 중국에 개방함으로써 언젠가 북한이 중국의 일부가 되지나 않을지 걱정이다.

사실 중국이 말하는 중화(中華)라는 말은 지리적으로 중앙을 뜻하는 중국(中國)과 황하 유역의 문화와 사람을 뜻하는 화하(華夏)를 조합한 '문화가 찬란한 중앙의 큰 나라' 또는 '지리적으로나 문화적으로 천하의 중심을 이룬 나라'로, 지금까지는 황하문명을 근간으로 삼았었다, 그런데 지금 그들의 관점에서 볼 때 오랑캐 땅이라고 할 수 있는 곳에서 '요하 문명론'을 공정(工程)하는 역사 작업을 벌이고 있는 것을 볼 때 자기들 이익에 맞는다면 얼마든지 역사 왜곡이 가능한 국가인 것이다.

자기들 국가를 중심으로 하여 주변 국가들은 모두 오랑캐로 지칭하면서 모두 자기네 땅으로 복속시킨 중국으로부터 수천 년간 자주적 정체성을 지켜온 우리는 앞으로도 만 년을 지켜나갈 대한민국을 소중히 가꾸어야 할 것이다. '간도 영유권' 문제를 비롯한 여러 영토적인 문제 해결을 위해 학자와 정부 관계자들이 철저하게 대비해야 할 것으로 사료된다. '동북공정' 뿐만 아니라 저들의 '요하 문명론'에 대해서도 여러 관계자들의 분발이 요구되며, 정부에서는 많은 지원을 아끼지 않아야 할 것이다.

개성부기(開城簿記)

　오늘날 우리가 너무나 흔하게 접하고 중요하게 사용되는 용어인 회계(會計)라는 말을 사전에서는 '특정의 경제적 실체에 관하여 이해관계를 가진 사람들에게 합리적인 경제적 의사 결정을 하는 데 유용한 재무적 정보를 제공하기 위한 일련의 과정 또는 체계' 라고 정의하고 있다. 다소 복잡한 뜻이기는 하지만, 하여튼 부채와 자본, 자산 등의 상태, 그리고 그 흐름을 포함한 여러 경제적 행위를 다양한 방법과 기법으로 이해 당사자에게 정보를 제공하는 과정과 체계를 뜻하는데, 용어 설명만큼이나 이 분야의 학문은 넓고 복잡하다.

　이러한 회계의 가장 기본이 되는 것을 부기(簿記)라고 하며, 영어로는 Bookkeeping이라고 한다. 이는 말 그대로 회계장부를 기록하는 것이다(주 : 자산, 자본, 부채의 수지 증감 따위를 밝히는 기장(記帳)법. 이러한 부기의 역사는 상당히 오래되었다고 한다. 무려 기원 전 8000년이라는 설(說)이 있으나, 고대 바빌론과 앗시리아에서 발견된 명판에 의하면 BC 4000년이라고 한다).

　고대부터 사용된 부기는 단순한 단식부기(Single entry System)였으나, 오늘날과 유사한 복식부기(Double entry System)는 대체로 13세기 이탈리아의 베니스 상인들에 의해 발전되었다고 보고 있다. 기록으로는 15세기 말인 1494년에 베니스의 수학자인 '루카파치올리(.Luca Pacioli, 1445~1514)가 펴낸 ' 산술, 기하, 비 및 비례 총람' 이 있다. 이는 그가 최초라기보다는, 그 당시 베니스에서 행해진 회계 기록법을 그가 종합한 것이라고 보고 있다.

그런데 우리나라 고려 때 개성에서 상업 및 무역활동을 하던 개성 상인이 이미 서양보다 200년이나 앞서서 '사개송도 치부법'(四介松都 置簿法)이라는 독특한 복식부기를 고안하여 사용했다고 한다. 사개(四 介)는 자산, 부채, 이익, 손해로 이루어진 것에서 유래하고 있으며, 이 것을 근간으로 이루어진 개성 장부는 여러 가지가 있지만 그 중에서 기본이 되는 것이 일기장(日記帳)과 분개장(分介帳)이다. 그 외에도 보 조 장부에 속하는 것으로 현금 출납장, 물품 거래장, 위탁물 처리장, 어음 수지장, 회계책 및 손익 계산장 등이 있다. 이러한 장부를 사용하 면서도 장부의 기록과 계산의 편의를 위해 독특한 부호까지 개발해서 사용했다고 하니 정말 놀랄 일이다.

혹시 정말 우리의 개성 부기가 이탈리아에 전해진 것은 아닐까? 이와 는 다른 내용이지만 오세영 작가가 상상력을 발휘해서 집필한 역사소 설 『베니스의 개성상인』에 나오는 안토니오 꼬레아의 활약을 보면서 나 또한 그럴 가능성에 대해 상상의 나래를 펼쳐본다.

일부 학자들이 이런 가능성에 관해 활발한 연구를 하고 있다. 구텐베 르크의 금속활자에 대해 논할 때 요즈음은 한국의 금속활자를 같이 거 론하는 경향이 증가하는 것을 보면서, 우리의 개성 부기도 언젠가는 세 계 회계학 분야에서 정당한 대접을 받을 날이 있을 것으로 생각한다. 어쩌면 지금 세계 경제 전선에서 선전하고 있는 우리나라의 현재 비즈 니스맨들이 바로 이러한 개성 상인(송상)의 피를 이어 받았는지도 모를 일이다. 우리 조상들이 남긴 여러 소중한 전통과 혁신적인 기술을 잘 살려 우리나라가 만 년(萬年)에 이르도록 번창해나가야 할 것이다.

한류(韓流)에 대하여

한류를 영어로 Korean wave(한국 물결) 또는 Korean fever(한국 열기)로 옮기는 것 같다. 우리말 발음대로 그냥 'Hallyu' 라고도 쓴다. 21세기가 시작되면서 한국 문화에 대해 세계인들, 특히 중국, 일본과 베트남 등 동남아를 포함한 아시아권에서의 높은 관심이 불러온 열풍을 한류라고 일컫는다. 이 용어를 만들어낸 것은 한국이 아니다. 1999년 중반 중국에서 번진 한국 상품과 한국인에 대한 인기를 보고 놀란 언론에서 만들어낸 조어(造語)가 그 출발점이었다.

한국의 가요, 드라마로 출발한 한류는 이제 김치, 고추장, 막걸리 등 음식 문화로 옮겨졌고 한국어를 배우는 단계에 접어든 것 같다. 일본 주부들의 '한국어 배우기' 는 더 이상 뉴스거리가 아닌 지 오래다. 얼마 전 TV를 보다가 알제리에서 한국어로 서툴게 말하는 소녀들을 보고 깜짝 놀랐다. 그 먼 곳 알제리의 소녀들이 한국 노래와 드라마를 보고 있다는 사실을 보고 그동안 반신반의했던 '한류 열풍' 을 확인할 수 있었다.

오늘날의 경제적 발전을 반영하면서도 전통적인 가족 구성원에 대한 이야기에 초점을 맞춘 한국의 드라마는 특히 '가족의 소중함', '남녀 간의 사랑', '부모에 대한 효(孝)' 등의 정서를 반영함으로써 아시아인들의 정서에 잘 부합하는 점이 있다. 최초로 중국에서 바람을 일으킨 드라마 '사랑이 뭐길래' 나 '별은 내 가슴에' 등이 이러한 정서를 잘 담아낸 것 같다. 이후 일본과 동남아에서 '가을동화' (Autumn Fairy Tale), '겨울 연가' (Winter Sonata)가 폭발적 인기를 끌었으며, '대장금'은 사극(史劇)임에도 잘 만든 영화로서 중동을 넘어 세계에 많은 마니아를 갖고 있다.

한때 이러한 열풍은 곧 사그라들 것이라는 비평가들이 많았지만, 지금의 추세라면 오히려 더 많은 지역과 국가로 한류가 퍼져 나가는 추세에 있는 것 같다.

동아일보 2010년 5월 11일 기사에 의하면, 북아프리카 '튀니지' 에서도 한류 열풍이 불고 있다는데, 소녀들이 한국의 원더걸스, 슈퍼쥬니어, 소녀시대 등 아이돌 스타의 이름을 줄줄 외우고 있으며, 한국의 드라마를 본 30대의 한 여성은 "한국 드라마는 너무 감동적이라 시청할 때마다 눈물을 흘린다."라고 말한다. 또한 한국의 사극(史劇) '자명고'를 즐겨 보는 한 남성은 아예 한국사를 공부하고 있다면서 고구려, 백제, 신라, 고려, 조선 왕조의 이름을 연대순으로 암기하고 있다고 전한다. 튀니지에서 이러한 드라마를 통해 노출된 한국산 휴대전화, 가전제품, 그리고 자동차에 대한 인지도도 높아가고 있다.

인터넷의 발달과 TV 등의 보급 확대로 중국, 일본, 동남아에 불던 한류가 지금은 인도, 파키스탄, 중동, 중앙아시아, 이란, 이스라엘 등의 국가로 퍼져 나가고 있으며, 북·중남미 권과 특히 칠레, 페루, 멕시코, 아르헨티나에까지 한류가 확산되고 있다. 미국과 캐나다에도 많은 한류 파 인구가 증가하고 있으며, 심지어 동유럽을 포함한 유럽, 아프리카에도 한류 바람이 불고 있다. 최근에는 영국, 프랑스, 스페인, 네덜란드, 호주 등에서도 한류가 시작되고 있다고 한다. 물론 이러한 자료에는 많은 과장이 내포되어 있으리라고 생각한다. 그러나 우리의 가요와 드라마를 보고 일본, 중국, 필리핀, 태국, 싱가포르, 말레이시아, 인도네시아, 베트남 등에서 한국 관광이 주요 관광 테마로 떠오르고 있는 점은 무척 고무적인 현상인 것 같다. 이는 아마도 평화를 사랑하고 정(情)이 있고, 가족을 끔찍이 아끼며, 어려운 시대를 이겨온 우리의 이야기가 세계인들에게 부담 없이 다가간 것이 아닐까. 그리고 조상들로부터 물려받은 가무(歌舞)를 좋아하는 한국인의 넘치는 '끼'가 이제 잘 먹고 잘살게 되면서 이를 아름다운 문화(文化)로 승화시켜 이루어낸 결과가 아닐는지….

지금, 경제적으로 못 살고 있는 국가들은 그들보다도 더 못한 환경에서 세계 G-20 국가로 당당하게 발전한 한국을 보면서 자기들의 발전 모델로 삼기 위해 열심히 한국을 배우고 있다. 한류의 한 편에는 이러한 정서도 한몫을 할 것이다. 이러한 한류의 영향으로 우리나라의 국격(國格)이 한층 향상되고, 우리의 상품의 질과 가치가 더욱 고양될 것으로 기대해 본다. 왜냐하면 한류를 통해 전해진 한국은 '고도(高度)로 발달된 국가'의 이미지로 이어지기 때문이다.

그동안 동양이라고 하면 중국과 일본 문화만 떠올리고 한국은 그 아류(亞流) 정도로만 취급받았던 것이 사실이다. 그러나 한류로 인해 당당하게 한국의 독창적인 문화가 아시아에서 중요한 자리매김을 하게 된 것이다. 이제 가요와 드라마를 뛰어넘어 우리의 음식, 한복, 우리말 등이 세계로 퍼져 나가고, 우리의 찬란한 역사도 함께 널리 퍼져나가는 꿈을 꿔본다….

독도와 동해

독도는 누가 뭐래도 대한민국 영토임이 자명하다. 일본과 논쟁할 가치가 없을 정도로 역사적인 자료가 풍부하고, 또한 실효(實效)적으로 우리가 지배하고 있는 땅이기에 더욱 말할 필요가 없다. 필자는 다만 제 3자가 독도를 바라보는 견해가 궁금하다. 그래서 인터넷에서 '위키피디아' 사전을 검색해보기로 했다.

독도(Dokdo)를 영어로 검색하니, 독도라는 말 대신 '리앙쿠르 암(Liancourt Rock)이 나오고 다음과 같은 설명이 나온다. '리앙쿠르 암은 한국에서는 독도, 일본에서는 타케시마로 알려져 있는 일본해(동해)에 있는 작은 섬들을 지칭한다. 이 섬의 영유권에 대한 일본과 남한의 분쟁이 있다. 현재는 남한의 독도 경비대(Coast Guard)가 주둔하고 있고 남한이 관리하고 있다.'

이 섬이 '리앙쿠르 암(岩)' 이라고 불리게 된 데에는 1849년 프랑스 포경선인 리앙쿠르 호가 독도를 서양에서 처음으로 발견하여 기록한 데 기인하는 것으로, 독도를 한일간 분쟁이 있는 섬으로 보고 자기네 입장에서 붙인 이름이다.

여러 가지 설명이 이 사전에 나오지만, 내 눈길을 끄는 부분은 다음과 같다. '리앙쿠르 암은 한국 본토로부터 217km 거리에 있고, 일본으로부터는 250km 거리에 위치하고 있다. 리앙쿠르 암에서 가장 가까운 한국 섬인 울릉도는 87km 거리에 있으며, 안개가 끼지 않는 맑은 날에는 울릉도에서 이 섬을 볼 수 있다. 리앙쿠르 암에서 가장 가까운 일본 섬인 오키 섬은 157km 떨어져 있는데, 기상조건과 관련 없이 연중 관측이 불가능하다.' 또한 '김성도 씨와 김신일 씨 두 명의 한국 시민이 영주하고 있으며, 37명의 독도 경비대가 살고 있고, 해양수산 관련 직원과 어부들, 등대지기 등이 상주하고 있다.' 라고 기록하고 있다.

2004년부터 이곳 독도에 한국 관광객의 방문을 허용하고 있다. 그해에 1, 597명이 관광했으며, 2005년 3월 중순 이후부터는 더 많은 관광객의 방문을 허용하고 있는데, 한 번에 70명 이상의 관광이 허용된다고 한다. 이 섬에서는 건설도 이루어지고 있다. 주거지, 헬기장, 거대한 국기게양대, 선착장, 계단, 경비대 막사 등이 건설되었고, 2007년에는 20톤의 청정한 물을 생산할 수 있는 담수시설 공사가 이루어졌다. 또 핸드폰(Cell phone) 송수신 탑이 독도에 건설되었다고 기록되어 있다.

"비록 한일 양국의 주장이 첨예하게 대립하고 있지만, 현재 리앙쿠르 암은 한국에 의해 관리(administered)되고 있다. 양국의 주장은 수백 년 역사로 거슬러올라가며, 양측이 주장하는 역사적 증거들이 다양한 형태로 제시되고 있다."라고 끝을 맺고 있다.

비록 우리의 주장과는 거리가 있고 많이 미흡하지만, 외국 사전에서 살펴본 뉘앙스에는 독도가 대한민국의 영토라는 사실을 말하고 있다. 구분해서 살펴보면, 한국의 실효적 지배를 말하고 있으며, 독도가 일본보다는 한국의 본토와 더 가까이 위치하고 있으며, 가시거리에 위치하고 있다는 말을 하고 있다. 그리고 각종 건축물이 한국 정부에 의해 건설되었고, 주민이 거주하고 관광객이 찾고 있으며, 한국의 관할(管

韓) 하에 있음을 몇 차례에 거쳐 서술하고 있다.

우리 역사에서 독도는 이미 512년 신라 지증왕(500-514년) 13년 6월 이사부가 지금의 울릉도를 중심으로 형성되었던 우산국을 정복한 이래 고려, 조선, 대한민국 임시정부를 계승한 대한민국의 영토로서 오늘날 실효적으로 지배하고 있는 명백한 우리 땅이다. 역사적으로 수많은 자료가 발견되어 우리 땅이라는 증거가 명백히 드러나고 있다. 일본의 주장에 의하면, 무주지(無主地, 주인 없는 땅)인 독도를 1905년 일본 시네마 현에 타케시마(竹島)로 편입했고, 특히 1951년 9월 미국과의 샌프란시스코 협약을 들어 독도를 자기네 땅이라고 하는 모양이다. 협약의 내용인즉 '일본이 제주도, 거문도, 울릉도'를 포함한 한국에 대한 권리를 포기한다라고 되어 있는데, 여기에 독도가 포함되어 있지 않다는 주장이다. 그렇다면 제주도에 있는 '마라도'도 일본 땅이란 말인가?

그들은 한국이 현재 독도를 불법 점령하고 있다는 엉터리 주장을 되풀이하고 있다. 1905년은 일제에 의해 '을사보호늑약'이 체결된 해이다. 그러니 그때는 독도뿐만 아니라 대한민국을 전부 자기네 땅이라고 우길 만한 시기가 아니었던가?

이들의 독도 분쟁화에는 여러 가지 이유가 있는 것 같다. 독도 주변 바다 속에 차세대 대체 에너지인 '하이드라이트' 고체 연료가 풍부하게 매장되어 있어 이들 자원에 대한 욕심이 있다거나, 일본 우익 세력들이 자국의 정치 상황에 맞춰 애국심을 조장하기 위한 방편이라는 주장, 그리고 러시아, 중국 등과의 영토분쟁을 벌이고 있는 상황에서 한국의 독도를 이용한다는 설(說) 등이 존재한다.

이미 실효적으로 지배하고 있고 우리의 영토가 명백한 만큼 저들이 노리는 독도를 국제적 분쟁 지역화해서 '국제사법 재판소'에 끌고 가려는 음모에 의연하게 대처해야 한다는 것이 우리의 입장이다.

사실 독도 문제를 건드리는 일본에 우리가 민감하게 반응하고 있다면, 동해(東海) 문제는 일본이 민감하게 반응하고 있는 문제이다. 일본은 일제 강점기인 1929년 국제수로기구(IHO)에 의해 처음으로 동해를 '일본해(Sea of Japan)'로 국제적으로 공식화한 이후, 2004년 3월 UN에서도 일본해를 공식문서에 채택한 바 있다. 이미 '일본해'가 국제적으로 용인 받고 있던 터이다. 그러나 일본보다는 늦었지만, 이미 과거 역사에서 우리나라뿐 아니라 많은 나라가 '동해(East Sea)'로 사용해왔으며, '일본해'라는 이름은 일제(日帝) 강점기에 일제가 무단으로 지명을 변경한 것임을 꾸준히 제기해왔다. 16세기 서구(西歐)에서는 지도에 동해와 한국해(Sea of Korea)를 사용한 기록이 있고 그것이 증명되고 있다. 이러한 노력의 결과 현재는 여러 영어 사전에도 일본해와 동해를 병기(倂記)하고 있으며, 2007년 8월 27일 UN은 국제 표준 지명 표기회의에서 이 문제에 대한 결론을 유보했다. 그리고 지금은 동해와 일본해를 같이 사용하고 있는 곳이 점차 늘고 있는 실정이다.

과거 일본 강점기에 세계에 대해 무지했던 결과로 오늘날 우리의 땅과 바다가 왜곡되었으나 지금 제 자리를 찾아가고 있는 중이다. 일본이 독도에 대해 시비를 거는 만큼 우리는 우리의 바다를 찾기 위해 동해에 대한 지명권을 부단히 주장하여 되찾아와야 할 것이다.

천안함 사태와
군사력

　'미국, 러시아를 제외하고 1,500대 이상의 제 3세대 전차를 보유한 나라', '영국의 인빈시블 급 항공모함을 격침시킨 유일한 잠수함대를 보유한 국가'(림팩 훈련에서 이종무함이 미 항공모함을 격침), 그리고 '10년 안에 최신예 전투함으로 이루어진 1개 함대를 건조할 수 있는 나라…'가 대한민국이다. 어떤 영국 전문가가 본 한국의 군사력이라는 글에 나오는 말이다.

　천안함 침몰에 관해 우리 군대의 문제점이 도마에 오르고 있다. 그러나 분명한 것은 우리 대한민국의 군대는 강하다는 것이다. 오죽하면 북한이 정상적인 방법으로는 할 수 없으니까 일종의 암수(暗數)인 야밤 잠수함에 의한 어뢰기습 작전을 사용했을까?

　국제사회의 규범과 질서를 무시한 채 일개 테러 집단 같은 파행적 행태를 보이고 있는 저들이 같은 동족으로서 참으로 한심하고 불쌍해 보이고, 같은 동족에게 수시로 테러와 폭력을 행사하고 있는 김정일 세습독재를 지키기 위해 일하고 있는 북한 군대가 측은하다. 어린 나이에 입대해서 10~13년간을 군에 복무해야 하는 저들은 이미 비정상적인 군대이며, 따라서 사기가 충만한 군대로 볼 수 없다. 그들의 군대는 정상적인 군이라기보다는 테러 집단이라고 부를 수밖에 없을 듯하다.

매년 세계적 관심을 구하고, 그러한 행태를 통해 부족한 돈과 식량을 구걸해내는 행동이 참으로 구차해 보인다. 항상 저들을 같은 민족으로 여겨 도와줄 마음과 능력을 가진 세계 10위권의 경제력을 갖춘 대한민국에 대해 그야말로 한밤중의 불장난으로 무엇을 기대할 수 있다는 것인가! 그러한 불장난에 귀중하고 소중한 목숨을 잃은 천안함 장병들이 참으로 불쌍하고 안타깝다.

분단된 조국에 태어나서 국가의 부름에 흔쾌히 달려 나가 바다를 지키다, 한밤중에 어처구니없이 저들에게 당하고 유명을 달리한 용사들은 그 억울함으로 인해 눈을 감지 못할 것이다. 이들의 억울한 원혼을 위로하고 달래줄 유일한 길은 저들의 무분별한 테러와 폭력에 더 이상 수수방관하지 않는 길밖에는 없다.

매번 저들의 비겁한 테러에 당하고도 국제적 규약과 세계 질서에 의한 규범에 충실해야만 했던 '모범국가' 대한민국이 결코 호락호락하지 않음을 보여줘야 한다. 경찰이 비겁한 범죄자와 결코 '협상' 하지 않는 것처럼, 앞으로 정부는 보다 단호한 자세로 일체의 타협이나 협상을 더 이상 하지 말아야 할 것이다. 저들이 스스로 잘못을 인정하고 재범(再犯)을 하지 않기로 서약하지 않은 이상 저들의 발목에 '전자발찌' 를 채워 감시하는 일을 계속해야할 것이다.

보통 '비겁자' 들은 강하게 대응하면 뒤로 숨는 경향이 있다. '비겁자' 들은 항상 무방비의 민간인들이나 부녀자를 공격하거나 암수에 의한 테러행위를 저지르고 시치미를 떼는 것이 특징이다. 오히려 중동(中東)의 테러 집단인 '하마스' 같은 단체들은 자신이 한 행위였다고 당당하게 말한다. 역설적이지만, 오히려 북한 정부보다도 그들이 더 남자다운 것 같다. 북한처럼 비겁하게 뒤로 숨고 시치미를 떼지는 않으니까.

우리 군대에 대한 한 영국 전문가의 말을 조금 더 열거하면 다음과
같다.

- 시계(視界) 밖 교전 능력을 갖춘 전투기를 100대 이상 보유한 세계
  5대 공군력을 갖춘 나라
- 미국 외에 가장 강력한 해병대를 보유한 국가
- 자주포 기술에 있어 세계 최고의 기술을 보유한 국가(K-9자주포)
- 대함 미사일 제작 기술을 보유한 8개국 중의 한 국가(하푼 급 대
  함 미사일)
- 고성능 전투기를 미국만큼 많이 보유한 국가
- 동북아에서 가장 강력한 헬기 전력을 보유한 국가가 대한민국이
  라고 그는 전한다. 그러면서 그가 마지막으로 덧붙인 말은, "세계
  에서 자기네 나라가 약해 빠졌다고 생각하는 한심한 국민들이 있
  는 유일한 국가…"라는 것이다.

주 The only dump ass country in the world that has their own people think their country
is a blown ass wimp.

한 가지 더 필자가 추가하고 싶은 것은 최근 우리 군(軍)과 국방과학
연구소(ADD)가 사정거리 1500km에 달하는 국산 순항(크루즈) 미사
일(현무-3C)을 개발해 실전 배치에 들어간 것으로 확인됐다. 1500km
이상의 순항 미사일을 개발한 국가는 미국, 러시아, 이스라엘, 한국 등
4개국에 불과하다. 유사시 이 미사일은 북한의 미사일 기지와 전쟁 지
도부 시설을 개전 초반에 정밀 공격할 수 있다. 말하자면 북한의 핵시
설들은 물론 평안남도 상원, 강원도 이천군 자하리, 함경남도 원산시
노동자 지구의 스커드, 노동 미사일 기지 등 북한의 주요 군사시설 등
을 완벽하게 사정권에 넣게 된다. 속도는 마하1(시속 1260km) 이하이
며, 탄두는 450kg 정도로 목표물에 1~2m 오차를 갖고 있어 미국의

토마호크에 필적하는 성능을 보유하고 있는 것으로 알려졌다.

우리의 군대는 강하다. 단지 국제적 질서와 그에 따른 규범을 지키기 위해 그동안 참아왔을 뿐이다. 국민들은 군을 믿고 우리 대한민국이 가진 강한 군이 국가를 지킬 것이라는 변함없는 믿음과 신뢰를 보내야 한다.

■ 세계 군사력 순위(Global Fire Power)

---

1. 미국 2. 중국 3. 러시아 4. 인도 5. 영국 6. 프랑스 7. 독일 8. 브라질 9. 일본 10. 터키 11. 이스라엘 **12. 대한민국**

13. 이탈리아 14. 인도네시아 15. 파키스탄 16. 타이완 17. 이집트 18. 이란 19. 멕시코 **20. 북한** 21. 스웨덴

기타 순위(22위 이후) 그리스, 캐나다, 사우디아라비아, 우크라이나, 호주, 스페인, 태국, 덴마크, 폴란드….

출처 : GlobalFirepower.com: Strength in Numbers

→ 세계 군사력 육, 해, 공군 별 한국 순위

한국 육, 해, 공군 별 군사력 : 지상군 전력 세계 4위, 해군 전력 세계 8위, 공군 전력 세계 8위, 군사비 규모 세계 8위(병력: 육군 560,000여 명, 해군 67,000여 명, 공군 63,000여 명)

1. 공군
F-5 전투기 180여 기, **KF-16 전폭기 153여 기, F-16 전폭기 27여 대, F-15 k 전폭기 40대,** F-4 전폭기 160여 기 , A-37B 공격기 22대, Harpy 다목적 전투기 103대, BAe-748 수송기 2대, Boeing 737 수송기 1대,
C-130 H 수송기 10대, CN-235 M 수송기 15대, C-118 수송기 1대, RF-4C 정찰기 18대, RF-5A 정찰기 5대, O-1A 정찰기 20대, O-2A 정찰기 10여 대

2. 육군

T-80 tank 80여 대, **K1A1 tank 800여 대, K-1 tank 1500여 대, K-9 자주포 900여 대,** K-55자주포 1200여 대, 견인포 3, 500여 대, 박격포 6, 000여 대, 로켓포 800여 개, 대공포 600여 개, 구룡포 156문, TOW-2A 대전차 무기 700여 대, K-200 전투 장갑차 1, 700여 대, 수송 장갑차 780여 대, MLRS 185여 개, K-SAM 대공포 600여 개, AH-1F/J 공격헬기 외 117여 대, UH-1H , UH-60P외 다목적 헬기 380대, AS-332/VH-60 헬기 3대 , Bell-212/412 헬기 4대, 정찰 헬기 269여 대, CH-47 헬기 6대, UH-1 H/N 헬기 5대

3. 해군

잠수함 12척(백상어 · 청상어 미사일 무장), 잠수정 8척, 전투함정 84척, 독도함(대형상륙함) 1척, 이지스 순양 구축함 1척, 광개토대왕 급 구축함 3 척, 이순신 함 구축함 6척, 광주 급 구축함 3척, 코르베트 함(포항 급 21척 동해 급 3척) 24척, 프리게트 함(울산급) 9척, 충북 급 구축함 7척, 광주 급 구축함 3척, 정찰함 기러기 급 104척, 기타 지원함 13척, 미사일 정 11척, 정찰함(기러기 급) 104 척, 수륙양용 함 LCM/LCT급 32척, 수륙 양용함 LST급 8척, 수륙 양용함 LCVP급 20척, 수륙 양용함 LSM급 7척, 기뢰부설함 1척, 기뢰 제거함 14척, 상륙함 14척, 지원함 13여 척, 해군헬기 48여 대

4. 해병대

병력 25,000여 명, M-47 60대, LVTP -7 장갑차 60대, AAV -73대

5. 미사일 전력

청룡A 1000km, 청룡B 1500km, **현무III 1000km, 현무IIIA 1500km,** 에이티킴즈 미사일 250여 기, Redeye 대공 미사일 1, 020여 개

6. 핵전력 : 준 핵보유국이나 다름없는 한국

한국은 20개의 핵발전소를 보유한 세계 5위의 원자력 강국이다. 핵무기는 없으나 레이저 재처리 우라늄 농축 기술력, 플루토늄 추출 기술, 원심 분리 기술 보유. CIA와 FSB는 한국이 비공식 세계 제 4위의 생화학 무기 대국이라고 평가했다.

출처: nemopam.com 2009. 9. 27

공권력
그리고 정실(情實)

　　미국은 인구 3억 명의 각종 인종이 모여 사는 나라이다. 다양한 의견과 욕구가 서로 얽혀 있고 서로의 주의주장을 완벽하게 소화해줄 수 없는 나라이다. 자유를 찾아 미국이라는 신천지를 찾아온 전통 탓인지 최대한 자유를 허용해주는 정책을 펴고 있다. 다양한 인종, 각종 종교, 서로 다른 나라에서 몰려온 이민자들…. 어느 것 하나 국가를 통합하고 조정, 운영해 나갈 것 같지 않은 각종 갈등 요소가 산재해 있는 국가가 미국이라는 나라이다.

> ㈜ 미국 인구조사는 10년 단위로 이루어짐. 2000년 기준: 2.96억 명 /백인 2.37억 명[80.2%], 흑인 0.37억 명[12.8%] 히스패닉 계 0.42억 명[14.4%] / 아시아 계 0.12억 명[4.3%] / 종교 : 기독교 78.5%[프로테스탄트 51.3%, 로마 가톨릭 23.9%, 몰몬교 1.7%], 무신론자[미등록] 16.1%, 유대교 1.7% 불교 0.7% 이슬람 0.6% 힌두교 0.4%, 기타 1.2%

　　그런데 부유하고 자유로우면서도 질서를 유지한 가운데 세계 경제와 질서를 이끌고 있는 금세기의 패권국가 또한 미국이 아닌가? 우리처럼 단일민족(일부에서 이견이 있지만, 아직은 단일민족으로 보는 게 맞다고 생각한다)이면서 좁은 땅에 사는 나라에서도 지역, 종교, 학연, 혈연 등 갈등 요소가 많은데, 미국처럼 이질적인 요소가 너무나 많은 복잡한 나라가 질서를 유지하고 있는 비결이 무엇일까?

　　미국에서 근무할 당시 농담처럼 하던 말이 있다. "미국의 군기(軍紀)

는 경찰이 책임진다."라는 것이다. 아침 출근길에 교통 위반을 한 덩치 큰 백인이 경찰 앞에서 고양이 앞의 쥐처럼 꼼짝 못 하는 장면을 자주 목격했다. 이들은 경찰, 즉 '공권력' 앞에 철저하게 복종하는 모습을 보였다.

1620년 '메이플라워 호'를 탄 청교도(淸敎徒)인 102명과 25~30명의 선원이 신대륙 메사추세츠에 내리면서 미국의 역사가 시작되었다. 이들 청교도들에 의한 정신이 미국의 초기 정신의 근간(根幹)으로 자리 잡게 된다(1620년 11월 11일, May Flower 호가 승객 102명+선원 25~30명이 66일 항해 끝에 메사추세츠 플리머스(Plymouth) Cape Code에 도착).

이후 초기 식민시대의 미국(Colonial America)은 생활 전반에 청교도적인 정신이 스며들게 되었다. 즉 당시 영국에서 도래된 관습법(Common Law)을 따랐지만, 종종 현지에서는 교회와 종교에 의한 엄격한 도덕률을 더욱 따르게 되었다. 오늘날과 마찬가지로 당시에도 살인, 절도, 그리고 공공질서를 위반하는 죄들이 있었는데, 오늘날에는 별로 심각하게 보지 않는 일들도 심각하게 처벌 받는 경우가 있었다. 예를 들면 '남을 험담하는 것', '공공연하게 술에 취하는 행위', '돼지 절도' 등이 호되게 처벌을 받았고, '안식일에 부적절한 행동' 또는 '교회 불참'과 '혼전 성관계' 등도 엄히 다루어졌다. 아무튼 이러한 초기 미국 이민자 사회에서 비롯된 엄격한 법 적용과 지도층의 민주적이고 높은 도덕적 가치관 등이 오늘날 미국을 지탱하고 있는 원동력이 되었다고 생각한다.

우리의 경우는 과거 양반과 상인 간의 불평등한 법 적용과 지도층의 비도덕적 행위 등이 만연해 오늘날 '유전무죄(有錢無罪), 무전유죄(無錢有罪)'라는 비아냥 어린 말처럼 법에 대한 불신과 불만을 낳았다.

또한 군사독재 시대를 거치면서 민주화 투쟁 기간에 '공권력'은 적(敵)이라는 사상이 부지불식간에 생겨난 것 같다. 심지어 정치인이 부정행위로 인해 재판에 회부되어도 너무나 당당하게 자신을 핍박받는 정치적 희생양으로 묘사하며 공권력의 정당한 법치 행위를 비웃는 지경에까지 이르렀다.

우리 사회는 지연(地緣), 혈연(血緣), 학연(學緣) 등 각종 인연으로 지탱되는 특별한 사회이다. 그러다 보니 몇 다리만 거치면 전부 사돈의 팔촌이 된다. 특히 정(情)이 남다른 민족 성향 상 철저한 법에 의한 처벌이나 징계가 어렵다. 술 취한 사람이 경찰서에 와서 "내가 누군지 아느냐?"라며 자신을 과시하는 행위, "서장 바꿔." 하며 인맥을 동원하는 행위가 바로 이러한 사실을 비유적으로 말해 준다.

미국 워싱턴에서 KKK단(KKK : Ku Klux Klan. 흑인, 유대인, 소수 민족에 대해 테러, 폭력, 린치를 가하는 백인 우월주의 단체. 1865년 남부 연맹군의 테네시 의용군에 의해 창설. 이들은 흰색 고깔모자와 흰옷을 입고 불타는 십자가(Cross burning) 앞에서 의식을 행한다. 주로 언덕 위나 해를 입히고자 하는 대상의 집 앞에서 시위를 벌인다)이 집회하는 것을 본 적이 있다. 경찰은 옆에서 조용히 지켜보고 있었는데, 일부 사람들이 경찰이 제시한 선(Police Line)을 벗어났다. 그러자 내가 보기에도 너무 한다고 할 정도로 경찰은 몽둥이세례를 퍼부었다. 민주국가인 미국이 저래도 될까 하는 걱정이 들 정도로 가혹하게 그들을 다루었다. 만약 우리나라 같으면 경찰 총수가 물러나거나 아니면 법적 처벌까지 운운할 정도였을 것이다. 심지어 파출소에 화염병을 투척하고 경찰을 향해 죽창을 휘두르는데도 대항하지 못하는 공권력은 이미 국가의 안위와 국민의 공공 안녕을 책임질 수 없는 종잇조각의 힘일 뿐이다. 나는 대한민국이 선진국으로 가려면 이것부터 달라져야 한다고 생각한다.

- 먼저 공권력이 권위를 되찾기 위해 스스로 깨끗한 도덕적인 조직으로 거듭나야 한다. 그리고 엄격하면서도 절대 공정하고 평등한 법 적용이 이루어져야 할 것이다.
- 국민정신 개조가 있어야 한다. 법에 대한 냉소와 법을 어겨도 된다는 사상을 한시 바삐 고쳐야 한다. 이를 위해 먼저 권력층, 가진 자가 죄를 지었을 때 더욱 엄격한 법의 잣대와 적용이 필요하다.
- 우리 사회의 고질적 풍토인 지연, 혈연, 학연 등 각종 인연과 정실에 의한 인사가 사라져야 한다. 인사 탕평책(蕩平策)을 정부 조직법이나 기업체 관련법을 제정하는 것도 한 방법일 것이다. 정부가 바뀔 때마다 특정 지역의 편중 또는 홀대 행위는 결국 대한민국의 앞 날을 어둡게 만들 것이다.

무명용사와
돌아오지 않은 용사

　미국 알링톤 국립묘지(Arlington national cemetary)는 국가를 위해 한 몸을 바치고 희생된 사람들을 기리기 위해 우리나라 국립묘지처럼 미국 수도 워싱턴과 가까운 곳인 알링톤에 26만여 명의 고인을 모시고 있는 곳이다. 이러한 유형의 국립묘지는 미국 전역에 산재되어 있다. 예를 들면 캔사스 주에 있는 포트리빈워스(Fort Leavenworth) 미 지휘 참모대학 내에도 전쟁 영웅들을 위한 거대한 묘역이 형성되어 있다.

　이곳 알링톤 국립묘지에는 유명한 케네디 대통령을 포함한 유명 인사들의 묘지뿐만 아니라 여러 일반 묘지들이 있다. 그 가운데 가장 높은 곳, 전망 좋은 곳에 무명용사를 위한 묘역이 있다. 이곳에서는 경비병(Guard)이 유일하게 365일, 24시간 동안 하루도 빼먹지 않고 엄숙한 표정으로 보초를 선다. 무명용사 묘가 가장 영예스러운 곳에 위치하여 최상의 예우를 받고 있는 것이다. 비록 전장(戰場)에서 이름 없이 죽었더라도 국가는 그를 잊지 않고 가장 영예로운 곳에 거두어 주야로 경비병이 보초를 서며 그들의 영면(永眠)을 지켜주고 있는 것이다.

　비석에는 '여기에는 오직 하느님만이 알고 있는 명예롭고 영광스러운 미국 용사가 잠들어 있다(Here rests in honored glory an

American soldiers known but to God).' 라고 씌어 있다. 이 비명(碑銘)에 의하면 그들은 이미 무명(unknown)의 용사가 아니라, 영광스럽게도 하느님이 기억하고 있는 이름 있는(known) 용사가 된다.

알링톤 국립묘지는 연간 400만 명에 이르는 관광객이 미국뿐만 아니라 세계 곳곳에서 찾아오는 명소(名所)이다. 여러 묘역 중에서 반드시 찾아보는 곳이 무명용사 묘지라고 한다. 이곳은 어른들이 자라는 아이들에게 무언(無言)의 '나라사랑 교육'을 시키는 곳이 되었다. 엄숙하고 경건한 경비병의 교대의식을 지켜보고 있노라면 자신도 모르게 애국자가 되게 만든다. 국가를 위해 자신의 모든 것을 바쳐 비록 이름 없는 사자(死者)가 되더라도 명예롭게 이곳에 묻힐 수 있다는 믿음과 자긍심을 심어주기 때문이다.

20여 년 전 미국 육군 사관학교인 웨스트포인트를 방문했을 때 잊지 못할 장소 중의 하나는 '교회'였다. 그 교회에는 당시 세계에서 가장 크다는 오르간(organ)이 있었지만, 정작 나를 한참 동안이나 꼼짝 못 하게 붙들어 맨 것은 그 오르간이 아니라 '전장(戰場)에서 실종되었거나 포로가 되어 돌아오지 못한 용사를 위해 비워둔 나무의자'였다. 붉은 줄로 그 자리를 막아놓았는데, 그 빈자리는 언젠가 돌아올 용사를 위한 자리였다. 참으로 가슴이 뭉클했고, 전장에서 돌아오지 않은 용사를 잊지 않고 있는 미국이 잠시 동안이나마 존경스러웠다. 아마 이곳 교회를 찾는 많은 관광객이나 예배를 드리러 오는 생도들, 장교들, 그리고 많은 사람들이 항상 그 빈자리를 쳐다보며 그들을 기억하고 언젠가는 그들이 돌아오기를 기도드리고 있을 것이다. 이와 관련된 자료를 찾다가 더욱 놀란 것은 비단 미 육사에 있는 교회뿐만 아니라 미국 전역 많은 곳에서 이러한 돌아오지 않은 용사를 기다리는 빈 의자(empty chair)가 있고 이들을 기리는 행사가 열리고 있다는 사실이었다.

'전쟁포로와 실종자를 위한 빈 의자 행사(POW/MIA Empty chair ceremony)로서 준비물은 테이블, 노란 리본의 꽃병, 장미꽃, 성경책, 촛불, 미국 국기, 잘게 썬 레몬, 소금, 그리고 빈 의자 등이었다. 준비된 물건마다 의미가 있는데 '레몬'은 적국에서 포로가 되었거나 실종된 용사들의 쓰디쓴 운명을 되새기기 위한 것이고, '소금'은 집으로 돌아올 수 없는 용사들의 셀 수 없는 눈물을 상징한다고 한다.

행사는 "그들의 희생을 결코 잊지 않고 기억하게 해주시옵고, 하느님께서 영원히 그들을 지켜주시옵고 그들과 그들의 가족을 보호해 주시옵소서(Let us remember and never forget their sacrifices. May God forever watch over them and protect them and their families…)…"라는 기도와 함께 경건하게 치러진다고 한다. 이 기도문에는 전장에서 돌아오지 못한 용사뿐만 아니라 슬픔과 비탄에 빠진 가족에 대한 배려마저 느낄 수 있다.

지금 이 순간 우리는 6·25 전쟁에서 포로가 되었거나 이름 없이 죽어 유골(遺骨)조차 찾지 못한 채, 아직도 전장에서 돌아오지 못한 우리의 용사들이 있다는 것을 기억하는 사람들이 얼마나 되는지 의문이다. 그리고 수십 년간 슬픔과 비탄에 빠져 있는 그들의 가족에 대한 우리의 배려가 얼마나 깊었는지 반성해 보게 된다. 국가가 위기에 처했을 때 온몸을 내어던져 헌신한 사람에 대해 이 땅에 살고 있는 우리는 늦었지만 이들의 명예와 영광을 위해 깊은 성찰(省察)이 있어야 할 것이다.

국가를 위해 온몸을 바친 '돌아오지 못한 용사'를 위해 우리 국민들은 그들을 기억하고 그들의 귀환을 위해 모든 일을 다해야 할 것이다. 그리고 비록 유골이 되었을지라도 마지막 한 명이 돌아올 때까지 최선을 다해야 할 것이다. 이 일이야 말로 우리 대한민국이 선진국이 되고 국격(國格)이 높은 나라가 되기 위해 필요한 일이며, 스스로 자긍심 높은 국가가 되기 위한 최고의 과제라고 생각한다.

■ 미국 곳곳에서 행하는 전쟁 포로와 실종자를 위한 빈 의자 행사
   진행 원문

POW/MIA Empty Chair Ceremony Rules

(Commander) : 지휘관에 의한 인사말 : 아직까지 돌아오지 않은
용사를 기리고, 행사 취지를 설명

We would like to take this opportunity to remember the incredible cost paid by those who gave their all to help preserve the freedoms we enjoy, those gallant individuals who fought and died for our country. Yet, it is in remembering our fallen comrades that we are reminded of those whose fate is still unknown, those still listed as Missing In Action and Prisoners Of War.

More than 78, 000 Americans are still unaccounted for from World War II; 8, 100 from Korea; 120 from the Cold War; 1, 810 from Viet Nam; and 3 from the Gulf War. These courageous Americans, who dedicated their lives to preserving and protecting our freedom, will never be forgotten. To honor these men and women, we will perform the POW/MIA Empty Chair Ceremony.

(The italicized script has been added to the original ceremony keeping within our guidelines of being able to add to but not subtract from an official ceremony)

Those who have served and those currently serving in the uniformed services of the United States are ever mindful that the sweetness of enduring peace has always been tainted by the bitterness of personal sacrifice. We are compelled to never forget that while we enjoy our daily pleasures, there are others who have endured and may still be enduring the agonies of pain, deprivation, and internment.

We call your attention to this small table which occupies a place of dignity and honor. It is being set for one, symbolizing the fact that members of our armed forces are missing from our ranks. They are referred to as POWs and MIAs. We call them comrades. They are unable to be with their loved ones and families, so we join together to pay our humble tribute to them, and to bear witness to their continued absence.

➡ 각각의 준비물이 상징하는 내용 소개

The **Table** is round symbolizing the frailty of one prisoner, alone against his or her suppressors.

(The following script may be read or recited by the Commander or each member of the team as they perform their assignment)

The **Tablecloth** is white, symbolic of the purity of their intentions to respond to their Country's call to arms. The table is being **Set for One**, symbolizing the frailty of one prisoner, alone against his or her oppressors. The **Yellow Ribbon on the Vase** represents the yellow ribbons worn on the lapels of thousands who demand, with unyielding determination, a proper account of our comrades who are not among us. The **Single Rose** in the vase signifies the blood they may have shed in sacrifice to ensure the freedom of our beloved

United States of America. This rose reminds us of the family and friends of our missing comrades who keep faith, while awaiting their return. **A Slice of Lemon** on the bread plate is to remind us of their bitter fate, those captured and missing in a foreign land.

The **Salt** being sprinkled on the plate is to remind us of the countless tears of those who have never come home and of the tears of their families and friends, whose grief knows no end.

*The **Bible** serves to remind us of the comfort of faith offered to those who face seemingly insurmountable challenges, and it also reminds us of our country being founded on the principle of One Nation Under God.*

The **Glass** is inverted; they cannot toast with us this day/night.

The Candle is reminiscent of the light of hope, which lives in our hearts to illuminate their way home, away from their captors, to the open arms of a grateful nation. The **American Flag** reminds us that many may never return and have paid the supreme sacrifice to insure our freedom. *The **Flag of the American Legion**,*

reminds us of our organization that has pledged full accountability for all who have not returned.

The **Chair** is empty, our Comrades are missing.

➜ 의식(儀式) 진행

Commander:

As the Honor guard posts each of the five service flags, take this time to reflect upon the sacrifices of all veterans, especially those who have been or continue to be Prisoners Of War or who are Missing In Action. Chaplain: "Uncover."

Let us pray to the Supreme Commander that all of our comrades will soon be back within our ranks. Let us remember and never forget their sacrifices. May God forever watch over them and protect them and their families. Through Christ our Lord. Amen.

Chaplain: "Cover." Commander: ""Attention, Hand Salute.""

Bugler: Play "Taps." Commander: "Ready, Two."

Commander: "This concludes our POW/MIA Empty Chair Ceremony. Thank you for your attention."

Commander: Retire your team.

한국의 불교(佛教)

　부처님(석가모니[釋迦牟尼], 싯다르타, Buddha). 깨우친 사람은 기원 전 5세기 경 인도의 북동부 지역에서 태어났다. 우리가 알고 있는 불(佛 : 불타. Buddha)이라는 말은 인도 팔리어(Pali / Sanskrit)로 깨우친 사람, 각성(覺性)한 사람이라는 뜻으로 쓰이는 말에서 유래한다. 소승불교(小乘佛教)의 경전 Theravada Tipitaka scriptures에 의하면, 부처님은 기원 전 563년에 오늘날 네팔(Nepal)의 룸비니(Lumbini)에서 태어나고 자랐다고 전해진다.

　왕자 싯다르타(Siddhartha)가 '위대한 왕'이 되든가 아니면 속세(물질세계)를 떠나 '성인(聖人)이 될 것이라는 점성가의 예언에 따라 아버지인 왕은 외부 세계와 왕자를 격리시켜 자라게 했다. 그러나 아버지의 노력에도 불구하고 결국 왕자는 왕궁 밖의 세계를 보게 되고, 29세가 되던 나이에 생로병사(生老病死)라는 인간의 고통에 대한 물음을 가지고 영적(靈的) 수행의 길로 나선다. 수행의 길에서 깨달음을 얻지 못한 부처님은 35세가 되던 해에 인도 '보드 가야' Bodh Gaya의 보리수나무에서 명상수행에 들어간다. 이후 재탄생이라는 윤회(輪回)에서 자신을 자유롭게 한 그는 크게 깨우침을 얻고 추종자들을 교화시키고 중생을 계도한다. 그리고 기원 전 483년 80세의 나이로 열반(涅槃)에 들었다.

오늘날 불교를 믿는 사람의 수(數)는 2.3억 명에서 5억 명 사이로 추산하고 있으나, 대략 3.5억 명으로 알려져 있다(일설에는 7억 명이라고도 한다. 불교신자 파악에는 여러 가지 어려움이 있는데, 예를 들면 공산국가인 중국, 북한 등에서 숫자 파악이 어려운 것도 그 이유 중 하나이다). 불교는 인도에서 발생했으나 지금은 인도 인구의 0.7%만 믿는 소수(小數) 종교로 전락한 반면, 스리랑카, 캄보디아, 라오스, 미얀마, 태국, 중국, 티베트, 일본, 한국 등 아시아 여러 국가에서 번창하게 되었다.

우리나라 불교의 시초는 고구려 소수림왕 2년(재위 기간 : 371~384년) 중국 전진(前秦)으로부터 불경과 불상을 받아들여 법률을 제정하여 공표하고 초문사(肖門寺), 이불란사(伊弗蘭寺)를 창건함으로써 시작되었다. 이후 백제(百濟)가 받아들였고, 신라(新羅)가 가장 늦게 불교를 받아들였다.

이 시기 중국으로부터 들여온 불교는 대승불교(大乘佛敎)이다. 대승(大乘)이 뜻하는 바는 말 그대로 대(큰, Maha), 승(수레, Yana)으로서, 많은 사람을 구제하여 태우는 '일체중생(一切衆生)의 제도(濟度)를 목표로 한 새로운 운동'이다. 과거 소승불교에서 석가(釋迦)에게만 한정하던 보살(菩薩, 구도자, 지혜를 가진 사람, 지혜를 본질로 하는 사람)이 대승불교로 옮겨오면서 모든 사람을 지칭하는 개념으로 바뀌었다. 석가가 입멸(入滅)한 후 500년 경(기원 전 100년)에 일어난 운동이니, 당시 중국으로부터 우리나라에 전파된 불교는 '대승불교'가 된다(중국, 몽골, 티베트, 한국, 일본 등 북방불교는 대승불교이다).

저자도 잘 모르는 불교를 여러 문헌을 뒤져 짧지만 독자에게 전달하고자 하는 이유는, 외국 여행을 다녀보니 많은 외국인들이 불교에 대해 많은 관심을 가지고 있었고, 한국에서 온 나는 당연히 '태권도 유단자'이어야 하는 것처럼 그들은 나를 '불교'에 대해서도 지식이 많은 사람인 것으로 생각해 내게 질문하곤 했는데, 부끄럽지만 잘 설명하지 못한 체험 때문이다(유럽인들은 특히 명상[meditation]과 불교를 상당히 동일하게 생각하는 것 같았다). 김수환 추기경도 불국사를 바라보면서 '로마'의 성당에서 느끼지 못했던 느낌과 감동을 받았다는 말을 한 바 있거니와, 이 땅에 살고 있는 한국인에게 불교에 관한 지식은 역사와 같으며 필히 알고 있어야 할 교양이라고 생각한다. 물론 불교신자에게는 더한 의미가 있겠지만….

특히 대승불교인 우리나라 불교는 중생을 계도(啓導)할 뿐만 아니라 배고픈 백성을 구휼(救恤, 재난당한 사람이나 빈민을 구제함)하는 데도 앞장섰다. 그것은 사찰에 남아 있는 거대한 솥단지를 통해서도 알 수 있다.

㈜ 전주에 있는 금산사에는 옛날 큰 솥단지가 남아 있어 인상적이었다.

무엇보다도 한국 불교는 호국신앙(胡國信仰), 즉 호국불교(護國佛敎)의 성격이 강하다. 역사적으로 볼 때 불력(佛力)으로 나라를 지키고자 하는 노력이 강했다. '황룡사 9층 목탑'에는 나라의 외침을 경계하고 융성하고자 염원하는 정신이 서려 있고, 고려의 '팔만대장경'은 세계에서 그 유래를 찾아볼 수 없는, 우리나라만의 독특하고 위대한 호국 의지가 담긴 불교신앙의 정수(精髓)라고 생각한다. 신라 원광(圓光)법사께서 화랑에게 내린 세속오계(世俗五戒 : 사군이충(事君以忠)-임금을 섬김에 충성을 다한다. 사친이효(事親以孝)-효도를 다해 어버이를 섬긴다. 교우이신(交友以信)-믿음을 다해 벗을 사귄다. 임전무퇴(臨戰無退)-싸움에 임해서는 물러섬이 없다. 살생유택(殺生有擇)-산 것을 죽임에는 가림이 있다)는 오늘날까지 그 정신이 이어져 내려와 사관학교 생도들의 교육에도 크게 기여하고 있다.

특히 불교가 극히 핍박받던 조선 시대에도 임진왜란이라는 나라의 위기가 닥치자 서산, 사명 대사가 분연히 승병(僧兵)을 이끌고 왜적에 맞섰다는 사실은 호국불교에 관한 모든 진실을 증명하고 있다. 그 외에도 고려 숙종 9년, 1104년 여진족의 침입에 대처하기 위해 승려로만 조직된 항마군(降魔軍) 부대가 있었고, 일제 강점기에는 만해 한용운, 용성 스님, 홍월초 스님 등처럼 항일 운동을 한 스님들이 많이 있었다.

우리역사에서 다양한 모습으로 나타나는 불교에 대해서는 여러 가지 평가가 엇갈리지만, 한 가지 분명한 것은 나라의 위기를 수수방관하지 않았다는 것이며, 언제나 나라를 지키고자 하는 정신이 면면히 오늘날까지 이어져오고 있다는 사실이다. 나는 이 또한 우리나라만이 가지고 있는 특별한 전통이며 자랑스러운 역사의 한 단면이라고 생각한다.

남북(南北) 관계

한반도에서 통일되지 못한 채 나라가 분열된 시대는 신라가 통일을 이룩한 668년까지 약 700년간의 신라, 고구려, 백제의 삼국 시대, 그리고 통일신라가 혼란에 빠진 시기에 견훤이 완산주, 즉 지금의 전주에서 후백제를 세우고(900년) 936년 고려에 의해 멸망한 30여 년간의 후삼국 시대가 있다.

일제 강점기에도 나라가 분열되지는 않았으나, 해방 후 1945년부터 지금까지 약 60여 년간 남북으로 나라가 갈라서 있다. 고려 시대 이후 천 년 이상을 단일국가 형태를 이뤄온 우리는 비록 남과 북으로 분열되어 있지만, 통일에 대한 희망과 염원은 남북을 막론하고 한결같을 수밖에 없다. 독일 통일이 남북 통일보다 쉬웠다는 견해 중에는 동서 독일이 서로 총을 겨누고 싸움을 한 적이 없다는 사실을 이야기하는 사람들이 있지만, 그보다도 같은 민족으로, 같은 나라로 살아온 세월이 독일보다는 더 역사가 길기 때문에 우리나라의 남과 북이 통일되는 것이 오히려 어렵지 않다고 나는 생각하고 있다. (1871년 단일 국가 도이칠란트[Deutschland]로 통일되기 전까지 독일은 민족은 존재했으나 통일된 국가는 존재하지 않았다. 39개의 군소 국가로 분리되었던 독일은 1818년 프로이센을 중심으로 관세동맹을 결성했고, 1871년 프랑스와의 전쟁에서 승리한 후 제후들의 추대 형식으로 빌헬름 1세가 독일 황제로 즉위하여 독일 제국이 성립되었다.)

문제는 김정일 세습 정권의 유지를 위해 극단적인 폐쇄 체제의 길을 걷고 있는 북한의 모든 것이 남한에 비해 너무나 월등하게 뒤떨어져 있다는 사실이다. 2009년 3월 조선일보가 분석한 남북한 비교에 의하면 인구수는 남한이 4,845만 명이고 북한이 2,230만 명으로 2.1배의 격차가 벌어져 있다. GNI(Gross national Income[국민 총소득])는 남한이 902조 원인 데 반해 북한이 24조 원으로 무려 36.4배의 격차가 있다. 1인당 GNI에서도 남북의 차이가 1,863만 원 대 107만 원으로 17.4배나 남한이 우세를 보이고 있다. 무역 총액은 7,283억 달러 대 29억 달러로 247.6배의 차이가 나며, 자동차 생산은 408만 대 대 5,000대로 888.3배의 격차가 벌어진다. 그 외에도 경제적인 격차는 북한이 감히 쳐다볼 수 없을 정도의 어마어마한 차이가 존재한다. 말하자면 세계 10위권의 경제력을 가진 국가와 주민의 절대 다수가 굶주리는 국가와의 차이가 남북 사이에 존재하는 것이다.

필자를 가슴 아프게 하는 것 중에 하나는, 지금 북한 주민들의 신장(身長)이 갈수록 작아져 인종(人種)의 변화가 일어나고 있다는 점이다. 우리나라 남자의 평균 신장은 2006년 기준으로 173.9cm로서 이미 일본(171cm)과 중국(170cm)을 넘어섰고 아시아에서는 가장 크다고 한다. 서구인들과는 프랑스(174.1cm)나 캐나다(174cm) 정도의 수준이다. 북한의 경우는 신장에 대한 정보가 국가 기밀에 속한다는데, 평균 신장이 165.6cm라고 알려져 있지만 실제로는 이보다 더 작을 것으로 추정된다. 신생아(新生兒)들이 태어났을 때 몸무게가 2kg을 넘는 경우가 거의 없다고 하니 실로 걱정이 아닐 수 없다. 북한의 영아(嬰兒) 사망률은 1,000명 당 42명으로 남한의 3명에 비해 무려 14배나 높다. 2008년 북한의 평균 수명이 64.3세이고 남한은 79세로 15세가량 차이가 난다. 동서독이 통일될 당시 키 차이가 2cm였다고 하는데, 남북의 차이는 그 통계를 훌쩍 뛰어넘는다. 그런 것을 볼 때 김정일 정권의 역사적 죄과(罪過)는 미래 우리 민족의 인종적 차별을 낳은 주범으로서 엄히 따져 물어야 할 것이다.

김정일이 지배하고 있는 북한은 오로지 김 씨 왕조의 세습만을 위해 모든 것을 걸고 있는 기형적인 나라이다. 나라를 개방하고 개혁하여 백성을 잘 먹고 잘살게 하는 데 전력을 기울이기보다는, 그들의 정권이 무너지지 않기 위해 군사력을 증강시키고 핵무기를 만드는 데 모든 것을 쏟아 붓는 행태를 보이고 있다. 김정일이 비자금으로 관리하고 있는 돈이 40억 달러라는데, 1990년대 중후반 1년에 3억 달러를 옥수수 구매에 썼다면 당시 300만 명에 이르는 아사자(餓死者)의 목숨을 구할 수 있었을 것이다. 핵탄두 실험에 사용된 돈이 2억 8천 달러~7억 9천만 달러라고 하며, 김일성의 미라 궁전인 금수산 기념궁전을 짓는 데 9억 달러를 들였다고 한다.

앞으로의 남북관계는 이러한 사실을 직시하고 바른 판단과 기준을 지켜 나가야 한다. 한때 햇볕정책을 쓰면 북한이 변하고 달라질 것으로 보고 '대북정책'을 했고 지금도 진보 세력권에서는 그렇게 주장하고 있지만, 북한의 기본적인 '김정일 세습 정권'의 정책변화가 없는 한 이러한 노력은 허망한 일일 뿐이다. 어쩌면 북한 주민들의 고통만 더 오랫동안 연장시켜주는 나쁜 정책일 것이다.

북한 사람들이 열등한 인종으로 변화되는 것을 막기 위해서는 남한의 지원이 필요하다. 그러나 모든 인도적인 지원이 저들 당원이나 지배층에게만 혜택이 돌아가는 형태의 지원은 재고해야 한다. 더구나 '핵무기'를 만들고, 서해상에서 도발을 일삼는 등 호전적인 행태를 계속 보이면서 뒤로는 손을 내미는 후안무치(厚顔無恥)한 정권에게 더 이상의 '인도적 지원'은 없어야 할 것이다.

적어도 지구상에 존재하는 보통의 국가들이 지키고 있는 국제적 규범과 질서를 준수할 때만 우리도 지원을 보내야 한다. 그리고 북한 권력층 스스로 북한 주민에 대한 최소한의 인도적인 마음과 양심이 있음을 확인할 때 그에 상응한 지원이 있어야 할 것이다. 따라서 앞으로 남북관계도 통일되기 전까지는 냉철하게 국가 대 국가의 준수해야 할 법과 규범에 의거하여 이루어져야 할 것이다.

모 친북 인사가 남한에서 남아도는 쌀을 사료로 쓴다고 해서 '천벌을 받을 것'이라고 했는데, 그 전에 먼저 천벌 받을 사람들이 북한 권력층에 있다고 했으면 그의 진정성이 더 있었겠는데 하는 생각이 들었다….

남북 관계에서 경제력 싸움은 이미 끝난 경쟁이다. 다음에 보여주는 국민소득에서도 북한은 이미 남한과 비교할 수 없을 정도로 국제사회에서 거의 하위권 국가에 머물고 있음을 보여준다.

■ **국민소득에 관한 정보** : PPP(구매력 기준)과 GNI(실질 국민소득) 두 가지 정보를 검색한 결과를 같이 소개함. 비교해서 살펴보는 재미가 있음. 어느 것이 우선인지 알 수 없으나, 통상적으로 GNI를 기준으로 하는데 PPP 방식도 많이 사용되고 있음.

1 인당 국민소득(GDP-Per Capia)

Purchasing power parity(PPP) 구매력 기준에서 본 국민소득

1. Liechtenstein $122,100, 2. 카타르 $121,400, 3. 룩셈부르크 $77,600 … 8. 싱가포르 $50,300 9. 부루나이 $50,100 10. 미국 $46,400 … 18. 스위스 $41,600, 22. 호주 $38,500 23. 캐나다 $38,400 25. 스웨덴 $36,800 33. 독일 $34,200 34. 스페인 $33,700 35. 프랑스 $32,800 37. 일본 $32,600 40. 이탈리아 $30,200 43. 이스라엘 $28,400 45. 뉴질랜드 $27,700 **45. 대한민국 $27,700** 50. 포르투갈 $21,700, 63. 러시아 $15,200 86. 브라질 $10,200 98. 태국 $8,100 104. 중국 $6,5001 26. 필리핀 $3,300 127. 인도 $3,100 137. **북한 $1,800** 145. 르완다 $1,000

1인당 실질 국민소득(GNI. Gross National Income)
Gross National Income per capita in 2009 at nominal values

1. 모나코 203,900[1] 2. Liechtenstein 113,210[1] 3. 노르웨이 86,440 4. 룩셈부르크 74,430 5. Channel Islands 68,610[1] 6. 카타르 N/A[1] 7. 버뮤다 N/A[1] 8. 덴마크 58,930 9. 스위스 56,370[1] 10. 쿠웨이트 43,930[1] 11. Isle of Man 49,310[1] 12. San Marino 50,670[1] 13. UAE N/A[1] 14. 네덜란드 49,350 15. Sweden 48,930 16. Cayman Islands N/A[1] 17. 미국 47,240 18. 오스트리아 46,850 19. 핀란드 45,680 20. Macau 35,360[1] 21. 벨기에 45,310 22. 아일랜드 44,310 23. 프랑스 43,990 24. 호주 43,770 25. Iceland 43,220 26. 독일 42,560 27. 캐나다 42,170 28. Andorra 41,130[1] 29. 영국 41,520 30. 일본 37,870 31. 싱가포르 37,220 32. 이탈리아 35,080 34. 홍콩 31,420[1] 35. 스페인 31,870 36. 그리스 28,630 38. 뉴질랜드 26,830[1] 40. 이스라엘 25,740 41. 슬로베니아 23,520 42. 바하마 21,390[1] 43. 포르투갈 20,940 44. 대한민국 19,830 107. 중국 3,620 143. 인도 1,170 153. 베트남 1,010 – 북한 : 200 위권 추정(1,000달러 미만)

6 · 25 전쟁

우리는 어렸을 때 6·25 전쟁을 6·25 동란(動亂) 또는 한국동란이라고도 배웠다. 동란(動亂)은 '폭동, 반란, 전쟁 따위가 일어나 사회가 질서를 잃고 소란해지는 일'이라고 사전에서 말하고 있다. 말하자면 우리 입장에서 국가로 보지 않은 북한의 난동 세력들이 폭동을 일으킨 것과 같은 상황이라고나 할까? 외국에서는 그냥 한국전쟁(Korean War)이라고 하기도 하고 분쟁(紛爭, Conflict)이라고 표기하기도 한다. 미국에서는 한국전쟁을 '잊혀진 전쟁(The Forgotten War)' 또는 '알려지지 않은 전쟁(The Unknown War)'이라고도 하는데, 이는 제2차 세계대전이나 월남전에 비해 관심이나 이슈거리가 많지 않은 데 기인하는 것 같다.

북한은 6·25 전쟁을 '조국 해방전쟁'이라고 부르고 있으며, 중국은 '항미 원조전쟁(抗美援助戰爭)'이라고 부른다. 그 명칭들에 바로 이 전쟁을 바라보는 뜻이 있다고 생각한다. 말하자면 좌익들이 말하는 북침(北侵) 주장이 틀렸다는 것은, 이들이 자기네들 입으로 말하는 명칭에 그 전쟁의 의미가 더하고 뺄 것 없이 그대로 들어 있으니 하는 말이다.

아무튼 당사자인 우리에게는 6·25 전쟁이 던져준 피해와 상처가 너무나 크다. 그럼에도 세월이 60년이나 흐르면서 우리에게도 지금 이 전쟁이 '잊혀진 전쟁'처럼 되어가고 있지나 않은지 걱정이다. 우리 때만 해도 "아아 잊으랴! 어찌 우리 이 날을 조국의 원수들이 짓밟아 오던 날을, 맨 주먹 붉은 피로 원수를 막아내어…."라는 노래를 불렀는데, 지금의 세대는 과연 이러한 노래가 있는지조차 모를 것이다.

이 전쟁의 원인(遠因, 먼 이유)은 일제의 강점과 2차 세계대전을 정리하면서 발생한 강대국 간의 전후 처리 결과 발생한 남북분단(전후 처리를 회의한 카이로회담(1943년), 얄타협정(1945년 2월), 포츠담회담(1945년 7~8월), 그리고 그러한 현실 앞에 자주적으로 할 수 있는 힘이 없었던 우리의 현실에 있다고 생각한다. 직접적인 원인은 김일성의 적화야욕(赤化野慾)과 주한미군 철수가 있겠지만, 남한의 정치, 사회적 혼란과 남한 내 좌익 세력의 준동 역시 무시 못 할 이유가 될 것이다.

냉전 이후 첫 좌우 진영 간의 대결, 대리전쟁(Proxy War)이라고도 하는 6·25 전쟁은 소련의 사주와 지원을 받아 철저히 전쟁 준비를 한 김일성 인민군대(軍隊)가 1950년 6월 25일 새벽에 기습 도발을 감행함으로써 발생했고, 당시 준비 없이 열악한 무기와 장비로 무장한 우리 국군은 정말 목숨을 내어던지듯 한 전투 속에서 속절없이 후퇴할 수밖에 없었다.

미국군이 처음 전쟁에 등장한 것은 미 24단 예하의 '스미스 특수임무 부대'로 1950년 7월 5일 오산지구 전투에서였다. 이들은 540명의 병력 중에서 180명의 사상자를 내며 패배했고, 24사단 역시 3,602명의 전사상자가 생겨나고 사단장 딘 소장(M.G. William F. Dean)을 포함하여 2,962명이 포로로 붙잡히는 수모를 당하게 되었다.

이후 북한 인민군이 부산 근처까지 밀고 내려와 8월경에는 낙동강 방어선에서 겨우 적의 진출을 막는 상황 속에서 남한의 90% 지역이 적의 수중에 있게 된다. 그러나 맥아더 장군의 인천상륙작전(작전명 :

크로마이트[Chromite], 9월 15일)으로 전세를 역전시킨 국군과 유엔 연합군은 9월 26일 서울 수복(收復), 10월 1일 38도선을 통과했고(국군 3사단), 백선엽 장군이 이끄는 국군 1사단이 10월 19일 평양을 탈환하는 등 숨 가쁜 북진을 이루게 된다. 압록강까지 진출(6사단 7연대 병력)한 국군은 통일을 눈앞에 둔 감격을 맛보았으나 30만 명의 중공군이 기습적으로 국경을 넘어 한국전쟁에 개입함으로써 전세가 뒤 바뀌고 말았다. 중공군이 개입된 전쟁은 밀고 밀리는 전쟁의 양상을 보였고, 결국 1953년 7월 27일 휴전이 이루어져 오늘날에 이른다.

6·25 전쟁을 짧은 지면에 옮겨 싣기는 어렵다. 전쟁으로 인한 민간인 희생자가 사망 37만 명 등 100만 명이 넘고, 국군 사상자는 23만 명에 달하며, 실종 또는 포로가 된 국군이 8만 명이 넘는다고 한다. 또한 수십만 명의 전쟁미망인과 고아, 수백만 명의 이산가족들의 비참한 고통과 눈물을 앗아간 전쟁을 일으킨 그 장본인들만큼은 용서될 수 없다. 오늘날 풍요와 자유를 마음껏 누리며 살아가는 이 땅의 잘못된 사고를 가진 사람들이 '북침(北侵)' 운운하거나 6·25 전쟁이 외세에 의한 대리전쟁이라는 미국 책임론을 내세우며 '김일성 집단'의 전쟁 행위를 희석시키려 하는 행위는 참기 어려운 일이다.

이 땅에는 아직도 평화가 진정으로 정착되어 있지 못하다. 왜냐하면 김일성 일가에 의한 세습 독재정권을 유지하려는 김정일 집단이 오직 자기들의 정권 유지를 위해 끊임없이 한반도의 평화를 위협하는 행동을 계속하고 있기 때문이다. 6·25 전쟁과 같은 비극이 이 땅에서 다시 일어난다면 그때는 정말 돌이킬 수 없는 참화로 인해 애써 일궈놓은 우리의 모든 성취가 물거품이 되고 말 것이다. 잃을 것이 별로 없는 북한의 김정일 집단이 계속 망나니 같은 짓을 해도 우리가 참고 인내하는 이유가 여기에 있다. 정규전으로 북한과 전쟁을 하더라도 우리의 군사력은 6 · 25 전쟁 때와는 달리 저들의 침략을 충분히 분쇄시킬 수 있지만, 우리는 모든 것을 평화적으로 이루기 위해 노력하고 있을 뿐이다.

6 · 25 전쟁이 일어나자 우리나라를 돕기 위해 16개국에서 전투 병력을 보내와 많은 젊은 청년들이 이국땅인 한국에서 목숨을 잃고 부상당했다. 우리는 그들의 고마움을 결코 잊지 말아야 할 것이다. 참전국(參戰國)은 미국, 영국, 오스트레일리아, 캐나다, 네덜란드, 프랑스, 터키, 필리핀, 태국, 그리스, 남아프리카 공화국, 에티오피아, 콜롬비아, 룩셈부르크, 뉴질랜드, 벨기에로서 학창 시절에 이 16개국을 반드시 외워야 했던 기억이 난다. 그때 외운 것을 지금도 기억하고 있는데, 요즘 젊은이들은 잘 모르는 것 같아 우리 세대나 선배 세대들이 사라진 다음에는 도와준 고마움을 모르는 '대한민국'이 될까봐 우려된다(의료 지원을 한 국가는 5개국으로 노르웨이, 덴마크, 스웨덴, 인도, 이탈리아 등이다).

그리고 6 · 25 전쟁 전에 남한에서 일어났던 여러 가지 좌익 준동행위가 우리 사회에서 더 이상 발생하지 않아야 할 것이다. 분별없고 무책임한 세력들이 국기(國紀)를 흔들려는 행위는 단호히 다스려야 한다. 이는 가정과 학교 교육에서부터 이루어져야 하는데 오늘날의 여러 현상을 보며 걱정이 앞서는 것은 과연 기우(杞憂)일 뿐일까?

한시 바삐 치유해야 할
지역감정

우리나라에서 지역감정이라는 말은 지역차별을 뜻한다. 이러한 지역차별에는 편견이 존재한다. '편견'과 '차별'은 결국 통합의 힘에 대한 부정적인 징후라고 한다. 역설적이지만, '통합'이라는 것은 공동의 적에 대한 혐오, 공포, 그리고 위협이 있을 때도 나타나는 것으로 하나의 '부정적 존재'를 설정해 놓고 나머지 전부가 힘을 뭉치는 것 또한 통합의 한 요소가 된다고 한다. 만약 외부의 적대 세력이 우리나라를 침략해 왔을 때 온 국민이 공동의 적에 대해 애국심으로 통합하는 것은 좋은 일일 것이다.

그러나 우리나라의 지역감정, 지역차별 현상은 그러한 행태와는 너무나 동떨어진 잘못된 것이다. 같은 땅에서 같은 자유민주 체제를 지키고 있는 같은 '국가적 가치관'을 가지고 있는 사람들을 대상으로 지독한 편견을 가지고 있다는 데 문제가 있는 것이다. 즉 우리나라의 지역감정, 지역차별은 어느 특정 지역을 '편견'을 가지고 그 지역과 그 지역에 살고 있는 사람을 묶어 '부정적 요인'으로 삼아 심하게 왕따시키는 것이다. 옛날 어느 사회학과 교수가 '일본인은 다 나쁘다'라고 말하는 것은 틀렸다고 가르쳤다. 일본인 중에는 좋은 사람도 있고 나쁜 사람이 있기 마련이며, 한국인 중에도 강도나 살인자 같은 나쁜 사람이 있듯이, 어느 특정 지역을 전부 다 '좋다 또는 나쁘다' 고 말하는 것은 논리적으로 틀린 말이라는 것이다.

지역차별은 우리나라에만 있는 것이 아니라 세계 여러 나라에도 있는 현상으로 알고 있다. 영국인들의 '아일랜드인' 에 대한 편견과 혐오는 그 뿌리가 무척 깊다. 심지어 미국에 이주해온 '아일랜드인' 들에게조차 보이지 않는 편견과 차별이 존재하고 있으며, 아프리카 '르완다' 는 투치족(14%)과 후치족(85%) 간의 종족 분쟁으로 수많은 인명이 살상되었다. 스페인을 여행할 때 '바스크 지방' 을 갔었는데, 곳곳에 페인트로 '이곳은 스페인 땅이 아님' 이라는 글을 써놓은 것을 보았다.

오늘날 차별은 여러 가지 형태로 나타난다. 나이, 성(性), 신분(인도의 카스트 제도 등), 직업, 언어(예를 들면 귀화 외국인이 그 나라 말을 잘 못 하는 경우), 장애인, 종교 등의 차별이 존재한다. 어떠한 경우이든 차별을 받는 입장이 되어 보면 그 '참담함' 과 '불쾌함', '소외감' 이 상당할 것이다.

우리나라의 경우 아무런 이유 없이 정치인들이 표를 얻기 위해 지역감정을 부추긴 측면이 크다. 말 만들기 좋아하는 사람들은 지역감정의 뿌리를 특정 역사적 기록을 찾아 제시하기도 한다. 그러나 내 개인적인 생각으로는 그 노력의 가상함에 비추어 별로 설득력은 떨어지는 주장이라고 말하고 싶다.

지역감정이 정치적 산물이라는 주장에 동조하는 나로서는 특히 1971년 대통령 선거 때 각 당을 대표하는 후보들과 그 지지자들이 만들어낸 말들이 시발(始發)이 된 듯하다. "서울 가면 구두닦이, 식모는 모두 ooo 사람이고, 남산에서 돌을 던져 차에 맞으면 △△△요, 사람이 맞으면 ooo다"라는 후보가 있었다. 또한 "△△△ 사람치고 xxx를 찍지 않으면 미친놈이다"라면서 선거 유세를 했다고 한다. 이후 5.18

민주화 운동 과정에서 군부 정권에 대한 강한 반감이 있었는데, 정권은 이를 감싸고 완화시키는 대신 오히려 다른 지방의 민심을 결집시키기 위해 '지역감정'을 이용했다.

그런데 간혹 보면 서로 대칭되는 지역의 사람들보다도 그 외의 지역에 살고 있는 사람들이 서로 싸움을 붙이고 즐기는 경향도 있는 것 같다. 좁은 땅이지만 수천 년 동안 같은 민족으로 잘 살아온 우리 민족이 근대에 들어와서 정신 나간 '정치인'들 때문에 서로 적대시하고 차별하고 편견을 가져야 할까?

특히 익명이 보장된 인터넷을 보면 '특정 지역 사람'에 대한 입에 담기 어려울 정도의 욕설과 비아냥이 마구 돌아다니고 있는 것 같다. 내가 보기에는 지금 상당히 심한 지경에 이른 것 같다. 법을 제정해서라도 '지역감정'을 조장하는 정치인이나 인터넷 등에서 익명성을 이용해 무차별 '지역감정'을 만들어 내는 파렴치한 자들을 벌해야 한다고 생각한다. 법에는 성(性)차별이나 장애인 등에 대한 차별을 벌하는 조항이 있다. 그런데 내가 과문(寡聞)한 탓인지 심각한 지역차별에 대한 벌은 보지 못했다.

지금 우리 사회는 온갖 갈등을 안고 있다. 자유와 민주주의가 발달하면서 온갖 갈등이 여과 없이 분출되는 경향이 있다. 그래서 오죽하면 정부에서 '갈등 조정위원회'를 만들었을까마는 나는 이 위원회가 일을 제대로 하고 있는지 의문이다. 특히 시급히 치유되어야 할 갈등 중에 가장 우선 순위가 높은 것이 '지역감정, 지역차별'이라고 생각한다. 언젠가 우리의 후손들은 지역감정이 없는 공정하고 반듯한 선진 대한민국에서 살게 될 날을 염원한다….

일제강점(日帝强占) 과정에
대한 소견

　옛날 학창시절 때 우리는 일제에 의한 식민지배가 36년이라고 배웠다. 지금도 일제 강점기 하면 먼저 '36년'이 떠오른다. 그런데 계산해 보니 35년에서 14일이 모자란다(일제 강점기 1910년 8월 29일~1945년 8월 15일). 이유는 우리나라 특유의 기산법(起算法), 즉 햇수로 몇 년 하는 식의 계산법 때문이다. 그러나 실제 기간을 중요시 하는 요즈음에도 대수롭지 않게 일제 강점기를 36년간으로 알고 있고 사용하는 것을 보면 이 기간에 대한 수정이 이루어져야겠다.

　먼저 우리나라가 일본에게 강점된 원인을 찾아보기 위해, 과연 일본이 어떤 과정을 거쳐 근대국가로 탈바꿈했고 그 힘으로 주변 국가들을 침략할 수 있었는지 궁금했다. 일본의 근대화 과정에서 가장 중요한 역사적 시점은 1854년 3월 31일, '흑선(Black Ship)'을 타고 온 미국 해군의 페리 제독(Commodore Mathew Perry)이 일본으로 하여금 개항(開港)할 것을 무력시위를 통해 강요한 것이 출발점이다.

　이후 이 같은 서구 국가들의 통상 요구는 일본의 정치·경제적 위기를 가져왔다. 1868년에는 보신전쟁(戊辰戰爭)이 일어난다. 즉 메이지(明治) 정권이 도쿠카와 바쿠후(德川幕府)의 권력을 요구하자 이에 불복하여 무진년에 일본 전토에서 내란이 벌어졌다. 그 결과 일본 왕의 이름으로 일본이 통합되고 중앙 집권이 이루어지게 된다. 서구의 정치제도, 법률, 군사 체계를 받아들이고 추밀원(樞密院)에 의한 정부가 구성되었으며 메이지 헌법이 제정된다. 또한 제국의회를 소집하는 등 메이지 유신이 발 빠르게 추진되어 일본은 국가를 산업화 사회로 변형시켰다. 이러한 축적된 힘으로 일본은 근대화된 군사력을 길러 처음으로 중국과 청일전쟁(淸日戰爭, 1894~1895년)에서 승리를 거두었고, 러시아와의 전쟁(露日戰爭, 1904~1905년)에서도 승리를 거두었다. 그 결과 일본은 대만과 한국에 대한 통치권을 획득할 수 있게 되었고 사할린의 남부 지역 반을 차지하게 되었다.

19세기에는 서구 열강의 세계지배 구도가 확립되었다. 19세기 후반에서 20세기 초반에 이르는 기간에는 서구 강대국 간의 무기 경쟁이 치열해졌고, 결국은 세계대전으로까지 이어졌다(1차 세계대전 : 1914~1918년). 서구 문물을 아시아에서 가장 빨리 받아들인 일본은 이러한 제국주의 대열에 가장먼저 뛰어들어 아시아의 맹주(盟主)가 되고자 했다. 제 2차 세계대전이 일어나자 1940년 '요스케' 일본 외상의 입을 통해 '대동아 공영권'을 주창하며 아시아 국가들의 주요 자원과 노동력을 수탈했고 식민지 점령과 독립운동을 철저히 탄압하는 이중성을 발휘하기에 이르렀다.

대한제국의 일제 강점은 일본의 이러한 역사적 배경과 사건에 근거하고 있다고 생각한다. 일본이 페리 제독에 의해 문을 연 그 시점에 과연 우리는 무엇을 하고 있었을까? 나는 1850년대의 우리가 궁금하다.

일본이 근대화의 첫 걸음을 막 딛기 시작한 때 우리나라는 이때 철종(哲宗)의 재위기간이었다. 1849~1863년 이 당시는 안동 김 씨의 세도정치가 절정을 이루고 탐관오리의 전횡으로 삼정의 문란이 극에 달해 백성들의 생활이 도탄에 빠져 있던 시기였다(『한 권으로 읽는 『조선왕조실록』』, 418쪽). 일본에 의해 본격적인 간섭과 침략이 이루어지고 왕권이 약화되어 왕조가 몰락, 일제 강점이 눈앞에 펼쳐지는데, 이때는 고종(高宗, 1863~1907년) 재위한 기간이었다.

숨 가쁘게 왕조가 몰락의 과정을 겪게 되는 당시 상황을 연표(年表)를 따라가보기로 하자.

- 1863년 12월 : 고종 즉위(제 26대 왕) : 당시 고종은 12세로 20세가 될 때까지 아버지 흥선 대원군(흥선大院君)이 섭정.
- 1866년~1872년 병인박해 : 천주교 신자 8,000 명 학살, 프랑스 신부 9명이 죽음.
- 1866년 10월 병인양요 : 프랑스 강화도 점령, 제주목사 양헌수가 정족산성에서 프랑스군 격퇴.
- 1871년 신미양요 : 대동강을 거슬러온 미국 상선 '제너럴셔먼호'가 통상을 거절하는 하는 평양 백성의 화공으로 불타버림.
- 1875년~1876년 : 일본 운양호 영종도 침략, 1876년 일본과 불평등 통상조약 체결(강화도 조약).
- 1882년 임오군란 : 구식 군대의 난.
- 1884년 갑신정변 : 개화당의 14개 혁신정책 발표, 청군의 개입으로 3일 만에 끝남(3일 천하).
- 1894년 3월~12월 : 동학혁명.
- 1895년 : 청일전쟁에서 일본 승리, 명성황후 살해.
- 1896년 : 고종, 러시아 공사관 피신(아관파천).
- 1897년 : 고종 환궁, 국호를 '대한제국'으로 바꾸고 황제가 됨.
- 1905년 : 러일전쟁에서 일본 승리, 을사 보호늑약 체결.
- 1910년 : 일제, 무력으로 강제 한일합방.

한반도를 중심으로 숨 가쁘게 돌아가는 상황을 읽지 못한 당시의 위정자들이 결국 나라를 일본에 헌납한 꼴이 된 셈이다. 나는 왕과 당시 세도가를 포함한 무능한 지배층을 비난하고 싶다. 역사를 되돌릴 수는 없지만 교훈을 얻을 수는 있다. 항상 세계의 흐름을 파악하고 역사의 조류를 먼저 타고 나아가는 진취성이 없다면 당연히 퇴보하고 나라의 멸망이 바로 뒤를 잇게 된다는 사실을 기억해야 할 것이다.

나는 이후 전개된 일제 강점 시기에 대한 것을 지금 논하고 싶지 않다. 찬란한 문화와 역사 전통을 자랑하는 우리나라가 이 당시에 이토록 부끄럽게 무너질 수밖에 없었는지 그냥 참담한 심정일 뿐이다. 적어도 임진왜란이 일어났을 때는 조선의 백성들이 의병으로 단결해서 왜적을 물리치지 않았던가!

철종(哲宗) 시대 이후의 시기만 간략히 찾아보았는데, 왕조의 몰락이 50~60년 만의 결과로 이루어진 것은 아닐 것이다. 그 이전부터 누적되어온 잘못이 있을 것으로 사료된다. 그러나 반대로 50~60년간의 시기 동안 훌륭한 지도자가 나타나서 국가의 기틀을 튼튼히 하고 산업화를 앞당기는 과감한 개혁 정치를 펼쳤더라면 우리의 근대사는 다시 기록되었을 것이다. 만약 세종대왕이나 정조대왕같이 영민한 임금이 집권하고 있었더라도 결과가 같았을까? 역사에 가정이란 존재 할 수 없는 줄 알면서도 답답한 마음에 한번 생각해보게 된다….

대한민국의 흥(興), 정(情)
그리고 한(恨)

우리말과 외국어가 일대일로 대칭되지는 않는다. 사물을 나타내는 언어는 그렇지 않겠지만 '추상명사'의 경우는 다른 언어로 번역해서 옮기기가 어렵다. 왜냐하면 그 나라만이 가지고 있는 고유의 정서를 그대로 표현하기란 사실상 불가능하기 때문이다. 사랑한다는 뜻의 영어 표현인 love의 경우만 하더라도 우리말로 옮길 수 있는 뜻은 '사랑하다, 귀여워하다, 소중히 하다, 그리다, 사모하다, 반해 있다, 찬양하다, 기뻐하다, 좋아하다…' 등 여러 표현이 가능하다. 반대로 우리말을 영어로 옮기는 문제도 '곱다'라는 표현을 'pretty, beautiful, lovely, nice'로 옮길 수 있을까? '곱다'라는 우리말은 '예쁘다', '아름답다'와는 또 다른 느낌을 표현할 때 쓰는 말이다. 이처럼 서로 다른 나라 말을 번역한다는 것은 무척 어려운 일이다. 그래서 번역을 제2의 창작이라고 하며, 전문 번역가 또는 훌륭한 번역가는 단순히 그 나라 말을 안다고 무조건 다 되는 것은 아닌 것이다.

특히 우리나라의 정서를 대표하는 흥(興), 정(情), 그리고 한(恨)의 뜻은 우리만의 독특한 의미를 가지고 있다. 흥이라는 뜻이 너무나 즐거워 감정이 폭발할 듯한 의미일 것 같지만, 그것만이 전부가 아니다. 우리의 흥은 은근하고 약간은 설렁설렁하고 건들거리는 멋이 있으면서 그 불꽃이 참으로 밝으며 끈기 있고 강하게 타오르는 가마 속 불과 같다. 매우 독특해서 외국인에게 설명하기가 참으로 난감하다. 나는 개인적으로 남자 무용수가 격렬하지는 않지만 어깨를 들썩이며 은근히 추는 우리 춤이 너무나 흥에 겹다고 느끼며 좋아한다. 천천히, 그러면서도 조금씩 흥취를 돋워 나가는 그 멋이 너무나 좋다. 농악에 맞춰 상모를 돌리는 춤도 흥겹다. 어릴 때 정월 대보름날 보았던, 농악에 맞춰 지신(地神) 밟기를 하던 그 발의 율동이 아직도 생생하고 흥에 겹다. 오늘날 행사 때마다 빠지지 않는 '사물놀이'는 왠지 낯설어서 개인적인 생각으로는 우리의 흥 문화와는 잘 맞지 않는다고 생각한다. 너무 기계적인 장단과 동작(약간의 '엇박자'가 있으면 더 좋을 텐데…), 그리고 은근함이 빠져 있는 것 같다. 원래는 아니었을지 몰라도 현대로 오면서 너무 많은 변화를 주는 것이 일본인들의 북 치는 모습과 유사한 생각이 드는 것도 또 다른 이유이다(이 점은 순전히 필자 개인적인 생각임을 밝힌다).

원래부터 우리나라의 민족적 DNA는 춤과 노래를 좋아한다. 그래서 별나지만 슬플 때 추는 춤도 있다. 맺힌 한(恨)을 풀기 위해 추는 '살풀이춤'과 삶의 번뇌를 종교적으로 승화시킨 '승무(僧舞)' 등이 그것이고, 무당들의 춤 중에도 슬픈 것이 있는 것으로 알고 있다. 살아오면서 맺힌 숱한 한을 춤으로 승화한 것일는지.

물론 다른 나라에도 경기 응원 중에 흥을 돋우는 것이 있다. 특히 아프리카 사람들의 열정적인 춤이 대표적인 것 같다. 입으로 괴상한 소리를 내지르는 아프리카인들의 독특한 문화 역시 그들 고유한 문화일 것이다. 유럽이나 서구인들은 응원가를 부르거나 구호를 할 때 두루마리 휴지 던지는 행위 등이 있는데, 우리나라의 붉은 악마가 하는 흥이 있는 응원과는 많은 차이가 있다. 아시아권은 워낙 점잖아서 그는지 일본 정도가 북을 치며 하는 응원이 있지만 아무래도 우리 붉은 악마에는 못 미친다.

역시 우리의 흥 문화도 영어로 옮길 만한 적당한 단어를 찾지 못했다. 굳이 fun, pleasure, exitement, cheerful, happy, merry… 등으로 옮겨보려 해도 어느 것 하나 대칭되는 것이 없는 것 같다. 이러한 우리의 흥 문화는 온갖 어려움과 불리한 여건에도 오늘날 대한민국을 발전시킨 원동력이 되었다. 어려운 산업화와 민주화도 이러한 열기가 이루어냈다. 오늘날의 한류 문화가 흥의 문화이고, 전국을 휩쓰는 거리 응원 문화가 그러하다. 아시아에서 대체로 유교 문화를 잘 간직해 온 점잖은 우리나라이지만 한 번 흥이 났다하면 못 이루어내는 것이 없다. 나는 우리 고유의 이러한 흥 문화가 영원히 우리 가슴과 머릿속에 남아 있기를 간절히 바란다.

정(情)이라는 것은 남녀 간의 사랑일 수도 있고 어머니가 자식에게 한없이 베푸는 것일 수도 있다. 불쌍한 사람을 그냥 지나치지 못하고 밥이라도 한 그릇 먹여 보내는 옛날 우리 어머니와 할머니의 정도 있다. 죽일 놈도 살려주자는 정 때문에 우리나라의 법이 무디어질 때도 있다. 서구 사회의 엄격함에 비해 우리의 정 문화는 때로는 도덕적으로 많은 문제를 일으키기도 한다. 청탁이나 부탁을 단호하게 거절하지 못해 각종 비리에 연루되기도 한다. 특히 친구나 이웃, 인척들의 사정을 외면하지 못하는 '그놈의 정 때문에' 사고를 치는 경우가 비일비재하다. 그러나 우리의 정 문화는 따뜻하고 인간적인 것으로서 우리 고유의 아름다움이다. 나라가 발전하면서 이웃 간에도 칼부림이 벌어지는 사태를 보면서 정이 사라지는 때가 오지 않을까 걱정이다. 오늘날 우리나라에 와서 코리안 드림을 이루려는 많은 외국인 노동자들에게 우리의 정을 나눠줘야 할 것이고, 어려운 우리들 이웃에게도 정을 나

뒤줘야 한다. 대한민국에 살고 있는 우리 한민족(韓民族)은 아무리 시대가 바뀌어도 이러한 따뜻한 인간적인 정을 영원히 이어나가야 할 것이다.

아리랑이란 노래는 지방마다 각기 다르다고 한다. 본조 아리랑(경기 아리랑) 외에 여러 아리랑 노래가 있다. 주요 3대 아리랑은 정선 아리랑, 진도 아리랑, 밀양 아리랑이다. '아리랑' 은 고개의 이름이자 고개를 넘어갈 때의 고단함, 아이 낳을 때의 산고(産苦)의 표현이고 한(恨)의 표출이라고 한다. 우리 민족이 힘들고 고단할 때 즐겨 부르던 민족의 한이 서려 있는 노래다.

● **본조(경기 아리랑)** : 아리랑 아리랑 아라리요/ 아리랑 고개를 넘어간다/ 나를 버리고 가시는 님은 십리도 못 가서 발병난다/ 청천 하늘엔 별도 많고 우리네 가슴엔 꿈도 많다….

● **정선 아리랑** : 아리랑 아리랑 아라리요/ 아리랑 고개를 넘어간다/ 아리랑 고개 고개로 나를 넘겨주게/ 눈이 올려나 비가 올려나/ 억수장마 지려나/ 만수산 검은 구름이 막 모여 든다/ 아우라지 뱃사공아 배 좀 건네주게…. 사시사철 님 그리워서 못 살겠네….

● **진도 아리랑** : 사람이 살면서 몇백 년을 사나/ 개똥같은 세상이나마 둥글둥글 사세/ 문경 새재는 웬 고갠가/ 구부야 구부구부 눈물이 난다/ 소리 따라 흐르는 떠돌이 인생/ 첩첩이 쌓인 한을 풀어나 보세/ 산천 하늘엔 잔별도 많고/ 이 내 가슴속엔 수심도 많다/ 아리 아리랑 스리 스리랑 아라리가 났네/ 아리랑 음음 아라리가 났네….

● **밀양 아리랑** : 날 좀 보소 날 좀 보소 날 좀 보소/ 동지섣달 꽃 본 듯이 날 좀 보소/ 아리 아리랑 스리 스리랑 아라리가 났네/ 아리

랑 고개로 날 넘겨주소/ 정든 님이 오셨는데 인사도 못 해/ 행주치마 입에 물고 입만 벙긋….

아리랑은 우리 민족이 시대와 지역을 불문하고 하나의 동질 민족임을 증명하는 노래로서 수십 년 전 또는 백여 년 전에 한국을 떠난 우리동포들도 대를 이어가며 부르는 노래이다. 아리랑이라는 노래는 한마디로 '한(恨)'의 노래이다. 구성진 가락과 각 지방마다 부르는 방식과 가사가 조금씩 차이 나지만, 그 속에는 한결같이 한이 서려 있다. 그중에서 필자 개인적으로는 특히 구성진 한이 서린 진도 아리랑을 좋아한다. 영화 '서편제'(西便制)에서 주인공이 구성지게 부르던 장면을 생각하면 지금도 눈물이 나올 것만 같다.

고대로부터 수천 년의 역사를 이어오는 동안 이 땅에 사는 민족의 가슴속에는 큰 한이 늘 존재해왔다. 이민족(異民族)의 끊임없는 침략에 살아남아야 했고, 찢어지게 가난한 삶과 양반 관료 및 지주(地主)의 횡포를 눈물로 참아 이겨내야 했다. 특이하게도 한을 문화로 취급하는 나라는 우리나라밖에 없는 것 같다. 수천 년을 나라 없이 떠돌아다닌 유대 민족은 통곡의 벽에서 기도를 한다고 한다. 그에 반해 우리 민족은 노래로 그리고 춤으로 승화시키는 독특한 문화를 가졌다.

대한민국의 흥(興), 정(情), 그리고 한(恨)의 문화는 우리 민족이 너무나 착하고 평화로운 민족임을 웅변으로 말해준다. 고통을 춤과 노래로 승화시킨 슬기로움이 내재되어 있다. 한편으로 흥의 문화는 엄청난 힘과 역동성을 품고 있다. 이러한 우리의 정서는 어떠한 역경과 어려움도 능히 이겨나갈 수 있는 특이한 힘을 가지고 있다. 그래서 또한 대한민국은 위대하다….

'아리랑'은 한민족(韓民族)의 상징적인 대표적 민요로서 아주 고대부터 민족의 사랑을 받으며 널리 불려왔다. '아리랑'의 뜻을 살펴보면 ❶ '아리'는 고대 한국어에서 '고운', '곱다'로 쓰였다. '아리다운' = '아리' + '다운'처럼 표현된다. ❷ '아리'는 오늘날 마음이 '아리다'처럼 사랑에 빠져 상사병에 걸렸거나 마음의 상처를 받았을 때의 표현이다. 형용사로는 '사무치게 그리운'의 뜻이 포함된다.

→ '랑'은 한자어로 '낭(郞)'자로서 젊은 남녀를 표현하는 데 사용했다. 즉 남자는 '낭(郞)'으로, 여자는 '낭(娘)'으로 표시된다. 뜻은 '임'이라고 한다.

→ '아라리'의 뜻은 '상사병'의 고어(古語)이다. '가슴아리(가슴앓이)'에서 그 흔적을 찾을 수 있다.

→ '쓰리랑'은 마음이 '쓰리다'의 뜻으로 마음이 아리고 '쓰리도록 그리운 임'을 뜻한다.

● 아리랑의 노래를 고쳐 쓰면 '곱고 그리운 임/곱고 그리운 임/ 사무치게 그리워 상사병이 났네/ 곱고 그리운 임이 고개를 넘어가는구나/

● **'아리랑'은 곱고 그리운 임과의 이별을 뜻하는 슬픈 노래이며 이별의 한이 내포되어 있다.**

유교(儒教)와
대한민국

　우리나라는 유교 국가인가? 이러한 질문에 학문적인 답을 낼 만큼 필자는 전문적이지 못하다. 다만 현재 우리나라 지폐를 보면서 대부분의 지폐 속 인물이 유교와 깊은 관련이 있는 사람들임을 발견하게 된다. 천 원짜리 지폐 속에는 퇴계(退溪) 이황(李滉, 1501~1570년), 오천 원짜리 지폐에는 율곡(栗谷) 이이(李珥, 1536~1584년)라는 우리나라 유교를 대표하는 두 인물이 들어 있다. 심지어 만 원 권 지폐에 새겨져 있는 세종(世宗) 대왕은 우리 역사상 가장 위대한 임금으로서 고려(高麗) 광종(光宗) 때 유교 연구를 위해 지은 국자감(國子監)과 같은 성균관(成均館)을 설립하여 유교 학문을 장려했다. 최근에 발행된 5만 원 권 속 인물인 신사임당(申師任堂)은 율곡 이이의 어머니라는 사실을 볼 때 우리나라 돈에는 모두 유교를 대표하는 분들이 들어 있다.

　지폐 속 인물이 유교와 관련이 있다는 사실만으로 우리나라를 유교 국가로 결정짓는다는 것은 잘못된 비유일 것이다. 다만 반만 년의 역사를 가진 우리나라에는 많은 위대한 인물들이 있었음에도 왜 이분들을 선정했을까 하는 의문은 든다. 특히 퇴계 선생과 율곡 선생은 유교(성리학)를 대표하는 분들이기에 더욱 그러하다.

　인터넷을 검색하다가 재미있는 사실을 하나 발견했다. 지폐 속 인물

(List of people on banknotes)을 나라별로 소개한 사이트가 있는데, 거기서 우리나라는 이황, 이이, 세종대왕, 신사임당 네 분만을 소개해 놓았다. 이황과 이이 선생은 소개란에 유학자(Confucian)라고 해놓은 것이다. 특히 유교의 영향을 많이 받은 동아시아에 지폐 속 인물을 유학자(Cofucian)라고 적시해놓은 나라는 우리나라뿐이었다. 심지어 유교의 창시자인 공자(孔子)를 낳은 중국의 지폐에는 공자뿐만 아니라 유교 관련 인물이 없었다. 요즈음 중국은 '공자'라는 영화까지 만들면서 공자를 서구의 '예수'나 이슬람의 '마호메트' 불교의 '부처'처럼 만들려는 노력을 하는 것 같은데, 정작 유교의 정신적 뿌리와 일상에 스며든 많은 유교적 사상은 오히려 한국에서 배워야 할 것이다.

대한민국 사람은 무엇이든지 배움에 대한 열의가 강하고, 심지어 그 뿌리까지 해석하고 재창조해내는 탁월한 능력을 가진 민족임에 틀림없는 것 같다. 천주교의 전파 초기에 누구의 도움도 없이 자생적으로 공부하고 연구하여 일으켜 세운 특이한 나라이다(통상 외국 선교사가 먼저 들어가서 천주교를 선교하는 형태에서 벗어난 특이한 사례). 세계 개신교의 역사를 새로 써야 할 만큼 세계 기독교를 이끌고 부흥시키고 있는 한국은 정말 특이한 나라임에 틀림없다. 불교 역시 학문적으로나 수양 정도에 있어 대한민국이 선도적인 위치에 있는 것 같다).

우리나라는 지금 유교 국가는 아니다. 다만 유교가 발생한 중국보다도 더 유교적인 나라임에 틀림없는 것 같다.

고려 때부터 시작된 유교라는 학문과 사상이 우리의 문화, 사상, 학문, 그리고 일상 속에 깊이 뿌리박고 있는 것은 사실이다. 충(忠, 나라에 충성)과 효(孝, 부모를 섬김), 인(仁, 어질고 후덕함), 그리고 신(信, 믿음) 등 좋은 심성에 대한 교훈은 두고두고 이어 가야 할 것들이다.

그러나 버려야 할 것들이나 점차 개선해 나가야 할 것도 많이 있는 것 같다. 한 가지 예로 각종 허례허식(虛禮虛飾)은 것은 버려야 할 것 중의 하나이다. 많이 개선되고 있지만, 이러한 허례허식 때문에 지출되는 비용이 아직도 서민들의 경제에 짐을 지우고 있는 것 같다. 남녀 간의 문제도 유교와 관련하여 개선이 어려운 점이 많이 있다. 결혼생활이나 성(性) 문제도 여성들에게 불리하게 적용되는 사례들이 있는 것 같다. 체면을 중요시하는 것 또한 좋은 점과 나쁜 점이 상존하는데, '염치(廉恥)'를 아는 체면은 좋지만 과도한 체면으로 인한 '체면치레' 행태는 발전을 막는 한 요소가 되기도 한다. 체면 때문에 자신의 능력이나 재능이 미치지 못함에도 대학에 가야 하고 넥타이를 매고 '화이트칼라'가 되어야 한다는 사람들이 많다. 아무리 직업에 귀천이 없다고 하더라도 판검사, 변호사, 의사 등 사(士) 자 달린 직업이 존경받는 사회로 지향하는 것은 고쳐야 할 것이다. 요즘은 많이 개선되고 있지만 '남아선호 사상' 역시 유교의 영향을 많이 받았다. 우리가 어릴 때 늘 들은 말은 장남을 최고로 치면서 '제사 모실 사람' 또는 부모의 장례를 치를 '맏상주'로 대접하는 것이다. 따라서 아들을 못 낳은 여자들은 소박(疏薄)을 맞았다.

유교가 우리에게 끼친 영향은 지대하다. 과거와 마찬가지로 오늘의 우리의 삶 속에 깊숙이 뿌리 내리고 있다. 발전시키고 계승해 나가야 할 것은 응당 그렇게 해야 할 것이지만, 미래를 위해 버려야 할 것은 과감히 도려내고 개선해 나가야 할 것이다….

국민들 간의 갈등

지역 간의 갈등에 대해서는 앞 장(章)에서 작은 견해를 밝힌 바 있다. 그러나 그 외 많은 분야에서 지금 우리나라는 엄청난 갈등이 치유하기 어려울 정도로 상존, 확대되어가고 있다. 좌(左)와 우(右)의 대립, 진보(進步)와 보수(保守), 노(勞)와 사(使)의 갈등, 그리고 경제적 양극화(兩極化)의 뿌리가 너무 깊어 어떻게 손을 써볼 수 없을 만큼 서로 상대에 대한 불신과 적개심(敵愾心)이 팽배하다. 어떤 때는 서로 다른 국가와의 다툼 같은 생각이 들 때도 있다. 심지어 어린 학생들을 상대로 이념 교육을 주입시키고 있는 일부 전교조(全敎組) 소속 교사들의 잘못된 행태는 반드시 바로잡아야 할 문제이다. 이는 앞으로 진행될 갈등의 씨앗이 양산될 위험성을 가지고 있다고 생각한다.

이러한 갈등은 정당(政黨)과 학계(學界), 그리고 언론(言論)에서도 상호 대립, 조장함으로써 확대되고 있다. 인터넷이 급속히 확산되면서 무분별하게 확인되지 않은 설(說)이 진실인 양 빠르게 전달되고, 서로 상대를 헐뜯고 그 주장을 인정하지 않는 좋지 못한 양상으로 전개되어 가는 것만 같다. 양측 패널이 동수(同數)로 참여하는 TV 토론에서도 결코 상대의 주장을 귀담아 들을 생각이 없다. 시청자나 방청객의 경우도 커다란 벽 속에 갇혀 자기의 주장만이 옳을 뿐이다. 참으로 답답한 마음에 화가 치밀어 오를 때가 한두 번이 아니다. 특히 옛날에는 국가적 비상시나 위기 시에는 여야(與野) 구분 없이 한 목소리라도 내었는데, 지금은 결코 그렇지 못한 것이 심히 우려스럽다.

어느 한 쪽의 옳고 그름을 떠나 왜 이러한 문제가 심화되었는가 생각해보면, 우리 사회의 양극화(兩極化)에서 그 원인을 찾아야 할 것 같다. 지금 우리나라는 빈부(貧富)의 차이, 분배에 대한 불평등(不平等), 그에 따른 사회·경제적 불균형(不均衡) 현상이 심화되었다. 이러한 불균형 상태를 나타내는 지수가 1995년에는 0.28이던 것이 2005년에는 0.31이 되었다. 지수 1에 가까울수록 불균형 상태에 가까우며, 0.3이 넘어서면 개발도상국 수준이라고 한다. 우리나라가 경제적으로 세계 10위권의 수준을 유지하고 있음에도 이러한 불균형 지수는 제 3세계 국가 수준에 머무르고 있다는 말이다.

과거 20여 년 전 미국에서 생활할 때 느꼈던 점은 부자들에 대한 미국인의 혐오가 크지 않았다는 것이다. 오히려 그들의 사치스런 생활이 동경과 선망의 대상은 되었을지언정 비난의 대상은 아니었던 것 같다. 그들의 사생활이 언론의 가십(gossip)에 오르내리며 유명인으로서의 생활을 누렸다. 그 대신 누구든지 세금을 탈세하든가 부정에 연루된 경우는 가차 없이 사회에서 매장되었다. 그리고 부자가 호화로운 저택에 살든 어떻든 노동자의 경우라도 자기 집이 있고, 수준 차이는 있지만 의식주가 해결되었고, 노력하면 자기도 꿈(American Dream)을 이룰 수 있는 곳이었다. 말하자면 우리처럼 양극화가 심하지 않았던 것이다.

우리나라의 경우 어느 날 갑자기 부동산으로 부자가 된 사람이 있는가 하면, 탈세와 또는 비정상적인 방법으로 부를 축적한 사람들이 있고, 그들이 권력과 정보를 독점하는 일이 상존함으로써 도저히 그 벽을 넘어 서지 못해 좌절과 분노에 싸인 사람의 수도 점점 늘어만 가고 있다.

새 정부가 출범하면서 장차관(長次官)을 비롯한 청와대 비서관들의 면면(面面)이 소개될 때 그들이 가진 재산과 일부의 부도덕성이 국민들로 하여금 폭발적 분노를 자아내게 만든 것도 현재 '갈등' 의 한 부분을 차지했다는 생각이다. 말하자면 재산을 가진 자가 권력도 가지고 정보도 독점하는 자본주의의 폐단을 그대로 보여주는 한 편의 종합 편을 보여준 셈이다. 이는 보수주의적 사고를 가졌다고 생각하는 나 같은 사람이 볼 때도 잘못된 것이라고 본다.

대통령이 국가경제 위기를 잘 다스리고 외교에서도 많은 성공을 가져오는 등 괄목할 성취를 이루어 나가고 있음에도 불구하고 냉소주의로 돌아선 국민들은 돌아오지 않는다. 미국산 쇠고기 파동에서 보여준 촛불시위가 무려 100일간 지속된 배경에는 이러한 치유되지 않은 양극화의 결과가 존재하고 있다고 본다. 따라서 어떠한 것도 소외된 계층에 선 편에서는 반대만이 존재할 뿐이다. 역설적이지만, 상대적으로 가진 자라고 할 수 있는 많은 진보적 정치인들마저도 이들 계층을 정치적으로 이용하고, 이들의 공고한 표를 의식하지 않을 수 없는 형편에 있다 보니 정부에 대해 무조건적인 반대를 할 수밖에 없는 저급한 정치 형태가 지금 우리나라에서 일어나고 있다. 우리나라에서 '정치'가 가장 하류(下流)라는 비난을 받는 이유가 여기에 있다.

우리 국민들은 매우 지적이고 성취 욕구가 어느 나라 사람들보다 크다. 매스컴과 인터넷의 발달로 우리 국민들은 많은 정보를 갖고 있으며, 비록 아직 선진국에 비해 실질 국민소득은 낮지만 마음만은 이미 3만 달러, 4만 달러에 가 있다. 따라서 욕구에 비해 성취도가 당연히 낮을 수밖에 없다. 그에 따른 양극화 현상도 크다고 생각한다. 이러한 양극화를 한시 바삐 치유하지 않는다면 좌우 갈등도 다스리기 어려울 것이다. 왜냐하면 모두가 잘살고 희망이 있는 곳에는 좌익이 비집고 들어설 자리가 없으며, 극소수의 일부 좌익들은 무시해도 좋기 때문이다.

오늘날 우리 국민들 간의 갈등을 치유하고 없애기 위해서는 대통령의 인사정책이 '탕평(蕩平)'을 근본으로 해야 할 것이다. 부의 축적에 의심이 가는 인사(人士)는 결단코 기용해서는 안 된다. 정부가 할 수 있는 모든 방법을 동원해서라도 교육의 기회 보장을 우선순위에 두어야 한다. 왜냐하면 우리나라에서 교육은 곧 꿈을 이루는 가장 큰 방법이자 수단이기 때문이다. 여러 가지 일이 있겠지만, 우리 국민 스스로 보다 성숙되고 열린 마음으로 나보다 못한 약자에 대해 따뜻한 배려로 베푸는 훈훈한 사회가 되어야 할 것이다. 그렇게 함으로써 정치인이 이러한 갈등을 이용하려는 여지를 남겨 두지 말아야 한다.

IMF 구제금융 사건과
금 모으기

　1997년 12월 5일 대한민국이 외환위기라는 극한 상황에서 급기야 IMF(International Monetary Fund, 국제 통화기금)에 자금을 요청하게 되는 사태에 이르렀다. 이미 같은 해 7월에 태국의 바트(baht)화의 가치가 폭락했고, 인도네시아의 루피아(Rupiah)화가 연이어 폭락했으며, 10월에는 홍콩의 증시 폭락 사태가 발생했다. 아시아의 경제는 끝을 모르는 나락으로 치달았고, 투자기관 모건 스탠리(Morgan Stanley, NYSE, 1935년 9월 5일 헨리 S. 모건, 해롤드 스탠리 등이 뉴욕 시에 창립한 금융 서비스 업체. 세계에서 가장 큰 투자은행 및 글로벌 금융 서비스 업체 중 하나. 뉴욕에 세계 본사, 런던과 홍콩에 지역 본사가 있다)는 '아시아를 떠나라'는 보고서를 발행한다.

　우리나라는 모건스탠리가 보고서를 발행한 날인 10월 28일 주가(株價) 500선이 붕괴되고, 10월 30일에는 외환시장 개장 8분 만에 대미(對美) 달러 환율이 1일 변동 폭 상한선까지 폭등하여 사실상 거래가 중단되는 사태에 직면하게 되었다. 나라의 금고는 비어 미국 등 우방으로부터 돈을 빌려야 하는 지경에 이르러 결국은 IMF와 구제금융 합의서에 서명함으로써(1997년 12월 3일) 이후 재정운영에 IMF의 통제와 간섭을 받게 되는 IMF 시대가 시작되었다. (IMF 사태의 원인은 외환 보유고 관리 실패, 과도한 해외 단기 차입금, 지급 준비 정책의 변화, 환율 운용정책 실패, 금융기관의 부실 등에 있다.)

IMF 사태의 원인에 대해서는 여러 가지 학설이 존재한다. 세계 기축 통화(基軸通貨)인 달러 발행 국가 미국의 보이지 않는 손에 의한 머니 게임(Dollar manipulation)으로 보는 시각도 있다. 솔직히 이 분야에 전문적인 식견이 없는 필자로서는 깊이 들어갈 생각이 없다.

일설에는, 유대 자본의 세계 지배, 유대 자본과 중국 화교 자본과의 충돌 또는 전쟁이라는 복잡한 분석까지 나오는 모양인데, 전쟁을 통하지 않고도 달러의 환율 조작을 통해 미국이 세계를 조정, 통제할 수 있는 것 같다. 중국이 세계에서 외환을 가장 많이 보유하고 있고 미국 달러를 다량 보유하고 있지만, 미국의 인위적인 달러약세 정책에 의해 가만히 앉아서 자산의 가치하락도 감수해야 하듯 복잡한 두뇌싸움이 존재하는 것이다.

미국이 꾸준하게 위완(元) 화 절상을 요구하는 배경도 복잡한 세계 경제의 한 면을 말해준다. 위안화 절상을 요구하는 미국의 입장에서 위안화의 절상이 가져다줄 경제 상황이 미국에게 결코 득이 되는 것이 아니라는 분석도 있는 것 같다. 하여튼 IMF 사태를 맞이한 혹독한 경험이 있는 우리로서는 항상 경계를 늦추지 말고 주의해야 할 것이다. (중국 외환 보유액은 2005년 현재 2조 1,316억 달러이다. 이 중 60%가 미 달러이며 미국 국채 8,015억 달러를 보유했다.)

솔직히 이 분야에 대해서는 잘 모른다. 따라서 그냥 일반적인 사항만 간략히 소개한 셈이 되었다. 우리나라는 IMF 등으로부터 수혈받은 195억 달러로 경제를 다시 살려 2001년 8월 23일 빚을 조기 청산, IMF 관리 체제를 졸업했다.

잊혀졌던 IMF 사태를 떠올리게 만든 것은 다름 아닌 유럽 발 금융

위기의 중심에 처해 있는 그리스의 IMF 구제금융 사건이다. 국가 재정이 파탄 난 그리스에 대해 EU와 IMF는 2010년 5월 2일 무려 1,100억 유로 규모의 국제 금융지원 패키지에 합의했다. 이에 대한 조건으로 부가 가치세 인상, 공공 부문 임금 및 연금 삭감, 정년연장, 탈세에 대한 강력한 집행, 군사비 지출 억제, 공기업 민영화 등을 요구하게 되었고, 이에 대해 그리스 국민들은 강력 반발하며 격렬한 시위와 반대 데모가 연이어 일어나고 있는 실정이다. 심지어 파업과 길거리에서 투석행위 등을 자행함으로써 국가적 위기 상황에 대해 개인의 고통과 희생을 감내하며 어려움을 극복하려는 국민적 의지가 실종된 현실에 이르렀다.

이에 대해 윌리엄 페섹(William Pesek, Jr.) 블룸버그 통신 칼럼니스트는 글을 통해 그리스를 향해 '한국을 배워라.' 라고 일갈했다. 그는 '나라를 사랑하는 금 모으기'(Collect Gold for the Love of Korea) 운동을 소개하며 그리스뿐만 아니라 재정 위기에 직면한 유럽국가들의 분발을 촉구하고 있다. (칼럼 제목 : 유교 사상에 반하는 그리스의 고통 없는 구제금융[Greece's No-Pain Bailout Fails Confucian Ethics])

1997년 IMF 당시 필자도 집에 있던 아이들 돌 반지를 꺼낸 기억이 있다. 그 당시 우리 국민 349만 명이 참여한 IMF 극복을 위한 '금 모으기 운동' 은 자발적으로 일어난 서민들의 나라사랑 운동으로서 모두 21억 3천여 달러가 모였다고 한다. 당시 외채 304억 달러를 충당하기에는 턱없이 모자란 금액이었지만, 그때를 회상해볼 때, 그러한 정신이면 어떤 위기도 극복할 수 있으리라는 생각이 든다. 오늘에 와서 당시 '금 모으기 운동' 에 대한 비판적인 견해들이 있는 것을 알고 있다. 세계 시세보다 헐값에 금을 매각함으로써 또 다른 국부(國富)의 유출이라는 시각도 있고, 서민들의 금 모으기에 편승한 결과 공적 자금을 수혈 받은 금융권과 기업들의 도덕적 해이(Moral Hazard), 상위 10%와 하위 60%에 이르는 사람들 간의 자산(資産) 격차가 더 커졌다는 등 여러 부작용을 질타하는 사람들도 있다. 맞는 말이라고 본다. 그러한 부작용의 결과 또다시 위기가 닥친다면, 그때처럼 '자발적 금 모으기 운동'이 가능할지도 의문이다. 당시 필자와 친하게 지내던 사람이 백화점에서 제법 잘 나가는 금은방을 경영했다. 그는 '금 모으기' 때문에 파산하여 사채업자에게 쫓기는 신세가 되기도 했다.

이 당시의 위기를 결국 극복하지 못한 수많은 중소기업 경영자와 해직되어 거리에 나앉아 여전히 회복하지 못한 채 어렵게 살아가는 많은 사람들이 있다. 영국의 파이낸셜 타임스(FT)는 이 당시 한국의 금융 위기가 부자 엘리트 때문에 벌어진 일이며, 수출 주도의 거래 기업이 관치금융(官治金融)을 즐긴 결과 엄청난 부채를 유발한 데다 부실여신(與信)을 감추는 등 신뢰성의 문제가 있었다고 지적한다. 그리고 지금의 한국은 회계 투명성이나 금융 규제가 개선되었지만 여전히 한국 기업은 투명하지 못하다고 꼬집는다.

서민들이 자발적으로 나라를 구하기 위해 일어선 '금 모으기 운동'이 비도덕적인 기업이나 금융기관에 의해 훼손되는 일은 절대 용납되어서는 안 될 것이다. 여하튼 우리 대한민국 국민들은 위대하다. 각종 국가적 위기에 분연히 일어난 의병이나 6·25 전쟁 시의 학도병(學徒兵)처럼 나라를 위해 개인을 희생할 수 있는 마음자세가 되어 있다. 똑같은 일이 벌어져도 다시 '금 모으기' 같은 운동이 일어날 것으로 믿어 의심치 않는다. 다만 위정자나 기업가들, 그리고 많은 가진 자들의 비도덕적 행위만큼은 제발 재발되지 않기를 바란다.

■ IMF 에 관한 내용 요약

➡ 주요 내용 위주로 요약

The International Monetary Fund(IMF) is the intergovernmental organization that oversees the global financial system by following the macroeconomic policies of its member countries, in particular those with an impact on exchange rate and the balance of payments. It is an organization formed with a stated objective of stabilizing international exchange rates and facilitating development through the enforcement of liberalizing economic policies on other countries as a condition for loans, restructuring or aid. It also offers highly leveraged loans, mainly to poorer countries. Its headquarters is in Washington, D.C., United States.

＊macroeconomic(거시 경제적)

Organization and purpose

IMF "Headquarters 1" in Washington, D.C. The International Monetary Fund was created in July 1944, originally with 45 members, with a goal to stabilize exchange rates and assist the reconstruction of the world's international payment system. Countries contributed to a pool which could be borrowed from, on a temporary basis, by countries with payment imbalances(Condon, 2007). The IMF was important when it was first created because it helped the world stabilize the economic system. The IMF works to improve the economies of its member countries. The IMF describes itself as "an organization of 187 countries(as on july 2010), working to foster global monetary cooperation, secure financial stability, facilitate international trade, promote high employment and sustainable economic growth, and reduce poverty". With the exception of Cuba(left in

1964), Taiwan(expelled in 1980), North Korea, Andorra, Monaco, Liechtenstein, Tuvalu and Nauru, all UN member states participate directly in the IMF. Member states are represented on a 24-member Executive Board

● 1944년 45 회원국. 워싱턴에 본부. 창설. 2010년 현재 187개 회원국.

History

The IMF was formally organized on December 27, 1945, when the first 29 countries signed its Articles of Agreement. The statutory purposes of the IMF today are the same as when they were formulated in 1943.

The IMF's influence in the global economy steadily increased as it accumulated more members. The number of IMF member countries has more than quadrupled from the 44 states involved in its establishment, reflecting in particular the attainment of political independence by many developing countries and more recently the collapse of the Soviet bloc. The expansion of the IMF's membership, together with the changes in the world economy, have required the IMF to adapt in a variety of ways to continue serving its purposes effectively. In 2008, faced with a shortfall in revenue, the International Monetary Fund's executive board agreed to sell part of the IMF's gold reserves. On April 27, 2008, IMF Managing Director Dominique Strauss-Kahn welcomed the board's decision of April 7, 2008 to propose a new framework for the fund, designed to close a projected $400 million budget deficit over the next few years. The budget proposal includes sharp spending cuts of $100 million until 2011 that will include up to 380 staff dismissals.

At the 2009 G-20 London summit, it was decided that the IMF would require additional financial resources to meet prospective needs of its member countries during the ongoing global financial crisis. As part of that decision, the G-20 leaders pledged to increase the IMF's supplemental cash tenfold to $500 billion, and to allocate to member countries another $250 billion via Special Drawing Rights.

As of May 2010 Hungary($11.6 billion), Romania($12.5 billion) and Ukraine(the IMF granted a $16.4-billion loan to Ukraine in 2008, of which the government has so far received $10.6 billion) are the largest borrowers of the fund.

● 2010년 5월. 헝가리 116억 달러, 루마니아 125억, 우크라이나 164억 달러 지원

no interaction with the IMF In 1995, the International Monetary Fund began work on data dissemination standards with the view of guiding IMF member countries to disseminate their economic and financial data to the public. The International Monetary and Financial Committee(IMFC) endorsed the guidelines for the dissemination standards and they were split into two tiers: The General Data Dissemination System(GDDS) and the Special Data Dissemination Standard(SDDS).

General Data Dissemination System(GDDS) and its superset Special Data Dissemination System(SDDS), for those member countries having or seeking access to international capital markets.

The primary objective of the GDDS is to encourage IMF member countries to build a framework to improve data quality and increase statistical capacity building. This will involve the preparation of metadata describing current statistical collection practices and setting improvement plans. Upon building a framework, a country can evaluate statistical needs, set priorities in improving the timeliness, transparency, reliability and accessibility of financial and economic data.

● GDDS : 통계공표 기준(통계의 공표 일정, 방법 등에 대한 객관적인 기준 제시)

Membership qualifications

A member's quota in the IMF determines the amount of its subscription, its voting weight, its access to IMF financing, and its allocation of Special Drawing Rights(SDRs). A member state cannot unilaterally increase its quota-increases must be approved by the Executive Board and are linked to formulas that include many variables such as the size of a country in the world economy. For example, in 2001, China was prevented from increasing its quota as high as it wished, ensuring it remained at the level of the smallest G7 economy(Canada). In September 2005, the IMF's member countries agreed to the first round of ad hoc quota increases for four countries, including China. On March 28, 2008, the IMF's Executive Board ended a period of extensive discussion and negotiation over a major package of reforms to enhance the institution's governance that would shift quota and voting shares from advanced to emerging markets and developing countries. Under existing arrangements, the industrialized countries hold 57 percent of the IMF votes. But the financial crisis has tilted control away from heavily indebted mature economies, such as the US and the UK, in favour of the fast-growing, cash-rich, so-called "Brics" economies of Brazil, Russia, India and China. Since the US has by far the largest share of votes(approx. 17%) amongst IMF members , it has little to lose relative to the Europeans.

At the Pittsburgh G-20 Summit, the US raised the possibility that some European countries would reduce their votes in favour of increasing the votes for emerging economies. However, both France and Britain were particularly reluctant as an increase in China's votes would mean China now has more votes than the UK and France. At a subsequent IMF meeting in Istanbul Turkey the same month as the Pittsburgh Summit, IMF managing director Jean Claude Trichet then highlighted that "If we don't correct them, we'll have the recipe for the next major crisis." Citing the seriousness of the issue to be tackled.

Members' quotas and voting power, and board of governors

Major decisions require an 85% supermajority. The United States has always been the only country able to block a supermajority on its own.

● 회원국 별 투표권 : 미국(16.74%) 일본(6.01) 독일(5.87) 영국(4.85) 프랑스(4.85) 중국(3.66) 이탈리아(3.19) ··· 브라질(1.38) 한국(1.33)

우리가
버려야 할 것들

아내와 한 달 여 기간 동안 인도로 배낭여행을 다녀온 적이 있다. 배낭여행은 그야말로 거의 현지인들 속으로 들어가서 그들의 삶을 가까이에서 직접 보는 또 다른 소득이 있다. 인도는 21세기와 1960년대가 공존하는 곳으로 인구의 대부분이 극히 낮은 소득 수준으로 가난한 삶을 살고 있다.

그들의 위생 관념은 지극히 낮은 수준에 있었고, 또한 공중 도덕심은 거의 바닥권이었다. 예를 들면 길거리에서 가래침을 뱉는 행위는 예사로운 일이고, 심지어 대낮에 길거리 담벼락에 소변을 보는 행위를 부끄럽게 여기지 않는 것 같았다. 쓰레기는 아무 곳에나 던져버리고, 심지어 버스에서 차창 밖으로 과자봉지나 페트병 따위를 던져버리는 것을 보고 그들의 공중도덕이 한참 낙후되어 있음을 느꼈다.

내가 어렸을 적인 1960년대에 우리나라에서도 흔히 있었던 일이다. 경제 발전과 국민들의 시민의식이 함양되면서 지금은 거의 사라졌다고 생각한다. 완전히는 아니겠지만 매우 개선되었다고 믿는다. 물론 아직도 길거리에 쌓여 있는 쓰레기를 간혹 볼 때가 있다. 학교에 '깨진 유리창'이 한 장 있는데 이를 제때 교체해주지 않으면 아이들이 방과 후 학교에 놀러 와서 옆 유리창도 깨고 해서 결국 학교는 엉망이 된

다고 한다. 이처럼 제때 치우지 않은 쓰레기 더미에 너도 나도 담배꽁
초를 비롯해서 쓰레기를 버려서 볼썽사나운 모습이 보일 때가 있다.

하여튼 기초적인 질서나 공중 도덕심이 과거보다는 많이 개선된 것
같다. 그러나 선진국가로 도약하기 위해 우리가 버려야 할 것들이 아
직도 많이 남아 있는데, 순서 없이 나열해보면 다음과 같다.

1) 익명(匿名)성 뒤에서 자행되는 나쁜 인터넷 문화 : 욕설과 무분별
한 비난 행위, 근거 없고 책임감 없는 유언비어의 생산과 확산.

2) 실력과 제품으로 승부하기보다 비윤리적인 방법을 통해 기업을
경영하려는 접대 문화. 특히 관(官)의 비호를 받기 위한 전근대
적, 후진국 형 접대 문화가 잔존하고 있다.

3) 자기 자신, 자기 가족, 자기를 중심으로 한 공동체만을 위하는 이
기주의 : 지하철, 버스, 극장, 도서관 등에서 전화벨 소리 또는 크
게 통화하는 행위. 공공장소에서 떠드는 자기 아이들을 제지하지
않는 행위. 운전 중 끼어들기. 내가 사는 지역에 혐오시설이 들어
와서는 안 된다는 생각. (님비[NIMBY. not in my back yard]라
는 말이 있다. 이는 1980년대 영국 정치가 니콜라스 라이들이
[Nicholas Rideely]가 사용한 말로, 내가 살고 있는 곳에 쓰레기
매립지, 풍력 발전용 터빈, 전력 시설, 교도소 등 혐오시설을 지을
수 없다는 말이다. 이러한 사람을 님비스[Nimbies]라고 부른다.)

4) 과도한 교육열로 인한 사(私)교육 문화. 사교육비로 인한 빈부 격
차. 양극화 심화. 저 출산의 한 요인.

5) 쓰레기 무단 투기.

6) 술 먹고 길거리 싸움.

7) 불친절. 무표정. 서로 웃으며 인사하는 모습이 외국 선진국에 비
해 약함.

8) 과정보다는 결과 중시 문화 : 일 처리 과정에서 어떤 불법이든 비도덕적 행위가 있더라도 결과가 좋으면 된다는 의식. 각종 탈법 행위가 근절되고 있지 않음.

9) 지나친 체면 문화. 과시 행위. 보이기 위해 사용되는 사회적 비용이 너무 크다.

10) 한(恨)의 문화 : 좋은 점도 있지만, 자칫 용서와 관용이 사라진 삭막한 인간적인 면은 고쳐야 할 것임.

11) 빨리 빨리 문화 : 적당히 그리고 빨리 해야 하는 문화.

12) 정치인들의 탈법 : 우리나라에서 단일 집단으로 범죄자가 많은 집단 중의 하나가 정치인 집단. 선진국에서는 선거에 나올 수조차 없는 사람들이 우리나라에서는 버젓이 나와서 당선되는 사례가 많다. 국민들도 이에 너무 무관심한 것 같음.

13) 투기(投機) 행위 : 정상적인 노력에 의해 부(富)를 축적하기보다 아파트, 로또, 주식 등의 행위로 쉽게 돈을 벌려는 행위.

14) 식당에서 떠드는 행위. 종업원 무시 행위.

15) 비위생적 식품유통 및 판매 행위.

16) 해외여행 시 예의 없는 각종행동.

17) 바가지요금 : 특히 관광지. 성수기 때의 바가지 요금.

18) 명품 선호 사상 : 우리나라만큼 브랜드 상품을 선호하는 나라가 없는 듯. 백화점 물품의 터무니없는 가격 형성의 한 요인이 됨.

19) 운전문화 : 끼어들기, 크랙션 울리기, 운전 욕설하기, 사람이 우선이 되어야 하나 항상 자동차가 우선이 되는 문화.

20) 담배꽁초 버리기. 공공장소에서 담배 피우기.

21) 음주 문화 : 폭탄주, 강제로 술 먹이기, 술 잘 먹는 사람이 일도 잘한다는 의식….

22) 해외여행 시 무분별하고 과도한 소비문화. 골프 여행(거의 우리 나라에만 있는 독특한 문화).

23) 사촌이 땅을 사면 배 아프다. 남이 잘되면 시기하는 문화. 축하 해주고 격려해주는 문화가 필요.

24) 젊은이들 사이에서 급속히 퍼지고 있는 욕설 문화.

25) 기타 : 학벌 중시 문화, 과도한 고발 문화, 배타적 종교문화, 과 도한 에너지 소비, 교통질서 부족(교통사고 많은 나라), 장애인 무시, 준법정신 결여….

순서 없이 나열한 '우리가 버려야 할 것들' 중에는 일부 좋은 점과 나쁜 점이 혼재되어 있을 수 있다. 예를 들면 '빨리 빨리 문화'는 우리가 산업화와 민주화를 세계에서 유래를 찾기 어려울 정도로 단기간에 이룩한 성취의 좋은 문화이지만, 졸속(拙速)으로 인한 부작용도 있다는 말이 된다.

우리의 문화를 무조건 폄훼하고 낮추어 보는 것은 옳지 않다. 그러나 분명히 우리가 버려야 할 것은 스스로 성찰하여 정치인, 학자, 언론 등 모든 국민이 합심하여 국민적 운동이 일어나야 할 것 같다. 옛날 방송에서는 계몽운동 프로그램이 있었는데, 지금은 각종 오락 프로그램에 묻혀버려 찾아보기 어렵다. 우리가 선진국으로 도약하기 위해서 지금쯤 국민적 자발 운동이 일어났으면 한다. 오늘날 시민단체들은 너무 정치적 이슈에 함몰되어 있는 것 같다. 필자 개인적인 생각으로는 지금 시민단체들이 이러한 선진국민이 되기 위한 캠페인을 벌이는 것이 좋지 않을까 생각한다. 과거 천주교에서 '내 탓이요' 운동을 벌였지만, 오늘날 종교인들이 너무 정치적인 문제에 매달리기보다 오히려 국민 계도운동 같은 주제로 한 번 일어선다면 어떨까 하는 생각이 든다.

당파(黨派), 정당(政黨), 대한민국

　선거 때 또는 특정 사건이 터질 때 여야 정치권에서 흔히 나오는 '색깔론' 이라는 말이 있다. 정치에 무슨 색깔이 있을까 하는 생각이 들겠지만, 실제로 정치 또는 사상 등과 관련해서 일반적으로 통용되는 색깔이 있다. 예를 들면 붉은색은 사회주의, 사회민주주의, 공산주의 또는 국가주의를 상징하는 색깔이라고 한다(Political party symbol color). 푸른색은 보수, 남성, 왕정주의, 유대인을 지칭하고, 녹색은 환경, 이슬람, 자본주의를 상징한다고 한다. 검정색은 무정부, 파시즘, 카톨릭을 의미하고, 핑크색은 동성애, 여성, 아일랜드 국가주의를 상징하며, 오렌지색은 기독교 민주주의와 네덜란드를 상징한다고 한다.

　우리나라의 경우 보수적인 한나라당이나 선진당이 푸른색을 사용하고 있으며, 진보적인 노동당과 진보신당 등은 붉은색을 사용하고 있다. 민주당이 노란색을 사용하고 있는 이유는 잘은 모르겠으나, 필리핀의 민주화 과정에서 아키노 여사의 피플스 파워(People's power)가 사용한 노란색을 차용해온 것이 아닐까 생각한다. 또한 붉은색을 우리나라 정치권에서 사용할 경우 과거부터 우리에게 각인되어온 '빨갱이' 라는 용어가 주는 혐오감을 피하기 위해, 그래서 '색깔 논란' 에 휩싸이지 않기 위해 극히 조심하기 때문이지 않을까 하는 생각도 든다.

우리나라의 양대(兩大) 정당인 한나라당은 지금 중도 보수를 표방하고 있으며 민주당은 중도 개혁을 내세우고 있는 듯한데, 필자가 보기에는 결국 그러한 주장은 양당이 뚜렷한 이념적 스펙트럼(spectrum)을 갖고 있지 않다는 뜻으로 추정된다. 따라서 '색깔논쟁'은 선진당과 민노당 간에 있어야 하는 논쟁이 아닐까.

어떻게 보면 우리나라 정당들은 애초부터 '이념 지향적 정당'이라기보다는 '선거 지향적 정당'으로 그때그때 인위적으로 만들어지고 합치고 분열되었으며, 선거 후에는 소멸되는 과정을 겪어온 것 같다. 왜냐하면 해방 후 60여 년을 거쳐오는 동안 명멸(明滅)한 정당이 300개를 넘는다고 하기 때문이다(남한에만 420개 정당이 있었다는 설이 있다).

한국 민주당, 남조선노동당, 근로인민당, 자유당, 민주국민당, 민주당, 진보당, 대한여자국민당, 통일당, 신민당, 민주공화당, 민정당, 통한당, 자유민주당, 정의당, 신홍당, 국민의당, 신민회, 보수당, 한국독립당, 민중당, 신한당, 대중당, 자민당, 통일사회당, 국민당, 민주통일당, 민주정의당, 민주사회당, 한국국민당, 민권당, 원일민립당, 신정당, 인민당, 사회당, 한국기민당, 통일민족당, 민주농민당, 신민주당, 신정사회당, 신한민주당, 사회민주당, 기독성민당, 민중민주당, 제3세대당, 통일민주당, 일체민주당, 한주의통일한국당, 신민주공화당, 평화민주당, 한국민주당, 우리정의당, 민중의당, 한겨레민주당, 민주자유당, 통일국민당, 신정치개혁당, 통일한국당, 친민당, 대한정의당, 새한국당, 대한민주당, 자유민주연합, 무정파전국연합, 새정치국민회의, 개혁신당, 무당파국민연합, 민주국민연합, 국민신당, 바른나라정치연합, 한나라당, 국민승리21, 애국번영당, 청년진보당, 새천년민주당, 희망의한국신당, 민주노동당, 한국녹색당, 국민행동, 노년권익보호당, 한국미래연합, 녹색평화단, 대한통일당, 구국총연합, 복지민주통일당, 국민통합21, 한국사회민주당, 국태민안호국당, 개혁국민정당, 천주평화통일가정당, 민주화합당, 녹색사민당, 희망2080, 기독민주복지당, 국민중심당, 친박연대, 진보신당, 시민당, 선진한국당, 국민참여당, 국민중심연합….

과거에 사용했던 당명을 중복해서 사용하는 경우도 있는 것 같다. 예를 들면 공화당의 경우 허경영 씨가 몇 번 사용했고, 평화민주당은 지방선거에 재등장했다. 이렇게 많은 정당들이 출현하다 보니 우리나라 정당의 존속 기간이 평균 3년밖에 되지 않으며, 1년 안에 사라지는 정당이 부지기수에 이른다고 한다. 정말 웃지 않을 수 없는 형편이다.

영국은 1678년에서 1783년 사이에 최초로 정당이 생겨났는데, 보수당인 휘그(Whig, 무법자라는 뜻)와 자유당인 토리(Tory, 마부라는 뜻) 양당 체제로 이어져오다가, 1906년 노동자 대표 위원회(Labour Representation Committee)가 공식적으로 노동당으로 개칭하여 지금까지 보수당과 노동당이 영국의 양당제도를 이끌어오고 있다.

미국은 초대 대통령인 조지 워싱턴이 특정 정당에 소속된 기록을 가지고 있지 않듯이, 독립 이후 시간이 지난 후인 1816년~1824년에 연방당과 민주공화당이 생겼고, 다시 1824년~1828년 잭슨민주당(Jacksonian Democrats)과 휘그당이 되었다가 1852년 이후 지금까지 현재의 민주당과 공화당의 양당 구조가 이어져 오고 있다. 영국이나 미국의 경우 적어도 한 개의 정당이 100년 이상의 전통을 유지하고, 지향하는 이념이 뚜렷하며, 그들의 정치 행위에 대해 역사적 책임을 갖고 있음을 본다.

우리나라의 경우로 다시 돌아가보면, 조선왕조 시대의 당파(黨派) 역시 특정한 이념에 의해 발생했던 것이 아니라 권력을 쟁취하기 위한 수단으로 이합집산(離合集散)한 형태가 대부분이다. 어떤 사람들은 조선의 당파는 오늘날의 정당과 같은 형태로서 우리나라는 민주주의가 일찍 도입된 것으로 얘기하거나, 지나친 당파싸움의 부각은 일제 식민사관(植民史觀)의 잘못된 접근이라고 말하는 것 같다. 필자의 개인적인 생각으로는 '절대 아니다' 라고 말하고 싶다. 조선의 당파는 지극히 개인적이고 정파적인 이익에 의해 발생된 것으로 나라의 발전에는 하등 도움되지 않는 '밥 그릇 싸움' 에 머물렀다고 혹평하고 싶다.

선조(宣祖) 때 심의겸과 김효원이 이조전랑(吏曹詮郎) 자리를 두고 자기 사람을 심으려는 암투로 갈라진 동인(東人), 서인(西人) 당파의 발생부터가 그러했다. 특히 임진왜란을 막지 못한 불행의 씨앗이 된 통신정사 황윤길(서인)과 부사인 김성일(동인)의 서로 다른 정세 판단의 단초는 뿌리 깊은 당쟁(黨爭)에 그 원인이 있다. 국가의 위기 상황을 목전에 두고 어떻게 그런 정파적인 이익에 눈이 어두울 수 있을까? 조선은 그후 남인, 북인, 소론, 노론, 청남, 탁남, 대북, 소북, 준소, 완소, 호파, 낙파, 시파, 벽파 등으로 갈려 조선의 국력을 한없이 낭비했다. 정조(正祖) 사후, 순조, 헌종, 철종 대(代) 60여 년간은 안동 김 씨, 풍양 조 씨 외척 세력의 세도정치로 나라를 엉망으로 이끌어 일본에 그냥 상납하는 매국적 행위를 열심히 한 것으로 생각한다. 이미 그 이전의 당파싸움은 조선을 피폐하게 만들었고 훌륭한 선비와 정치인들을 당파라는 틀 안에 집어넣어 줄을 세우고 희생시킴으로써, 훌륭한 임금도 없었지만 훌륭한 정치가가 올바른 경륜을 펼칠 기회를 박탈하고 말았다.

역사에 대해 깊은 소견도 없고 더구나 정치에 대해서 문외한인 필자가 보는 견해로 볼 때 그렇다는 것이고, 이러한 현상이 오늘날 또다시 우리나라 정치인들 사이에서 벌어지고 있는 것이 안타깝다. 정치가 3류라고 그냥 치부하고 넘어가면 되겠지만, 대한민국의 앞날이 이들에게 달려 있다고 생각하면 걱정이 아닐 수 없다. 그래서 서로의 이익과

집권을 위해 서로 반목하고 사사건건 물고 늘어지고 싸우는 것쯤은 봐
주려고 한다. 그 대신 한 가지, 다른 것은 차치하고서라도, 국가 안위
와 국방에 대한 것만큼은 서로 의견을 달리하지 말았으면 한다. 정말
이 문제에 있어서만큼은 정파적 이익을 넘어서서 바른 판단을 할 수
있는 대한민국 정당들이 되기를 바란다.

아마 다음 선거 때가 되면 새로운 당(黨)들이 우후죽순처럼 또 생겨
나고 당명만 바꾸거나 하는 여러 행태로 말미암아 또다시 기록을 갱
신할 것이며 낙후된 정치행위는 계속될 것이다. 역사책을 읽으면서 한
번쯤 울분을 느껴본 적이 없는 사람은 정치인이 되어서는 안 된다고
생각한다.

■ 당파

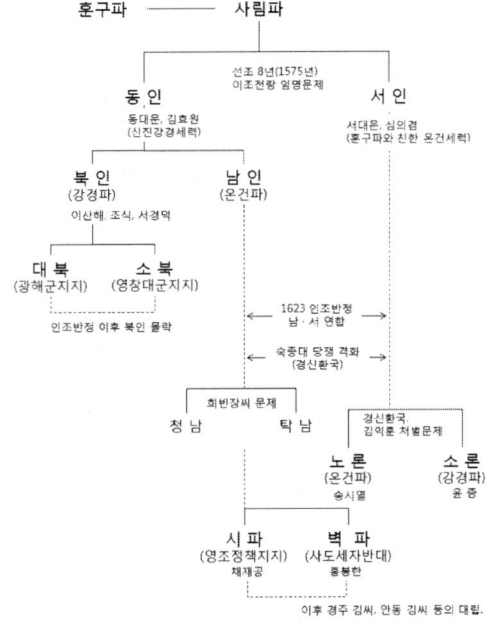

■ **당파에 대한 다른 의견** : ❶ 현대의 정치와 같이 특정 세력의 독주에 대한 견제와 균형이 이루어졌다. ❷ 자신의 지지 기반을 확산시키기 위해 백성들의 지지를 얻는 데 주력 ➡ 식민사관 논리 : 국력낭비, 민생도탄의 정치 형태가 아니었다. ⇨ 조선 중후기 정치사의 주요 흐름이었던 붕당정치에 대한 다양한 평가가 필요하다.

박정희 대통령

　　이 책 '머리말'에서 언급했듯이 필자는 박정희(朴正熙)라는 한 인물에 대해 먼저 외국 사전을 검색하여, 객관적으로 이들이 말하고 있는 내용을 먼저 언급하고자 한다. 기본적으로 나는 이분에 대해 많은 존경심을 가지고 있기 때문에 먼저 주관(主觀)이 배제된 부분을 찾아보는 것이 합당할 것 같다.

　　외국사전에 의하면 '박정희(1917.9.30~1979.10.26)는 한국 육군 장군 출신으로 남한의 대통령(1961년~1979년)을 역임한 사람이다. 그는 수출 주도 성장을 통해 대한민국의 산업화를 이룬 사람으로 인정받고 있다. 그의 통치는 1979년 암살됨으로 막을 내렸다. 1999년 발행된 『타임』지(Time magazine)에 의해 세기(世紀)의 아시아 100인에 선정되었다.'라고 적고 있다.

　　아버지 박성빈이 46세, 어머니 백남희가 45세 때 태어난 박정희의 환경은 이미 형과 누나가 6명이나 되는 지독히 가난하고 어려운 형편이었다. 이후 기록은 다음과 같다.

- 1932년~1937년 : 대구 사범학교.
- 1937년~1940년 : 초등학교 교사(문경 공립 보통학교).
- 1940년 3월 : 만주 군관학교(신경[新京], 지금의 장춘[長春]) 입학.
- 1942년 : 만주 군관학교 수석 졸업. 일본 육사 입학.

- 1944년 : 일본 육사 졸업. 만주국 8사단 장교. 당시 이름. 오카모
  토 미노루(Okamoto Minoru).
- 1946년 : 조선 경비 사관학교(육사의 전신) 2기 졸업. 대위임관
- 1948년 : 여수, 순천 좌익계열 사건 연루. 무기징역 형(刑)에서 구
  제. 무급 문관으로 근무.
- 1950년 : 6 · 25 전쟁. 소령으로 군에 복귀.
- 1953년 : 준장 진급.
- 1958년 : 소장 진급.
- 1961년 : 제 2군 부사령관 재임 중 쿠데타 주도. 국가재건 최고회
  의 의장.
- 1962년 : 대통령 권한 대행.
- 1963년 : 대장 예편. 12월. 대통령 취임.
- 1972년 : 유신정권. '통일주체 국민회의'에서 대통령 취임.
- 1979년 10월 29일 : 김재규에 의해 암살.

박정희가 권력의 전면에 나타나게 되는 당시 대한민국의 상황을 간략히 서술하면, 이승만 정권의 무능과 부패에 항거하여 1960년 학생들이 주도한 4.19 혁명에 의해 초대 대통령 이승만은 4월 26일 축출되었고, 이후 선출된 윤보선은 얼굴 마담격인 대통령이 되어 실질적인 파워는 장면 총리가 행사하게 된다. 윤보선과 장면은 둘 다 민주당의 다수로부터 신뢰와 존경을 받지 못했으며, 둘은 내각 구성에도 서로 합의점을 찾지 못하고 갈팡질팡하는 등 정국(政局)이 소용돌이 속을 헤매게 된다.

윤보선, 장면 신(新) 정부는 전(前) 정권의 무능과 부패로 야기된 어려운 경제 문제와 연일 길거리로 쏟아져 나와 정치, 경제 개혁을 포함한 다양한 요구를 하는 학생들과 시민들의 데모에 제대로 대처하지 못

하고 있었고, 계속되는 정치인들의 분파적 싸움에 국민들이 등을 돌리게 되는 지경에 이르게 된다.

'1961년 5월 16일 박정희는 군사 쿠데타를 일으키고 정치적 혼란에 지친 대중(genaral populace)으로부터 크게 환영받았다. 장면 총리는 군사 쿠데타에 저항했으나 윤보선 대통령은 군사 정부 편을 들어 미 8군과 새로운 권력에 간섭하는 다양한 남한 군부(軍部)를 설득했다. 윤보선은 대통령직을 유지한 채 새 정권에 합법성(legitimacy)을 제공해 준다. 그러나 그는 1962년 3월 사임하게 된다.'

박정희가 권력의 전면에 나타난 1961년의 남한의 1인당 국민소득은 미화 75달러밖에 되지 못했다. 그러나 당시 북한은 일본이 남기고 간 전력 시설과 화학공장 시설 같은 일제 시대의 시설이 많이 있었고 소련을 위시한 공산 블록으로부터의 지원으로 경제적으로 남한보다 많이 앞서 있었다.

박정희는 만주국에서 일제 장교생활을 할 당시 일제가 신생 만주국을 위해 사회기반 시설과 중공업에 투자하는 것을 배웠다. 이러한 지식을 기반으로 박정희는 사회기반 시설과 중공업 건설에 과감한 투자를 통해 괄목할 만한 산업개발을 이루게 된다. 당시 문제는 돈이었다. 1965년 박정희는 대중의 지지도 받지 못하고 일제에 대한 반감이 전국을 휩쓴 가운데 '한일 국교 정상화'에 합의함으로써 일본으로부터 돈과 기술을 도입하게 된다.

비록 국민들은 '한일협정'과 '월남참전' 등을 반대했지만, 박정희는 나라를 일으켜 세우기 위해 모든 비난을 감수하고 고독한 결정을 내린 결과 외부 자금을 획득하여 경제를 일으켜 세웠다. 앞 장에서 여러 번 언급했지만, 오늘날 우리나라는 세계 유례없이 빠른 시간에 산업화를 달성했고, 그를 기반으로 민주화도 이루어냈다. 정보화 시대인 오늘날 우리는 세계를 선도하는 위치에까지 와 있다. 북한과의 격차는 도저히 비교 자체가 어려울 정도로 우리가 우위를 점하고 있다.

혹자는 박정희의 치적(治績)을 폄훼하기도 하고, 그가 이룩한 경제적 업적보다 독재적 정치 행태를 더 비난하는 데 열중하기도 한다. 산업화 과정에서 일어난 자본가에 의한 노동자 농민의 수탈 등 '민중사관(民衆史觀)'이라는 좌파적 시각에서 바라보는 비판도 있는 것 같다.

대체로 박정희를 비판하는 자칭 진보적이라는 사람들은 그와 반대의 길을 걷고 있는 김일성, 김정일 정권의 해악(害惡)에 대해서는 입을 다물거나 심지어 칭송하기도 한다. 과연 오늘의 북한을 제대로 보고 하는 말인지 모르겠다.

박정희는 우리나라의 진정한 근대화와 산업화를 이룩한 위대한 인물이다. 수천 년 동안 이 땅에 대물림되던 '가난'의 고리를 끊은 위인이다. 비록 독재(獨裁) 정치로 인해 언론의 자유가 통제되었고 정권에 반대하는 수많은 사람이 구속되고 고문 당하는 가운데 유신헌법(維新憲法)으로 장기 독재를 한 사람이지만, 오늘을 살고 있는 우리들뿐만 아니라 후세에도 평가받을 수 있는 위대한 인물이라고 생각한다. 산업화 과정에서 일어난 많은 잘못을 그냥 덮어야 한다고는 생각하지 않는다. 그러나 숱한 과오에도 불구하고 국가를 일으켜 세우고자 한 그의 진정성을 이해해야 한다고 생각한다.

동시대 필리핀의 마르코스나 아시아, 아프리카 또는 남아메리카의 숱한 부패한 독재자를 우리는 알고 있다. 그들과 비교해볼 때 박정희라는 한 인물이 우리나라를 위해 헌신한 공(功)이 얼마나 위대한지 우리는 잊고 지내는 듯하다. 아마 오늘날의 우리보다도 먼 훗날 우리의 자손들이 그를 보다 더 훌륭하게 기릴 것으로 생각한다. 왜냐하면 아직은 많은 정치적 이유 때문에 그를 제대로 평가하지 않으려는 사람들이 존재하기 때문이다. 간혹 친북(親北) 세력들이 박정희를 폄훼하고 김일성을 높이는, 정말 어이없는 행태들이 존재하고 있다. 살아 생전에 자기 동상을 북한 전역에 건립하면서 북한 주민을 굶주리게 하는 독재자와 박정희를 비교하는 것은 어불성설에 망발(妄發)이라고 할 수밖에 없다.

● 미국 사람들은 사람의 업적을 평가할 때 **'시대성(時代性)'** 을 감안한 평가를 하는데, 대한민국은 당시의 '시대성'을 배제하고 오늘의 잣대로 옛날을 평가하는 오류를 범하고 있다.

– 인 요한(John Alderman Linton) –

■ 찬반(贊反)의 평가(위키피디아 백과사전)

→ 찬성 : Many Koreans continue to hold Park in high regard in great part due to the industrial and economic growth experienced by South Korea under his presidency. He is often credited as one of the main influences responsible for bringing economic prosperity to Korea. Today, Park is recognized and respected as his country's most effective leader who is credited for making South Korea what it is today in economic terms.

→ 반대 : There are also many on the left who condemn him for the brutality of his dictatorship and for his service to the Japanese army during World War II. Today, his critics allege that there were widespread human rights abuses in South Korea during his rule. Thousands were arrested and imprisoned for many years merely for criticizing him in workplaces or bars. A culture of corruption was prevalent too; bribery was common, and often powerful figures in Park's administration confiscated private businesses and other properties. One of the more notorious cases of Park's alleged abuses is the allegation that he ordered that a political rival, Kim Dae-jung(who became the president of the Republic of Korea in the late 1990s) be killed(see Kidnapping of Kim Dae-jung).

실종된 합리적 사고(思考)

세종 시(世宗市)와 4대강 문제로 온 나라가 시끄럽다. 한때는 광우병 문제로 100일 가까운 시일 동안 촛불시위와 찬반 논쟁이 전국을 달구었다. 왜 이러한 일이 벌어지고 있을까? 심지어 북한 어뢰 공격에 의해 천안함이 침몰되어 아까운 우리의 젊은이들 46명이 희생되고, 국내외 전문가들에 의해 북한의 소행임이 드러났는데도 각종 음모론이 인터넷뿐만 아니라 정치권, 일부 일간지 등에서 유포되는 실정이다. 정부에서 하고자 하는 모든 일이 의심받고 불순하다고 믿는 사람들이 많아지고 있다. 합리적인 토론이나 합리적인 판단이 실종되었다.

각종 토론에서도 서로 평행선만 걷고 있을 뿐 어느 쪽도 상대의 주장에 귀 기울이지 않는다. 전문가라는 사람들도 모두 자기의 주장만 있고 상대를 무조건 설득시키려 하며, 상대의 주장은 애써 외면한다. 이를 바라보는 대다수 순수한 국민들도 질릴 수준에 도달해 있다. 자기 신념(信念)이 강한 사람들은 결코 어떠한 합리적 주장에 아예 귀를 막고, 끊임없이 자기주장만 되풀이한다. 종교계마저 이러한 논쟁의 한가운데로 나와 더욱 나라가 어지럽다.

이화여대 박성희 교수는 '이러한 정책 갈등은 상호입장 존중과 약간의 타협이 보태지면 비교적 쉽게 해결될 수 있는 성질을 지녔다. 그런데도 마치 종교나 신념을 다투듯 입장이 견고하다. 설득을 하려는 사람만 넘쳐날 뿐, 설득당하는 사람을 찾기 힘들다. 모두 자기는 꿈적하지 않으면서 소통 부재 탓만 한다.' 라고 말한다. '토론을 뜻하는 영어인 debate는 상대방의 동의를 얻어낸다는 뜻의 라틴어 debatum에서 나왔다. 토론의 완성은 자기주장을 논리적으로 힘 있게 펴는 것이 아니라, 그에 대한 상대방과 청중의 이해를 얻어내는 데 있다.' 라고 설파하고 있다.

왜 우리 사회에 이러한 합리적인 사고(思考)가 실종되었을까? 경제적으로 선진국의 문턱에 와 있는 이때 각종 현안에 대해 서로 타협하고 존중하는 문화가 없어져 버린 걸까? 아니면 아예 우리 문화에 이러한 전통 자체가 존재하지 않는 것일까? 『합리적 회의주의』를 저술한 버틀란트 러셀(Berthrand Arthur William Russell)은 '모든 관련 사실을 확인하고 모든 주장에 귀를 기울이며, 우리와 의견이 반대인 사람들과 대화를 통해 우리의 편향된 주장을 조정하고, 부적격 판결을 받은 가설은 거리낌 없이 포기할 수 있는 능력을 함양 할 것을 주문하고 있다.

필자 개인적인 생각으로 오늘날 이러한 문제를 야기한 데는 일차적으로 정부에 잘못이 있다고 본다. 아무리 좋은 제도와 정책이라도 수혜자인 국민이 납득할 수 없는 '논란거리' 가 된 지금 그 원인과 처방을 진지하게 고민해야 할 것이다. 만약 이러한 정책을 시작하기 전에 반대 논리를 지니고 있는 여론 주도층과 비공개 자리(공개된 자리에서는 각종 이해(利害) 당사자가 보고 있기 때문에 진정한 의견조율이 어렵다)에서 토론, 그들의 의견을 경청하고, 필요하다면 그들을 사업에 같이 동참시켰더라면 결과가 다르지 않았을까 하는 생각이 든다.

오늘날 인터넷과 각종 언론 환경이 변화, 발전되면서 과거처럼 일방적인 홍보만으로 정책을 앞에서 끌고 따라오라는 식으로 할 수 만은 없는 세상이 되었다. 내가 옳은데 왜 반대만 하느냐고 말할 수 없는 세상이 되었다. 필자는 개인적으로 '세종 시 수정안'이 합리적이라고 생각하며 '4대강 정비'도 미룰 수 없는 사업이라고 생각한다. 그러나 지금 정부에서 밀어붙이는 식의 행정은 대단히 잘못되었다고 본다. 정부에서 일하는 사람들의 고충과 어려움 그리고 그 충정(忠情)을 백번 이해하면서도 일처리 방식의 미숙함에는 정부가 '이 정도' 수준밖에 되지 않는가 하는 탄식이 나온다.

또한 모든 것을 정쟁(政爭)의 수단이나 도구로 생각하는 오늘날 야당의 행태도 비난받아야 할 것이다. 국가를 위한 일에 있어서 반대만 할 것이 아니라 합리적인 대안(代案)을 제시하고 같이 머리를 맞대고 고민하는 자세가 없는 것 같다. 그런 점에서 '영산강' 개발을 찬성하는 야당의 한 지방 자치단체장의 용기를 높이 산다. 나는 그가 그래도 '합리적 사고'를 하는 정치인이라고 생각한다.

다음은 최근에 부쩍 심해진 '파퓰리즘'에 함몰된 지식인들의 문제이다. 수많은 지식인들이 심지어 전문가도 아니면서 한 마디씩 하는 데는 분명 개인의 명성을 이용하려는 의도가 있다고 생각한다. 인기영합적 인물들이 사태를 부추긴다는 것이다. 어느 사찰 강연에서 전문적인 견해 없이 불쑥 원색적인 말로 정책을 비난하는 이도 있고, 모 소설가는 은둔자인 체하면서 '단문'으로 세상을 희화화(戲畵化)하는 것도 대표적인 파퓰리즘 행태이다. 이는 사태 본질의 해결에는 전혀 도움이 되지 않을 뿐 더러 '합리적 사고'를 해야 할 지식인으로서 결코 옳은 행동이 아니다.

우리는 매우 빠른 '산업화' 과정을 거쳤고, 그 이후 '민주화'를 이룩했다. 우리나라에서 민주화를 이룩하는 과정은 어쩌면 합리적 토론과 이성적 판단의 결과라기보다는 '투쟁'에 의해 쟁취했다고 보는 편이

맞을 것 같다. 따라서 민주(民主)라는 것이 합리적 사고를 통한 절차에 의해 결정되는 것이 아닌, 투쟁과 싸움이라는 개념이 우리에게 더 많이 새겨져 있지 않을까라는 생각이 든다. 말하자면 국회에서도 힘으로 서로 밀어붙이는 투쟁이 우선시되고, 사회 전반에 걸쳐 합리적인 토론보다 상대를 힘으로 밀어붙여 설득을 강요하는 현실이 되고 말았다.

선진국으로 한 단계 도약하려는 지금 우리 대한민국은 이제 이러한 틀에서 벗어나야 한다. 선진국이 되려면 합리적인 사고 없이는 결코 한 치 앞도 전진할 수 없기 때문이다. 나는 우리 국민들의 저력을 믿는다. 앞으로 분명 우리 사회는 합리적인 절차와 사고에 의해 모든 것이 이루어질 것이다.

버틀란트 러셀은 다음과 같이 말했다.

▲ "민주주의 국가에서 정치인들이 대중에게 그럴 듯하게 보이는 정책을 채택하느라 오히려 반드시 채택해야 할 정책은 외면해, 그 피해가 대중에게 고스란히 돌아간다."

▲ "국민의 본능적 반응을 일으키는 유일한 호소책은 증오를 통한 것뿐이므로 결국 증오를 내세운 정책만이 도입될 뿐이다."

영어와 한자(漢字) 교육

개인적인 이야기를 먼저 시작하고자 한다. 우연인지 몰라도 나는 초등학교 때부터 한자(漢字)를 배웠고, 1970년대에 한글전용 정책이 나와서 한때 한자를 사용하지 않을 때도 우리들은 피해 갔다. 말하자면 나는 고등학교 졸업 때까지 한자를 배우지 않은 적이 없다.

두 번째, 영어 문제에 대한 개인적인 이야기를 하면, 우리 때는 영어를 문법 위주로 배운 까닭에 회화(會話) 같은 것은 엄두도 내지 못했었다. 그러나 나는 군에 있을 때 영어 교관을 했었고 미국에서 3년간 파견근무를 했었다. 그때 당시 초등학생이었던 우리 아이들은 장성한 지금 영어에 큰 어려움 없이 사회에 잘 적응하고 있다.

지금 우리 사회에서 자녀교육에 많은 돈을 투자하도록 만드는 것 중에 하나가 영어교육이다. 그리고 대학 진학뿐만 아니라 직장 선택에 있어서 이미 영어는 주요한 생존 문제처럼 되어 있다. 유아(幼兒)들도 벌써 100만 원 이상 하는 조기 영어교육을 시키고 있고, 그렇지 않으면 조기유학이라는 극단적 방법까지 동원된 지도 어제오늘의 일이 아니다. 영어가 아이들의 장래 문제라는 화두(話頭)를 놓고 이 땅의 많은 부모들이 고민하고 있다. 특히 돈이 없는 가정에서는 이미 어릴 때부터 경쟁에서 뒤떨어질 수밖에 없는 자녀들에게 부모로서의 역할을 다할 수 없는 자괴감에 빠지게 만들 수도 있다. 이명박 정부 출범 초기

인수위원회의 모(某) 인사가 영어교육을 강조하며 orange를 '아륀지'라고 해서 지금까지도 인구에 회자되고 있다. 틀린 말이 아니었음에도 비판자들의 놀림감이 된 연유에는 이러한 영어 몰입교육에 드는 비용을 감당할 수 없는 많은 '가지지 못한 사람'들의 아픔을 자극할 수 있는 말이었기 때문이라고 생각한다.

영어교육은 참으로 지난한 문제이다. 나의 경우 외국 근무도 했었고 지금도 틈날 때마다 공부를 하고 있지만 쉽게 입이 열리지 않는다. 어렸을 때 우리 아이들처럼 배웠더라면 하는 생각이 들 때도 많다. 그러나 한편으로는 내 또래 전후(前後) 세대들 중에 영어와 아무런 관계없이 많은 사람들이 잘살고 있다. 말하자면 영어를 몰라도 살아가는 데는 아무런 문제가 없고, 매우 잘하지 못해도 회사를 다녔고 회사를 경영까지 하고 있다는 것이다. 물론 앞으로 국제화 시대에는 영어 또는 외국어가 필수인 시대가 올 것이며(이미 와 있다고 한다), 따라서 우리와는 달리 우리의 후세들은 영어가 반드시 필요하다고 말하는 사람들이 많이 있다.

영어 또는 외국어는 어렸을 때(9~11세) 배우는 것이 좋다고 한다. 그렇게 하면 자전거를 한 번 배우면 영원히 잊어버리지 않듯이 쉽게 잊지 않는다고 한다. 간혹 우리는 언어 습득을 학문처럼 생각하는데, 특정 학문적인 분야를 떠나면 사실 영어교육은 '기술교육'에 지나지 않는다. 굳이 머리를 써서 생각할 필요가 없다는 말이다. 기술자들이 매일같이 기계와 공구를 들고 숙련해 나가듯이 '문장'을 암기하고 단어를 외우는 반복적인 과정을 통해 '말'을 배워 나가는 과정인 것이다. 어린아이들이 엄마로부터 말을 배우듯이 반복해서 듣고 말하는 훈련을 통해 습득해 나가는 기술교육이다. 인도에 여행 갔을 때 물건을 팔기 위해 주변을 맴돌던 어린아이들이 영어를 곧잘 하는 것을 보고 놀랐다. 결코 어려운 단어를 사용하지 않는데도 쉬운 단어로 충분히 자기 의사를 훌륭히 전달하는 것을 보고, 왜 우리는 이렇게 어렵게 영어를 배우고 있을까? 하는 생각이 들었다.

방송에서 여러 강사들이 나와서 교육하고 있는 '영어회화' 교육은 내게도 어려웠다. 잘 사용하지도 않고 불필요한 영어까지 교육시키는 것 같았다. 아이들이 질려서 쉽게 포기하게 만드는 것 아닌가 하는 생각이 들었다. '영어에 왕도(王道)는 없다.' 라는 말이 있다. 하루아침에 이루어질 수 있는 문제는 아니다. 그러나 내가 볼 때 간단하고 쉬운 표현을 '반복적'으로 교육시킬 수 있는 프로그램이 있을 것이다. 초등학교 선생님 정도면 가르칠 수 있는 반복 프로그램을 개발한다면 어렵지 않게 돈 들이지 않고 교육시킬 수 있지 않을까. 무조건 원어민 교사에 의한 교육만 고집할 것은 아니라고 본다. 아마 정책을 입안하는 사람들이 영어에 대해 잘 모르거나, 아니면 유명 강사나 학원 강사들의 장삿속에 우리의 영어교육이 휘둘리고 있지나 않은지 보다 깊이 있는 사려가 필요하다고 생각한다.

우리가 외국어를 배우는 이유 중에는 외국인을 만나서 직접 소통하고 대화하는 것만 있는 것은 아니다. 한 나라의 언어를 안다는 것은 그 나라를 이해한다는 말이고, 언어를 통해 사상이나 생각의 폭이 더 넓어질 수 있다는 말이다. 더욱이 오늘날처럼 인터넷이 발달된 상황에서는 수많은 지식을 배울 수 있는 이점(利點)도 있다. 한자(漢字)에 대한 교육 역시 우리 한글의 우수성이나 한글만으로 모든 것을 표현할 수 있는데 굳이 한자를 배울 필요가 없다는 의견에는 쉽게 동의할 수 없다. 우리의 경우, 많은 우리말이 중국 한자로 표기될 수 있는 형편에서 다른 나라보다도 더욱 쉽게 중국 글자를 익힐 수 있다. 앞으로 중국이 세계 경제와 국제질서 측면에서 주도권을 행사할 가능성이 큰 시점에 한자를 쓸 수 있다면 많은 도움이 될 것이다. 중국말을 배우자는 것은 아니지만, 중국 글을 안다는 것이 우리에게 득이 되면 되었지 해(害)가 되지는 않는다는 것이다. 그리고 어차피 앞으로 학문을 하는 사람에게도 한자는 필요할 것이다.

다시 개인적인 얘기로 돌아가면, 직장 생활하는 자식들 대신 손자들을 데리고 필리핀이나 인도 등 외국으로 잠시 옮겨가서 생활했으면 하는 생각이 들 때가 있다. 한국에서 영어공부를 시킬 돈으로 이런 곳에서 생활하며 한 3년만 있다 오면 우리 아이들처럼 손자들도 저절로 영어를 완성할 수 있을 것 같다. 오늘날 모든 사교육(私教育)의 중심에 영어가 있고 그 비용 또한 만만치 않은 현실적인 문제에 대한 개인적인 해결방안을 생각해본 것이다. 오늘날 부모들뿐만 아니라 이 땅의 할아버지들의 고민거리이기도 한 것 같다. 국제화 시대를 이끌어갈 우리 후손들은 과연 앞으로 이 문제를 어떻게 슬기롭게 해결해 나갈지….

영어 유치원 교육비 높은 지역
(2009년 10월 6일 조선일보)

지역(유치원 수)	월 교육비(원)
서울 강남(10)	124만
서초(11)	118만
용산(5)	105만
종로(1)	95만
대전 유성(1)	89만
경기 의정부(1)	88만
서울 송파(10)	74만
부산 해운대(3)	72만
인천 부평(2)	69만
부산 남(2)	67만

고령화(高齡化) 사회
대한민국

　나이를 먹어 늙는다는 것은 슬픈 일이다. 노화(老化)는 누구에게나 찾아오는 공평한 일이고, 우연히 일어나는 일이 아닌 필연적으로 찾아오는 생물학적인 변화의 한 과정이다. 하지만 우리 몸의 세포가 노화되어 병이 들거나 인지(認知) 능력이 떨어져 지적 수준이 하락하는 등, 젊었을 때 모든 점에서 왕성했던 많은 활동이 어렵게 되는 슬픈 사실이다. 그러나 의학의 눈부신 발전으로 많은 불치병이 사라지고 있으며 인간의 수명도 늘어나고 있다. 동식물 들 중에서 노화가 매우 느리게 진행되는 종(種)들이 있다고 한다. 브리스틀콘(Bristlecone) 소나무의 경우는 30년 이상 된 세포를 갖고 있지 않다고 한다. 대합조개, 말미잘, 철갑상어와 볼락(rock fish) 같은 고기는 노화의 징후가 무시해도 좋을 정도라고 한다. 노령화 세포에 대한 연구와 유전자 분야의 연구 등 앞으로 이러한 분야의 연구가 활발하게 이루어져 인간의 수명이 늘어날 것이라는 전망이 있다.

　이러한 기대감은 수치(數値)로 표현되는데, 한국인의 기대 수명(期待壽命)은 남자가 79.6세, 여자가 82.7세라고 한다(2007년 조사). 1970년의 조사에 의하면 남자가 58.7세, 여자가 65.6세라니 엄청난 변화가 아닐 수 없다. 대한민국은 이미 고령화 사회(Aging society)로 접어들었다. 고령화 사회란 UN에서 정한 기준으로 65세 이상의 인구가 총인구에서 차지하는 비율이 7% 이상 되는 사회를 말한다. 우리나라는 2008년 501만 6천 명의 인구가 65세 이상으로 전체 인구의 10.3%에 달해 이미 고령화 사회에 도달했다. 14%가 되면 다음 단계인 고령사회(aged society)로 진입한다고 하는데, 2026년이 되면 전체 인구의 20%에 이를 것으로 추정하고 있다. 이러한 고령화 사회는 세계적인 추세이며, 특히 경제적으로 선진화된 국가의 저출산(低出産) 문제가 심각한 국가적 문제로 대두되고 있다. UN이 추계(推計)한, 2025년 65세 이상의 인구가 차지하는 비율은 일본 27.3%, 스위스 23.4%, 덴마크 23.3%, 독일 23.2%, 스웨덴 22.4%, 미국 19.8%, 영국 19.4%로 예측된다.

저출산, 고령화 사회는 일할 수 있는 인구가 급격히 줄어든다는 의미와 함께 소비 계층이 줄어 국가 경제발전의 발목을 잡아 저성장(低成長)이 우려된다. 또한 고령화 사회는 인구가 줄어들면서 연금개혁의 요구가 커질 것이고, 정년(停年) 연장 문제를 둘러싸고 젊은 층과 노년층의 날카로운 대립이 예상된다. 그리고 젊은 세대는 미래 성장의 잠재력을 높이기 위해 교육을 비롯한 인적 자본 투자를 더 늘려줄 것을 요구하는 반면, 실버 세대는 노인층에 대한 의료 혜택을 더 확대시켜줄 것을 요구할 것이다.

저출산의 영향으로 학령(學齡) 인구가 줄어들어 학교 관련 인력과 시설이 줄어들 것이고 인구 구조의 변화로 인해 주택시장에도 큰 변화가 있을 것이다. 고령화가 가져올 변화는 저축률의 감소도 가져올 것이며 고용률 감소로 이어져, 특히 청년층의 취업자 수의 구조적 감소를 초래할 것이다. 결국 이 모든 것은 국가적 활력과 경제적 동력을 상실하게 되며, 역동적인 국가에서 정체된, 활력을 잃어버린 국가로 전환되어 더 이상 국가 발전이 어렵다는 말이 된다. 정부는 이에 대한 대책으로 육아급여를 확대하고 일과 가정을 양립할 수 있는 직장 근무여건을 개선한다고 한다. 고령화에 따른 복지지출 급증에 대비해 재정 건전성 관리도 엄격하게 할 것이며, 소득이나 자산 규모에 따른 출산력 차별화 현상과 은퇴가 노동시장에 미치는 영향 등에 대한 별도의 통계도 개발하는 등 중장기 대책을 마련 중이라고 한다.

무엇보다 늘어난 노후생활 때문에 준비되지 않은 상태에서 삶을 연명해 나가야 할 노인들의 고통이 우려된다. 노인들에 대한 공공복지 지출이 확대되어야 함은 더 말할 나위 없이 다가올 큰 문제이다. 노인들을 위한 일자리 창출(創出)도 시급히 대책을 세워야 한다. 어떤 사람은 노인 세대의 구분을 65세에서 74세까지를 '젊은 노인(Young old)', 75세에서 84세까지를 '중간 노인(Middle old)', 85세 이상을 '매우 늙은 노인(Oldest old)' 이라고 표현하기도 하는데, 필자는 74세까지는 일할 수 있는 연령층이라고 생각한다.

노년층들이 행복을 느끼며 살아가기 위해서는 종교를 갖거나 스스로 자기의 건강을 진단하는 '자기 건강진단(self-rated health)'을 통해 삶을 병 없이 건강하게 영위해야 한다. 은퇴에 따른 부정적 마음을 버리고 긍정적인 태도를 가져야 하며, 떨어져 가는 인지(認知) 능력에 대비한 감정적 문제를 잘 다스릴 수 있도록 개선해야 한다(emotional improvement).

성공적인 노후 생활을 위해 다음과 같은 조언(助言)을 하는 사람도 있다.

1. 75세가 될 때까지 신체상의 질병을 앓아서는 안 된다.
2. 개인이 할 수 있는 좋은 건강 진단법을 가질 것(자기 건강진단).
3. 장애(障碍) 없는 삶을 길게 가질 것.

4. 좋은 정신건강을 유지할 것.

5. 목적 있는 사회활동을 할 것.

6. 생활의 만족도를 높이기 위해 결혼생활의 유지, 소득과 관련된 일, 자식이 있어야 하고, 친구와 사회적 접촉을 유지해야 하며, 공동체의 봉사활동에 참여, 종교 그리고 여가활동 및 스포츠를 권장한다.

고령화 사회에 대한 정부의 대책이 어쩌면 이미 늦은 것일 수도 있겠지만, 지금이라도 철저한 대비로 대한민국이 더욱 발전되는 선진국으로 가는 여정(旅程)에 차질이 없어야 한다. 모든 분야의 사람들이 중지(衆智)를 모아 앞으로 다가올 미래를 현명하게 준비해야 할 것이다.

대한민국
그리고 중국

    중국은 세계에서 인구가 가장 많은 나라(13억 명)이다. 세계에서 가장 가치가 높은 회사(중국 국영 석유 천연가스 그룹. 2010년 3월 23일 FT 선정 세계 500대 기업 중 가치 1위)를 가지고 있으며, 가장 빠르게 경제성장(1970년대 이후 연 9.7%)이 이루어지고 있는 나라이다. 그리고 세계에서 제품 판매 1위인 독일을 곧 능가할 것이다. 조지아 공대(Georgia Tech)에서 연구 조사한 바에 의하면, 1996년에서 2007년 사이 하이테크(high-tech) 경쟁력 분야에서 조사한 33개국 중에서 중국이 최고 100점을 획득했다. 미국이 1999년 정점(頂點)을 찍은 후 하락하고 있는 반면에, 중국의 발전은 최고 자리를 향해 고공행진(skyrocket)하고 있다. 만약 이러한 추세가 계속된다면 조만간 미국은 세계 경제의 주동력을 중국에게 넘겨줄 수밖에 없을 것으로 이들 보고서는 말하고 있다.

    일본이 외환(外換)을 9천억 달러 보유하고 있는 반면, 중국은 2조 4천억 달러를 보유하고 있다. 또 의류, 시멘트, 금, 철강 등을 세계 어느 나라보다 많이 생산하고 있다. 2006년 대학 졸업자 수가 240만 명을 기록하여 미국보다 많고, 일본과 프랑스를 합한 수자를 능가하고 있다. 2011년까지 지금의 미국이 유지하고 있는 세계 최대 에너지 소비

국 자리를 탈환할 것으로 전망된다. 골드만삭스(Goldman Sachs)는 2027년까지 중국이 세계 최대 경제국의 자리를 미국으로부터 뺏을 것으로 전망하고 있다. 이외에도 중국이 21세기에 슈퍼 강대국이 될 것이라는 '장밋빛 전망'을 여러 연구기관에서 내놓고 있으며, 실제 통계로 보이는 여러 지표만 봐도 의심하는 사람이 별로 없을 정도이다.

이러한 '찬란한 미래'에 대해 중국이 어려움을 겪을 것이라는 전망도 있는데, 먼저 미래 중국의 경제와 정치적 안정을 해칠 요소 중 하나는 관리들의 부정부패 문제를 지적 하는 전문가(Minxin Pei)도 있다. 중국 관리들 사이에 만연한 부패는 계약이나 매매 거래에서 사례금, 뇌물 또는 단순한 절도 등으로 대략 예산의 10%가 빠져나간다고 한다. 이러한 부패를 방치할 경우 중국 내의 사회 불안과 사회 경제적 평등 문제를 불러일으키고 외국 투자, 국제법, 그리고 환경보호 등을 위한 선을 넘어서는 중요한 결과를 불러올 것이다. 이러한 걷잡을 수 없는 부패 문제를 방치할 경우 경제개혁은 부분적으로 이루어질 것이며 법 집행은 느슨해져서, 정치적 개혁을 하려는 중국 공산당의 개혁은 머뭇거리게 될 것이다. 또한 경제적 손실이 뒤를 잇게 되고 재정 건전성이 위협받게 될 것이다.

중국은 공산주의 경제도 아니고 자본주의 경제를 채택하고 있는 것도 아니다(Will Huton). 중국이 다음 시대를 주도하기 위해서는 서구처럼 복수(複數) 정당제도와 계몽적인 지식을 용인해야 한다는 주장이 있다. 등소평이 집권한 이후 약 30년에 걸쳐 중국의 엘리트들은 부분적인 자본주의를 받아들였다. 그러나 과거 '마오-스탈린'식 국가와 점증하는 자본주의 요소와 상황에 대해 중국의 엘리트들은 1990년대 자본주의로 회귀한 러시아의 경우를 보며 고통스러워하고 있다. 중국은 동구권 국가들처럼 민영화도 하지 않았고, 가격 자유화와 민주화라는 빅뱅(big bang)도 하지 않았다. 과연 미래로 도약하기 위한 중국은 이러한 서방 학자들의 충고에 귀를 기울일 것인지? 지금 중국의 고도성장에는 수많은 외국 자본의 직접적인 투자에 힘입은 바가 크기 때문에 이러한 충고에 어떻게 반응할 것인지가 미래 중국의 발전에 영향을 미칠 것이다.

그리고 중국은 과거 역사에서도 보듯이 다수의 농민들이 사회의 성격을 결정지었다. 지방에 흩어져 살고 있는 다수에 대해 정부가 지금처럼 중앙집권 식 통치를 지속할 수 있을지 의문이다. 심지어 강력한 통치를 한 모택동 정권도 중앙집권과 지방분권이라는 두 정치 행태에서 우왕좌왕한 적이 있다. 앞으로 중국이 발전해 나가는 과정에서 지금처럼 강력한 중앙집권적인 정치 행태가 지속되리라는 보장이 없다. 여기에 중국의 고민이 있다. 더욱 중요한 문제는 앞으로의 중국은 '천안문 사태(1989)년' 같은 거대한 사회적 분쟁이 예견되고 있다는 점이다. 혁명이라고까지 할 만한 사회적 개혁 요구가 분출되었을 때 중국 정부는 어떻게 대처할지 큰 고민에 빠질 것이다. 권리보장(인권, 노조 등), 민주적 투표, 언론의 자유 등을 요구하는 국가적 사태에 직면할지 모른다. 현재 일부 외국 기업에 한정되어 있기는 하지만, 중국 내에서 임금인상 등을 요구하는 파업이 일어나고 있다.

우리와 인접하고 있는 중국이 장차 슈퍼 강대국으로 부상할 것이라는 전망과 관련하여 우리의 국가 전략과 각오, 그리고 준비는 남다를 수밖에 없을 것이다. 우리가 역사적으로 보아온 중국은 일찍이 계몽주의(啓蒙主義)를 발전시킨 서구의 합리주의와는 다소 거리가 있는 나라이다. 작금의 인권 문제, 세계 환경 문제, 동북공정(東北工程), 티베트 문제나, 대북관계 등에서 보듯이 합리적이고 이성적으로 세계를 경영할 만한 국가가 아니라고 보인다. 그래서 중국의 발전을 세계가 경계와 우려의 눈으로 바라보고 있는 것이다.

우리는 미래를 담보하기 위해 미국과의 FTA 협정이 중요하고, 또한 중국과의 FTA 체결도 곧 이루어져야 한다. 구한말(舊韓末) 다양한 외교력을 구사하지 못한 잘못을 저지르지 말아야 할 것이다. 첨단 군사력의 건설도 꾸준하게 이루어야 한다. 동북아와 태평양 일부 해역까지 우리 군사력이 미칠 수 있는 수준으로 전력증강을 해야 한다는 것이 필자의 생각이다.

한 가지 바람이라면, 중국 사회 전반에 계몽주의적 사상이 널리 확산되어 중국이 하루 빨리 민주적인 국가로 태어나는 국가적 대변혁이 이루어졌으면 한다. 그 길만이 중국이 진정한 슈퍼 강대국이 되고, 많은 국가들이 경계와 걱정 없이 중국의 발전을 기쁜 마음으로 기원할 수 있는 길이기 때문이다.

국가별 외환 보유액(2010년, 달러)

---

1. 중국(2조 4,543억), 2. 일본(9,905억), 3. 러시아(4,580억), 4. 사우디아라비아(3,954억), 5. 타이완(3,623억), 6. 인도(2,794억), **7. 한국(2,742억)**, 8. 브라질(2,553억), 9. 싱가포르(2,034억), 10. 스위스(1,893억), 11. 독일(1,891억), 12. 알제리아(1 650억), 13. 태국(1,500억), 14. 프랑스(1,408억), 15. 이탈리아(1,331억), 16. 미국(1,241억), 17. 멕시코(1,000억), 18. 이란(965억), 19. 말레이시아(961억), 20. 폴란드(852억)

대한민국
그리고 일본(日本)

일본은 세계경제 2위국이다(GDP: 5조 490억 달러). 인구는 1억 2천 7백만 명이고 국토 면적은 377,835㎢이다. 경제 규모는 우리나라의 6배가 넘으며(한국 GDP : 8,003억 달러) 인구는 2.6배(한국 4천 8백만 명), 국토 면적은 남한의 3.8배이고, 남북한을 합한 것보다 15만㎢ 정도 더 넓다. 아시아 국가 중 유일하게 G-8 국가에 속하며, 국제연합(UN) 분담금(分擔金)을 2008년 기준 3.04억 달러를 내어 미국 다음이다(한국은 3,900만 달러로 세계 11위). 캄보디아, 모잠비크, 르완다, 동티무르 등의 국가에 PKO를 파견했으며 PKO 분담금 역시 미국 다음으로 많이 내고 있다. ODA(Official Development Assistance, 공적 개발 원조)를 통해 개발도상국 경제 개발을 지원하고 있으며 분쟁 지역에 대한 평화구축 및 재건에 막대한 도움과 공헌을 하고 있다(미국 114억 달러, 일본 91억 달러). 미국을 상대로 태평양 전쟁을 치른 경험이 있는 일본은 비록 평화적으로만 군을 사용할 수 있도록 한 자위대(自衛隊)를 보유하고 있지만, 세계 7위의 국방예산(463억 달러)를 지출하고 있는 군사 강국이다. 특히 해군력은 잠재 군사력과 질적인 면을 고려하면 세계 3위권에 드는 것으로 추정하고 있다.

일본은 강한 나라이지만, 지구상에서 유일하게 일본을 소국(小國)

취급하면서 만만하게 보고 있는 나라가 대한민국이라고 한다. 이러한 자신감으로 일본과의 스포츠 경쟁에서 보면, 거의 전쟁하듯이 일본을 꺾어야만 되며, 만약 패전(敗戰) 시에는 선수와 감독이 언론과 국민들로부터 엄청난 비난을 감수해야 할 정도로 어려운 경기가 된다. 하여튼 이러한 자신감으로 배일(排日), 반일(反日) 감정을 넘어 극일(克日) 사상으로 일본을 따라잡기 위해 노력해온 결과 우리의 경제도 이만큼 성장해오지 않았을까.

일본의 인종적(人種的) 분포를 보면 일본의 원주민인 조몬인(繩文人)과 홋카이도, 사할린에 사는 혼혈인(混血人)인 아이누 족(族), 그리고 한국과 중국에서 건너간 야요인(彌生人)으로 나누는데, 일본의 지배층을 형성한 야요인의 주류가 고구려인과 계통이 같은 부여(夫餘)계 한국인이라고 한다. 일본의 천손 족(天孫族)인 천황(天皇)의 뿌리가 부여 족(夫餘族)이라는 학설도 존재한다. 1963년까지 천황의 무덤을 발굴, 조사하던 작업이 특별한 이유 없이 중단되었다. 지금까지 40년이 지나도록 더 이상 조사하지 않으며 재시도 계획도 없이 공개하지 않음으로 해서 일본 천황의 뿌리가 결국 한국인이라는 심증(心證)만 더 굳어지고 있다.

특히 백제와 일본과의 관계를 볼 때, 인력·선진기술·문물 등이 백제에서 일본으로 대거 전해졌으며 불교문화뿐만 아니라 이들의 율령(律令) 정비까지 일본 구석구석에 백제가 영향을 미쳤다고 한다. 지금도 일본에는 구다라(百濟)라는 이름이 남아 있는데, 백제궁(百濟宮), 백제사(百濟寺), 백제천(百濟川), 백제군(百濟郡), 백제관음(百濟觀音), 백제대정(百濟大井) 등이 그것이다.

여러 가지 학설과 증거를 학계에서 연구하고 발표도 하는 것 같다. 필자가 생각해도 섬나라인 일본에 백제로부터 당연히 선진 문물이 전해지고, 사람이 흘러들어갈 수밖에 없으며, 사람과 문물은 한반도를 거쳐 갈 수밖에 없지 않았겠느냐는 주장이 옳다고 본다. 그러나 그것은 벌써 수천 년을 넘어 존재하는 사실일 뿐 지금에 와서 그러한 것에 너무 집착하는 것도 옳지 않을 것이다. 왜냐하면 지금의 영국인이 수천 년 후에 미국의 지배층이 '앵글로 색슨' 족이었다고 주장한들 무슨 큰 소용이 있을까 하는 생각이 들기 때문이다. 다만 임진왜란을 일으켜 한반도를 침략하여 우리 민족에게 크나큰 고통을 안겨주고, 급기야는 한반도를 강점하여 온갖 수난(受難)을 초래하고, 역사를 왜곡하여 자기들이 우월한 민족이라는 터무니없는 거짓 역사를 부르짖는 일본인이 괘씸하고 미울 뿐인 것이다. 미개한 저들에게 문화와 선진 기술을 가르쳐주고 많은 한반도의 이주인(移住人)이 저들의 지배층을 형성했는데 배은망덕한 행태가 밉고, 또한 태평양 전쟁 패전에도 불구하고 경제적으로 번영한 일본이 밉고 싫기 때문에 이러한 문제에 집착하고 있는 것이 아닐까.

우리와 가장 인접한 국가가 결국 별 볼일 없어 쫓겨 간 한반도의 실패자 무리가 만든 나라였는데, 이제 와서 반대로 한국을 비하하고 침략한 데 대한 감정이 더 크게 다가 오는 것이 아닐까? 그래서 일본이 아무리 크고 강대해도 한국인은 영원히 일본을 '작은 나라', 반드시 극복할 수 있는 나라쯤으로 여기는 자신감이 있는 것이 아닐는지….

최근 일본은 1990년대 '버블 경제' 붕괴 이후 잃어버린 10년을 보냈고, 다시 만성적인 저성장과 경제적 탄력이 떨어져 쉽게 회복하기 어려운 국면에 빠져들었다고 한다. 일본 제조업의 자존심이라고까지 하는 도요타 자동차의 대량 리콜 사태, 일본 항공(JAL)의 법정관리 등 여러 가지 문제점이 드러나고 있다. 작년(2009년)에는 −5% 성장을 했으나 올해는 1%의 성장을 보일 것이라고 한다. 하지만 1억 2천만 명의 3만 달러 소득을 가진 소비자를 중심으로 내수시장이 탄탄했던 일본이 인구 감소와 고령화 시대로 들어서며 성장의 한계에 부딪쳤다. 아마 금년 이후에는 세계 경제 2위의 자리도 중국에게 물려줄 것 같다고 한다. 무섭게 성장하고 있는 독일에게도 자리를 내어줄 것 같은 생각이 든다. 일본의 침몰에 대해 솔직히 한편으로는 고소하다는 생각이 들지만, 아직은 실력이나 기량(器量) 면에서 많이 모자란 우리는 더욱 증진하고 분발해야 한다고 생각된다. 그리고 우리 역시 저출산으로 인한 인구 감소와 고령화(高齡化)로 인해 경제에 빨간 불이 켜질 것이라는 데 주의해야 할 것이다. 더욱이 오늘날 쓸데없는 사상논쟁이나 정부와 시민단체 간의 힘겨루기 양상이 국력을 엄청나게 손상시키고 있는데, 이러한 일들이 지속된다면 우리는 영원히 일본을 따라잡지 못한 채 주저앉고 말 것이다. 지금은 작은 성취에 취해 있을 때가 아니다. 지금의 기회를 놓치면 영원히 일본을 따라잡을 수도 없고 또다시 저들에 의한 비하 발언과 독도, 동해 등 영토 문제에 어려움을 겪는 대한민국이 될 것이다. 우리는 늘 평화를 사랑하는 민족이라고 말한다. 그리고 엄청난 끈기와 생존력을 가진 자랑스러운 문화 민족이다. 오늘날 한류(韓流)에 열광하는 저들이 수천 년 전에도 우리 문화에 열광했을 것이다. 앞으로도 그러할 것이라고 생각한다. 그러므로 국력을 더욱 키워 이웃인 일본과 사이좋게 지내면서 옛날처럼 우수한 우리의 문화도 전해줄 수 있는 우등한 민족 대한민국이 되었으면 한다. 그래서 지금 사회적으로 분출하는 여러 가지 선진국 형 갈등 요소는 조금만 더 참고 인내하여 당당히 '선진국' 반열에 들어설 때 요구해도 되지 않을까라는 필자 개인적인 생각과 충정(衷情) 어린 호소를 해본다.

국가별 GDP
(GDP—official exchange rate 2010 country ranks)

1. 미국(14조 2, 700억 달러), 2. 일본(5조 490억), 3. 중국(4조 7, 580억), 4. 독일(3조 2, 350억), 5. 프랑스(2조6, 350억), 6. 영국(2조 1,980억), 7. 이탈리아(2조 900억) 8. 브라질(1조 4, 820억), 9. 스페인(1조4, 380억), 10. 캐나다(1조3, 190억), 11. 러시아 (1조2, 550억), 12. 인도(1조 2, 430억), 13. 호주(9,200억), 14. 멕시코(8,660억), 15. 대한민국(8,003억)

16위 이후 국가 순 : 네덜란드, 터키, 인도네시아, 스위스, 벨기에, 폴란드, 스웨덴, 사우디아라비아, 노르웨이, 타이완, 베네수엘라, 그리스, 이란, 덴마크, 아르헨티나….

대한민국과 미국
그리고 중국

　미국은 경제, 군사, 외교 등 모든 면에서 세계를 주도하는 슈퍼파워 국가(超強大國)이다. 경제적인 측면에서도 GDP 14조 2,700억 달러로 2위국인 일본의 GDP 5조 490억 달러의 약 3배에 달한다. 특히 군사비 지출은 2008년 기준 6,070억 달러로 2위인 중국의 849억 달러의 7배가 넘고, 전 세계 국방 예산의 41.5%에 해당한다. 이는 주요 15개국의 국방비를 합한 것보다 많다(2010년 예상 6,637억 달러). 미국은 G-8, G-20, 그리고 경제협력 및 개발기구의 회원이며 국제연합 상임 이사국(常任理事局)이다. 지구상의 거의 모든 나라가 미국의 워싱턴에 대사관을 상주시키고 있으며, 미국 내 여러 곳에 영사관(領事館)을 개설하고 있다. 쿠바, 이란, 북한, 부탄, 수단, 그리고 대만과는 공식 외교관계를 맺지 않고 있다.

　우리나라와 미국의 관계는 일제 강점기 이후 2차 대전 참전국인 영국, 중국, 소련과 함께 한반도의 독립을 국제적으로 인정하는 협의의 주요 당사국이었고, 6 · 25 전쟁 때는 실질적인 참전 주도국으로 북한과 중공군의 침략을 저지시켜준 나라이다. 이후 경제적인 지원과 더불어 한미 군사동맹(韓美軍事同盟) 관계를 맺어 한반도의 평화와 안정을 지켜주었다. 미국 외교와 관련된 위키피디아 백과사전에 기록된 내용을 보면 '미국은 영국, 캐나다, 호주, 뉴질랜드, 일본, 한국, 그리고 이스라엘과 강력한 유대를 향유(享有)하고 있다(The United States enjoys strong ties with the United Kingdom, Canada, Australia, New Zealand, Japan, South Korea, and Israel).' 라고 적시(摘示)하고 있다. 이처럼 미국은 한국과의 유대관계를 중시한다. 미국인 인요한 박사가 북한에 갔을 때 북한 관리와 나눈 대화중에 남한이 발전한 이유가 "줄을 잘 선 탓이다."라며 자기들은 소련에 줄을 선 탓에 못 살게 되었다는 얘기를 했다고 한다. 어쩌면 자유 시장경제를 표방하고 무엇보다 프로테스탄트에 기초한 인류애적인 사상과 계몽주의적 사상, 그리고 민주주의를 추구하는 미국의 줄에 선 대한민국의 복이라는 생각이 든다.

그러나 오늘날 이 땅에는 반미감정(反美感情)이 꽤 넓게 퍼져 있다. 이러한 반미 정서는 하루아침에 형성되었다기보다는 오랜 세월에 거쳐 조금씩 누적되어온 것이다. 해방 이후 서울에 진주(進駐)한 미군은 군정(軍政)을 도와줄 관료를 주로 일제에 협력한 인사들인 지주(地主), 부유한 사업가와 일제시대 관리 출신들 중에서 고용하여 한국인의 불만을 샀다. 또한 여러 곳에서 일어난 소요(騷擾) 사태를 진정시키기 위해 경찰과 미군 병력 및 탱크를 동원했고 계엄령을 선포하는 등, 과도한 개입이 한국인의 불만을 샀다. 이후 6 · 25 전쟁 때는 '노근리 학살사건'이 있었고, 휴전협상에서 한국인의 통일의지를 무시한 행위 등이 미국에 대한 좋지 않은 감정이 쌓여간 걸로 보인다. 광주 민주화 투쟁에서 미군이 군부세력인 전두환 정권을 도운 것이 이후 반미 감정의 결정적인 도화선이 되었다. 반미감정은 주로 한반도에 주둔하고 있는 미군 병사들이 일으키는 갈등에서 종종 일어나곤 했는데, '윤금이 살해' 사건이 있었고, 특히 심효순 · 심미선 자매가 미군 차량에 숨진 사건은 전국적인 반미 운동을 불러일으켰다. 2002년 동계 올림픽에서 아폴로 오노(Apolo Ohno) 선수의 부정 우승이 또 한 번 한국인의 반미 감정을 불러왔고, 이후 미국산 쇠고기 수입 문제로 100여 일간의 촛불시위가 전국을 달구었다. 그 외에도 '괴물' 이라는 영화에서 주한 미군부대가 방류한 독극물 관련 내용으로 인해 수도 서울에 위치한 용산 미군기지가 도마에 올랐다. 이외에도 여러 가지 연유로 인해 반미 감정이 누적되어왔다고 생각되는데, 일부 정치적으로 이용하려는 진보 좌익 정치인, 친북 좌익 세력 등이 이러한 감정을 더욱 격화시켜왔다. 순진한 학생들은 주한 미군이 남북통일을 가로 막고 있는 주범이라고 믿으며 심지어 주적(主敵)을 미군으로 꼽는 사람들의 숫자도 제법 된다고 하는 어처구니없는 지경에 이르렀다.

이러한 모든 어려운 갈등 과정을 거쳐 이제는 미국이나 이 땅에 주둔하고 있는 미군이 한국의 주권을 존중하는 등 상당히 조심스런 행보를 보이고 있으며, 한미 양국은 대등한 동반자적 관계와 함께 상호 협력하는 관계로 나아가고 있다. 주한미군의 건배사(乾杯辭)가 "같이 갑시다!" 라는 것이 이를 웅변으로 말해준다. 미국의 세계 안보질서와 평화구축을 위한 군사적 행동에 한국은 이라크 및 아프간에 병력을 보내 화답함으로써 미국의 동맹국가로서의 역할을 충실히 하고 있다. 한편 미국이 구상하는 동북아(東北亞) 안보전략 개념을 완성시켜주는 데 한국의 역할은 무척 중요하다. 하지만 이 문제는 또한 냉전 이후 재편되어가는 세계 질서의 한 축(軸)이 되려는 중국이 속해 있는, 한반도를 중심으로 한 동북아의 파고(波高)를 점차 높이는 일이 될 것이다.

중국은 경제발전과 더불어 증강된 군사력을 발판으로 하여 필리핀, 인도네시아, 베트남, 그리고 기타 관련 동남아시아 국가들이 속해 있는 남중국해(南中國海)와 도서(島嶼, 섬)에 대해 협상이 불가한 절대적인 주도권을 주장하고 있고, 오랫동안 잠자던 인도 북동쪽의 국경지대 영토(아루나찰 파라데시, Arunachal Paradesh)에 대해 인도 수상의 방문을 비난하고 나섰다. 미국과 중국이 벌이고 있는 앞으로 전개될 갈등의 한가운데 지정학적으로 한국이 위치해 있다. 정부는 지금 천안함 사건에 대해 중국이 반응하는 여러 행동을 잘 파악하고 연구하여 정치, 외교, 경제적으로 잘 대처해야 할 것이다. → 기타 중국에 대한 것은 짧지만 앞 장에서 언급한 것으로 대체한다.

미국과 중국 군사력 비교(2007년 기준)

	미국	중국
군비 지출	5,328억 달러	500억 달러
군인 총수(명)	136만	230만
– 육군	45만	165만
– 공군	37만	40만
– 해군	37만	30만
해군함정 총규모(t)	286만	130만
항공모함(척)	12	0
구축함(척)	52	23
전략 핵잠수함(척)	18	4
전술 핵잠수함(척)	56	12
전략 폭격기(대)	208	0
스텔스폭격기(대)	120	0
전투기(대)	4,276	3,600
		(3,200대는 1970년대 제작)
핵탄두(개)	6,600	400
대륙 간 탄두 미사일(기)	1,500	200
탱크(대)	8,303	1,500
조기 경보기(대)	128	6
무인 정찰기(대)	2,010	108
첩보위성(대)	413	17
군용 비행장(곳)	9, 572	339
첨단기술 대외 의존도(%)	5	75

대한민국 애국가(愛國歌)

한 나라의 국가(國歌)는 일반적으로 그 나라의 역사, 전통, 그리고 국민의 투쟁(자유 등을 쟁취한)을 환기시키고 칭송하는 공식적인 국가(國家)를 대표하는 노래를 말한다. 이러한 국가(國歌)는 19세기 유럽에서 현저하게 등장하기 시작했다. 그러나 그 이전에 나타난 국가(國歌)로는 네덜란드의 'Het Wilhelmus'(William of Orrange)이 있는데, 이 노래는 1568년에서 1572년 사이에 스페인에 대항하여 독립을 쟁취하기 위해 국가와 국민이 투쟁한 내용을 담고 있다. 일본의' 기미가요 '도 오래된 국가(國歌)로 알려져 있다. 일본의 헤이안 시대(794년~1185년)의 서사시로 전해져 오다가 1889년에 노래가 되었다고 한다. 곡조는 비장하지만 가사는 '천황 폐하의 시대가 천 년이고 팔천 년이고, 조그만 돌이 커다란 바위가 될 때까지, 그 바위에 이끼가 낄 때까지, 천황 폐하의 세상이 영원무궁할 것을 일본 국민은 바라마지 않겠습니다.' 라는 내용이다. 여러 나라의 국가와 비교해 볼 때 무난한 편이다. 다만 일제(日帝)가 이 노래를 부르며 침략전쟁을 일으켰다는 사실 때문에 특히 아시아 국가들로부터 비난을 받고 있다.

우리나라 '애국가' (愛國歌)는 안익태(安益泰) 선생이 1930년대에 작곡했고, 작사자는 공식적으로 미상(未詳)이지만, 일부에서는 윤치호(尹致昊) 선생이라고 말하기도 한다. 윤치호 선생의 일제 부역 사실 때문에 작사자로 밝히지 못한다는 이유를 대고 있지만, 공식적으로 밝혀진 바는 없다.

외국 국가(國歌)를 조금 더 살펴보면, '신이여 여왕을 구하소서' 라는 영국 국가는 '신이여 국왕을 구하소서'(God Save the King)라는 타이틀로 1745년에 처음 불렸다고 한다. 스페인의 '왕실 행진곡'(Marcha Real / Royal March)은 1770년에 처음 등장했고, 프랑스 국가인 'La Marseillaise'는 1792년에 씌어져 1795년에 채택되었다고 한다. 오늘날 알려진 대부분의 국가(國歌)는 행진곡이나 찬송가 형태를 띠고 있다. 라틴 아메리카의 경우 가극(오페라)의 영향을 받은 경우가 있고, 극히 일부지만 '팡파레'(Fanfare) 형태의 국가도 있다. 우리나라 애국가는 '찬송가' 범주에 들어가는지….

우리나라 애국가는 원래 스코틀랜드 민요인 '올드랭 자인'(Auld lang syne) 곡에 맞춰 불렀으나, 1935년 안익태 선생이 새로 작곡한 곡조에 맞춰 부르게 되었다. 하지만 해방 전까지는 독립운동가들 사이에서 두 개의 곡조가 혼용되었던 것 같다. 대부분 나라들에서 불리는 국가들이 투쟁심을 고취시키거나 자유의 쟁취, 총과 칼, 폭탄 같은 내용이 많으나, 우리 애국가는 평화를 사랑하는 민족답게 평화, 하느님, 아름다운 강산을 노래하고 있으며, 자연과 민족의 보존을 기원한다.

미국의 '별이 빛나는 국기'(the Star spangled Banner)에 보면 '오, 그대여 보이는가? 이른 새벽 여명 사이로 어제 황혼의 미광 속에 우리가 그토록 자랑스럽게 환호했던, 널찍한 띠와 빛나는 별들이 새겨진 저 깃발이…. 포탄의 붉은 섬광과 창공에서 작렬하는 폭탄이 밤새 우리의 깃발이 휘날린 증거다…' 라고 되어 있다. 독립전쟁 당시 맥캔리 요새(Mchenly)를 공격해온 영국군을 격퇴한 장면을 프랜시스 스콧이 시(詩)로 썼는데, 바로 그 시를 국가로 채택한 것이다. 중국의 '의용

행진곡'은 '일어나라, 노예 되기 원치 않는 사람들이여, 우리의 피와 살로 새로운 만리장성을 쌓자…. 일어나라, 우리 모두 한 마음으로, 우리 모두가 한 마음으로 적들의 포화를 무릅쓰고….'라는 투쟁심을 고취시키는 가사로 이루어져 있다. 아프가니스탄은 '이 땅은 아프가니스탄이다. 평화의 땅, 칼의 땅, 용맹한 아들들의 땅…. 우리는 신을 따를 것이다, 우리는 말한다. 알라는 가장 위대하다.'라는 국가를 사용하고 있는데, 그들은 평화를 말하면서 '칼'을 얘기한다.

이러한 것을 보면 우리나라는 애국가 하나만 놓고 보아도 정말 '평화를 사랑'하는 국가임에 틀림없다. 일부이기는 하지만 애국가를 바꿔야 한다는 움직임이 있는 것 같다. 작곡가 안익태 선생이 일제에 협조한 친일 인사이기 때문이라는 주장이 있고 나서부터이다. 민족문제연구소와 친일 인명사전 편찬위원회에서 안익태 선생을 '친일 인사'로 분류하면서, 애국가의 순수성이 훼손되었다고 주장한다. 또는 곡(曲)이 부르기 어려운 고음이라는 주장도 있다. '키'를 낮춰서 연주하더라도 따라가기 어려워 대부분 저음으로 부르다 보니 노래가 엉망이 된다는 것이다. 행사 때 보면 일부러 아주 낮게 부르는 사람들을 간혹 보게 되는데, 바로 이 때문인 듯하다. 최근에는 고함치듯이 애국가를 개작(改作)해서 부르는 가수에 대한 비판도 함께 일고 있다.

국가(國歌)와 함께 우리의 태극기(太極旗)도 바꿔야 한다고 간혹 주장하는 이들이 있다. 시대가 변화하면서 당시와는 다른 확연히 발전된 나라가 되었고, 그에 따라 과거가 다소 촌스럽고 아름답지 않게 비춰질 수도 있을 것이라고 생각한다. 그러나 이 또한 우리의 역사이고 전통이 아닐는지? 아무튼 나라를 사랑하듯이 애국가를 사랑하고 당당하게 불러야 할 것이다. 일부 시민단체에서 애국가 대신 자기들의 '투쟁가요'를 부른다는 얘기를 듣고 정말 이 나라 국민으로서 있을 수 없는 행위라고 생각되었다. 어떤 이유이든 현재 우리나라를 대표하는 노래가 '애국가' 이고 이 노래를 중심으로 우리 대한민국 국민이 하나 되어야 하기 때문이다. 그리고 그 이후에 논란을 해도 해야 한다.

■ **애국가 가사**

1절 : 동해물과 백두산이 마르고 닳도록, 하느님이 보우하사 우리나라 만세.

2절 : 남산 위에 저 소나무 철갑을 두른 듯, 바람서리 불변함은 우리 기상 일세.

3절 : 가을 하늘 공활한데 높고 구름 없이, 밝은 달은 우리 가슴 일편단심 일세.

4절 : 이 기상과 이 맘으로 충성을 다하여, 괴로우나 즐거우나 나라 사랑 하세.

(후렴) 무궁화 삼천리 화려강산, 대한 사람 대한으로 길이 보전하세.

대한민국 태극기(太極旗)

    한 나라를 상징하는 국기(國旗)가 처음 사용된 것은 옛날 전쟁 시 방패에 고유한 문장(紋章, emblem)을 그려 넣어 적과 아군을 구분하기 위해서라고 한다. 또한 전사(戰士)들이 자기들을 지휘하는 장수가 어디에 있는가를 확인할 수 있도록 깃대에 기(旗)를 꽂아 펄럭이도록 한 것이 그 시초라고 한다. 로마인이 창끝에 천으로 만든 깃발을 매단 것이 최초로 국기를 사용한 사례라고 알려져 있다.

    우리나라는 1883년(고종 20년)에 태극기가 조선의 국기로 채택된 이후 일제 강점기에 사용이 금지되었다가 1948년부터 국기로 사용되고 있다. 1876년 운양호(雲揚號) 사건으로 인한 일본과의 강화조약 체결 당시 일본 측에서 "운양호에는 일본 기가 게양되어 있는데 왜 포격을 했는가?"라고 우리 측에 항의했는데, 당시 우리나라 사람들은 국기가 무엇인지 몰랐다고 한다. 이것이 계기가 되어 국기 제정의 필요성이 거론되었다. 최초로 국기가 사용된 것은 1882년 8월 9일 특명 전권대사 겸 수신사(修信使)인 박영효가 일본으로 건너갈 당시 태극사괘(太極四卦)를 창안하고 도안한 것이라는 게 정설이다. 참고로 일본 국기인 일장기(日章旗)는 1854년 다른 배와 구별하기 위해 흰 바탕에 둥근 해를 그려놓은 것이 최초라고 알려져 있다.

태극(太極)은 음양(陰陽)의 이기(二氣)가 태극의 일원(一元)에서 생성했다고 하는 주역(周易) 사상을 근거로 한 것이다. 태극기는 3가지 부분으로 나누는데, 먼저 흰 바탕과 가운데 적청(赤靑)의 태극 부분, 그리고 각 코너에 있는 검은 괘(卦)이다. 괘(卦)는 각각 의미하는 바가 있는데 다음과 같다.

- ☰ 건(乾) : 하늘 봄 동(東) 인(仁) 아버지(父) 금(金) 정의(正義)
- ☲ 리(離) : 태양 가을 남(南) 예(禮) 아들(子) 불(火) 지혜(智慧)
- ☵ 감(坎) : 달 겨울 북(北) 지(智) 딸(女) 물(水) 생명력
- ☷ 곤(坤) : 땅 여름 서(西) 의(義) 어머니(母) 흙(土) 풍요(豊饒)

흰 바탕은 백의(白衣)의 민족답게 깨끗함을 상징하며, 보통 국기의 색깔을 얘기할 경우 흰색은 평화와 정직을 뜻한다. 태극은 앞에서 언급되었지만 나쁜 기운을 뜻하는 푸른색과 좋은 기운인 붉은색이 조화된 하나의 우주를 뜻한다. 세계의 각 나라마다 고유한 자기들의 국기가 있지만, 우리나라 태극기처럼 심오한 이상을 담고 있는 국기는 없는 것 같다.

나라별 국기의 바탕색은 노랑(후덕과 인자), 흰색(평화와 정직), 붉은색(강함과 용기), 청색(진실, 충성, 정의), 녹색(신성함, 희망, 사랑, 즐거움)을 많이 사용하고 있다. 국기의 도안은 매우 다양한데, 그 중에 태양이나 별 또는 달 등 하늘의 모습을 상징하는 도안을 이용한 국가가 많다. 태양을 이용한 국가는 일본, 대만, 필리핀 그리고 아르헨티나 등이 있고, 달을 이용한 국가로는 이슬람 국가인 파키스탄, 터키 그리고 이집트 등이 있다. 별을 사용한 국가는 과거 공산권에서 많이 사용되었는데, 구소련은 낫과 망치 위에 작은 별이 있었다. 지금도 중국은 다섯 개의 별이 그려진 오성홍기(五星紅旗)를 사용하고 있고, 베트남은 붉은 바탕에 큰 별이 하나 있는 국기를 사용하고 있다. 미국, 필리핀 그리고 브라질 등에서도 별을 국기 도안에 이용하고 있다.

특이한 국기를 사용하는 나라들도 있다. 대부분의 국기가 직사각형인 데 비해 스위스의 경우는 정사각형을 사용하고 있으며, 네팔은 두 개의 삼각형 모양의 국기를 사용하고 있다. 국토의 모양을 국기에 이용한 나라는 사이프러스, 크리스마스 군도, 그리고 코소보가 있으며, 모잠비크 국기에는 AK-47 총이 그려져 있고, 리비아의 국기는 오직 녹색으로만 그려져 있다.

국기는 한 나라를 상징한다. 따라서 남북한이 가끔 공동으로 사용하는 '한반도기'는 무엇을 상징하는지 의문이 생긴다. 엄연히 국제사회가 인정하는 자랑스러운 대한민국 국기를 마다하고 '한반도기'를 들고 있는지 모르겠다. 태극기는 일제 강점기에 우리의 애국선열들이 나라의 독립을 위해 가슴에 품고 지켜온 국기이다(심지어 초기 북한에서도 사용된 남북한의 정통성 있는 국기이다). 6·25 전쟁을 겪으며 애국 순국열사들의 피로 지켜온 소중한 우리의 상징이다. 지금도 해외에 살고 있는 우리 교포들은 태극기만 보아도 눈물이 나온다고 한다.

동양 사상을 대변하는 상징이 국기에 그려졌다는 것은 아시아의 정신을 앞장서서 계승, 발전시키는 대한민국의 자랑이다. 굳이 주역(周易) 사상이 태극기에 그려졌다고 항변하는 사람들도 있겠지만, 동서남북, 하늘, 태양, 땅, 달, 정의, 지혜, 생명력, 풍요, 그리고 부모, 자식을 모두 아우르는 의미를 그저 좁게 주역 사상이라고만 정의하는 것은 어리석은 생각이 아닐까? 이 모든 것은 주역이 생기기 이전에 있었던 것들이고, 우리의 태극기는 단지 그 상징을 차용(借用)했을 뿐이다.

대한민국 관료(官僚)

인천 공항을 향하던 버스가 인천대교 톨게이트를 지난 후 얼마 되지 않은 지점에서 고장 난 소형차를 피하려다 도로 옆 가드레일(guardrail)을 들이박고 10m 아래로 굴러 떨어져, 버스에 타고 있던 25명 중 13명이 사망한 사고가 일어났다. 경찰, 국토해양부, 도로교통공단 등 관련 정부 기관에서 사건 발생의 원인과 여러 문제점을 조사한다고 한다. 연일 뉴스에서 주요 기사로 다루고 있으며, 지금은 가드레일의 안전성과 부실시공(不實施工) 여부를 전국적으로 파악하고 조사 중이다.

나라의 규모가 작아서인지 이러한 유형의 사건 사고는 곧바로 전국적인 뉴스와 화제가 되어 중앙 정부의 조치와 관리 감독이 도마에 오르내린다. 앞으로 장마 또는 태풍이 닥치면 또 한 차례 중앙 정부의 사전 대비책 미흡이 언론과 국민으로부터 질타를 받을 것이다. 마찬가지로 겨울에 폭설이 내려 농가의 비닐하우스가 주저앉는 등 많은 피해가 분명 있을 것이고, 어김없이 같은 상황이 벌어질 것이다. 매년 똑같은 상황이 반복된다.

미국의 경우 국도(國道)에서 사고가 발생하면 해당 주(州) 정부에서 책임을 지고, 지방도로에서 사고가 발생하면 카운티(county, 郡) 또는 시(市)에서 책임을 진다. 연방정부가 나서는 경우는 드물고, 전국적으로 중요한 이슈가 되는 문제가 발생할 때는 연방정부가 나서지만, 그 역시 주지사(州知事) 등의 통제와 관리 하에 제한적으로 관여하는 것으로 알고 있다. 인천대교 차량전복 사고의 경우 경기 도지사 또는 인천 시장의 관할 지역으로서 이들 지방 자치단체가 주도가 되어 모든 것을 해결해야 한다고 생각한다. 그런데 지방자치를 시행한 지도 20년이 되었건만 아직까지 중앙정부가 나서서 모든 것을 해결하고 심지어 모든 잘잘못이 대통령에게 집중되어 있다. 왜 이러한 현상이 발생하는 것일까?

1960년대부터 1970년대 산업화 과정을 거치며 경제개발과 대외수출 등에서 과도한 목표를 설정했고, 이를 달성해 나가는 과정에서 '자율적인 상향식(上向式) 의사결정'보다는 대통령에 의한, 그리고 중앙정부 관료에 의한 일방적 명령 체계가 뿌리내린 전통의 결과가 아닐까. 지방정부뿐만 아니라 기업들마저도 이젠 국제적인 규모의 기업이 출현했는데도 중앙정부의 명령과 종속적인 관계의 틀에서 벗어나지 못하고 있는 것만 같다.

일제 강점기 수십 년 동안 조직적이고 체계적인 정부운영 방법을 배우고 또한 경험을 통해 노하우(Know-How)를 축적하지 못한 초기 관료들은 해방이 되자 일본식 관료 제도를 답습할 수밖에 없었고, 1960년대 군사정부에서는 미군에 의해 비교적 일찍이 미국 제도를 익힌 군부 엘리트들이 정부와 공공기관, 심지어 기업체의 요직에서 조직과 틀을 만들어 나갔다. 이러한 과정에서 관료가 모든 것을 행하고 모든 것을 할 수 있다는, 관료 우월주의가 탄생한 것으로 보인다. 해방 이후 이 땅의 배운 사람들이 가질 수 있는 직업은 오직 관료밖에 없었고, 그러다 보니 상당히 우수한 인재들이 공무원 조직에 몰렸다. 한편 일제시대 때 관료를 지냈던 사람들과 일제에 의해 고등(高等) 군사교육을 받은 일본군 장교 출신, 그리고 해방 후 미군에 의한 선진 교육을 받은 군부 출신들이 초기 대한민국 엘리트 집단을 형성했다. 특히 군사정부 시절을 거치며 확립된 관료주의는 성과를 초과 달성하는 속도전을 통해 산업화를 앞당기는 긍정적 결과를 낳았지만, 반대로 국민에 대한 봉사에 앞서 '우월적 지위'를 행사하는 나쁜 선례 역시 가져왔다.

관료주의(官僚主義)를 지칭하는 단어를 찾아보니 다음과 같은 것들이 있었다. 비밀주의, 번문욕례(繁文縟禮 : 번거롭고 까다로운 규칙과 예절), 선례답습, 획일주의, 법규만능, 창의의 결여, 직위 이용, 오만(傲慢), 상명하복(上命下服) 등…. 물론 오늘날에는 많이 개선되고 있고 선진국 형으로 제도와 관습이 바뀌어가고는 있다. 그러나 많은 국민이 피부로 느끼기에는 아직 시간이 필요할 것이다.

초기에 우수한 인재들이 관료조직에 몰렸다는 것은 국가의 틀과 제도를 조기에 정착시키는 일에 무척 고무적이고 바람직한 일이었다. 이것이 세계에서 유례를 찾기 어려울 정도로 산업화를 앞당기는 데 가장 크고 중추적인 역할을 했다는 것에는 이의(異意)가 없다. 그러나 아직까지 잔재로 남아 있는 각종 규제를 통한 '관료 우위'의 지위를 누리는 행태나 각종 부정부패의 사슬, 기업에 대한 명령적 관계 등 고칠 점이 많이 남아 있는 것도 사실이다.

요즘은 많은 엘리트들이 대기업으로 몰린다. 바람직하다고 생각한다. 다만 공공조직이나 중소기업 같은 곳에도 고르게 분포되었으면 한다. 예를 들면 군(軍)에도 훌륭한 인재가 많이 지원하여 국가가 균형 있게 발전했으면 하는 바람이다. 엘리트들이 일방적으로 한 쪽으로만 집중된다면, 다른 집단이나 사회에 속한 대중들은 이들이 제시하는 가치와 판단, 문화에 적응하고 따라갈 수밖에 없기 때문에 여러 가지 폐단을 가져온다. 과거 권위주의 시대, 초기 산업화, 개발 시대에 우수한 관료가 이룩한 훌륭한 업적을 폄훼할 생각은 없다. 하지만 이들이 남긴 잘못된 폐단 역시 선진국의 문턱을 넘어서는 데 많은 장애가 되고 있다.

■ 한국 관료에 관한 자료를 검색하면서 느낀 점은 필자가 앞에 언급한 글은 점잖을 정도였으며, 대부분 비판 일색이었다. 그만큼 우리나라 관료들이 그동안 국민들에게 행한 여러 행위는 고칠 점이 많은 것 같다. 특히 국민들이 제기한 민원에 대해 우월적인 입장에서 '의견을 묵살'하면서 정치권력에는 무조건 복종하는 권력 예속화가 심화되어 있다. 복지부동이나 보신주의(補身主義)에 대해 아직도 고쳐야 할 점 역시 많다. 관료가 은퇴하면 관련 사기업 또는 공기업 사장이나 임원으로 변신하는 것은 업무의 전문성을 살린다는 점에서 장점이 있겠지만, 관료로 재직하면서 자기가 앞으로 가야 할 기업에 대해 특혜를 제공하는 등의 부정부패 고리가 형성될 개연성이 충분히 있는 만큼, 이에 대한 제도 개선이 시급하다고 생각한다. 또 한 가지는 철 밥통이라고 불릴 만큼 특별한 하자(瑕疵)가 없는 한 정년이 보장되는 현 제도로는 '무사안일주의'를 낳을 수밖에 없는 구조적 문제점이 있다.

백성을 사랑한 임금

인도 여행 때 성채(城砦)와 사원, 궁궐 등을 보면서 그들의 거대한 석조 건축물에 입을 다물지 못한 적이 있다. 그리고 아직도 남아 있는 구 왕족들의 호화로운 결혼식이 TV에 방영되는 것을 보았다. 그러면서 그 크기나 호화로움에 미치지 못하는 우리나라의 유적물을 초라하게 생각했다. 물론 유럽의 거대하고 호화로운 왕궁이나 성당들에 대해서도 많은 부러움을 가졌던 것이 사실이다. 오늘날 우리 후손들이 이러한 문화 유적을 가지고 있으면 잘살 수 있을 텐데 하는 생각도 들었었다. 인도뿐만 아니라 이탈리아, 스페인 등의 나라에서 차지하는 관광 수입만 해도 대단한 것이지 않은가? 우리나라 한 달 수출액과 비슷한 금액을 연간 관광수입으로 벌어들이고 있는 것 같다.

> 📌 한국의 한 달 평균 수출액은 340억 달러이다. 관광 수입 1위의 나라는 미국으로 665억 달러, 2위 스페인 336억 달러, 3위 프랑스 323억 달러, 4위 이탈리아 269억 달러, 5위 중국 204억 달러…, 한국 21위 53억 달러.

나는 과거 우리나라가 이러한 거대한 건축물을 짓지 않았던 것은 임금의 백성 사랑하는 마음 때문이 아니었을까 생각한다. 인도의 '타즈마할'(TajMahal, 무굴제국 샤자한 황제가 22년간 연간 20만 명의 인부를 동원하여 지은 아내 뭄타즈마할의 무덤)이나 '카일라쉬 사원'(Kailash Temple, 엘로라 석굴사원 군을 대표하는 석굴. 약 150년에 걸쳐 깊이 86m, 너비 46m, 높이 35m 규모로 건축. 거대한 하나의 바위산을 위에서부터 깎아내려갔다고 함. 실제 위에서 내려다보면 현기증이 날 정도로 위험하다) 같은 건축물들을 지을 당시 수많은 인명이 희생되었다. 중국만 하더라도 진시황의 '아방궁'이나 무덤을 짓기 위해 죽은 사람이 얼마나 많은가.

나는 우리나라가 이러한 거대 건축물을 짓지 않았던 것은 단순히 당시 국가의 능력이나 중국과의 관계 때문에 하지 않았다고는 생각하지 않는다. 왜냐하면 비가 와서 홍수가 나고 또 반대로 가물면, 그것까지도 부덕(不德)한 임금 자신의 탓으로 여기며 백성과 함께 고난을 같이한 임금들이 아닌가. 그러한 임금들이 궁궐을 호화롭고 거대하게 짓기위해 백성을 괴롭힐 리 없을 것이다. 또한 우리 역사에서 궁궐이나 왕릉을 짓기 위해 수많은 인명이 희생되었다는 얘기는 과문(寡聞)한 탓인지 별로 기억이 나지 않는다. 우리 역사에 폭군(暴君)으로 알려진 연산군도 사실 일반 백성이 아니라 정적(政敵)이나 신하를 많이 살해했다.

영조대왕이 기우제를 지낸 후 내의원에서 탕제를 내어왔다. 임금은 "끝내 비가 내리지 않는데 무슨 마음으로 약을 먹겠는가?" 하고 물리쳤다고 한다. 정조 임금이 수원 '화성'을 축조할 때 백성의 집을 허물어야 성문을 쌓을 수 있었는데, "세 번을 구부렸다 폈다 하더라도 저 백성의 집 밖으로 성문을 쌓으라."라고 지시를 내렸다. 결국 장안문 터는 원래의 위치에서 벗어나 민가 밖으로 지을 수밖에 없어서, 전체 길이가 4.2km에서 5.7km로 늘어났다고 한다. 또한 원행 길에 홀아비, 과부, 고아, 가난한 사람에게 쌀을 나눠주고 양로연을 열어 연로한 노인들에게 비단을 하사했다고 한다.

역사적으로 보면 우리나라 임금들의 백성 사랑은 남달랐다. 물론 무능해서 정사를 잘 돌보지 못한 임금도 있다. 정사를 잘 돌보지 못해서 백성이 못 살고 헐벗은 경우도 있다. 또한 그르친 정사 때문에 외적의 침략을 받고 백성이 곤궁에 빠진 사례도 많이 있다. 그러나 근본적으로 항상 백성을 '하늘' 처럼 여기고 정치를 한 것은 사실이다. 요즈음 정치인들이 흔히 하는 '국민을 하늘처럼 여기겠다' 는 말도 이런 과거 임금의 말에서 나온 것이다.

어느 나라 임금이 백성의 궁휼한 처지를 생각해서 백성들이 사용할 문자를 만들었는가. 그래서 '훈민정음' 의 창제는 기가 막힐 정도로 백성 사랑하는 마음이 깃들어 있다. '훈민정음(訓民正音)' 이라는 말뜻 자체가 '백성을 가르치는 바른 소리' 이듯이, 세종대왕께서는 "우리나라 말이 중국 말과 달라 한자와는 서로 통하지 아니하므로, 이런 까닭에 어리석은 백성이 이르고자 하는 바가 있어도 마침내 그 뜻을 실어 펴지 못하는 사람이 많으니라. 내가 이를 불쌍히 여겨 새로 스물여덟 글자를 만드니 사람마다 쉽게 익혀 날로 씀에 편안하게 할 따름 이니라."라고 말씀하고 있다.

비록 거대한 궁궐, 성채나 사원이 없더라도 우리에게는 백성을 사랑하는 임금이 있었고, '한글' 과 같은 기막힌 문화유산이 있어 결코 뒤지지 않는 자랑거리가 되고 있다. 많은 침략을 당했지만 일부러 전쟁을 하기 위해 많은 백성을 사지(死地)로 몰고 간 조선의 임금도 없었다. 오늘날 이 전통이 이어져 내려온 것이 아닐까? 비록 무능한 대통령이 있었고, 군부독재를 한 대통령 시절도 있었지만, 남미(南美)나 아시아, 아프리카, 일부 유럽 국가의 대통령처럼 엄청난 부정축재(不正蓄財)를 해서 나라를 파탄에 빠지게 한 대통령도 없었던 것 같다. 역사적으로 백성에 대한 염치(廉恥)와 사랑이 있었지 않았을까? (일부 전직 대통령의 부정축재가 있었지만, 여기서 말하는 국가 파탄 수준의 부정축재를 한 외국과 비교할 때 그 정도는 비교가 되지 않는다고 생각한다.) 나는 그래서 우리나라 임금의 백성 사랑 정신을 소중한 '대한민국의 정신 유산'으로 생각한다. 앞으로 만세(萬歲)에 걸쳐 이러한 국민을 사랑하는 대통령이 계속 나왔으면 한다.

■ 자금성(紫禁城)과 경복궁(景福宮)

➡ 자금성 / 자(紫) : 하늘의 아들인 천제가 사는 자궁(紫宮).

　　　　　 금(禁) : 금지 구역. 하늘의 아들 황제가 사는 곳이므로 일반 백성은 출입을 금한다.

➡ 경복궁 / 경복(景福) : 『시경(詩經)』에 나오는 말로, 큰 복(福)을 빈다는 뜻. 백성과 임금이 두루 잘사는 태평성대를 꿈꾸었다.

⇨ 근본적으로 중국의 임금이 군림하는 군주였다면, 조선의 임금은 백성과 더불어 함께한다는 근본이념을 가지고 있었던 것 같다.

• 자극(紫極) : 천자의 어좌(御座), 자어(紫篽) : 궁궐, 자미궁(紫微宮) : 자미성(紫微星)의 별자리를 천자의 자리로 삼아 일컫는 말.

■ 여민동락(與民同樂) : 임금과 백성이 더불어 즐긴다.

시민여자(視民如子) : 임금이 백성을 아들처럼 매우 사랑한다.

유어유수(猶魚有水) : 임금과 신하, 부부가 서로 친밀함이 물과 물고기의 관계와 같다.

■ 정조(正祖) 임금은 수원 화성 축성 시 동원된 백성(인부)들에게 임금을 지급했다고 한다. 보통 부역(賦役)이라 하여 백성의 노동력을 무상으로 징발하는 것이 당연하나 그렇게 하지 않았다고 한다. 심지어 잔치를 베풀어주었다는 기록이 있다고 한다.

가벼움이
지배하는 나라

오늘날 우리 사회는 가벼움이 범람하여 모든 것을 지배하고 있는 것만 같다. 선거에서도 정책에 대한 옳고 그름이나 인물에 대한 판단을 진지하게 따지기보다 특정 이슈, 소문(所聞), 그리고 이미지에 매몰되어 표 쏠림이 일어나는 듯하다. 또한 가장 이해하기 어려운 것은 어느 한 편이 무조건 싫다는 논리로 모든 것을 판단해버리는 일이다.

선거 때 거리 유세(遊說)를 보면 어김없이 경쾌한 음악과 출마자의 춤이 어우러진다. 선거를 즐거운 축제의 장으로 만드는 것은 좋은 일이겠지만, 필자가 보기에는 그 도(度)를 넘어 가벼움의 극치를 보는 것만 같아 유쾌하지가 않다. 오늘날 우리는 각종 광고와 인터넷의 홍수 속에 살면서 호흡이 긴 문장보다 카피라이터(Copy Writer)들이 쓴 짧은 홍보 문구가 감성을 자극하고 소비자의 마음을 흔든다. 최근에는 트위터라는 소셜 네트워크 서비스(Social Network Service : SNS)가 생겨나 최대 140자 이내로 주고받는 단문(短文) 형태의 소통 시대가 되었다. 이름 있는 소설가라는 사람도 짧은 자극적인 말로만 모아서 책을 내고, 또한 트위터 등을 통해 이러한 가벼운 유희(遊戱)에 동참한 모양이다.

복잡하고 수많은 정보의 홍수 속에서 일일이 모든 것을 깊이 있게 파고든다거나 긴 문장의 글을 읽을 형편이 되지 못하는 많은 사람들이 긴 시간 책을 펼쳐 읽기보다는 짧은 글이나 문구에 더 가까이 다가설 수밖에 없는 게 시대적 흐름이라고 생각한다. 바쁜 생활에서 서로의 정보를 짧게 주고받음으로써 세계 속 경쟁에서 앞서 갈 수 있는 바탕이 될 수도 있을 것이다.

그러나 과거 긴 장편의 고전을 읽으며 마음의 감동을 평생 동안 간직하며 살았던 우리의 선배들이나 우리 세대로서는 이해하기 어렵다. 인문학(人文學)의 위기라는 말이 있는데, 그 역시 이러한 풍조와 무관하지 않을 듯하다. 인성(人性)보다도 우선 돈을 잘 벌고 볼 문제이다 보니, 돈이 되지 않을 인문학에 청춘을 걸 사람도 별로 없고, 그러한 작품을 한가롭게 읽어줄 사람도 없다. 그러니 과거 유명한 소설가라는 사람도 한심하게 짧은 단문(단편소설도 아닌, 극히 짧은 몇 마디 말로 만들어진 언어의 장난)을 모아 책으로 펴내고, 글에 대한 책임도, 그 말이 무엇을 뜻하는지에 대한 설명도 없이 트위터라는 공간에 자극적이며 인기 영합적인 글을 툭툭 던지는 가벼움에 동참하고 있으니 말이다.

방송에서는 연일 연기자라는 사람들이 나와 자기들의 사소한 사생활 얘기와 가벼운 농담으로 온통 국민을 전부 어리석은 사람으로 만들고 있어도, 이러한 문제에 대한 국가적 토론마저 없는 실정이다. 그러다 보니 신문 등 언론에서도 가능하면 자극적인 짧은 표제 글을 쏟아내어 독자들을 현혹하고 인기에 영합하려는 '가벼움'에 동참한다. 특히 짧은 구호성 용어는 공산주의자들이 즐겨 사용하는 용어혼란 전술로 '민주' 또는 '평화'라는 말이 이 땅의 좌익세력이 사용하는 전매특허가 되는 역설적인 상황이 되어버렸다. 참여정부 시절 '국방개혁 위원회'에 참여한 민간위원이 국방 목표에 '평화'라는 말을 넣을 것을 고집한 적이 있다. 좋은 말이지만 그가 주장하는 평화라는 속내는 '주한미군 철수'라는 거대한 음모가 들어 있는 주장이었다.

우리나라 방송만큼 연예인이 방송을 도배하는 나라도 드물다. 아침부터 시작해서 밤늦은 시간까지 '드라마', '연예인 소식', '각종 오락 프로그램' …, 그야말로 뉴스를 빼고는 하루 종일 연예인이 안 나오는 장면이 없다. 선진국으로 갈수록 TV의 역할이 뉴스와 교양으로 편성되어 있다는 것을 배웠으면 한다. 겹치기 출연까지 하는 연예인들이 쏟아내는 정제되지 않은 말이나 겉모습은 오늘날 이 땅의 젊은이들을 심하게 오염시킨다. 외모를 뜯어 고치기 위해 성형하는 일이 그렇게 숨길 일도 아닌 세태가 되었다. 우리나라의 성형외과가 성업 중이라는 것도 이러한 사회의 가벼움과 결코 무관하지 않을 것이다.

특히 정치인들이 쏟아내는 말들 중에도 '무상급식', '평등교육', '복지혜택' 등 국민소득 3만 달러인 국가에서조차 채택하지 않는 정책이나 실패한 정책을 국가 재정을 따져보지도 않고 무책임하고 가볍게 내뱉는다. 그리고 이러한 정책이 국민에게 '어필'되고 있다. 국가 정책에 대해서는 여러 가지 긴 설명보다도 '21세기 삽질'이라는 짧은 구호 한 마디에 무너져 내리고 만다. 그런데 희한하게도 그 말이 위력을 발휘한다. 천안함 사건에 대한 북한의 공격이 명명백백하게 밝혀졌는데도 '1번이라는 글자가 고온의 폭발에 지워지지 않은 이유', '북한 어뢰가 아닌 좌초'라는 등의 소문이 힘을 얻는 이상한 현상이 일어나고 있다. 심지어 모 국회의원은 한미 간 군사훈련 도중에 미군 잠수함이 발사한 어뢰라는 어처구니없고 무책임한 주장을 하는 지경에 이르고 보니 한심함을 넘어 그가 정녕 어느 나라 국민인가 하는 의문을 갖게 만든다. 그리고 정부는 제대로 해명도 못 하고 쩔쩔매고 있으며, 그러한 가벼움에도 제대로 대처하지 못하는 무능함을 보여주고 있다.

오늘날 이러한 가벼운 모든 현상이 제자리로 돌아갈 때까지 기다리기에는 아마 국가 사회적 비용과 위험성이 너무 클 것이다. 결국에는 우리 대한민국이 감당해야 할 엄청난 대가(代價)가 충분히 예견되는 현상을 한시 바삐 차단해야 한다. 그 일의 중심에는 정부와 언론, 제대로 된 교육, 종교계, 그리고 우리 국민들의 자성(自省)이에 있다. 우리 대한민국이 앞을 향해 찬란한 미래를 건설해야 할 무거운 책무가 오늘을 살고 있는 우리 모두에게 있다….

대한민국
재테크 광풍

언제부터인가 대한민국에는 부동산, 펀드, 주식 등 한 방을 노리는 '로또 형' 재(財)테크 광풍이 몰아치고 있다. 시중에는 이와 관련된 책들이 아마 학생들 참고서 다음으로 많지 않을까 싶을 정도로 출판되어 있고 버젓이 '베스트셀러' 자리를 점하고 있다. 이와 마찬가지로 이른바 성공학 참고서라고 불리는 각종 성공하는 법을 정리한 책 역시 마찬가지 추세로 무섭게 우리 곁을 파고들고 있다. 과연 '성공하는 법'을 읽고 정말 성공한 사람이 있는지 아직 들어본 적이 없거니와 이들 재테크 책을 읽고 돈을 번 사람이 있는지도 듣지 못했다. 이 모든 것은 오늘날 물질 만능주의가 빚어낸 대한민국의 세태일 것이다.

어린아이들의 장래 희망으로 1~2위를 다투는 것이 돈 잘 벌고 인기 있는 연예인이나 의사라는 직업이라고 한다. 옛날 우리 때는 대통령이나 군인, 간호사, 교사 같은 꿈을 적어 내곤 했었는데 오늘날은 가치 척도가 돈과 관련되어 있다는 현실이 씁쓸하게 느껴진다. 미국 아이들 역시 연예인이나 유명 스포츠 선수의 영향을 받아 이러한 직업을 선호하지만 우리나라처럼 심하지는 않다고 한다. 아직 그쪽 아이들은 경찰, 소방관 등이 존경받는 직업이라고 들었다. 사회에 봉사하는 헌신적이며 영웅적인 직업에 대한 열정이 남아 있다는 것은 그 사회가 그래도 건전하다는 뜻일 것이다.

서울, 그것도 강남을 중심으로 형성된 집값은 그 지역의 '집, 아파트'를 한 채 소유 하고 있다는 사실만으로 부(富)의 기준이 되어버렸다. '어디에 사는지'에 따라 새로운 신분 질서가 형성되어버린 웃지 않을 수 없는 현실이 오늘의 대한민국에 존재 하고 있다. 부동산 광풍은 한때 전국의 땅값을 올려놓았고, 웬만한 지방의 좋은 땅은 서울 사람들이 점유하고 있다는 말까지 들린다. 자기가 노후에 살 집이나 땅이 아닌 재테크의 수단으로 집과 땅을 사재기하다 보니 정작 집이 필요한 서민들은 갈 곳이 없는 지경에 이르렀다. 무조건 돈만 벌면 된다는 부끄러운 일들이 자랑스러운 영웅담이 되어 '책'으로도 소개되고 사람들의 입에 오르내린다.

언젠가 상대에게 호감을 주는 방법 또는 면접 시 좋은 인상을 주는 방법으로 얼굴 근육을 씰룩이며 웃는 법을 개발해서 TV에도 몇 번 나온 여자의 강의를 한 번 들을 기회가 있었다. 솔직히 천박스러운 그 강의를 듣고 기가 막혔다. 강의 내용의 우스꽝스러움은 차치하고라도 그 여자가 기준으로 삼는 강남의 유행 부분에서는 '황당함'까지 느껴졌다. 이와 유사한 강의가 한동안 '성공학'의 기교(技巧)로 각광받아 불과 얼마 전까지 TV를 점유할 정도로 인기가 있었다.

자유민주 국가, 그리고 자본주의 시장경제를 지향하는 대한민국에서 돈 많은 것이 부끄럽고 잘못된 일은 절대 아니다. 그 사람들이 어려운 역경을 딛고 성공을 이룩한 것에 대해서는 오히려 존경과 사랑을 바쳐야 한다. 그러한 개인적인 성공이 모여서 오늘날 대한민국이 발전, 번영하는 거름이 되었기 때문이다. 미국에서도 꿈을 이룬 부호(富豪)들은 국민적 사랑과 관심을 받고 유명인으로 행세한다. 다만 그들은 철저하게 합법적인 부(富)를 형성하도록 요구 받고 있다. 만약 탈세

(脫稅)나 탈법(脫法)이 있을 경우 혹독한 법의 심판과 함께 국민의 엄청난 비난에 직면한다. 세계에서 가장 부자라고 하는 빌게이츠나 워렌 버핏 같은 경우 그들의 일상은 무척 소박하다. 그리고 그들의 재산은 각종 형태의 기부를 통해 사회로 환원되는 과정을 거친다.

개인이 주식(株式)이나 펀드를 해서 크게 돈을 벌었다는 사례가 종종 소개되는데, 정말 이들은 빙산의 일각에 불과하다. 일명 개미라고 불리는 대부분의 개인 투자자들은 '로또'를 꿈꿀 수 없는 것이 주식투자라고 한다. 그럴 수밖에 없는 이유가 모든 정보를 가진 기관 투자자 또는 해외 자본이 항상 한 발 먼저 행동하기 때문이다. 개인 투자자들은 그들이 떠난 빈 공간만 쳐다보며 거품을 떠안게 되어 있는 것이 법칙이다.

미국 같은 나라에서도 '서브 프라임 모기지' 때문에 파산한 기업과 개인이 즐비하다. '월가(街)'의 부도덕성은 알려져 있지만, 이 사건을 계기로 그들의 탐욕이 드러나지 않았는가? 주식은 자본주의 사회에서 기업을 경영하고 국가경제를 발전시키고 아울러 개인의 자산을 불려주는 훌륭한 제도이다. 우리나라 기업을 살리고 개인의 부(富)를 살찌우기 위해 주식에 투자해야 한다. 그러나 지금처럼 단기간에 한 탕을 노리며 몰려들어 거품을 형성하고 나 혼자만 차익을 누리고 나머지 사람의 재산을 거덜나게 하는 투기(投機)가 되어서는 안 된다. 오늘날 우리나라에 불고 있는 투기성 재테크의 광풍이 그래서 문제가 되는 것이다. 건전한 기업에 투자하여 기업의 성장을 지켜보며 기업의 이익이 배당이 되고, 그러한 결과가 나의 자산형성에 도움이 되는, 긴 기다림이 필요한 정상적인 부의 형성이 이루어질 날이 오길 기다려본다.

지금 정부에서 우려하고 있는 것은 부동산의 급격한 하락으로 거품이 일시에 빠져버렸을 때 수많은 가계대출을 한 서민들의 자산 붕괴라고 한다. 시세(時勢) 차익을 노리고 무리하게 은행에서 돈을 빌려 부동산을 구입한 많은 서민들의 자산이 붕괴되면 이는 바로 은행의 파산으로 이어지고 국가 경제는 어려워지게 되어 있다. 일본의 경우 무려 10년간의 지독한 경기 침체를 겪었고 아직까지 그 후유증이 남아 있는 것 같다. 부동산 가격의 조정이 연착륙할 수 있도록 정부와 관련 기관에서는 많은 연구가 있을 것으로 짐작되지만, 무엇보다 우리 국민들이 이제는 더 이상 로또와 같은 '묻지 마 투자', 투기행위를 하지 말아야 할 것이다.

최근 경기 회복 조짐이 보이면서 '기획 부동산'이 기지개를 켜고 있다는 기사(記事)가 나오고 있다. 이들 사기꾼들의 농간에 제발 속지 말길 바란다. '세상에 공짜는 없는 법'이다….

아시아 대표선수
대한민국 스포츠

    2010년 캐나다 밴쿠버 동계(冬季) 올림픽에서 대한민국의 김연아가 여자 피겨 스케이팅에서 금메달을 따던 장면은 아마 이 시대를 살아가는 우리들에게 영원히 잊히지 않을 감동의 순간일 것이다. 세계인들이 모두 지켜보는 가운데 대한민국의 김연아가 역대 최고 점수로 아름다우면서도 완벽한 기량을 펼치는 것을 지켜본 우리 모두는 가슴 뿌듯하지 않을 수 없었다. 대한민국 국민뿐만 아니라 아마 40억 아시아 사람들이 같은 자부심을 느꼈으리라고 생각한다. 유럽인들의 독무대와 같은 동계 올림픽에서 대한민국이 선전(善戰)함으로써 베트남, 몽골, 태국, 인도네시아 등 같은 아시아에 살고 있는 사람들은 같은 아시아인으로서 대리 만족할 수 있는 계기가 되었으리라 생각한다. 물론 부러움과 약간의 시기심도 있었겠지만 말이다.

    2010년 동계 올림픽을 회고해보면, 김연아의 여자 피겨 스케이팅뿐만 아니라, 우리나라 남녀 선수들이 스피드 스케이팅에서 획득한 금메달, 은메달, 동메달은 육상 100m, 400m 등에서 금메달을 따낸 것만큼이나 세계를 놀라게 한 대(大) 사건이었다. 도저히 불가능하리라고 생각하는 종목에서 아시아인, 대한민국 사람이 해낸 것이다. 2010년 동계 올림픽에서 한국은 5위를 차지했고, 중국이 6위, 일본이 20위를 차지했다. 우리는 언제부터인가 눈부신 경제 발전만큼이나 스포츠에서도 두각을 나타내어 세계를 놀라게 하고 있다. 하계(夏季) 올림픽인 2008년 베이징 올림픽에서도 세계 7위를 하여 8위인 일본을 앞질렀다(중국이 1위).

참고로 세계 올림픽 위원회에 의하면 동·하계 역대 올림픽 205개 참가국 중에서 1회 대회 때부터 지금까지 메달을 단 한 개도 획득하지 못한 나라가 80개국이 된다고 한다. 동계 올림픽만 놓고 보면 무려 175개국이 단 하나의 메달도 획득하지 못했다. 85%의 국가가 역대 동계 올림픽에서 단 하나의 메달도 기록하지 못한 것이다. 동·하계를 포함하여 금메달을 따지 못한 국가는 121개 국가로 조사되었다. 우리나라는 금메달 수(數)가 91개로 하계 68개, 동계 23개이다. 필자가 올림픽 메달 집계표(All-time Olympic Games medal table)에서 숫자를 일일이 세어본 결과인데 거의 확실할 것이다.

우리나라의 경우 하계 올림픽은 15회 참가했고, 동계 올림픽은 16회 참가하여 총 264개의 메달을 획득했다(베이징 : 29회 하계 올림픽 / 밴쿠버 : 21회 동계 올림픽). 비교적 늦게 올림픽에 참가한 우리나라이지만 전체 메달 수에서 세계 17위를 차지하고 있다. 미국이 2,549개로 1위, 구소련(舊蘇聯)이 1,204개로 집계되었다. 앞으로 전체 메달 수에서도 상위권에 들 것으로 생각한다. 이러한 메달 개수(個數)로 스포츠의 위상을 셈한다는 것이 옳은 방법인지는 모르겠지만, 수치로 환산할 수 있는 방법은 이것밖에 없는 듯하다. 물론 올림픽과는 별개로 세계 인기 종목인 골프, 테니스, 야구, 축구 등에서도 몇몇 종목은 이미 우리나라의 존재감을 나타낼 수 있는 경지에 올라와 있다고 생각한다.

40억 아시아인들 중에서 인구로 본다면, 중국(13.2억), 인도(11.4억), 인도네시아(2.3억), 방글라데시(1.5억), 일본(1.2억), 필리핀(9천 2

백만), 베트남(8천 6백만), 태국(6천 5백만) 등 우리보다 인구가 많은 나라도 많은데, 4천 8백만 명의 대한민국이 아시아를 대표하는 스포츠 강국이 된 데는 연유가 있을 것이다.

과거 필자가 어렸을 때는 아시아 축구대회가 인기였다. 태국이나 말레이시아 같은 곳에서도 개최되었는데, 당시 태국이나 이란 등이 축구 강국으로서 우리나라가 1등을 못 하는 경우도 많았다. 당시 TV가 없어서 라디오에 귀를 기울이며 열광했던 기억이 난다. 그런데 지금 태국이나 말레이시아, 베트남 등의 국가는 우리의 축구 수준과는 저 멀리 몇 단계 아래에 있을 만큼 우리 축구가 훌쩍 커버렸다. 우리나라 사람들의 체격이 서구(西歐)를 따라 갈 만큼 커진 탓도 있겠지만, 아시아, 특히 동남아시아 선수들과의 경기에서는 솔직히 과거 유럽과 우리나라가 경기를 하는 듯한 느낌이 들기도 한다.

올해 남아프리카 공화국에서 월드컵 대회가 벌어졌다. 아시아에서는 대한민국, 일본, 북한이 아시아를 대표해서 참가했다. 역대 대회 참가횟수나 현재의 실력을 볼 때 우리나라 축구 대표 팀이 아시아를 대표하고 있는 것 같다. 월드컵 대회에 참가하지 못한 많은 아시아 사람들이 우리나라를 응원하며 그들을 대신하여 선전할 것을 기원하기도 했다. 한일 월드컵 대회에서는 우리나라가 아시아에서 처음으로 4강에 진출했지만, 주최국이라는 이유로 크게 인정하지 않는 분위기이다. 이번에는 원정(遠征) 경기로서 16강에 들었다. 이런 좋은 성적을 올림으로써 아시아 축구의 위상과 수준이 향상되었다고 생각한다. 왜냐하면 대한민국은 아시아 스포츠의 대표선수이기 때문이다….

● 2010 월드컵에 참가한 32개 국가 중에서 한국 팀의 신장은 공동 13위(1.82m), 1위 세르비아(1.86m), 2위 그리스(1.85m), 일본 25위

(1.79m), 북한 31위(1.78m).

■ 1896년 아테네-2008년 베이징 하계 올림픽 메달 순위

Ps.		국국	CNT	GD	SV	BR
1.	미국	USA	930	730	638	2298
2.	구소련(1952-1988)	urs	395	319	296	1010
3.	영국	GBR	207	255	253	715
4.	프랑스	FRA	191	212	233	636
5.	이탈리아	ITA	190	158	174	522
6.	독일(1896-1952) &(1992- pr)	GER	163	163	203	529
7.	중국	CHN	163	117	106	386
8.	헝가리	HUN	159	140	159	458
9.	구동독(1968-1988)	gdr	153	129	127	409
10.	스웨덴	SWE	142	160	173	475
11.	호주	AUS	131	137	164	432
12.	일본	JPN	123	112	125	360
13.	러시아(1996- pr)	RUS	108	97	110	315
14.	핀란드	FIN	101	83	115	299
15.	루마니아	ROU	86	89	116	291
16.	네덜란드	NED	71	79	96	246
17.	대한민국	KOR	68	74	73	215
18.	쿠바	CUB	67	64	63	194
19.	폴란드	POL	62	80	119	261
20.	캐나다	CAN	58	94	108	260

➜ 동계 올림픽은 제외된 수치(數値) : 총 29회 하계 올림픽 중에서 우리나라는 불과 15
회 참석한 기록으로 볼 때 경이적인 성적이고, 앞으로 전체 메달 수에서도 상위 10
위권에 충분히 들어갈 것으로 전망됨.

전시 작전권 전환과
국방 예산

　미군이 가지고 있던 전시 작전권을 한국군으로 전환하는 일이 2012년에서 2015년으로 연기되었다. 그동안 한국군의 전력증강이나 북한의 위협에 대비할 수 있는 국방 예산에 대해서 관심도 없었고 지금도 이 문제에 대해서 관심을 가지고 있지 않은 측에서 무작정 대한민국의 자주권, 자존심 운운하며 전시 작전권 전환 문제에 대해 시비를 거는 행위들이 벌어지고 있다. 필자가 기억하기에는 전시 작전권 전환이 논의되던 시기에 그 전제 조건으로 우리 국방 예산을 매년 9% 수준으로 증액시키고, 우리의 군 구조조정과 부족한 정보·정찰·감시 능력 등이 갖추어질 경우 전시 작전권이 한국군으로 정상적으로 이양될 것이라고 생각했다. 그 당시에도 2012년까지 준비는 하겠지만, 이러한 필수 조건이 충족되지 않으면 곤란하지 않겠느냐는 생각들이 지배적이었던 걸로 기억한다. 이를 추진했던 국방장관이나 군 수뇌부의 생각이 무조건 2012년에 이를 수용하겠다는 뜻은 아니었던 것으로서 당시 군 간부들은 이를 이해하고 수용했던 것으로 기억한다.

　대한민국이 지금 경제적인 번영을 구가하며 풍요로운 삶의 질을 누리고 있는 이면에는 우리의 튼튼한 안보능력 때문이다. 국가 신용등급 평가에서 우리가 늘 제대로 평가받지 못하는 이유 중에 하나는 북한

리스크(지정학적 리스크) 때문이다. 만약 지금이라도 안보가 불안하다면 무디스나 JP 모건 등 국제 신용평가 기관들이 가차 없이 우리의 신용등급을 낮춰버릴 것이다. 국가 신용등급 하락은 그리스의 경우나 과거 IMF 같은 위기가 필연적으로 수반된다. '천안함 사건'에도 우리 경제가 버티는 데에는 이처럼 굳건한 한미동맹이 제대로 기능하고 있음을 평가하고 있기 때문이다. 자존심 운운하는 행위는 친북적이고 좌파적인 시각에서 말하는 것으로밖에 볼 수 없다. 정치권에서 진정 국익을 생각한다면 일부 반대 측의 논리를 무조건 따라해서는 안 될 것이다. 진정한 자존심이라면 천안함을 격침시킨 북한 군부나 김정일을 향해 비분강개(悲憤慷慨)의 심정으로 비난의 목소리가 나와야 정상적인 대한민국 국민으로 대접받을 수 있을 것이다.

국방 예산은 대한민국이 어떠한 위협에도 즉응할 수 있는 군사대비 태세를 유지하는 데 필요한 훈련된 인력, 무기체계(기동전력, 항공기, 함정 등), 시설, 부품, 그리고 유지보수 능력 등을 충분히 발휘할 수 있도록 보장하기 위한 것이다. 국방 예산은 현재에 존재하거나 미래에 발생할 수 있는 위협을 억제 또는 대응하기 위한 것으로서 실제로 1년 단위의 예산이 아니다. 군사력을 건설하는 데는 10년 또는 20~30년의 긴 시간이 필요하다. 군은 내일의 군사력 건설을 설계하고 어제의 군사력으로 싸우고 있다고 보면 된다. 일부에서는 그동안 쏟아 넣은 국방비는 어디로 가고 또 예산 타령이냐고 한다. 지금의 우리는 어제의 군사력으로 싸우고 있고 변화될 작전 환경과 미래에 발전될 무기체계를 위해 내일의 군사력을 건설해야 할 책임이 있다.

그동안 국방 예산은 2006년 8.1% 증가, 2007년 8.8%, 2008년 8.8%, 2009년 7.1%, 2010년 3.6% 증가에 그쳤고, 약속된 9%는 없었다. 특히 미국 발 서브프라임 모기지 사태로 인한 경제위기 때문에 국방 예산은 대폭 하락할 수밖에 없었는데, 이 상태로 2012년 전시 작전권을 환수할 수는 없지 않겠는가?

참여정부 시절에는 병사들의 복지와 인권문제 등이 관심의 정점에 있었다. 그때 이에 대한 많은 개선이 이루어졌다. 전 사병 내무반을 현대식 침대 형으로 바꾸는 병영시설 현대화가 이루어졌고, 병사들의 급여가 획기적으로 인상되었다. 이는 바람직한 일이었고, 군의 오랜 숙원(宿願)이 해결되었다고 생각한다. 그러나 반면에 예산의 증액이 이루어졌음에도 방위력 개선에 대한 지원은 상대적으로 부족하지 않았나 하는 점도 아울러 지적하지 않을 수 없다. 실제 2006년에 경상 운영비는 21.4% 증액된 데 비해 방위력 개선비는(-)17.8%로 편성되었다. 물론 그 이후에는 전시 작전권 전환을 위해 방위력 개선 예산이 꾸준히 증액되었다. 그러나 실상은 2007년에 방위력 예산이 15% 증액되었는데, 이는 전년도 예산이 마이너스(-) 편성된 것에 비하면 2005년의 수준에도 도달하지 못한 것이다. 이를 구체적으로 적시하면 다음과 같다. 2005년 방위력 예산 7조 여억 원/ 2006년 5조 8천억 원/ 2007년 6조 6천억 원….

국방 예산을 '총과 버터'의 전쟁이라고 경제학자들은 말한다. 특히 오늘날 다양한 사회적 욕구가 분출되고 심지어 격렬한 목소리를 내는 집단들이 있는 시점에서 국방 예산은 항상 국민들의 절대적인 지지와 이해가 없으면 정상적으로 획득하기 어려운 실정이다. 혹자는 지지자가 없는 '좋은 정책'보다는 지지자가 많은 '보통의 정책'이 채택된다고 말한다. 국방 예산이 이러한 시류(時流)나 '목소리'에 의해 좌지우지되어서는 절대 안 된다. 북한의 현실적인 위협과 함께 위기를 헤쳐 나가기 위해서는 우리의 경제발전을 보장하는 안보가 튼튼해야 하기 때문이다. 외국의 투기 세력과 결탁한 국제 신용평가사의 음모를 알고 있기 때문에 더욱 우리의 안보는 견실(堅實)해야 한다. 그러므로 이번의 전시 작전권 전환 연기는 환영받아야 한다….

대한민국 종교(宗敎)

　미국에서 공공연하게 유대인을 비난하거나 비판하는 것은 금기(禁忌)시된다. 특히 정치인이나 사회적 신분이 높은 위치에 있는 사람의 경우에는 정치 생명이 끝나거나 사회적으로 매장될 각오를 하지 않으면 그러한 비판을 절대 해서는 안 된다. 한국에서도 특정 종교를 지칭해서 비난하거나 비판하는 행위를 하는 정치인은 큰 곤욕을 치르거나 정치 생명이 위태롭게 되는 경우가 있는 걸로 안다. 그래서 대통령 선거 때가 되면 대선주자들은 자기가 믿지 않는 종교행사에도 참석해서 기도(祈禱)를 하거나 종교의식을 하기도 한다. 그런 것이 이제는 별로 새삼스러운 일도 아닌 것 같다. 그러나 표를 얻기 위해 하는 그러한 행위가 생뚱맞아 보이고 이중적(二重的)인 모습 같아 별로 좋아 보이지는 않는다.

　특히 자기가 믿는 종교의 유권자들 표는 확보되었다고 확신할지 몰라도 열심히 다른 종교 시설을 찾아 손을 흔들고 유세하는 모습이 썩 좋아 보이지 않는다. 평소에 그렇게 관심을 가지고 찾는 것도 아닌데 선거 때만 되면 각 종교 시설은 전국적으로 대선주자를 맞이하느라고 분주해진다. 이런 현상을 어떻게 받아들여야 할지 모르겠다. 대선(大選) 철이 아닌 요즘 차기 대선주자들이 휴일 또는 평일에도 자기가 믿는 종교를 찾아가는지도 의문이고 특히 다른 종교에 깊은 관심과 애정을 가지고 찾는지도 모르겠다. 아마 다음 대선 때까지는 조용히 있다가 갑자기 이들 선거꾼들이 종교시설에 문전성시(門前成市)를 이룰 것이다.

이는 대한민국 종교의 문제가 아니라 우리 정치인들의 의식 수준이 낙후되어 있음을 나타내는 것이다. 그리고 종교인들도 같은 종교인이라고 무조건 표를 몰아주는 행동을 해서도 안 된다. 종교 지도자들 역시 정치적인 문제에 가급적 초연하게 행동하고 어떠한 정치적인 행위나 발언도 자제해야 한다고 생각한다.

2005년 통계청 자료에 의하면 우리나라 종교인 숫자는 2,497만 명으로 인구의 반(半) 이상(53.1%)이 종교인으로 등록되어 있다. 불교 신자가 1,072만 명(22.8%), 개신교 신자가 861만 명(18.3%), 천주교 신자가 514만 명(10.9%)의 분포를 보인다. 기타 소수 종교의 경우 원불교 신자가 0.3%, 유교가 0.2%, 천도교가 0.1%, 이슬람교가 0.1%의 분포를 보인다. 통계를 보면 우리나라는 특정 종교가 절대 우위를 차지하지 않는 다신교(多神敎) 국가에 속한다.

대한민국 종교는 고대에는 원시신앙으로 주로 천신(天神)을 믿고 산천(山川)과 조상의 영혼을 숭배하며 무속(巫俗)을 행하는 것이었다. 삼국 시대에는 불교와 도교 그리고 유교가 들어왔다. 특히 신라에서는 유불도(儒佛道)의 원리를 바탕으로 한 화랑도(花郎徒)의 청소년 집단을 통해 인재를 길렀다. 통일신라는 사찰, 불상, 탑 등 찬란한 불교문화를 이룩했고, 고려 시대에는 불교를 국교로 받아들여 호국불교(護國佛敎)의 성격으로 발전시키고 팔만대장경을 남겼다. 조선왕조 시대에는 유교를 국가 통치 이념으로 받아들여 불교를 억압했다. 조선 시대 후기에는 온갖 박해에도 불구하고 특이하게 자생적으로 북경으로부터 들어온 서학(西學)을 공부하여 천주교 신앙을 받아들였다. 해방 이후 한국 개신교의 괄목할 만한 성장은 전 세계가 경이적인 눈으로 바라볼 정도이다. 교직자 수에서도 개신교가 9만 4,458명으로 가장 많다. 불교가 4만 9,408명, 천주교가 1만 4,607명 순(順)이다.

인터넷에서 '한국 종교의 문제점이 무엇인가' 라는 물음에 어느 개신교 신자가 답한 것을 보니 '개인적 욕심' 이라고 써놓았다. 옛날 우리 부모님들이 서낭당 뒤뜰에 정한수 한 그릇 떠놓고 천지신명께 복(福)을 비는 것에서 유래되어, 오늘날 개신교를 비롯한 대한민국의 모든 종교는 대입합격 또는 승진을 비는 이른바 '백일기도' 등을 행한다는 것이다. 이러한 기복신앙(祈福信仰)의 결과로 종교시설에 헌금을 과도하게 한다든지 돈이 오고 가면서 문제가 생기기 시작했다는 분석을 해놓은 것을 읽은 적이 있다. 일부 공감이 가는 바가 있어 여기에 소개한다.

필자가 개인적으로 생각하기에는 요즘 종교 단체의 성직자들이 정치적 사건에 너무 지나치게 관여하는 것 같아 우려스럽다. 사회적 갈등이 첨예하게 대립하고 있는 현장에서 종교 지도자들마저 화합을 강조하기보다 직접 참여하여 분열을 조장하는 행태가 별로 좋아 보이지 않는다. 특정 몇몇 성직자들은 정부의 모든 일에 대해 항상 반대집회에 참석하거나 직접 그러한 집단행동을 이끌곤 한다. 그러한 행위는 결코 바람직스러워 보이지 않는다.

그리고 종교를 믿는 신자들은 도덕적인 마음의 수양을 닦아야 함에도 많은 범죄에 연루된 신앙인이 있다는 현상이 한국 종교의 또 한 가지 문제가 아닐는지? 특히 종교 지도자라는 성직자들이 사기행각을 벌인다든가 성(性) 문제와 관련된 물의를 빚는 행동은 모든 행동의 모범이 되어야 할 사람의 자세가 아니라고 본다. 우리 대한민국의 모든 종교인들은 서로 화합하고 모범이 되어 대한민국이 더욱 발전하고 소외된 계층을 따뜻하게 감싸 안는 봉사활동에 더욱 전념해야 할 것이다. 다신교(多神敎)가 서로 상존하는 우리나라는 그래도 매우 평화로운 편이다. 인도는 힌두교와 무슬림 간에 다툼이 항상 있다. 필자가 인도에 여행 갔을 때도 무슬림 신자의 테러행위 때문에 경계가 강화된 것을 보았다.

우리나라에서도 과거 타 종교에 대해 배타적으로 대하는 경우가 일부 있긴 했었다. 하지만 우리나라 사람들은 슬기롭고 현명하기 때문에 그런 일이 지금은 없어진 것 같다. 종교는 원래 평화를 사랑하고 따뜻한 인본주의적인 사상이 항상 최우선 덕목이라고 생각한다. 많은 신앙인들이 이러한 일에 앞장선다면 대한민국의 미래는 밝고 아름다울 것이다….

세계의 종교

종교	신자 수
기독교(개신교, 로마 가톨릭 등을 포함)	: 21억~23억 명
이슬람	: 11억~12.7억 명
힌두교	: 8.2억~10억 명
토속종교(아프리카, 아시아 등)	: 4.5억 명
불교(동남아, 극동, 남아시아)	: 4억~5억 명
중국 토속종교(도교, 유교)	: 4억 명
신도(일본)	: 2.7백만~6.5천만 명
시크교(인도, 동남아)	: 2.4천만~2.8천만 명
유대교	: 1.4천만~1.8천만 명
바하이교(인도, 필리핀, 케냐, 잠비아 등)	: 7.6백만~7.9백만 명
자인교(인도, 아프리카)	: 6백만~1.2천만 명
천도교(한국)	: 3백만 명
까오다이교(베트남)	: 1백만~3백만 명
마술숭배(미국, 호주, 유럽, 캐나다)	: 1백만 명
Sekai Kyuseikyo(일본)	: 1백만 명
Seicho-no-Ie(일본)	: 80만 명
라스타파리 운동(자메이카)	: 70만 명
유리타리안 Universalism(미국, 유럽)	: 63만 명

➜ 불교의 경우 여러 가지 이유로 정확한 신자 파악 곤란/ 7억 명 이상으로 추정

출처 : Largest religions or belief systems by number of adherents

대한민국 대중음악
그리고 나

솔직히 필자는 음악에 대해 잘 모르는 사람이다. 1950년대에 태어난 필자는 지금 신세대들이 부르는 노래에 이르면 거의 귀머거리 수준이고, 젊은 사람들이 좋아하는 노래는 도무지 이해를 하지 못하는 경지에 있는 사람이다. 나름대로 자료를 검색해보니 옛날 트롯(Trot) 음악은 꽤 아는 곡이 많아 그래도 완전히 문외한은 아니구나 하는 정도랄까?

우리가 흔히 말하는 대중가요(大衆歌謠)는 일제 강점기인 1931년 채규엽(蔡奎燁)이 일본의 엔카(演歌) '술이란 눈물이냐 한숨이냐'를 한국말로 취입해 히트한 후 광복될 때까지 엔카 풍의 대중가요가 유행했다고 전해진다. 광복 후에는 왜색(倭色)을 없애기 위해 팝송과 재즈 기법이 가미된 엔카 풍의 새로운 이름을 얻게 되는데, 그것이 일명 '뽕짝'으로 불리는 트롯이라고 한다.

아마 우리가 기억하는 최초의 대중가요는 이애리수(李愛利秀)가 1920년대 연극 막간을 이용해서 부르던, 1932년 '황성옛터'로 제목이 바뀐 노래 '황성의 적'일 것이다. 그 이후 고복수의 '타향살이'를 비롯해 많은 노래가 1930년대에 나타났는데, '목포의 눈물', '애수의 소야곡', '알뜰한 당신', '눈물 젖은 두만강', '감격시대' 등이 있다. 광복 이후에는 1947년 현인의 '신라의 달밤'이 있고, 1950년대는 6·25

전쟁의 여파로 생겨난 '전우여 잘 자라', '굳세어라 금순아', '이별의 부산 정거장', '단장의 미아리 고개' 등이 전해진다. 1960년대에서 1970년대에는 한명숙의 '노란 샤쓰의 사나이', 남진의 '가슴 아프게', 은희의 '사랑해', 패티 김의 '이별', 조용필의 '돌아와요 부산항', 그리고 1978년 심수봉의 '그때 그 사람' 등이 인기를 누렸다.

이상하게 그 당시 어렸던 필자 세대의 사람들은 우리의 부모님 세대와 똑같이 1920~30년대의 노래인 '황성옛터'나 '눈물 젖은 두만강', '신라의 달밤', '애수의 소야곡' 등 앞에 소개된 거의 모든 노래를 같이 불렀다. 적어도 노래에서만큼은 큰 세대 차이가 없었다고 생각한다. 당시 어른들이 약주를 한 잔 하고 부르던 그 노래들은 어린 우리들도 같이 부르는 그런 노래였다. '고향무정', '흙에 살리라', '비 내리는 고모령' 등 정감 어린 노래와 가사가 많아서 나이가 들고 성장하면서도 늘 부르곤 했다. 그런데 언제부터인가 이러한 노래는 우리끼리 모여서 노래방에 가도 별로 부르지 않게 되었다. 박자가 너무 처져서 분위기를 망치는 노래쯤으로 치부 받는 형편이 되었다. 그래서 요즘 송대관이나 태진아 등의 가수들이 새롭게 유행시킨 약간 빠른 풍의 트롯 노래를 부를 수밖에 없게 된 것 같다.

1960년대부터 1970년대에 유행한 포크송(fork song)은 우리 세대가 고등학교에서 대학을 다닐 무렵에 부르던 것으로, 전혀 새로우면서도 분위기를 잡거나 고상한 티를 낼 수 있는 음악으로서 유행을 이끌었다. 듀엣으로 부르는 가수들이 뜻도 모를 그룹 이름을 붙이고는 했는데, 이필원과 박인희의 '뚜와 에 무와', 한민과 은희의 '라나 에 로스포', 그 외에 '어니언스' 등이 있었다. 이 당시 포크싱어(fork singer)로는 송창식, 윤형주, 양희은, 김도향, 조영남, 김민기, 서유석, 전인권, 이동원, 박인희, 은희 등이 있었다. 노래는 '꿈의 대화', '한

잔의 추억', '목로주점', '외기러기', '밤에 떠난 여인', '나는 못난이', '장미', '연가', '삼포로 가는 길', '그건 너', '오늘 같은 밤', '여행을 떠나요', '언덕에 올라', '사랑해', '가는 세월', '조약돌' 등이 있었다. 아마 이 노래들은 우리들 부모하고는 공유하지 못했던 것 같다. 그 외에도 기억에 나는 중창단은 '이 시스터스', '은방울 자매', '봉봉 4중주단', '자니 브라더스'와 '블루벨스' 등이 있다.

노래, 특히 대중가요는 당시의 시대상을 반영한다고 한다. 특히 우리 어머니들은 '동백 아가씨' 등을 부른 이미자의 노래를 좋아했는데, 애절한 창법과 가사가 던져주는 여자로서의 애환을 그러한 노래를 들으면서 카타르시스(Catharsis, 淨化, 排泄)했던 것 같다. 당시의 여자, 특히 어머니는 유달리 삶의 고달픔 같은 애환이 많지 않았을까?

요즈음 노래 이야기는 솔직히 자신이 없다. 우선 음악의 장르(Zenre)를 살펴보니 140개가 넘는 것도 처음 알았다. 고고(Go Go), 펑크(Punk), 랩(Rap), 디스코, 랩소디(Rhapsody), 레게(Reggae), 록(Rock), 룸바(Rumba), 맘보, 발라드(Ballad), 삼바, 소울(Soul), 인디록(Indie Rock), 칸츄리, 탱고, 포크송, 폭스트롯(Fox trot), 헤비메탈, 힙합(Hip Hop), 세레나데(Serenade), 오페라, 왈츠 등 음악의 폭이 이렇게 넓고 다양한지 처음 알았다.

요즘 젊은 신세대들의 음악 장르는 특별한 것이 없고 여러 개의 '댄스 음악' 장르가 혼합되어 있다고 한다. 그 중에서도 랩이나 힙합 그리고 발라드와 록이 유행이라고 하며 다양한 마니아층이 있는 모양이다. 1990년대 '서태지와 아이들'을 시작으로 이러한 댄스 가수와 '아이돌' 가수가 출현하여 오늘에 이르고 있다고 하는데, 이들 가수나 그룹의 이름들도 외국어 이름이나 이해하기 난해한 암호 같은 것을 사용하고 있다. 예를 들면 '2 ne 1(투 애니 원)', '빅뱅', '2 PM', '원더 걸스', '2 AM', 'f(x)', 'miss A', 'Min', 'JIA', 'Suzy' 등이 있다. 이들은 옛날 가수들처럼 오랜 세월 동안 사랑을 받는 가수라기보다는 금방 사라져버리는 것 같다. 10대에 청순한 이미지로 나타나 20대 중후반이면 이미 댄스 그룹 세계에서는 환갑 정도의 나이 취급을 받는다고 하니, 이러한 세태를 어떻게 설명해야 할지 난감하다.

노래 가사의 대부분을 이루는 것 역시 '사랑'에 관한 것이 단연 많은데, '해프닝'이란 노래의 가사는 '한 남자와 한 여자 마주 앉아/ 말한다 해도 먼지 쌓인 도시에서 / 어쩌다가 만난 사이…. 사랑이란 이제 허튼소리 필요 없고…, 요즘 세상 사랑이란 매일 보는 해프닝일 뿐'으로 사랑을 가벼운 해프닝(우연한 일? 늘 있는 일상의 일)쯤으로 생각하는 것 같다. 물론 진실한 사랑을 노래하는 것도 있을 테지만 대체로 가벼운 일로 치부하는 것 같다. 가사만 적어보면 다음과 같은 것들이 있다. '사랑하긴 했어', '자기야 여보야 사랑아', '시간아 멈춰라', '사랑해 U', '쿨하지 못해 미안해' 등.

록 가수인 전인권이 지금의 댄스 음악은 'sex를 유발한다'고 하며 계속해서 노래를 하지 않기 때문에 지금은 가수가 없다고, 따라서 이들을 '서커스'를 하고 있는 것에 비유하며 혹평하는 기사를 본 적이 있다. 그러나 한편으로는 이들의 발랄하고 흥겨운 리듬이 한류를 전파시키고 새로운 오늘의 문화를 창조해 나가고 있는지도 모를 일이다. 항상 슬프고 한(恨)에 맺혀 살아온 우리 민족의 새로운 기(氣)가 창출되고 있는지도 모른다.

오늘날 우리 젊은이들이 부르는 노래를 기성 세대가 이해하기는 어렵고 같이 어울려 부르는 것은 더욱 힘들 것이다. 그러나 이 또한 오늘의 우리 대한민국의 한 시대를 풍미하고 있는 것으로서, 적어도 이들이 어떤 유행과 어떤 음악을 즐기는지 정도는 알 필요가 있을 것이다.

사상전쟁(思想戰爭)

　이 책을 쓰면서 가급적이면 주관(主觀)을 배제한 대한민국을 조망해 보고자 했으나, 오늘날 대한민국을 휩쓸고 있는 사상 문제에 관해서만큼은 개인적인 의견을 표하고자 한다.

　자유 민주주의 시장경제를 표방한 자본주의(資本主義)와 사유재산을 부정하고 공유(共有) 재산제도를 실현하려는 공산주의(共産主義) 간의 경쟁은 이미 구소련이 붕괴되면서 실패한 사상으로 끝장이 났다. 그런데 이상하게도 대한민국에는 아직까지 공산주의 유령이 남아 진보(進步)라는 이름으로 그 생명을 연장해 나가고 있으며, 심지어 각 분야에서 활동을 왕성하게 하고 있다. 지구상에 그나마 공산주의를 하고 있다고 하는 중국, 베트남, 라오스 같은 국가들도 명목상으로만 공산주의일 뿐 이미 자본주의적 경제체제로 경제 발전을 꾀하고 있다. 유일하게 아직까지 주민 배급제와 국가가 모든 것을 통제하는 경제 형태를 유지하며 모든 자유를 억압하고 있는 나라인 북한을 흠모하고 독재자인 지도자에게 온갖 찬사와 충성을 맹세하는 사람들이 대한민국에 살고 있다.

　김일성 동상에 헌화하고 북한의 자칭 혁명열사 묘지에 가서 참배하며 그들을 열렬히 사모하고 기리는 글을 남기는 친북좌익 세력이 오늘날 우리 대한민국에서 잘살고 있다. 대표적인 인사로 동국대 교수인

강00 씨는 '6·25는 통일전쟁', '미군은 학살자', '한국은 공산주의 사회가 되어야 한다', '만경대 정신 본받아 조국통일 이룩하자' 등등 대한민국의 정체성과 자유 민주주의를 부정하는 말들을 무수히 쏟아내고 있다. 그러나 정작 그 자신은 대한민국에서 온갖 자유와 부(富)를 누리며 잘살고 있는 것이다. 미군을 이 땅에서 몰아내자는 등 반미(反美) 활동을 하는 그는 그의 처(妻)와 일찍이 미국에서 유학을 했으며, 그의 장남은 미국 법률회사(로펌)에 근무하고 있고, 차남은 카투사 근무를 했다고 한다. 그는 부자들이 산다는 '타워팰리스'에서 살고 있는데, 사실이 그렇다면 우리나라에서 상류 급 부르주아 계층인 그가 보여주는 이중적 행위가 역겹다. 자유롭게 하고 싶은 말을 마음껏 하며 살고 있는데 그가 흠모하는 북한이라면 그는 이미 이 세상 사람이 아니라는 사실을 알고나 있을까.

이러한 이중성을 가진 좌익 세력들이 재야(在野), 학계, 종교계, 문화예술, 그리고 언론 등의 분야에서 종사하며 대한민국의 발전과 번영의 노정(路程)을 가로막고 서 있다. 이들 소수의 무리들이 자유 대한민국에서 하고 싶은 말을 마음껏 내뱉으면서 순진한 젊은이들을 현혹하고 물들이는 안타까운 오늘의 현실 앞에 대한민국이 서 있다.

김일성을 신격화(神格化)하는, 종교의 자유조차 없는 북한을 찬양, 고무하는 이 땅의 종교인들 중에 한00 목사나 문00 신부 같은 자들은 그들을 따르는 신자들에게 포교(布敎)해야 할 하느님의 교리를 어떠한 궤변으로 전하고 있는지 모르겠다. 아마 이 경우 역시 이중성의 잣대로 합리화할 것 같다. 다른 것은 차치하고라도 무엇보다 오늘날 비참한 현실 속에서 부당한 대우를 받고 있는 북한 주민의 인권에 대해서 만큼은 '신앙인'으로서 '죽음을 불사(不死)'하고서라도 싸워야 할 위치에 있는 종교 지도자가 '북한 인권 운운하는 것은 전쟁 법을 통과시키는 것과 같은 것'이라니 기가 찰 노릇이다. '북한 인권 운동'이라고 그들이 가볍게 넘어가려 하는 북한 인권 문제는 이미 문명화된 21세기에 너무나 큰 인류의 죄악이며, 통일이 되어도 이 문제만큼은 용서될 수없는 반인륜적인 큰 죄악임을 모르고 하는 말일까.

이미 남북 간의 체제 경쟁이나 사상 경쟁은 그 용어 자체도 무의미할 만큼 끝장이 난 문제인데, 이 땅의 소수 직업적 좌파 세력들이 그 불씨를 살려가고 있는 형편이며, 다수의 대중들은 그들이 뱉어내는 용어에 혼란되어 어리석게도 동조(同調)하는 지경에 와 있다. 언제부터인지 '민주', '통일'은 그들이 선점(先占)해버려 무슨 '민주…' 단체나 '통일…' 단체는 대부분 좌익 단체라고 봐도 좋을 지경이 되어버렸다. 이들이 주장하는 평등, 분배의 논리도 대중을 현혹하기에 알맞은 선동 용어로 최근의 각종 선거에서 보수진영이 말도 되지 않는 논리에 제대로 대응하지 못한 채 끌려가고 있는 실정이다.

모든 정부 정책에 반대하는 그 자리에는 어김없이 이들 좌익 단체들이 자리하고 있다. 사실 오늘날 다양하고 큰 나라가 된 대한민국에서 볼 때 여러 개의 단체에 중복 가입되어 있는 그들은 늘 그 인물이 그 인물일 정도로 대수롭지 않은 무리에 불과하다. 그런데도 이들이 문제를 이슈화하여 대중을 선동하여 동원하는 능력만큼은 탁월한 것 같다. 안타까운 일이지만 알고 보면 단순히 미군 장갑차에 치어 죽은 여중생의 문제를 한미 간 불합리한 '소파 협정' 때문이라는 논리로 수십, 수백만의 대중을 거리로 쏟아져 나오게 한다거나, 미국 소 수입 문제를 '광우병' 문제로 몰아가고 미국과의 불합리한 통상 문제로 몰아가서 백여 일 동안 온 나라를 촛불시위로 들썩이게 하는 등 그 선전, 선동술은 나치의 선전 상 괴벨스도 울고 갈 정도로 인정할 만하다. 지금은 4대강 사업이라는 정부 정책에 대해 자연과 생명, 환경이라는 것으로

'이슈화' 하는 데 종교계까지 동조할 정도로 심각하다. 이 모든 반정부, 반미투쟁의 선봉에는 늘 그렇듯이 항상 자리하는 몇몇 좌익 인사들이 있다.

이들이 이렇게 마음껏 활개치고 활동할 수 있는 이유는 여러 가지가 있을 것이다. 과거 군부 독재 시절의 폐해 때문일 수도 있고, 그들을 쉽게 격리하고 단죄하지 못하는 여러 가지 현실 때문일 수도 있을 것이다. 그러나 필자는 이러한 근본적인 요인을 제거하기 위해서는 보수(保守)라는 사람들이 도덕적으로 우위에 있어야 한다고 생각한다. 잊을 만하면 터져 나오는 각종 부정부패, 비리 문제는 이들 좌익들이 활개 치는 데 무한한 빌미와 동력을 제공해준다.

이들 좌익 세력을 척결하기 위해서는 세심한 전략과 연구가 필요할 것이다. 좌익은 대부분 직업적으로 일한다. 개인이 직업을 가지고 인생을 건다면 정말 모든 것을 바쳐 열심히 일할 것이다. 예를 들면 파트타임으로 일하는 사람은 당연히 생존경쟁에서 이길 수 없다. 좌익과 맞설 수밖에 없는 순수한 열정을 가진 이 땅의 많은 보수 인사들은 대부분 직업이 아닌 파트타임이나 흔히 좌익이 말하는 '알바' 수준으로서 이들 직업인과 싸워 이길 정도가 못 된다.

이대용 전 베트남 공사는 베트남 패망의 원인에는 시민, 재야 단체의 조직적인 반정부 투쟁과 기득권의 부정부패가 있었다고 말하면서, 우리나라와 베트남은 일란성 쌍둥이처럼 역사나 지역감정, 민족적 기질, 그리고 무엇보다 우리가 처한 오늘날의 좌익 활동 등이 너무나 닮았다고 우려한다. 베트남이 후일 공산정권에 의해 통일된 후에 보니 많은 정치인, 언론인, 종교인 등이 좌익과 긴밀히 연결되어 있었다고 한다. 어떻든 베트남이 통일되었으니 잘된 것 아닌가 하는 젊은이들도 있는 것 같다. 우리가 어렵고 힘들게 이룩한 이 모든 경제적 번영과 풍요를 세습독재 체제를 유지하고 있는 김정일이 통일해도 좋다는 말인지 묻고 싶다. 우습게도 21세기에 때 아닌 사상 전쟁이 벌어지고 있는 대한민국에 이러한 것이 한 번 지나갈 가벼운 홍역쯤이면 좋겠지만, 그렇지 못한 현실에 정부와 다수의 국민은 긴장하고 주의를 기울여야 한다. 그리고 마지막으로 "정말 깨끗하고 흠이 없는 보수가 정권을 잡고 모든 부분에서 당당하게 말할 수 있는 사람들이 보수의 앞장에 선다면, 오늘날 이 땅의 좌익 사상논쟁은 설 자리를 잃을 것이다."라는 말을 하고 싶다….

소통(疏通)의 문제
어떻게 풀 것인가

　요즈음 정치권이나 언론 등에서 자주 등장하는 말이 정부의 '소통 (疏通)' 부재(不在)에 관한 내용이다. 정부의 주요 정책이 국민과의 소통 과정이 생략 또는 소통이 부족하여 중간에 좌초되거나 각종 사회단체, 종교계 등의 반대에 부딪쳐 심한 갈등을 유발하고 있는 현상을 빗댄 말들이 난무한다. 열심히 하고 있고 경제 성장이나 외교적 성과에 대해 할 말이 많은 정부로서는 억울한 생각도 들 것이다. 오늘날 다양한 이해집단(利害集團)이 존재하고 또한 인터넷을 비롯하여 여러 성향을 지닌 미디어(media)가 존재하고 있으며, 심지어 트위터 등의 소셜 네트워크 서비스(SNS)까지 가세하여 일단 한 번 형성된 여론은 수습하기 곤란한 지경에까지 이르는 경우가 많다.

　우리나라에서 하는 토론(討論)을 보면, 보통 자기는 열심히 듣고 있다고 생각하지만 실상은 상대방이 말을 끝내고 다음에 자기가 해야 할 말을 생각하는 데 집중하는 경향이 있다. 진정한 소통은 일방이 아닌 쌍방향이어야 한다. 중간에 끼어들지 말고 상대의 말을 방어하는 데 급급하지도 말아야 한다. 그냥 그들의 말을 있는 그대로 들어주고 그들이 한 말을 잘 들었음을 상대방이 알 수 있도록 되돌려 상기시켜주는 진지함을 보일 필요가 있다. 그러면 상대방도 자신이 하는 말을 기꺼이 들으려 할 것이며, 그런 이후에야 상대방을 설득시키는 것이 용이할 것이다. 소통(communication)을 얘기하면서 심지어 대학교수 같은 지식인들조차도 우선 듣는 자세부터가 안 되어 있는 경우를 많이 본다. 진정한 소통을 위해서는 듣기 거북한 비판이나 과장된 표현까지도 우선 이해하고 공감하려는 노력이 필요하다. 상대가 말하고자 하는 진실이 무엇인지 파악하고, 그 중에서 가치 있는 정보를 취할 수 있는 열린 자세를 가져야 한다.

예를 들면 정부를 대표해서 나온 당신에게 상대방이 반대되는 주장을 펼치면 중간에 말을 가로채거나 하는 행동을 하지 말고, 불쾌한 비판도 잘 경청하는 자세를 가지고 있음을 보여줄 필요가 있다. 그런 다음 자신의 발언 기회가 오면 "김 교수님의 말씀은 이러이러하다는 말씀을 하셨습니다. 그 중에서 이러이러한 주장은 정책추진 과정에서 참고하도록 해보겠습니다. 다만 이러이러한 주장은 현재 이러이러한 문제 때문에 정부로서 받아들이기가 어려운 점이 있습니다. 저희가 구상하고 있는 바는 이러이러한데, 김 교수님께서 고견(高見)을 주시면 같이 협의해서 개선점을 찾아보도록 하겠습니다."라고 하면 원활한 소통이 이루어지지 않을까? 너무 순진한 발상(發想)일는지….

좋은 소통방법에는 타협(妥協)을 모색하는 기술이 필요하다고 한다. 말하자면 일방적인 나의 주장만을 쏟아내는 것이 아니라, 서로의 의견을 교환하여 모두가 원하는 해결책을 찾아가는 과정이 되어야 한다는 말이다. 절대 이기려고 해서도 안 되고 서로 옳다는 주장을 펼치는 장(場)이 되어서도 안 된다. 쌍방이 윈윈(win-win)하는 소통이 가장 훌륭한 방법일 것이다. 특히 국민을 대상으로 하는 소통에는 다양한 경로를 통해 반대의 주장이나 비판을 겸허히 듣는 자세가 필요하다. 비록 억지 주장이나 과장된 표현일지라도 일단은 경청(敬聽)하고, 다음은 공감할 부분은 과감하고 진정성 있게 받아들이고, 그 다음 반드시 추진해야 할 정책은 국민들로부터 이해를 구하는 노력이 필요하다고 생각한다. 그 과정이 어렵더라도 결코 소통을 포기해서는 안 된다.

오늘날 우리 사회에는 서로 다른 가치관을 가진 이해집단들이 극명(克明)하게 갈려 있어 어떠한 이해나 설득도 곤란한 경우가 많다. 서로 상대를 인정하려 하지 않고 모든 문제에 사사건건 대립하며, 심지어 반대를 위한 반대도 있는 것 같다. 그럴수록 서로 대화를 통한 소통을 이어가야 하며, 정부로서는 이러한 소통의 끈을 포기해서는 안 될 것이다. 어쩌면 아직까지 우리 국민들은 민주주의 교육이 잘 안 되어 있기 때문에 토론문화가 부족하고 상대를 인정하는 성숙된 자세가 부족하다고 생각하는 사람들도 많을 것이다. 그리고 집단의 힘으로 문제를 해결하려는 노조(勞組)나 시민단체들이 존재하는 한 대화 자체가 어렵다고 생각하는 사람도 많이 있는 것 같다. 법에 의한 강제적 행위가 쉬운 일이고, 그것이 옳은 방법이며, 민주주의(民主主義) 국가에서 합법적으로 해도 되는 정당성이 있다고 주장할 수도 있을 것이다. 그러나 소통이 우선하지 않는, 법(法) 만능주의적 해결 방법으로는 갈등의 근원(根源)을 치유하지 못할 것이며, 결국 이러한 행위가 계속 반복되고 말 것이다.

특히 오늘날 국가 원로들의 역할이 어느 때보다 중요함에도 이들의 권위(權威)가 언제부터인가 무너져 내려 이들이 나설 수도 없는 답답한 현실이 되었다. 친일인사, 친북인사, 군부세력 또는 군부협력 세력, 부정부패 세력 등으로 이들을 정의(定義)내려 버린 상태에서 지금의 대한민국은 권위가 실종되어버렸다. 나라의 어른이라고 중간에서 여러 갈등을 소통시켜줄 사람이 없는 형편이 되었다. 심지어 우리 손으로 뽑은 대통령마저도 인정하지 않는 사람들이 있는 마당에 소통의 어려움은 더욱 커지고 있는 것 같다. 우선 국회의원들 간에라도 여야 간에 소통하고 서로 인정할 것은 인정하는 자세가 필요하이다. 그런데 서로 '타도(打倒) 대상'이 되어 버렸으니 참으로 문제 해결이 난망(難忘)하다고 할 수밖에 없다.

필자의 개인적인 의견으로는 우선 집권당과 정부에서 지난 정부의 업적을 '잃어버린 10년'이라는 등의 폄훼한 발언에 대해 사과하고, 앞선 정권의 공과(功過) 중에서 공(功)을 인정하고 추켜세워주는 제스처가 선행되면 좋을 것 같다. 그런 다음 야당에서는 지금 정부를 '타도 대상'으로 지목한 것에 대해 진지하게 사과하는 아름답고 성숙한 국회가 먼저 되었으면 한다. 그 후 서로 정책대결을 통해 자신들의 실력을 국민들에게 보여주고 심판을 받아 다음 정권을 획득해 나가는 모습이 어떨까 생각해본다. 지금처럼 서로 적(敵)보다도 더 적대적 감정을 표출하는 대치 상태가 계속되어서는 안 될 것이다.

소통의 첫 단계는 상대의 말을 경청하는 것에 있다. 우리에게는 먼저 상대를 인정하는 단계가 선행되어야 한다는 것이 필자의 생각인데, 이 역시 순진한 발상일는지 조심스럽다.

대한민국, 다른 이야기 2부

Miscellaneous

신사(紳士)와 양반(兩班)

1983년에 개봉된 영화 '사관과 신사(An Officer and a Gentleman)'는 리차드 기어가 주연을 맡아 크게 성공한 영화이다. 영화의 줄거리는 알콜 중독자 아버지로부터 버림받고 사생아로 자란 '잭 메이어'는 어머니의 자살 등 불우한 소년시절을 보낸다. 지방대학 출신인 그는 비행사가 되기 위해 해군항공 사관학교에 입교하는데, 13주의 혹독한 군사훈련과 자신을 괴롭히는 교관, 그리고 동료들과의 교류와 우정을 통해 차츰 차츰 자신의 비뚤어진 인성(人性), 즉 자신만을 아는 이기심, 세상에 대한 비관적 사고 등을 고쳐 진정한 사관이면서 신사가 되어간다. 그리고 넓은 세상을 꿈꾸는 여공(女工) '폴라'와의 사랑을 통해 마지막으로 진정한 신사가 된다는 내용이다.

신사의 여러 덕목 중에서 다른 사람에 대한 배려, 특히 여성에 대해 존중하는 마음을 가져야 한다는 정의(定義)와 같이 이 영화의 라스트 신에서는 폴라를 찾아가 따뜻한 키스를 하는 장면을 보여준다.

Ladies and Gentlemen!(신사, 숙녀 여러 분!)이라는 말은 요즘 외국에서 연설 첫 인사에 등장하는 흔한 말이다. 그러나 사실은 신사 또는 숙녀라는 말은 고귀한 신분이나 귀족을 나타내는 말이었다. 1614년에 존 셀던은 『존호(尊號, Titles of Honour)』라는 책에서 신사(gentleman)라는 말은 '귀족(noblesse, noble)'이라는 말로 쓸 수 있다고 했다. 부연해서 그는 '신사는 물려받거나 또는 다른 방법에 의한 재산으로부터 수입을 얻으며, 물려받은 부(富)를 가지고 있어야 하고, 일할 필요가 없는 사람'이라고 정의하고 있다. 숙녀(lady)라는 말 역시 중세 영국에서는 공주 또는 왕실 혈통의 여성들에게 이름 앞에 수식어로 'The Lady'라고 사용했으며, 엘리자베스 여왕 시절에는 'lady'라는 말이 직함으로 'lord'와 동일했다고 한다. 나의 주군이라고 하듯이 영어로 Our Lady라고 했다.

19세기 이후에는 출생과 관계없이(좋은 가문에 태어나지 않아도) 그가 가지고 있는 직책, 교육 그리고 교양에 의해 신사로 불리었다. 이처럼 달라진 개념의 신사가 되려면 '높은 수준의 행동을 보여줘야 하고, 고결한 자존심을 지니고, 지적이면서도 세련되어야 한다. 타인에게 존중의 마음으로 온후하게 대해야 하며, 이권을 취하려 하지 말고 타인의 기회를 박탈해서도 안 된다. 특히 여성의 경우는 최대한 배려의 마음을 가져야 한다.'는 것이 신사의 덕목인 것 같다.

동양에서는 서구의 신사와 같은 개념으로 이해하고 있는 대상이 군자(君子)인 것 같다. 유교에서 '군자란 성품이 어질고 학식이 높은 지성인'이라는 뜻으로 이해되는데, 한편으로는 군자를 '많은 지식을 갖고 있으면서도 겸손하고, 선한 행동에 힘쓰면서도 게으르지 않은 사람'이라고 일컫는다.

우리나라에서는 군자라는 말보다도 흔히 양반(兩班)이라는 용어가 많이 쓰이는 것 같다. 물론 신사와 정면으로 대칭되는 표현이 아닐지라도 우리나라에서는 "양반이 그러면 되겠느냐?", 또는 "양반되기는 틀렸다"라는 말 등으로 양반의 행동 또는 체면과 관련된 말이 많이 있다. 솔직히 양반에 대한 어감 자체가 많이 냉소적이고 좋지 않은 느낌이 드는 것은 사실이다. 역사적으로 이들이 자기 안위와 자기 이익에

만 관심이 있었지, 일반 상민이나 국가의 운명에 자기를 희생하는 모습에는 인색하다는 느낌이 먼저 와닿는 것은 나 개인적인 생각일까?

하긴 이미 조선 시대에도 박지원(朴趾源) 1737~1805년 은 『양반전(兩班傳)』에서 양반에 대한 풍자의 글을 남긴 바 있다. 이글을 잠시 소개하면 다음과 같다.

'강원도 정선의 한 양반이 글만 읽었지 하는 일이 없어, 관아(官衙)에서 쌀을 빌려 먹었는데 어느덧 1, 000석이 넘어 이를 갚지 않으면 투옥될 지경에 처해, 같은 동네의 지체 낮은 부자(富者)에게 양반 계급을 팔기로 했다. 매매관계를 확실하게 하기 위해 군수가 입회하여 문서로 남기기로 했는데, 양반이 취할 행동을 하나하나 열거 하자 양반이 좋은 줄만 알았는데 온통 구속만 있는지라. 부자는 다시 써줄 것을 요구하기에 이르렀다. 다음 문서는 양반이 되면 관직에 나갈 수 있고, 상인(常人)을 착취해도 된다고 하는 것이 아닌가! 이에 그 부자는 그런 양반은 도둑이나 마찬가지라면서 달아나서는 두 번 다시 양반을 입에 올리지 않았다고 한다.'

양반은 신분사회였던 조선 시대 최상급의 사회 계급이었다. 사(士), 농(農), 공(工), 상(商) 중에서 정치에 참여할 수 있고 관료가 될 수 있으며, 학자 계층까지 될 수 있는 사족(士族)에 해당한다. 국왕이 정무를 볼 때 문무반이 각각 동쪽(東班)과 서쪽(西班)에 위치한다 하여 이를 합해 양반이라 불렀다. 이들은 서로간의 혼인을 통해 대물림하면서 권력을 소유하고 토지와 노비를 소유하는 등 많은 특권을 향유했다. 반면에 생산에는 종사하지 않았지만 학자로서 소양과 자질을 닦았으며 국가와 체제를 유지하는 데 많은 공헌을 했다.

나는 인도를 여행하면서 아직도 그들의 신분제도인 '카스트' 제도가 남아 있는 것을 보았다. 심지어 최하 계급인 불가촉천민들은 아직도 최하층의 힘든 일을 도맡아 하면서 힘들게 살고 있었고, 브라만 계급인 사제들의 기름기 흐르는 뚱뚱하게 살찐 모습을 보았다. 그리고 남아 있는 옛 왕족의 호화로운 결혼식 장면이 TV에 며칠 동안 방송되는 것을 보았다. 과거 유럽 사회에도 이와 다르지 않았다. 심지어 영주가 시집가는 처녀의 초혼권마저 갖고 있으면서 첫날밤을 영주와 같이 지내야 하는 제도도 있었다고 한다.

우리나라 양반(兩班)은 모두가 잘살았던 것은 아닌 것 같다. 평생 책만 읽는 가난한 선비들도 많았고, 관직에 나가서도 청렴하게 살았던 많은 관료들이 오늘날의 사표(師表)가 되고 있기도 한다. 유교에서 말하는 염치와 예(禮), 그리고 체면을 가지고 있었다고 생각한다.

고등학교 한문시간에 사단칠정(四端七情)을 외우고는 했는데, 그것은 적어도 우리나라 양반들이 실천하고자 한 정신으로 우리나라 사람들 마음에 남아 있는 것 같다.

[사단(四端)]

● 남을 불쌍히 여기는 타고난 착한 마음 : 측은지심(惻隱之心).
● 자신의 옳지 못함을 부끄러워하고 남의 옳지 못함을 미워하는 마음 : 수오지심(羞惡之心).
● 겸손하여 남에게 양보하는 마음 : 사양지심(辭讓之心).
● 잘잘못을 분별하여 기리는 마음 : 시비지심(是非之心).

[칠정(七情)]

기쁨(희, 喜), 노여움(노, 怒), 슬픔(애, 哀), 두려움(구, 懼), 사랑(애, 愛), 미움(오,惡), 욕망(욕, 慾)

오늘을 살고 있는 우리가 옛날처럼 모두가 양반이 되고자 하는 것은 아니다. 우리도 모르는 사이에 남아 있는 양반의 좋은 덕목을 골라 이를 승화시켜 발전적으로 나아가자는 뜻이다. 상놈이나 엽전 근성이라는 말보다는 양반 정신이 그래도 더 낳지 않을는지…. 남을 측은하게 여기고 옳지 못한 일을 부끄러워하고, 겸손하고 양보하는 마음과 분별력 있는 태도를 가지고, 고고한 높은 기품 있는 자세와 함께 우리가 가진 뛰어난 재능으로 세계를 향해 나아갈 때 우리는 세계로부터 존경받는 1등 선진국가가 될 것이다. 단 관료나 권력을 가진 자가 되어 일반인(常人)이 가진 것을 착취하거나 부정축재(不正蓄財)하는 등 잘못된 의식은 정말 버려야 할 것이다. 그것은 이 시대의 양반이 할 짓이 아닌 '상놈'의 짓이기 때문이다.

지지 않는 법,
잘 지는 법

시중에 가장 많이 나와 있는 책은 아마 학생들 참고서(參考書)일 것이다. 그 다음에 많은 부분을 차지하는 것이 이른바 '성공학' 관련 책일 듯하다. 개인의 성격이나 버릇을 고쳐 성공하는 법, 직장에서 처세(處世)를 잘하는 법, 돈을 어떻게 하면 잘 버는지 가르쳐 주는 법 등을 족집게처럼 알려주는 책이 꾸준히 서점가를 점령하고 있는 것 같다. 제목도 상당히 자극적인 것들로 '똑똑한 사원은 3년 안에 그만둔다', '억만장자 되는 법', '상사 내 편 만들기', '지지 않는 법' 등이 있으며, 심지어 '수완 부리는 법' 이라는 제목도 있는 것 같다.

한국 갤럽에서 조사한 '독서 실태와 의식' 보고서에 따르면 우리나라 국민 절반 이상이 한 달에 한 권의 책도 읽지 않는다고 한다. 책을 읽는 사람들 중에서도 철학, 종교, 사회과학 등 무거운 책보다는 가벼운 책을 선호하는 경향이 있다고 하는데, 이른바 『성공 하는 법』 같은 책이 잘 팔리지 않을까 하는 생각이 든다. 필자는 이러한 유형의 책을 '성공학 참고서' 라고 부르고 싶다. 왜냐하면 정상적인 인문학 책이 교과서(教科書)라면 이런 류의 책은 참고서마냥 여기저기서 짜깁기해서 내어놓은 것이 대부분이기 때문이다. 그런 유형의 책들은 몇 권 읽어보면 대부분 비슷한 느낌을 지울 수가 없고, 읽고 난 후 기억에 남아 있는 것이 없는 경우가 많다. 그에 반해 『젊은 베르테르의 슬픔』이나 『좁은 문』 같은 책은 어렸을 때 읽었는데 지금 이 글을 쓰면서도 그 당시의 감동이 느껴질 정도이다.

우리 아이들에게 과연 무엇을 가르쳐야 할까? '지지 않는 법'만을 가르쳐야 할까? 하긴, 요즘 젊은 부모들은 내 아이를 특별하게 키우고 싶어 하고 장래까지 내다보며 맞춤형 교육을 유아(幼兒) 때부터 관심을 가지고 시키는 것 같다. 성공의 사다리에서 단 한 순간도 방심할 수 없고 한 번의 실수로 영원히 나락(奈落)으로 떨어질 것처럼 극성스럽기까지 한 요즘 세태이다. 이렇게 자란 아이가 과연 주변의 어려운 사람을 보살피는 배려(配慮)의 마음을 가질 수 있을는지, 같이 일하는 동료에게 진정한 동지(同志) 의식을 가질 수 있을는지 의문이 든다. 무엇보다 이들이 인생에서 고배(苦杯)를 마셨을 때 재기(再起)할 수 있는 강한 의지와 힘을 가지고 있을까. 세상은 남을 배려하며 더불어 살아가는 것이며, 인생에 항상 좋은 일만 있는 것은 아닌데 말이다. 역사에 나타난 숱한 위인(偉人)과 영웅(英雄)들은 오히려 역경을 이겨내어 성공한 경우가 더 많이 있다. 평생 군(軍)에서 말단 군관으로 세월을 보내며 오지(奧地)에서 나라를 묵묵히 지켜온 이순신 장군은 어떤 때는 모함을 받아 백의종군(白衣從軍)도 했지만 나라를 위기에서 구해낸 성웅(聖雄)이 되었지 않은가!

그 외에도 필자가 나름대로 정리한 몇 사람을 더 소개하면 다음과 같다.

- ● 한신(韓信) : 남의 가랑이 밑을 기어간 인물로 갖은 수모를 참고 견디어 내어 유방과 함께 한(漢)나라를 건국하는 1등 공신이 되었다.
- ● 리(Robert Edward Lee) 장군 : 미국 남북 전쟁 시 남군의 총사령관. 비록 북군에 패했지만 그의 인품과 인격 때문에 미 국민의

사랑을 가장 많이 받는 인물 중의 한 사람이 되다.

- **아이젠하워** : 진급이 되지 않아 16년간 소령 계급장을 달고 군 생활을 하다. 나중에 연합군 총사령관, 미국 대통령이 되었다.

- **유방(劉邦)** : 초나라 항우(項羽)와의 싸움에서 백전백패, 그러나 최후의 승자가 되어 한(漢)나라를 세우고 황제가 되었다.

- **박정희(朴正熙)** : 남로당(南勞黨) 사건에 휘말려 사형선고를 받고 살아남다. 군 계급장을 떼고 군무원으로 생활하다 복직(復職), 그리고 대통령이 되었다.

- **마쓰시다 고노스케** : 가난, 병약(病弱)한 몸, 못 배운 것(초등학교 4학년 중퇴)을 극복하고 대기업(570개 계열사, 15만 명 직원)의 총수가 되었고, 94세까지 장수했다.

- **처칠** : 칠삭둥이로 태어나 말더듬이. 영국 육사를 3수 끝에 입학. 노벨 문학상을 받았고 영국의 수상이 되었다.

- **등소평** : 오뚜기 인생. 2 번의 숙청, 죽을 고비를 넘어 중국의 주석(主席)이 되어 중국 근대화를 이루었다.

- **나폴레옹** : 이방인 출신(코르시카 섬 출신)으로 온갖 역경과 천대를 딛고 프랑스 황제가 되었다.

- **예수** : 목숨을 내어놓다. 그리고 부활하여 인류의 구원자가 되었다.

- **부처** : 세속적인 왕(王)의 자리를 버리다. 인류의 왕이 되다.

- **공자(孔子)** : 평생 유랑의 길을 헤매다. 성인(聖人)이 되다.

- **사마천(司馬遷)** : 치욕적인 궁형(宮刑)을 당했으나, 참고 이겨 역사(사기, 史記)를 만들다.

- **호손(Hawthorne, Nathaniel)** : 직장에서 쫓겨났지만 불후의 명작 『주홍글씨』를 집필했다.

우리에게 필요한 것은 끊임없이 성공의 사다리를 타고 올라가는 것이 아니라, 어떻게 하면 내 앞에 닥친 지독한 역경과 고난, 어려움을 잘 극복하고 재기(再起)할 수 있는가 일 것이다. '지지 않는 법'을 가르치는 것이 아니라 어떻게 하면 '잘 지는가'를 가르쳐야 한다고 생각한다. 요즘 젊은이들 말처럼 지더라도 '쿨(cool)'하게 지는 법을 가르치는 것이 어떨는지? 역경을 이기고 마침내 승리하는 자만이 진정한 훌륭한 승자가 아닐까?

악어와 책사(策士)

　　요즘 국무총리실 소속의 공직윤리 지원관이 민간인을 불법으로 조사한 사건이 권력형 비리 사건으로 비화(飛火)되어 연일 방송과 지상(紙上)을 어지럽히고 있다. 관련된 모 인사(人士)로 인해 정치권에서 벌이고 있는 공방(攻防)이 심상치 않다. 자칫 집권 후반기에 접어든 지금의 정부가 조기에 레임덕(lame duck)에 빠지지나 않을지 우려스럽다.

　　과거 역사에 보면 자기 주군(主君)을 위해 공개적으로 나서서 일하는 사람이 있는가 하면, 뒤에 숨어서 일을 해야 하는 사람이 있었다. 주로 윗사람이 공개적으로 처리하기 곤란한 일이나 해야 할, 그러나 온당치 못한 일을 대신 처리해주는 인물들이 있었다. 오늘날같이 밝은 세상에 그런 일이 있을까 하지만, 대기업체 회장이나 유명 연예인처럼 얼굴이 널리 알려진 사람들의 경우 몰래 뒤에서 일을 처리해주는 사람들이 있는 것 같다. 그 일이 위법(違法)이 아니더라도 알려질 경우 구설수에 오르내리는 곤란한 입장에 처할 수도 있으니 비밀리에 일을 처리해야 하는 것이 이런 사람들의 철칙(鐵則)이라고 한다.

　　조선 시대 수양대군은 정권을 잡기 위해 은밀히 일을 진행시키고 숨어 보이지 않는 가운데 계획을 세우고 사람을 끌어 모으고 한 기가 막힌 책사(策士)가 있었는데, 그가 바로 한명회(韓明澮)였다. 수양대군이 늘 '나의 장자방(張子房)' 이라고 할 정도로 기민(機敏)했던 모양이다.

이처럼 책사가 되려면 결코 자신이 드러나지 않아야 한다. 이미 세상이 다 알고 있을 정도로 자신이 드러나거나 심지어 호가호위(狐假虎威)하며 자신이 힘 있음을 과시하는 단계에 있다면 그는 이미 그러한 일을 할 자격이 없다.

이들 책사들이 늘 가슴에 두어야 할 동물이 '악어'라고 한다. 악어는 항상 물속에 몸통을 숨기고 물 밖으로 두 눈만 드러낸다. 만약 물 밖을 떠나 바위에 올라 몸을 노출할 때는 사냥꾼의 집중 표적이 된다. 그래서 진정한 책사는 악어와 같이 '탐욕'을 조심해야 하고 '숨어 있어야 한다고 한다.

작금에 벌어지고 있는 총리실 모 인사의 경우는 '스스로 과도한 충성심을 표하기' 위해 저지른 일이 아닐까 생각한다. 그 이유는 겨우 민간인 한 명이 블로그 등에 글을 올리는 행위 따위를 조사하라고 지시할 정도로 한심한 정부의 고위 인사가 있겠는가 하는 것이고, 그 일의 처리 과정이 너무 미숙하고 조악(粗惡)하다는 점에 있다. 특히 정부에서 일하는 사람들은 모든 일이 공개적이어야 하고 적법(適法)해야 한다. 지금 세상은 잠시 잠깐은 속일 수 있어도 결국은 다 밝혀질 수밖에 없는 너무나 투명한 세상이 되었다.

그래도 만약 부정(不正)한 일이 아닌 일상의 일들을 조용하고 비공개적으로 처리 해줄 사람을 찾는다면 '입이 무겁고' '자신을 과시하지 아니하며' '책임을 질 줄' 아는 사람이 필요할 것이다. 일정한 지위에 올라간 사람들에게는 '집사(執事)' 겸 '책사'가 필요악(必要惡)이기 때문이다. 그냥 오늘 벌어지고 있는 사태와 관련하여 몇 자 적어본 한담(閑談)으로 생각해줬으면 한다….

김정일의 재산(財産)

세계에서 돈(재산)이 가장 많은 사람은 누구일까? 누구나 다 알다시 피 빌 게이츠(Bill Gates)이다. 2009년 3월 11일 발표된 『포브스』 (Forbes list of billionaires)에 의하면 빌 게이츠의 재산이 400억 달 러이며, 다음은 워렌 버핏(Warren Buffett)으로 370억 달러라고 한 다. 3위가 멕시코의 사업가(Telmex 회장)인 카를로스(Carlos Slim Helu)로 350억 달러를 가지고 있다고 한다. 15위까지의 순위에는 미 국인이 7명으로 가장 많고, 그 다음은 독일과 인도인이 각각 2명씩 포 함되어 있다. 멕시코, 스웨덴, 스페인, 프랑스인 각 1명이 세계 최고 갑 부(甲富) 15위에 포함되었다.

또한 『포브스』지에서 발표한 정부기관의 수장들(대통령, 총리, 국 왕)의 재산(Current heads of state and government. 2009년 6월) 을 살펴보면, 푸미폰(Bhumibol Adulyadej) 태국 국왕이 300억 달러 로 1위를 차지하고 있고, 부루나이의 볼키아 국왕(Hassan Bolkiah)은 200억 달러로 2위, 3위는 아랍에미리에이트 연합의 칼리파 빈 자예드 알 나이안(Khalifa bin Zayed Al Nahyan) 국왕이 180억 달러를 보유 한 것으로 발표되었다. 4위는 압둘라(Abduiiah) 사우디 국왕으로 170 억 달러였고, 국왕이 아닌 지도자로는 이탈리아 총리(Silvio Berlusconi)가 65억 달러로 6위에 자리하고 있다. 영국 여왕 엘리자베스 2세(Elizabeth II)는 4억 5천 달러로 14위의 자리에 있는데, 여타 국왕들에 비해 초라한 것 같아 보인다.

국왕들의 재산을 파악하는 것은 어려운 일이라고 한다. 개인적인 재산과 왕실의 재산을 분리해서 판단하는 것이 어렵기 때문이고, 특히 왕실의 권위나 통치행위가 강력한 국가에서는 더욱더 어렵다고 한다. 일본 국왕의 경우는 왕실에 재산을 양도 또는 양수할 때에는 국회의 의결을 거치도록 헌법에 명시되어 있는 등 왕실의 재산이 국가에 귀속되어 있으며 대체로 왕실이 검소하게 유지되고 있는 듯하다. 아마 그래서 이러한 『포브스』의 조사에도 포함되지 않은 듯하다.

『포브스』 조사를 피해간 나라의 지도자 중에 북한의 김정일이 있다. 미 하원(下院) 정보 위원회에서 주장한 김정일의 재산은 40억 달러라고 한다. 일부에서는 40억 ~70억 달러라고도 하지만, 미 의회(議會)의 발표를 근거로 40억 달러라고 하면 세계 지도자들의 재산 순위에서 7위쯤 된다. 그리고 세계 최고 갑부 순위 50위 안에도 들어갈 것으로 생각된다.

김정일은 미사일 판매, 마약 판매, 달러 위조, 조총련 등의 자금을 통해 연간 3~5억 달러의 비자금(秘資金)을 조성하는데, 이 돈으로 최고급 벤츠 자동차, 헤네시 코냑, 일제 가전제품 등을 구입하여 군부와 노동당 핵심 간부에게 선물함으로써 권력 기반을 닦는 데 사용한다고 한다. 남은 돈 약 2억 달러 정도를 1985년부터 매년 스위스 비밀금고에 송금하여 현재 남아 있는 돈이 약 40억 달러 규모에 달한다는 정보가 있는 것 같다.

우리의 금강산 관광이나 개성공단으로부터 발생하는 현금수입, 쌀과 비료지원, 그리고 각종 우리 정부와 민간단체에서 지원하는 돈과 물자가 김정일이 북한을 통치하는 자금으로 이용되고 있으며, 많은 부분이 개인의 비자금으로 스위스 금고에 보관, 축적되고 있다는 것이 분노를 자아내게 만든다. 왜냐하면 현재 굶어 죽는 북한 주민들의 참담한 실정이 우리와 전 세계에 알려지고 있기 때문이다. 친북 인사들은 왜 우리 정부에서 북한의 어려움을 외면하느냐고 다그치면서, 인도적인 지원을 해야 한다고 부르짖는다. 인도적인 지원과 동족의 어려움을 외면해서는 안 된다는 지극히 감성적인 호소는 필자를 포함한 선량한 우리 국민들로서는 지나쳐 무시하기 어려운 말이다.

그러나 한편으로 온갖 사치와 호사(豪奢)를 누리고, 개인적인 부와 정권을 유지하기 위해 핵을 개발하는 김정일 왕조를 위해 무작정 돈을 대어야 하는 행위는 구별되어야 할 것이다. 모 신문에 의하면, 아들 김정남이 마카오 등지에서 1년 동안 생활하는 돈이 50만 달러(우리 돈으로 6억여 원)라고 한다. 그와 그 일족들은 그들의 주민이 세계 여러 나라들 중에서도 최 극빈(最極貧)에 가까운 생활을 하고 있다는 사실을 애써 외면하면서 온갖 졸부(猝富) 행세를 하고 다닌다. 이런 북한을 과연 어떻게 현대의 정상적인 국가로 인정할 수 있겠는가. 또한 이러한 실상을 알고 있는지, 아니면 알면서도 외면하고 있는지, 김정일 정권을 찬양하는 이 땅의 친북한 인사들은 다시 한 번 현실을 직시하고, 지금 그들이 하고 있는 여러 가지 일들이 오히려 남북통일을 방해하고 있음을 알아야 할 것이다…

- 김정일이 좋아하는 물품(미국, EU 수출금지 품목) : 순혈 종마(種馬), 캐비아(철갑상어 알), 송로버섯, 고급 와인, 코냑, 벌꿀, 쇠고기, 참치, 바다가재, 금, 은, 다이아몬드, 사파이어, 루비, 에메랄드, LCD TV, DVD 플레이어, PDA, 개인용 디지털 뮤직 플레이어, 희귀 동전, 100년 이상 된 앤티크, 우표, 담배, 고급 피아노, 호화 요트 등.

세계 주요 지도자 재산 순위 별 현황

Name	Title	Net Worth	Country
Bhumibol Adulyadej	태국 국왕	300억 달러	Thailand
Hassanal Bolkiah	부루나이 국왕(술탄)	200억 달러	Brunei
Khalifa bin Zayed Al Nahyan	아랍 에미레이트 대통령	180억 달러	United Arab Emirates
Abdullah	사우디 아라비아 국왕	170억 달러	Saudi Arabia
Mohammed bin Rashid Al Maktoum	아랍 에미레이트 총리	120억 달러	United Arab Emirates
Silvio Berlusconi	이탈리아 총리	65억 달러	Italy
Hans-Adam II	리히텐슈타인 왕자	35억 달러	Liechtenstein
Hamad bin Khalifa Al Thani	카타르 국왕	20억 달러	Qatar
Asif Ali Zardari	파키스탄 대통령	18억 달러	Pakistan
Albert II	모나코 왕자	10억 달러	Monaco
Sebasti?án Piñera	칠레 대통령	10억 달러	Chile
Qaboos bin Said al Said	오만 국왕(술탄)	7억 달러	Oman
Teodoro Obiang Nguema Mbasogo	적도 기니 대통령	6억 달러	Equatorial Guinea
Elizabeth II	영연방 여왕	4억 5천 달러	Commonwealth realms
Sabah Al-Ahmad Al-Jaber Al-Sabah	쿠웨이트 국왕	4억 달러	Kuwait
Beatrix I	네덜란드 여왕	2억 달러	Netherlands
Mswati III	스와질란드 국왕	1억 달러	Swaziland

출처 : Current heads of state and government by net worth

하이 눈(High Noon)…,
외로운 지도자

어렸을 때는 서부영화를 많이 보았다. 옛날에는(1960~70년대) 특히 서부영화 전성기인 탓도 있었지만, 남자 아이들에게 서부영화는 가장 멋진 영화로서 많이들 관람했었다. 악당들과 대결해서 결국은 정의를 실현시키는 주인공들의 멋진 캐릭터에 반해서 보고 난 그 영화의 잔상(殘像)이 며칠 동안 지워지지 않은 추억을 갖고 있다. 나는 그 중에서도 나이 들어서도 몇 번이나 본 서부영화가 있는데, 그 중에 '셰인(Shane)'이라는 영화와 '하이 눈(High Noon)'이라는 영화를 가장 수작(秀作) 중의 하나라고 생각한다. 지금도 '셰인'이라는 영화에서 주인공이 말을 타고 멀리 떠나는 뒷모습을 향해 어린아이(조이)가 "셰인~!!" 하고 부르짖는 소리가 귓전을 맴돈다.

외롭게 홀로 정의를 위해 악당들과 맞서는 영화 '하이눈'은 '옛날 1870년 서부의 어느 작은 마을 뉴멕시코 Hadleyville에서 5년간의 보안관을 끝마치고, 막 결혼한 사랑하는 신부와 마을을 떠나려는 주인공 Will Kane(게리 쿠퍼) 앞에 놓인 운명이 기다리고 있다.' 이 영화는 관객으로 하여금 당신이 만약 그와 같은 운명 앞에 처했을 경우 어떻게 할 것인지 묻고 있다. '주인공인 케인이 떠나려는 날 옛날에 구속시킨 악당 밀러가 형기를 마치고(원래는 교수형인데 무슨 이유인지 풀

려남) 그에게 복수하기 위해 정오(High Noon)에 도착하는 기차를 타고 달려오고 있고, 그의 부하 세 명이 함께 주인공 케인을 처치하려고 역에서 기다리고 있는 상황이다. 보안관이었던 케인을 존경하는 마을 주민들은 케인이 피할 것을 종용하고, 사랑하는 신부 애미(Amy)도 그들을 피해 도망가자고 한다. 만약 곧 떠나는 기차를 같이 타지 않으면 그가 타든 말든 그녀는 떠날 것이라고 말한다. 사랑하는 신부 애미(그레이스 켈리)는 평화주의자인 퀘이커 교도이다(퀘이커 교도는 전쟁에도 참여하지 않는다. 양심적 징병 거부 등). 시간은 다가오고 주민들은 여러 가지 이유로 그와 같이 합류해서 싸우길 꺼리게 된다. 설령 그 악당들이 다시 자기네 마을을 접수해서 무법천지가 되더라도 당장의 위험에 몸을 던지기 주저한다. 주인공 케인은 결국 외롭게 악당들과 맞서 싸우는데, 두 번째 악당을 쓰러뜨리고 자신은 팔에 부상을 입는다. 총성이 울리자 기차에 탔던 애미는 기차에서 내려 케인에게로 달려오고, 결국 마지막 악당 밀러까지 처치한 후 케인은 보안관 배지를 먼지가 가득한 땅바닥에 던지며 애미와 떠나게 된다' 는 내용이다.

이 영화는 특히 미국 대통령들이 즐겨 보는 영화로서, 일설에 의하면 '빌 클린턴' 대통령은 20번, '아이젠하워' 대통령은 3번, '지미카터' 대통령은 무려 58번을 보았다고 한다. 대통령이라는 고독하고 외로운 지위에 있는 사람들은 위기가 발생했을 때 그 결정을 오직 자신만이 할 수밖에 없다고 한다. 그럴 경우 정의를 위해 목숨까지 바쳐 할 수밖에 없는 길을 찾아야 할 것이다. '하이눈' 의 주인공처럼….

여기서 정오(正午), 하이눈(High Noon)이라는 시간은 바로 운명의 시간을 뜻한다. 살아가면서 우리에게 운명이라는 시간이 똑딱거리며 다가올 때 우리는 어떠한 선택을 해야 할까? 그것이 국가적인 운명을 결정해야 하는 중대한 사건이라면 우리 국민들은 어떻게 해야 할까?

모두 방관하고 여러 가지 이유로 피해야 할까? 대통령이라는 '보안관' 한 사람에게 짐을 맡긴 채 몸을 도사려야 할까?

[이 영화는 오스카상을 4개나 받았다. 남우주연상, 편집상, 작곡상, 그리고 주제가상을 받았다. 여기에 주제가 일부를 소개한다.]

Do not forsake me, oh, my darlin',

on this, our wedding day.

오 내 사랑, 나를 버리지 마오.

오늘, 우리의 결혼식 날에.

Do not forsake me, oh, my darlin',

wait, wait alone

오 내 사랑, 나를 버리지 마오.

기다려주오. 기다려주오.

I don't know what fate awaits me.

I only know I must be brave.

어떤 운명이 나를 기다리고 있는지 나는 모른다오.

내가 아는 건 오직 용감해야 한다는 것.

For I must face a man who hates me.

or lie a coward, a craven coward ;

or lie a coward in my grave.

나를 증오하는 자와 맞서 싸워야 한다는 것

그렇지 않으면 겁쟁이, 비겁한 겁쟁이로서

내 무덤에 드러눕게 될 것이오.

oh, to be torn twixt love and duty.
오 사랑과 의무 가운데 가슴이 찢어지는구려.
·······.

[하이 눈(High Noon)] 1952년, 진느만(Fred Zinnenmann) 감독 작품.
주연 게리 쿠퍼(Gary Cooper), 그레이스 켈리(Grace Kelly)

→ 1989년에는 미 의회 도서관으로부터 미 국립 영화 필름 등기소에 보
   존되어야 할 영화로 지정되었다. 선정 이유는, 이 영화가 '문화적', '역
   사적'으로, 그리고 '심미적'으로 중요한 가치가 인정되기 때문이다.

미국군은
왜 강할까

　미국은 독립운동과 서부개척, 남북전쟁 그리고 1. 2차 세계대전 참전, 한국전쟁과 월남전 참전 이라크, 아프가니스탄 전쟁 등 건국 이후 군의 중요성이 간과된 적이 거의 없는 나라이다. 영화의 소재로 군(軍)과 전쟁에 관해 미국 헐리웃만큼 다루고 있는 나라도 없을 것이다. 한때 우리나라도 전쟁영화가 극장가를 휩쓴 적이 있다. 필자가 어릴 때만 해도 '빨간마후라', '5인의 해병' 등 전쟁영화가 인기를 누렸으며, 배우들도 선이 굵은 장동휘, 신영균 선생 등처럼 전쟁 단골배우들이 많았다. 심지어 사극(史劇)마저도 전쟁 영화가 인기를 누렸다.

　그런데 언제부터인가 우리 극장가에선 이런 영화가 사라지고, 나오더라도 흥행이 되지 않는 시대가 되어버렸다. 한동안은 '애마부인' 류의 에로 영화(Erotic movie)가 극장가를 점령하더니 깡패, 조폭을 다룬 '친구', '조폭마누라' 류의 영화가 심심찮게 인기를 끌었다. 최근에는 한국 영화도 다양한 소재를 다루면서 많은 발전을 이루고 있는 것 같다. 우리가 어렸을 때는 이런 전쟁영화를 보면서 동지(同志), 전우(戰友) 그리고 명령에 대한 복종, 나라 사랑, 적에 대한 분노, 그리고 주인공의 영웅적인 행위(살신성인, 殺身成仁)를 보며 가슴속에 꿈을 키워 나가곤 했었다. 적어도 크면 그러한 훌륭한 영웅적이며 국가에 헌신하는 사람이 되어야지 하며 말이다. 지금의 우리 청소년들은 영화를 보며 어떤 생각을 할까? 옛날 우리가 보았던 영화를 유치하다고 말하지는 않을까?

『아메리칸 제너럴십』(American Generalship, Edgar F. Puryear, Jr)을 읽어보면 성공적인 리더가 되기 위한 특성으로 전문적 지식(知識), 결심(決心), 인간성(人間性), 공정성(公正性), 용기(勇氣), 배려(配慮), 위임(委任), 충성(忠誠), 자기헌신(自己獻身), 인격(人格) 등을 말하고 있다. 그런데 저자가 꼽은 최고의 가치는 바로 '인격'이었다.

아이젠하워는 "인격은 리더십의 모든 것이다."라고 말한다. 미국 남북전쟁에서 승리한 그랜트(Ulysses Grant) 장군은 그의 자서전(自敍傳)에서 밝힌, 항복 조인식에서 만난 리(Robert E. Lee) 장군에 대해 "우리의 적이었던 그의 위대한 성실성에 대해서 존경을 표하게 되었다."고 기술하고 있다. 이 책에 서술된 리더의 인격에 관한 내용을 몇 가지 소개하면 이렇다.

- 인격은 믿음, 성실 등의 특성을 가지고 있다. 어느 누구도 비방해서는 안 되고 모든 사람들과 적절한 관계를 맺어야 한다. ─브래들리 장군
- 지휘관이 될 적임자를 찾는다면 자신의 능력을 확신하고 충성심이 있으며 좋은 인격을 가진 장교를 원한다. ─클라크 장군
- 인격은 개성, 용모, 깨끗한 삶 등과 같은 많은 것의 결합체이다. ─맥칼리프 장군

미국 독립전쟁을 승리로 이끈 워싱턴을 왕으로 추대하려는 많은 사람들이 있었다. 그러나 그는 세계에서 가장 커다란 공화국의 왕이 되는 것을 거부했다. 종신 대통령이 될 수 있었지만 4년을 마치고 고향으로 돌아갔다. 대통령으로서 연방(聯邦) 정부의 권한을 가지기보다는

주(州) 정부에 많은 권한을 위임하는 등 그의 인격은 지금의 미국 민주주의의 큰 토대가 되었다. 만약 우리나라의 초대 대통령이었던 이승만 대통령도 헌법에 따라 대통령 자리를 성공적으로 마치고 넘겨주었다면 우리나라의 민주주의가 처음부터 확립되어 그 이후에 벌어진 민주화에 따른 수많은 대가와 비용을 줄일 수 있었지 않았을까?

2차 세계대전 시 준장(准將)이었던 아이젠하워는 야전 지휘관으로 나가고 싶었다. 그를 요구하고 추천하는 장군들도 있었다. 그러나 당시 육군 참모총장이었던 마샬 장군은 육군성(陸軍省)에서 그가 일하길 원했고, 아이젠하워가 육군성의 참모직에서 일하는 이상 전쟁 기간 동안 더 이상 진급할 수가 없다는 것을 분명히 말했다. 그러자 아이젠하워는 "장군님은 일을 위해 저를 이 자리에 임명하셨습니다. 저는 다만 저의 의무를 다하기 위해 최선을 다하고 있으며 현재의 직책에 만족하고 있습니다."라며 더 이상 진급이 될 수 없는 자리인 작전 국장으로서의 직책을 성공적으로 수행했다. 심지어 1942년 그의 아버지가 세상을 떠났을 때도 장례식에 참석하지 못했다.

이후 마샬 장군은 그를 점차 상위 계급으로 진급시켰고, 급기야 연합군(聯合軍) 최고 사령관으로 아이젠하워를 추천했다. 또한 아이젠하워가 그를 앞서 원수(元帥)가 되었음에도 정작 자신을 원수로 진급시키려는 대통령과 스팀슨 전쟁 장관의 의도에 대해 반대했다. 그는 의회와 국민들에게 자기 자신의 성공만을 추구하고 있는 것으로 비추어져 임무수행에 부정적인 영향을 미칠 것이라고 우려한 것이었다. 이 진급이 전쟁 승리에 장애물로 작용할 것이라고 생각한 것이었다.

영국인들은 신사도(Gentlemanship)를 얘기한다. 그러나 건국 초기부터 독립전쟁, 남북전쟁, 인디언과의 전쟁 등 군의 역할이 컸던 미국에는 일찍이 이러한 제너럴십(Genaralship)이 있었다. 바로 이것이 오늘의 미국을 있게 한 것이 아닐는지…. 오늘날 미국 군대는 세계 최강(最强)을 자부한다. 첨단 무기 때문일 수도 있지만, 이러한 전통적인 군인들의 인격이 무한한 힘이 되지 않았을까 하는 생각을 해본다. 우리나라에도 이순신 장군 같은 훌륭한 인격을 갖춘 군인이 있었으며, 현대에도 우리 군에는 인격적으로 존경할 만한 장군들이 많이 있다. 다만 우리나라의 여러 가지 여건상 이를 발굴하고 교육적으로 홍보하며 활용할 조건이 성숙되어 있지 못할 뿐이다.

지금도 많은 군인들이 낮은 봉급, 더딘 진급, 잦은 이사, 가족과의 긴 이별, 불충분한 예산, 관료주의의 폐해, 군인에 대한 국민들의 감사(感謝)와 인식의 부족, 심지어 그들에 대한 일부 국민들의 반감(反感)에도 불구하고 자신의 임무에 최선을 다하고 있다.

군에 대한 우리 국민들의 보다 따뜻한 관심과 애정을 기대해본다. 군은 이러한 국민의 사랑을 받기 위해 더욱 뼈를 깎는 노력이 필요할 것이다. 그리고 무엇보다 장군들의 인격과 자기 헌신이 가장 먼저 요구된다고 생각한다.

■ 미국 남북전쟁 영웅 셔먼 장군과 그랜트 장군

그랜트 장군이 버지니아에서 리 장군에게 포위되어 곤경에 처했을 때, 셔먼 장군은 남부 조지아로 계속 공격하여 애틀란타를 확보함으로써 북군 승리를 위한 전기를 만들었다. 이러한 승리의 결과로 1864년 대통령 선거에서 링컨이 재선되는 데 크나큰 역할을 했다. 이러한 셔먼의 공적에 대해 워싱턴에 있는 정치가들은 셔먼 장군을 중장으로 진급시켜야 한다고 입을 모았다. 그러나 셔먼은 명예나 지위에 욕심을 가지고 있지 않았다. 1865년 1월 22일 셔먼 장군은 당시 상원의원이던 동생 존 셔먼에게 이렇게 편지를 썼다.

"사랑하는 동생! 내가 중장으로 진급하는 것은 바라지 않는 바이고, 더욱이 그랜트 장군과 경쟁 관계가 되는 것은 특히나 내가 바라지 않는 바이니, 내 뜻을 헤아려주길 바란다. 그리고 나는 현재 나의 명예와 지위에 만족하고 있단다…."

　그랜트 장군 역시 셔먼 장군에 대한 애정과 존경을 표하고 있는데, 이 당시 쓴 편지를 보면 잘 나와 있다.

　'당신의 승승장구에 대해 나보다 크게 기뻐한 사람은 아마 없었을 거요. 만약 당신이 현재의 내 자리에 있었고 내가 당신의 아래에 있었다 해도 우리의 관계는 조금도 변함이 없었을 거요. 그리고 우리의 목표를 위해 틀림없이 똑같은 노력을 했을 거요.' (American Generalship. 에드가 F.퍼어어 Jr.)

처칠과 체임벌린
그리고 지도자 상(像)

2차 세계대전 당시 영국의 수상을 지냈던 처칠과 체임벌린 두 사람의 성향이 국가(영국)와 세계에 끼친 영향은 오늘날에도 많은 사람들의 입에 오르내리며 연구 대상이 되고 있다. 단적으로 표현하면 체임벌린은 이상주의적 평화론자 또는 유약한 정치 지도자라고 말할 수 있다. 반면에 처칠은 현실주의적 매파이며 과단성 있는 지도자라고 말할 수 있다.

처칠보다 5살이 많은 체임벌린(Nevile Chamberlin 1869-1940)의 아버지 조지프 체임벌린은 정치가였다. 그리고 영국 외상을 역임하고 노벨 평화상을 받은 바 있는 오스틴 체임벌린을 의붓형으로 두고 있는 그는 유복한 집안에서 태어나 영국 하원의 보수당 출신 의원으로 보건장관, 재무상을 역임하고 1937년 5월에 영국 총리가 된 인물이다.

처칠(Winston Churchill 1874-1965) 은 유명한 정치가를 많이 배출한 가문에서 태어났다. 그의 할아버지는 아일랜드 총독을 지냈으며, 아버지는 재무장관을 역임한 유명한 정치가 집안이었다. 집안으로 따지면 둘 다 부와 명예를 가진 명망가의 아들로 태어났다고 할 수 있다.

만약에 이들 두 사람 사이에서 히틀러라는 또 한 인물이 등장하지 않았더라면 오늘날의 역사적 평가는 극명하게 달라질 수도 있었을 것이다. 아마도 그래서 역사는 그 어떤 드라마보다도 더 극적이고 반전(反轉)이 살아 꿈틀거리는 스토리 그 자체이기도 한가 보다.

무려 4년 4개월간 지속된 1차 세계대전(1914-1918)은 사상자만 3천 2백만 명이 발생한 전쟁이다. 그 때문에 당시 유럽은 전쟁에 대한 극도의 혐오감과 평화에 대한 간절한 소망이 국민들 사이에 팽배해 있었다. 대책 없이 그냥 당시의 부유한 생활과 평화로움을 즐기려는 사람들과 독일의 군비 증강을 보면서도 히틀러의 거짓 평화공세를 굳이 믿고 싶어 하는 심리적 분위기가 전 유럽을 지배하고 있었다.

그러한 분위기에서 유화적이며 평화론자인 체임벌린은 영국 국민들로부터 많은 지지를 받았던 반면에, 영국 공군력을 강화해야 한다면서 연일 전쟁에 대비해야 하며 히틀러를 경계해야 한다는 주장을 편 처칠은 인기 없는 정치가로 평가 절하되어 있는 상태였다. 그는 당시 정치적으로도 상당한 곤경에 처해 있었다. 그래서 만약에 영국을 비롯한 당시 유럽 국민들의 염원대로 히틀러가 전쟁을 일으키지 않고 그대로 평화가 지속되었다면, 처칠은 정치가로서의 앞날이 평탄치 못하고 오늘날 신화처럼 전해 오는 그의 명성도 없었을 것이다. 반면 체임벌린은 아마도 평화를 지킨 인물로 괜찮은 평가를 얻었을지도 모른다.

극도로 평화를 염원하고 히틀러의 위장 평화공세에 쉽게 넘어간 체임벌린은 히틀러와의 평화협정을 위해 수차에 걸친 담판 끝에 독일 국민 일부가 거주하고 있는 체코의 '수데탄 란트'를 독일에게 양보하는 '뮌헨협정'(1938.9.29)을 체결하게 된다. 협정 체결 후 영국으로 돌아온 그의 일성(一聲)이 "이것이 우리 시대의 평화이다(It is(peace) for our time)"였으며, 그런 그를 영국 민들은 전쟁을 사전에 예방한 영웅이라며 찬사를 아끼지 않았다. 그렇게 되어 유럽의 평화가 지켜지고 전쟁이 예방되었더라면 그의 형(Austen Chambelain)처럼 그도 노벨 평화상을 받았을지 모른다. 그러나 히틀러는 약속을 파기하고 체코의 일부가 아닌 전체를 통째로 침공해서 점령해버리고 만다. 노골적인 전쟁 의도를 드러낸 것이다. 히틀러는 또한 벨기에, 네덜란드, 룩셈부르크를 거쳐 1940년 5월 10일 프랑스를 침공한다. 이 날 체임벌린은 사임하게 되고 그 자리를 처칠이 이어받는다.

처칠은 "금요일 저녁 나는 국왕 폐하로부터 새로운 정부를 구성하라는 임무를 부여받았습니다. … '나는 피, 수고, 눈물, 그리고 땀밖에는 달리 드릴 것이 없습니다(I have nothing to offer but blood, toil, tears, and sweat.).' 우리는 길고 긴 투쟁과 고통의 세월을 앞두고 있습니다. 여러 분은 묻습니다. 당신의 정책은 무엇인가? 나는 말합니다. 육상에서, 바다에서, 하늘에서 전쟁을 수행하는 것이라고, 하느님께서 주신 우리의 모든 힘과 능력을 총동원하여, 어둡고 개탄스러운 인간의 범죄 목록에서도 유례가 없는 저 괴물과 같은 독재자를 상대로 전쟁을 수행하는 것, 이것이 우리의 정책입니다…"라는 연설을 시작으로 전시 내각을 이끌게 된다.

히틀러의 나치 독일이 끊임없이 군비를 증강하고 베르사이유 조약을 수시로 어기고 있었음에도 당시 세계 최강의 영국 수상인 체임벌린은 침묵 내지는 소극적으로 대처함으로써 히틀러의 야욕에 불을 지폈다. 폴란드 침공에 이어 체코 점령까지 이어진 그 전 무렵까지도 체임벌린은 현실을 너무 몰랐거나 안이하게 대처하는 어리석음을 저지름으로써 2차 세계대전 발발이라는 책임 문제에서 자유로울 수 없는 인물이 되고 말았다. 전시내각을 떠맡은 처칠은 이후 수상이자 국방장관으로서, 그리고 총사령관으로서 국민들에게 끊임없이 용기와 희망을 불어넣는 한편, 적에게는 타협 없는 강인하고 철저한 자세로 2차 세계대전을 승리로 이끌었다.

지도자의 덕목은 무엇인가? 체임벌린처럼 이상에 사로잡혀, 그리고 다수의 국민이 평화의 환상에 사로잡혀 있을 때 그런 분위기에 동조하는 인기 영합적인 정책을 펴는 사람이 되어야 할까? 임진왜란이 일어나기 십여 년 전에 '10만 양병설'을 주창한 선조 시대의 이이(이율곡) 선생의 혜안이 존경스럽다. 전쟁을 일으키려고 마음먹은 자가 전쟁을 일으키겠다고 말하는 것을 본 적 있는가? 북한이 주창하는 '평화협정 체결' 같은 '평화' 운운하는 것을 보면서 정말 가소로운 생각이 드는 것은 왜일까? 심지어 '아태 평화 위원회' 같은 기구도 있지 않은가? 6 · 25 전쟁을 일으킨 그들이 부르짖는 것이 '평화' 운운이라니….

나는 간혹 이 땅에서 오늘을 살고 있는 우리나라 지도자들 중에서 '체임벌린' 같은 어리석은 사람들이 있음을 알고 있다. 또한 전쟁의 참화를 잊어버린 사람들이 그들에게 현혹되어 위장평화 공세와 정치가의 교언영색(巧言令色)에 놀아나는 국민들이 더 이상 없었으면 하는 마음이다. 체임벌린과 처칠에서 그 교훈을 찾았으면 하는 바람이다.

■ 처칠 연설문

1940년 6월 4일 의회에서 행한 연설. 'Blood, toil, tears, sweat(피와 노고, 눈물과 땀)'이라는 5월 13일의 연설 이후 행한 유명한 연설. 절체절명(絶體絶命)에 놓인 국가의 위기에 대처하고자 하는 지도자의 결연한 의지가 보인다. 연설 제목은 'We shall fight on the beaches.'

4 June 1940

"I have, myself, full confidence that if all do their duty, if nothing is neglected, and if the best arrangements are made, as they are being made, we shall prove ourselves once again able to defend our

Island home, to ride out the storm of war, and to outlive the menace of tyranny, if necessary for years, if necessary alone.

● neglected(등한시되다, 경시되다), arrangements(준비), ride out a storm(이겨내다, 극복하다), outlive(극복하다) menace(협박, 공갈)

At any rate, that is what we are going to try to do. That is the resolve of His Majesty's Government—every man of them. That is the will of Parliament and the nation.

● at any rate(하여튼), resolve(결의, 결심), his majesty's government—every man of them(국왕 폐하의 정부 모든 사람)

The British Empire and the French Republic, linked together in their cause and in their need, will defend to the death their native soil, aiding each other like good comrades to the utmost of their strength.

Even though large tracts of Europe and many old and famous States have fallen or may fall into the grip of the Gestapo and all the odious apparatus of Nazi rule, we shall not flag or fail.

● in their cause and in their need(그들의 정당한 이유와 필요 때문에), defend to the death their native soil(죽을 때까지 태어난 땅을 지킨다), utmost(최대한), tracts(지방, 면적), odious(증오할), apparatus(기구, 조직), flag(항복하다)

We shall go on to the end, we shall fight in France,
we shall fight on the seas and oceans,
we shall fight with growing confidence and growing strength in the

air, we shall defend our Island, whatever the cost may be,

we shall fight on the beaches,

we shall fight on the landing grounds,

we shall fight in the fields and in the streets,

we shall fight in the hills;

we shall never surrender, and even if, which I do not for a moment believe, this Island or a large part of it were subjugated and starving, then our Empire beyond the seas, armed and guarded by the British Fleet, would carry on the struggle, until, in God's good time, the New World, with all its power and might, steps forth to the rescue and the liberation of the old."

● **subjugated(정복되다)**

필리핀의 부패,
그리고 몰락을 보며

　6 · 25 전쟁 때 필리핀은 7,400명의 군인을 파견해 우리나라를 도운 나라이다. 1964년의 1인당 국민소득은 170달러로 당시 76달러의 빈국(貧國)이었던 우리나라의 2배 이상이나 잘살던 나라였다. 그러나 지금의 상황은 완전히 역전되어, 2009년 기준으로 GDP는 한국이 8,575만 달러인 데 비해 필리핀은 976만 달러로 약 9배의 격차가 난다. 심지어 3모작이 가능한 천혜의 기후조건을 갖춘 쌀 수출국이며 농업 강국이었던 필리핀이 지금은 쌀을 해외에서 수입해야 하는 국가로 전락되었다고 한다(2009년 270만 톤의 쌀 수입). 한때 아시아의 부국(富國)으로 우리나라가 부러워했던 필리핀이 여러　아시아 국가들이 발전해 나가고 있는 지금 이렇게 나락으로 떨어진 연유가 어디에 있는 것일까?(2차 세계대전이 끝난 즈음 필리핀은 아시아에서 일본 다음으로 두 번째 부국이었다.)

　많은 전문가들의 글을 읽어본 결과 여러　가지 이유 중에서 가장 첫 번째이며 큰 이유는 뿌리 깊은 부정부패이다. 여기에는 정치가들과 토호(土豪) 세력의 부패 고리가 관련 있다.
　필리핀은 1565년부터 시작된 스페인의 긴 식민지배, 그리고 미국,

일본에 이어 외세에 의한 지배가 1945년 독립될 때까지 무려 400년이나 된다(스페인 지배 : 1565 ~1898년(약 300년). 독립 후 필리핀이 몰락하게 된 문제의 발단은 1965년부터 1986년까지 20여 년간 장기 독재정권을 잡은 마르코스 대통령(Ferdinand Emmanuel Edralin Marcos, 1917. 9. 11~1989. 9. 28)에게 있다. 그의 부패를 한 마디로 표현하면 1980년 '피플스파워'에 의해 권좌에서 쫓겨날 당시 그의 아내 이멜다와 함께 해외로 빼돌린 재산이 국가 외채 규모와 맞먹는 100억 달러에 달했다. 당시 100억 달러면 어마어마한 수준이다.

필리핀에서 대학을 졸업한 엘리트들이 홍콩 등지에서 식모 같은 허드렛일을 하면서 벌어들인 돈이 필리핀을 살리고 있다는 극단적인 글을 읽은 적이 있다. 지금은 많은 필리핀 처녀들이 한국 농촌으로 와서 노총각들과 결혼하는 것도 그러한 사실을 일부 반영하고 있는 것은 아닌지? 필리핀은 150개 가문이 지방 정부에서 의회 대통령에 이르기까지 모든 자리를 차지하고 대물림하고 있다고 한다. 공공연하게 이들을 비난하거나 이러한 행태를 비판한다는 것이 현지에서는 위험하기까지 하다고 한다.

올해(2010년) 필리핀 선거에서 크라손 아키노(베니그노 아키노 상원의원의 아내) 전(前) 대통령의 아들인 노이노이 아키노가 대통령 당선에 유력하다고 한다. 현 아로요 대통령도 부친(디오스다오 마다파칼)이 대통령을 역임했으며, 심지어 이번 선거에 마르코스의 부인인 이멜다도 하원 의원에 출마하고, 그의 아들딸도 각각 상원의원과 주지사에 출마했는데 상당히 인기가 있다고 한다.

필리핀의 정치인, 후원자, 일반인들 간의 금전적 거래와 특혜 등으로 얽힌 부패의 고리를 끊는 것은 상당히 어려운 모양이다. 관료들마저도 부패가 부끄러운 일이 아닌 일상적인 일로 치부되는 상태에까지 이르렀다고 한다. 현 아로요 대통령의 경우도 부패 문제로 정국의 위기를 몇 차례 맞이할 정도라고 한다. 나는 마르코스 대통령과 비슷한 시기에 장기 독재정권을 이끌었던 박정희 대통령이 참으로 훌륭하다고 생각한다. 비록 장기 군부독재를 했음에도 '위대한 대통령'이었다는 데 절대 다수 국민이 동의하고 있는 것 같다.

그리고 필리핀과 같이 민주화를 이룬 우리나라는 발 빠르게 민주화와 '부정부패 척결'을 위해 노력해왔으며, 이를 바탕으로 급속히 빠른 산업화를 이루었다. 지금은 세계를 선도하는 '정보화 최선봉' 국가가 되었다. 그러나 아직도 잔재하고 있는 정치인의 부정부패, 관료의 경직된 일처리를 포함한 부패가 완전히 일소되지는 않은 것 같다. 불과 40여 년 만에 빈국으로 전락한 필리핀을 보면, 우리가 방심하거나 부패한 정치인이 다시 발호(跋扈)하게 된다면 과거로 다시 돌아갈 수도 있음을 교훈으로 삼아야 할 것이다. 기업(企業)도 마찬가지로 특혜나 정치적 뒷거래 등 투명하지 못한 경영으로 당장의 작은 이득을 취하기보다는, 그것이 결국은 성공하지는 못한다는 사실을 직시하고 공정하고 깨끗한 경영 활동을 통해 체질이 튼튼하고 세계 기업과의 경쟁에서 이겨 나가야 할 것이다.

다행히 우리는 민주화를 이룩하면서도 부정부패에 대한 개선을 착실히 이루어가고 있다. 다만 우려되는 것은 표를 의식한 정치인들에 의한 인기 영합적인 파퓰리즘적인 선동정치가 또 다른 폐해를 가져오지 않을지 하는 것이다. 왜냐하면 아직 국민소득이 3만 달러가 되지 않는 우리가 이미 3만 달러 시대의 국가처럼 복지에 너무 매몰되다 보면, 성장으로의 동력을 상실할 수도 있기 때문이다. 그러한 예는 아르헨티나의 경우에서도 찾을 수 있고 최근 태국의 정국 불안도 결국 앞선 정부의 '탁신' 총리가 태국 국민들에게 국가가 감당하기 어려운 수준의 복지를 약속했기 때문에 막연한 기대와 향수에 젖은 '지지자'들이 거리에 나선 것이라는 분석이 있다. 지금 '지방선거'를 앞두고 여(與)와 야(野)를 막론하고 선심성 공약이 걱정되는 이유가 여기에 있다….

귀농(歸農)과 귀향(歸鄕)
그리고 귀양

　1955년에서 1963년 사이에 태어난 세대, 이른바 '베이비 붐' 세대가 712만 명이라고 한다. 이들은 지금 은퇴했거나 은퇴가 가까이 다가오면서 귀농(歸農) 또는 귀촌(歸村)하려는 사람이 조금씩 늘고 있다고 한다. 실제 2009년 통계로는 4,080여 가구가 귀농 또는 귀촌하여 전년보다 84%가 늘었다고 한다. 귀농과 귀촌은 도시생활을 벗어나 전원 또는 시골 생활을 하는 것은 같으나, 본질적인 차이는 농사를 짓는 사람과 농사를 짓지 않더라도 시골에서 생활하는 사람으로 구분되는 말이다. 하여튼 도시의 문명화된 생활을 접고 불편하더라도 시골로 내려가려는 사람들의 수가 늘고 있는 것이다.

　고향으로 돌아가려는 귀향자(歸鄕者)의 통계는 아직 보질 못했는데, 서울이나 대도시에 살던 사람들이 선뜻 고향으로 돌아가려고 하는 것 같지는 않아 보인다. 그 이유를 잘 알지 못하지만, 필자의 개인적인 상상으로는 고향에 돌아가는 귀향과 옛날 죄인을 변방이나 외딴 섬에 보내 일정 기간 제한된 지역에서 살게 한 형벌이었던 귀양(歸鄕)이 같은 의미로 다가오기 때문이 아닐는지? 한자 표기는 귀향이나 귀양이 공교롭게도 똑같다. 고향에 돌아간다는 것이 실패한 낙오자가 선택하는 길로 여겨져 체면을 중시하는 한국인의 정서에 부합되지 않은 탓이라고 하면 너무 과장된 생각일까? 대부분의 경우 남자들은 귀농이나 귀향을 선호하는 반면에 여자들은 '결사반대' 하는 경우가 많다고 하니, 필자의 상상도 틀린 것 같다.

어느 시골 출신들이 모인 향우회(鄕友會) 얘기를 들었다. 서울이나 부산 등 대도시에서 하는 이곳 마을 향우회에 사람들이 많이 모인다기에 그 이유를 물어보았다. 그러자 자기들 마을에는 먹고살 만한 것이 변변치 못해서 거의 대부분 고향을 떠나와 이렇듯 도시에 많이 모여 산다고 했다. 그 얘기를 듣고 보니 결국 이 사람들은 은퇴를 하더라도 고향에 가지 않겠구나 하는 생각이 들었다. 고향에 가봐야 부모님이 계시지 않거나 모두가 연로한 노인들만 사는 곳이 옛날 '귀양지' 와 별반 다르지 않을까.

6 · 25 전쟁 당시 제 8군 사령관(1951년 4월)을 역임했던 '밴플리트' 장군(James Award Van Fleet, 1892~1992년)의 자서전을 보면, 공직을 다 마친 그는 고향 플로리다로 귀향하여 그곳에 자그마한 자기 박물관을 짓고 농장도 경영하며 마을의 행사에 참석하기도 하는 등 노년을 조용하면서도 평화롭게 살았다고 기록되어 있다. 이와 같이 대부분의 미국인들은, 심지어 대통령까지도 공직을 끝낸 후에는 자기 고향을 찾아가는 것이 당연한 일로 여겨지고 있다. 우리나라의 경우 특히 고위 공직자나 정치인의 경우 서울에 대부분 터를 잡고 고향이나 시골로 내려가지 않는다. 지역구 출신 국회의원도 많은 경우가 몸은 서울에 있고 표를 얻기 위해 껍데기만 지역에 두고 선거 때나 필요한 경우에 들르는 정도이다 보니, 서울과 수도권은 포화 상태를 면치 못한다.

귀농은 사실 쉬운 일이 아니다. 옛날 누군가 농담처럼 "할 게 없으면 시골 가서 농사나 짓지"라는 말을 하곤 했는데, 농사라는 것이 결코 할 게 없어서 하는 것이 아닌, 무척 힘들고 수 년 또는 수십 년간 터득한 기술과 정성이 없으면 할 수 있는 일이 아니다. 그래서 많은 사람들이 귀농에 실패한다고 한다. 오늘날에는 일꾼 구하기도 쉽지 않아서 거의 모든 일을 직접 해야 하니 도시생활에 젖어 살아온 사람들은 여간한 각오와 고생이 수반되지 않으면 절대 성공할 수 없는 것이 귀농인 것 같다. 아마 그래서 여자들이 기겁을 하고 시골 생활에 반기를 드는 모양이다.

미국 도시에는 흑인 시장이 많다. 워싱턴, 시카고, 로스앤젤리스 같은 곳이 대표적인데, 이들 도시 지역에 흑인 시장이 많은 이유는 많은 백인들이 낮에만 근무하고 밤이 되면 인근 전원 지역으로 퇴근해버려 도시의 실제 거주자는 흑인들이기 때문이라고 한다. 예를 들면 우리나라의 서울 중심지인 강남이나 광화문 일대는 직장인이나 관료들이 낮에만 근무하고 밤이면 수원, 용인, 인천, 아니면 인근 시골 지역으로 가서 생활하고, 밤에는 저소득층들이 이들 강남 일대에 생활하고 있는 것과 같은 이치이다. 그런데 우리나라는 정반대로 공기 좋고 아늑한 전원 지역의 집값이 스모그 등 공기가 오염된 서울 도심권보다 싼 기형적인 현상을 어떻게 설명해야 할지 모르겠다. 아이들 교육 때문이라고 하기도 하는 모양인데, 나이 먹은 사람들도 선뜻 그곳을 떠나지 못하는 이면에는 여러 가지 문화적 혜택과 의료, 교통의 편리성 등의 이유와 그 지역에 살고 있음으로 해서 누리는 부(富)와 신분상승 같은 느낌이 복합적으로 작용하는 것 같다.

남편을 따라 귀향한 어느 주부가 "남편은 귀향이고 자기는 귀양을 왔다"라고 하는데, 귀양이 아닌 진정한 귀향, 금의환향이 될 그 날이 꼭 오리라 생각한다. 지금 세계 도시 중에서 인구가 가장 많이 살고 있는 나라 중의 하나가 대한민국 서울이다(12,215,000명). 일본의 도쿄가 28,025,000명으로 가장 많고, 멕시코시티가 다음으로 많으며

(18,131,000명), 인도의 뭄바이가 세 번째로 많다(18,042,000명). 그러나 서울은 이들 나라와 달리 국가 전체인구 수에 비해서도 너무 많은 인구가 집중되어 있기 때문에 언젠가는 인구의 이동이 불가피할 것이다. 귀농이든 귀향이든 많은 사람들이 우리의 농촌과 시골 그리고 고향을 사랑하는 마음을 가지고 서울이나 대도시를 벗어날 수 있다면 대한민국은 좁은 국토이지만 고르게 발전할 수 있을 것이다.

인구 순(順)으로 본 세계 도시

1. 토쿄, 일본 : 28,025,000
2. 멕시코시티, Mexico : 18,131,000
3. 뭄바이, India : 18,042,000
4. 사웅파울로, Brazil : 17,711,000
5. 뉴욕시티, USA : 16,626,000
6. 상하이, China : 14,173,000
7. 라고스, Nigeria : 13,488,000
8. 로스앤젤리스, USA : 13,129,000
9. 캘커타, India : 12,900,000
10. 부에노스아이레스, Argentina : 12,431,000
11. 서울, South Korea : 12,215,000
12. 베이징, China : 12,033,000
13. 카라치, Pakistan : 11,774,000
14. 델리, India : 11,680,000
15. 다카, Bangladesh : 10,979,000
16. 마닐라, Philippines : 10,818,000
17. 카이로, Egypt : 10,772,000
18. 오사카, Japan : 10,609,000
19. 리오데 자네이로, Brazil : 10,556,000
20. 티안진, China : 10,239,000

Sources : U.S. Census Bureau and Times Atlas of the World, tenth edition

병력 감축에
관한 역설(逆說)

무기 체계를 현대화하고 장비를 개선함으로써 병력을 감축 운영하는 것이 세계적 추세이다. 이에 발맞추어 우리나라도 벌써 오래 전부터 2020년을 기준으로 병력 집약적인 군(軍)으로부터 탈피하여 첨단무기 중심의 현대적 군으로 탈바꿈하기 위한 작업을 진행 중이다. 이는 노무현 정권 당시 전시작전 통제권을 미군으로부터 이양받기 위한 논의가 진행될 때 윤광웅 국방장관이 국방개혁 과제로 진행하여 결정된 사안이다.

당시 육군 병력을 ㅇㅇ만 ㅇ천 명을 감축하고, 해병대를 ㅇ천 명 정도로 줄이는 대신 해공군 병력을 일부 증강하여 국군 병력을 50만 명 수준으로 유지하는 것으로 기억하고 있다. 어차피 현재의 자녀 출산 기준으로 보면 지금 수준의 상시병력을 유지 하기는 어려울 것이다. 그리고 복무기간마저 현저히 줄어든 마당에 현실적인 판단이었다고 생각할 수도 있다.

그러나 우리가 간과해서는 안 되는 사실은 무기 체계의 개선이 병력 감축으로 이어 진다는 것은 사실과 다르다는 것이다. 예를 들면 최첨단의 전차 1대에는 승무원 수를 과거보다 줄일 수 있을 것이다. 그렇지만 이를 유지, 보수하기 위해서는 수십 명의 인력이 필요하고, 항공기의 경우에도 이를 수리하고 정비하기 위해서는 수많은 인력이 필요하며(비행기 1대 정비인력은 60명 필요 : 전 프랑스 참모총장), 여러 가지 항공시설이 부수적으로 필요하게 된다.

첨단무기 또는 장비의 경우에는 숙련된 인력이 더욱 많이 필요할 것이고, 이를 위한 첨단 정비시설 등이 부수적으로 필요할 것이다. 인력의 구성이 현역 전투 병력에서 기술 군무원이나 민간 인력으로 이동만 되었을 뿐, 오히려 국방 관련 인력은 늘어나거나 감소 효과가 없게 된다. 따라서 병력을 절감함으로써 국방 예산이 줄어 드는 것이 아니라, 국방 예산은 더욱더 많이 소요될 수밖에 없다. 사실 그동안 우리 군은 병력 위주의 군을 유지함으로써 국방 예산의 많은 부분을 절약해왔다고 볼 수 있다.

남북 대치 상황에서 지상군을 포함한 병력 규모를 첨단무기와 관련 없이 일정 부분 유지해야 할 것이다. 산악이 국토의 70%를 점하고 있는 우리나라의 경우 첨단장비로 방어할 수 있는 범위의 한계가 엄연히 존재하고 있음을 간과해서는 안 될 것이다. 아프가니스탄의 산악에 숨어든 탈레반 병력을 최첨단 장비와 무기 체계로 무장한 미군이 10여 년 동안 소탕하지 못하고 어려움을 겪고 있는 이유를 우리는 타산지석의 교훈으로 삼아야 한다.

이러한 문제와 관련하여 구소련의 경제학자인 샤베스키(Shavezhky)는 "군의 기술개발이 일반생산 시설의 기술과 다른 점은, 기계로 인해 인력을 감축하거나 기계로 사람을 대체할 수 없다는 점이다."라고 말한 바 있다. 기술의 발전은 효용성을 개선하는 것이지, 기계와 병력 간의 단순한 상호 대체 관계가 아니라는 말이다. 그래서 역설적이지만 최첨단 무기 체계가 병력의 감축을 가져오고 국방 예산이 그만큼 절감될 것이라는 논리는 정의(定義)가 아니라고 본다.

국방 예산이 여러 경제 논리에 의해 많이 삭감되고 있다는 소리가 들린다. 병력의 감소로 인한 군의 전력 약화를 경계하는 목소리들이 들려온다. 지금이 우리 군으로서는 중요한 시점이다. 앞으로 몇 년간 우려되는 여러 가지 전력 공백을 신속히 보충하는 작업이 신속히 이루어져야 하고, 국방 예산의 집중적인 투입이 그 어느 때보다 필요한 때이다. 동북아를 포함하여 세계는 1998년 이후 국방 예산을 과거 냉전 기간보다 오히려 꾸준히 증강시켜오고 있다는 점을 눈여겨봐야 한다.

전시작전 통제권의 이양작업이 다행히 2015년으로 늦춰진 그때까지 현재의 전력 공백을 최소화할 수 있도록 노력해야 한다. 그리고 북한의 노골적인 적대 행위가 우려되는 가운데 국가 경제의 지속적인 발전을 위해서도 굳건한 안보가 절대적으로 필요한 시점이다. 정부와 국민들은 국방 예산에 대한 이해를 가지고 필수적인 예산이 투입될 수 있도록 해야 한다. 군은 예산의 비효율과 낭비요인을 제거하는 노력을 통해 이러한 정부와 국민의 여망에 부응하도록 배전의 노력 또한 필요하다고 생각한다.

■ **2008년 SIPRI(스톡홀름 국제평화 연구소) 자료에 의하면,** 전 세계 국방 예산은 전년도보다 4%가 증가되었고, 1999년 이후 10년간에 걸쳐 45%의 증가율을 보이고 있다. 주요 15개국이 전 세계 국방 예산의 81%를 이들 국가가 점유하고 있으며, 특히 경제성장의 붐을 맞고 있는 중국과 인도의 급격한 국방 예산의 증가가 두드러지고 있다. 중국의 경우는 인민해방군이 보유한 자산이나 연구 개발비 등이 국방 예산 추계 과정에서 누락되어 있어 알려진 것보다 훨씬 더 많은 국방 예산이 숨겨져 있다고 한다.

2008년 세계 주요 국가 국방 예산
(SIPRI. 스톡홀름 국제평화연구소)

전 세계	1조 4,640억 달러	100 %
1) 미국	6,070억	41.5 %
2) 중국	849억	5.8
3) 프랑스	657억	4.5
4) 영국	653억	4.5
5) 러시아	586억	4.0
6) 독일	468억	3.2
7) 일본	463억	3.2
8) 이탈리아	406억	2.8
9) 사우디	382억	2.6
10) 인도	300억	2.1
11) 한국	242억	1.7
12) 브라질	233억	1.6
13) 캐나다	193억	1.3
14) 스페인	192억	1.3
15) 호주	184억	1.3

군주(君主)의 주변 관리

　중국의 역사를 보면 왕조(王朝)가 새롭게 탄생한 이후 황제의 자리에 오른 새로운 권력자는 냉혹할 만큼 창업 공신(功臣)들을 유배 보내거나 처형해 버리는 경우가 대부분이었다. 한(漢)을 세운 고조(高祖) 유방(劉邦)은 1등 공신이었던 한신(韓信)을 죽인다. 이때 나온 유명한 말이 토사구팽(兎死拘烹 : 토끼가 죽으면 할 일이 없어진 사냥개를 삶는다)이다. 그를 도운 양왕(梁王) 팽월(彭越), 회남왕(淮南王) 영포(英布) 역시 처형되었으며, 소하(蕭河)는 몸을 낮춰 목숨을 건졌고, 유명한 책사인 장량(張良 : 장자방)은 미친 행세를 하며 숨어 지냈다. 그는 유방의 끈질긴 의심과 살해 위협을 피해 깊은 산 속으로 숨어들어 목숨을 보존했다고 하는데, 그곳이 오늘날 유명한 관광지인 장가계(張家界)이다.

　명(明)나라를 건국한 주원장(朱元璋)의 경우는 특히 수많은 창업 공신 대부분을 처형한 공포정치를 펼친 냉혹한 군주였다. 그를 도와 나라를 세우는 데 지대한 공헌을 한 초대 승상(丞相) 이선장(李善長)을 비롯하여 그의 의형제(義兄弟)와 양자(養子) 등을 거의 대부분 죽였다. 또 주원장을 도와 전장에서 무공(武功)을 세운 서달(徐達), 남옥(藍玉) 등 수만 명을 죽였다. 좌승상을 지낸 호유용(胡惟庸)의 역모 사건을 빌미로 또한 수만 명을 처형했다. 유기(劉基)는 독살되었고, 송렴(宋濂)

은 유배지에서 죽었다. 하여튼 초기 공신 등으로 인한 왕권이 농단(壟斷) 당하는 사태를 철저하게 차단하여 후계자가 걱정 없이 대통(大統)을 이어 가도록 사전 정리를 통해 준비한 것이다. 그래서 한나라는 400년간 이어졌고, 명나라는 300년 가까이(276년) 존속될 수 있었다고 생각한다. 드라마에서 보면 명나라의 초대 승상을 지낸 이선장은 형장에서 황제를 비난하는 주원장의 의형제를 향해 "주원장은 천 년에 한 번 나올 영웅"이라며 그를 비난할 자격이 없다며 순순히 죽음을 맞이한다. 드라마 내용일 뿐이지만 이선장의 죽음을 맞이하는 자세는 대장부답다.

조선왕조 시대의 태종(太宗) 이방원 역시 1차 왕자의 난을 통해 건국 공신이었던 정도전, 남은 일파와 배 다른 동생 방번, 세자인 방석을 죽였고, 2차 왕자의 난을 통해 회안대군 방간과 그를 부추긴 박포를 죽였다. 심지어 왕자의 난 때 그를 도운 처남 4명과 공신 이숙번 등도 죽였다. 며느리 소헌 왕후의 아버지 심온(深穩)까지 처형해버림으로써 절대적인 왕권을 강화했으며, 이를 바탕으로 세종대왕은 정치적 안정 속에 걸출한 업적을 남긴 우리나라 최고의 임금이 될 수 있었다고 한다.

반면에 우리나라 현대사에 등장하는 이승만 대통령은 주변의 이기붕(李起鵬) 등 능력도 없는 아부꾼들에게 둘러싸여 인(人)의 장막 속에서 측근들의 전횡(專橫)을 다스리지 못해 부정부패, 부정선거, 독재정권이라는 오명을 남긴 채 결국 대통령 자리에서 쫓겨나고 말았으며, 박정희 대통령의 경우 차지철이나 김재규 등 가까운 측근들을 제대로 정리하지 못함으로써 그들 간의 권력암투 속에 비운(悲運)의 시해(弑害)를 당했다고 생각한다.

이들 왕들의 냉혹한 행태를 높이 사려는 것은 결코 아니다. 여기서 필자가 하려는 말은 개국공신이나 창업을 도운 측근들을 사전에 정리함으로써 국정에 대한 농단과 횡포 또는 세력화(勢力化)를 막았다는 점을 강조하기 위한 것이다. 오늘날은 봉건 시대가 아니기 때문에 하나의 정권이 수백 년 가는 것도 아니고, 정권을 유지하는 동안 헌법에 보장된 임기를 못 채울 이유도 없거니와 정권을 찬탈(簒奪)당할 걱정도 없다. 그래서 대부분 대통령을 도와 권력을 잡은 공이 많은 사람들은 요직에 기용되고 회전문(回轉門) 인사라는 말처럼 정권이 끝날 때까지 항상 같은 그 인물들이 대통령 주변을 떠나지 않고 여러 주요 보직을 맡게 되곤 한다. 그리고 그들이 힘을 발휘하게 되면서 그들 주변에 사람들이 몰리고 그 때문에 국정농단 같은 문제점이 발생하게 된다. 심지어 자기들끼리 권력투쟁도 벌어지는 등 폐단이 일어나는 경우도 발생한다.

한 나라의 운명을 손에 쥔 임금은 보통 사람과는 달라야 한다고 한다. 그래서 국정 운영에 있어서 보통의 사람들이 생각하는 것과는 달라야 하고, 그것을 바라보는 잣대 역시 일반 사람들이 생각하는 것과는 틀려야 한다. 어떤 때는 인정사정도 외면해야 하는 자리이다. 나라를 위해 측근(側近)과 공신 그리고 친인척에 대해 절대 사사로운 감정을 가져서는 안 된다. 일반 대중에게 통용되는 그러한 인정과 의리쯤은 버려야 한다는 말이다. 그래서 옛 왕들은 그를 위해 충성을 다한 측근들뿐만 아니라 친인척, 형제, 심지어 자식까지도 죽음으로 내모는 냉혹함을 보인 것이 아닐까.

이러한 경계와 관리를 제대로 하지 않으면 측근이나 공신들은 호가호위(狐假虎威)하며 위세를 떨치고 세력을 만든다. 또 자리다툼을 벌이고 자기 사람을 심는 등 국정을 농단하는 사태가 결국 벌어지고 만다. 오늘날에는 5년제인 대통령이 임기의 반을 채우게 되는 시점이 되면 이러한 일들이 흔히 벌어지게 되는데, 대통령과 함께 깨끗하게 임기를 채우고 떠나기보다 다음을 생각하게 되고, 자기의 다음 자리를 준비하다 보니 '레임덕 현상'이 일찍 오는 것 같다. 비서진이나 고참 행정관들은 국회의원이나 지방자치 단체장에 관심을 가지게 되고, 그 밑의 공직자들은 차기 승진 자리 또는 공기업 등의 자리를 탐하게 되어 나라 일이 제대로 돌아가지 않는 경우가 발생한다고 한다.

그래서 적어도 일정 기간이 지나면 아무리 유능하고 자신에게 충성을 다하는 측근이나 공신도 물갈이를 해야 한다. 과거처럼 사약을 내리거나 유배를 보내지는 않지만, 권력에서 거리가 먼 곳으로 자리를 하나 주어 보내는 것도 한 방법일 것이다. 기업체 같은 곳의 비서들 역시 회장이나 사장과 너무 오래 같이 붙어 있으면 대부분 인의 장막이 형성되거나 비서가 자기 마음대로 업무를 처리해버리는 경우가 발생한다. 회사도 이럴진대 하물며 엄중한 국사를 다루는 곳에서 이런 일이 있어서는 안 될 일이다. 대통령의 심중을 스스로 헤아려 자기 멋대로 일을 처리하는 행위는 충성(忠誠)이 아니라 농단(壟斷) 행위이다. 역사를 읽어보면 다 나오는 이야기이고 교훈이다. 지도자가 될 사람은 그래서 반드시 역사책을 읽어야 하는 이유가 여기에 있다.

■ 임금과 신하의 독대(獨對)

조선왕조 시대에는 신하와 왕이 서로 독대하는 것조차 금지했다. 숙종(肅宗) 실록에 보면 장희빈의 아들인 세자(후일 경종)와 숙빈 최 씨의 아들 연잉 군(후일 영조)의 후계 문제로 노론과 소론이 첨예하게 대립되었던 숙종 43년(1717년), 왕은 사관과 승지를 배제한 채 노론의 영수인 좌의정 이이명(李頤命)과 독대를 하게 되고, 독대 직후 숙종은 세자의 대리 청정을 명하게 된다. 소론의 윤지완(尹趾完)은 82세의 노구를 이끌고 궁에 들어와 임금의 행동을 비판한다.

"독대는 상하(上下)가 서로 잘못한 일입니다. 전하께서는 어찌 상국(相國, 정승)을 사인(私人)으로 삼을 수 있으며 대신(大臣) 또한 어떻게 여러 사람이 우러러보는 지위로서 임금의 사신(私臣)이 될 수 있습니까?" (숙종 43년 7월)

→ 이와 같이 임금과 신하는 사적(私的)인 관계가 결코 아니다. 임금과 신하의 도리는 의리(義理)에 기초하는 것이다(君臣有義, 군신유의).

팔만대장경과
『조선왕조실록』

　유럽이나 인도, 중국 등으로 여행을 다니면서 그들의 거대한 성채(城砦)와 성당, 궁궐(宮闕) 등에 압도당한 적이 있다. 속으로 늘 부러웠지만 적어도 '팔만대장경(八萬大藏經)'과 『조선왕조실록』(朝鮮王朝實錄)'을 보면 중국의 만리장성도 부럽지 않은 무한한 자부심을 느낀다. 문화 민족으로서의 위상(位相)을 마음껏 뽐내고 자랑하고 싶은 자긍심(自矜心)이 폐부 깊숙한 곳에서부터 솟아오르는 느낌이다. 만리장성은 불가사의한 건축물로 알려져 있고, 인도의 타지마할이 거대한 아름다운 건축물로 자태를 뽐내고 있지만, 수많은 인명의 희생 위에 세워진, 언젠가는 사라질 돌무더기에 지나지 않는 것이라는 생각이 들때가 있다. 타지마할의 경우는 인근 공장에서 내뿜는 대기오염으로 인해 심각한 훼손이 진행되고 있다고 하며, 만리장성 역시 많은 부분이이미 허물어져버린 상태로 알고 있다. 그러나 우리의 팔만대장경이나 『조선왕조실록』은 그 위대한 문화의 진수(眞髓)가 영원히 살아남아 전해질 소중한 세계인의 문화유산으로 그 가치가 더 크다고 본다.

　유럽인들이 기록물을 필사(筆寫)해서 겨우 전할 때 우리는 나라의 주요 기록들이 인쇄에 의해 출판되었다. 특히 팔만대장경은 8만 1,137매의 어마어마한 양(量)의 목판에 일일이 새겨 넣어 만든 것이 가히 놀라운 일이다. 해인사 대장경판(海印寺 大藏經板) 또는 팔만대장경은 국보 제 32호와 2007년 세계 기록유산에 지정되었다('장경판전, 藏經版殿'은 1995년 세계 문화유산으로 지정).

팔만대장경은 고려가 몽골의 침입을 불력(佛力)으로 막아내고자 고종(高宗) 23년(1236년) 강화(江華)에서 조판(組版)에 착수하여 고종 38년(1251년)에 완성한 고려의 대장경이다. 합천 해인사에 보관된 대장경은 활자 인쇄의 신기원을 이룩한 것으로 평가받고 있는데, 불심(佛心)과 서적 인쇄에 관한, 그 당시로서는 남다른 위업을 이룬 것으로 생각된다. 대장경 조판으로 인쇄술의 발달과 출판 기술에 큰 공헌을 했다. 1~2m짜리 통나무 한 개당 가능한 목판 수는 대여섯 장에 해당한다. 8만여 장의 경판(經板)을 만들기 위해서는 통나무 1만 5천 개가 필요하다고 한다. 이 목재는 뻘밭에 3년간 묻었다가 사용한 것으로, 갈라지지도 않으면서 나뭇결도 삭혀져 판각에 좋은 목재가 된다고 한다. 필사가(筆寫家)들이 경전을 일일이 베껴 써야 했는데, 하루에 한 사람이 천 자 정도를 쓸 수 있다고 가정하면, 5천만 자를 전부 쓰는 데 필요한 연 인원이 5만여 명이라고 한다. 여기에 한지 제작, 판각, 경판의 옻칠, 내용 교정과 구리 장식 만들기 등 제작에 동원된 인원은 엄청나다고 한다.

유네스코(UNESCO)는 팔만대장경을 "세계 불교 교리를 정리한 책 중에서 가장 중요하고 가장 완전한 전집(全集)이다(most important and most complete corpus of Buddhist doctrinal texts in the world)."라고 평가하고 있으며, "이 유산은 매우 귀중할 뿐 아니라 미학적(美學的)으로 가치가 있으며 장인(匠人)들의 매우 높은 자질을 보여주고 있다(Not only is the work invaluable, it is also aesthetically valuable and shows a high quality of workmanship)."라고 평가를 내리고 있다. 더욱 놀라운 것은 52,382,960 글자 중에서 잘못된 글자가 없고 수정된 것이 하나도 없다는 것이다(no known errors or errata in the 52,382,960). 정확하게 씌어진 대장경은 이후 중국, 일본, 몽골, 타이완 등의 나라에서 자기들 언어로 옮길 때 참고하는 중요한 기준이 되었다.

『조선왕조실록』(朝鮮王朝實錄)은 태조 때부터 철종 때까지 25대 472년간(1392~1863년)의 역사적 사실을 연월일 순에 따라 편년체(編年體)로 기술한 역사서이다. 조선 시대의 정치, 외교, 군사, 제도, 법률 등 각 방면의 역사적 사실을 망라하고 있어 세계적으로 유례가 없는 귀중한 역사 기록물이다. 중국이 자랑하는 『명실록(明實錄)』이나 『청실록(淸實錄)』은 우선 기록된 기간이 300년이 안 되지만, 『조선왕조실록』은 거의 500년에 가까운 오랜 세월에 걸쳐 단절 없이 기록되었으며, 책의 권수는 『조선왕조실록』이 1,893권, 『명실록』이 2,964권, 『청실록』이 4,404권이나 실제의 지면(紙面) 수에 있어서는 『조선왕조실록』이 훨씬 많아 세계 제일이다(1,893권 888책, 총6,400만 자의 방대한 양).

그리고 『명실록』과 『청실록』은 황제와 사신들도 열람이 가능하여 황제 위주의 역사 기록이었으나, 『조선왕조실록』은 오로지 사관(史官)만이 볼 수 있어 역사 기록이 정확하고, 사관은 정론(正論)과 직필(直筆)을 목숨처럼 생각했다고 한다. 심지어 사관은 "사신(史臣)은 논한다."라는 형식으로 자신의 의견을 적을 수 있었다고 하니 그 당시의 기준에 비추어 대단한 일이 아닐 수 없다. 당시 조선의 왕들도 실록에 자신의 행적이 기록되는 것을 두려워했다는데, 태종(太宗)의 경우 사냥을 가다가 말에서 떨어졌는데 측근에게 이 사실을 사관이 알지 못하게 하라고 했다고 한다. 그런데 그 사실을 알게 된 사관은 그 말까지도

실록에 기록했다고 하니 놀랄 정도다. 중국의 실록은 정치 위주의 기록물이나 우리는 생활상까지 기록되어 있는 다양한 역사서로서의 훌륭한 가치를 지녀 UNESCO 세계 기록유산으로 등록된 것이다.

실록(實錄)의 유실과 훼손을 방지하기 위해 서울의 춘추관(春秋館), 충주사고(忠州史庫), 전주사고(全州史庫), 성주사고(星州史庫)에 각 한 부씩을 나누어 보관했다. 그러나 1592년 임진왜란이 일어나 전주사고의 실록만이 온전하게 보전되었고, 3사고(史庫)의 실록은 모두 소실되었다. 당시는 난 중이었지만 실록을 재출판하여 3부를 더 만들었고, 원본과 교정본을 합해 5권을 다시 마니산, 봉화군, 태백산, 묘향산, 오대산에 사고를 설치하여 각 1부씩 보관했다. 실록에 대한 지극한 정성이 엿보이는 장면이 아닐 수 없다. 이후에도 병자호란(丙子胡亂) 등으로 몇 번 더 사고를 옮겼고, 일제 강점기를 거쳐 해방이 되었을 때는 정족산 본과 태백산 본이 서울대학교 도서관에 보관되어 온전하게 전해질 수 있었다. 2006년에는 일제 강점기에 일본으로 유출되었던 오대산 본이 서울대학교에 기증 형식으로 환수되었다.

이처럼 팔만대장경이나 『조선왕조실록』은 훌륭한 우리의 문화 기록유산이기도 하지만, 우리 민족의 애환과 고난을 고스란히 같이한 그 자체의 역사가 깃들어 있는 소중한 역사물이기도 하다. 우리는 항상 이러한 위대한 기록물을 유산으로 가진 세계에서 보기 드문 슬기롭고 지적이며 훌륭한 민족임을 가슴 뿌듯하게 간직하고 살아야 할 것이다.

다문화(多文化)
사회 문제에 관심을

베트남에서 한국으로 시집온 지 일주일밖에 되지 않은 신부가 정신
병력(病歷)이 있는 한국인 남편에게 살해당한 최근 뉴스가 있었다. 베
트남의 부모가 통곡하는 모습을 보고 가슴이 아팠다. 이번의 경우뿐만
아니라 자주 이러한 폭력에 희생당하는 이주(移住) 외국 여성들의 기
사를 접하면서 이들의 가슴 아픈 사연과 이 땅에서 당하는 차별이 우
리가 접하는 소식보다 많을 것으로 생각되어 안타깝기 그지없다.

많은 외국인 노동자들이 코리안 드림을 꿈꾸며 한국 땅을 찾고 있
고, 시골 청년들의 결혼 대상으로 많은 외국인 신부들이 한국으로 들
어오다 보니, 현재 우리나라에 살고 있는 외국인이 2010년 기준으로
118만 명이라고 한다. 그동안 당연하게 사용하고 교육받아온 단일민
족(單一民族)이라는 용어도 이제는 더 이상 사용하지 못할 것이다. 지
구상에서 단일민족이라는 용어를 사용하는 국가(racially
homogeneous nation)는 우리나라와 북한, 아이슬란드, 포르투갈, 아
일랜드, 알바니아, 폴란드, 예멘, 그리고 폴리네시아 계 섬나라가 있다
고 한다. 중국의 경우는 단일민족이 아닌 복수의 민족으로 구성된 국
가이다. 미국도 마찬가지다. 그러나 중국은 다민족 국가(multiracial
nation)이면서 한족(漢族)을 포함한 여러 민족을 중화민족(中華民族)

이라는 관념에 의한 일민족(一民族)으로 정책적으로 규정하고 있다. 그렇지만 55개 소수민족에 대한 정책의 차별성 등을 고려해볼 때 단일민족 지향의 국가로 단정하는 것이 불가능하다는 견해도 있다.

사실 지구상 대부분의 국가는 단일민족으로 구성되어 있기보다 다민족으로 구성되어 있다. 과거 식민지를 경영했던 영국이나 프랑스 등 유럽 국가들은 18세기 또는 19세기부터 아프리카, 아시아 등의 여러 인종이 흘러 들어왔다. 미국, 캐나다 등 신대륙 국가들은 이민으로 인해 다양한 인종과 민족이 만들어낸 국가이며, 지금까지 이러한 인구의 유입이 계속되고 있다. 따라서 이들 나라의 다민족 문화(multiculturalism)는 일찍부터 자리 잡았다고 볼 수 있다. 국가별로 차이는 있지만, 복수 시민권(multiple citizenship)을 인정하고, 소수민족 언어로 된 신문, 방송을 정부에서 지원하며, 소수민족의 축제, 축일 등을 지원하는 정책을 펴고 있다. 심지어 어떤 나라에서는 학교나 군에서 그들만의 전통적이거나 종교적인 복장을 착용하는 것까지 용인하고 있다. 소수민족이 가진 문화, 즉 음악과 예술을 지원하며, 정치·과학·기술·수학·교육 등 다양한 분야에서 일할 수 있도록 독려하는 정책을 펴고 있다. 그리고 말레이시아와 같이 오직 특정한 민족에게만 적용되는 이슬람 율법에 따른 법 규정을 집행하는 국가도 있다.

2050년이 되면 우리나라는 이주 외국인 비율이 10%를 넘어설 것으로 전망된다. 우리들 10명 중에 한 사람은 외국인이라는 의미이다. 국제연합 인종차별 철폐위원회(CERD : Committee on Elimination of Racial Discrimination)는 '한국은 다민족적 성격을 인정하고 단일민족 국가라는 이미지를 극복해야 한다'라고 권고한 바 있다(2007년 8월 19일). 따라서 앞으로 단일민족이라는 용어는 사용하지 못할 것이고, '혼혈(混血)'과 같은 용어 역시 사용에 제한을 받을 것이다. 정부에서는 법무부, 보건복지부, 문화체육관광부, 교육과학기술부, 노동부, 행정안전부, 여성부, 농림수산부 등에서 이들 다문화 가정과 다문화 사회를 지원할 대책을 내놓고 있는데, 일관성이나 전문성 등이 많이 떨어져 예산 확보나 정책 등의 대책이 부실하다고 한다. 이번 베트남 여성의 안타까운 죽음은 사기성 결혼 정보업체의 난립과 횡포를 막지 못할 정도로 정부의 적극적인 정책 대안이 부실한 결과라는 생각도 든다.

우리가 어려웠던 시절, 우리 역시 독일로 또는 미국 등 잘사는 선진국으로 이주해 갔고, 인종적인 편견과 차별을 겪은 서러운 역사를 알고 있다. 이제 우리 대한민국으로 찾아온 그들을 멸시하지 말고 따뜻하게 우리 사회의 일원으로 받아들여야 할 것이다. 그들이 여러 가지 어려움을 딛고 일어서서 당당히 우리 대한민국 국민으로 성공할 수 있도록 여러 정책과 배려가 있어야 할 것이다. 그리고 그들만이 가지고 있는 문화의 다양성을 인정해주어야 한다. 결국 많은 세월이 흐른 뒤에는 그 문화가 우리 대한민국의 문화가 될 것이다. 미국처럼 용광로(melting pot) 속에 여러 문화를 녹여 하나의 좋은 문화가 이뤄지는 날이 오기를 기대해본다.

이승만과 김구

솔직히 이 두 분을 비교해서 글을 쓴다는 것은 무척 곤혹스러운 작업이다. 두 사람에 대한 여러 의견이 서로 상반되고 필자 개인적으로 쉽게 평가할 수 있는 영역이 아닌 탓도 있다. 다만 낙관적이며 이해를 구하는 성향이 있는 나로서는 먼저 결론적으로 두 분에 대한 의견이 첨예하게 대립하고 있는 양측에서 서로 화해하는 일이 우선되었으면 한다. 생전에 두 분은 무척 친분이 두터웠는데, 몇 가지 사건으로 갈라설 수밖에 없었고, 그 이후 서로 다른 삶을 살게 되면서 오늘의 우리들마저도 극명(克明)하게 다른 평가를 하는 현실에 와 있게 된 것 같다 (한때는 두 분이 서로 호형호제 했다고 전해진다).

우리나라 사람들의 경우 특히 역사적 인물에 대한 평(評)이 많이 인색한 탓도 있는 것 같다. 특히 근세사(近世史)에 나타나는 여러 인물에 대해서 특히 더한 것 같다. 따라서 현재와 가까운 시대에 이르면 존경할 만한 인물이 거의 없게 된다. 미국은 짧은 역사를 갖고 있는 데 비해 곳곳에 많은 동상(銅像)을 세워 역사적 인물을 기념하고 있다. 그러나 5천 년 역사를 자랑하는 우리나라에는 이러한 역사적 인물에 대한 동상 건립마저 인색하게 행해지는 것 같다.

적합한 예가 되는지는 모르겠으나, 우리나라의 시조(始祖)인 단군(檀君)의 동상을 왜 광화문 광장에 세울 수는 없는 것일까? 그나마 각

급 학교 운동장에 일부 건립된 동상마저 목이 잘리고 훼손되는 실정이라고 들었다. 이승만의 동상도 철거되었고, 박정희의 동상도 철거되어 대한민국에는 현재까지 대통령 동상이 없는 것으로 알고 있다. 외국을 여행하다 보면 곳곳에 세워진 동상을 통해 그 나라의 역사를 자연스럽게 접하게 된다. 오늘날 우리나라 수도 서울에는 이런 것이 부족하다. 나는 개인적으로 도심 여기저기에 우리나라의 역사적 인물에 대한 동상이 많이 건립되었으면 한다. 외국인들이 한국을 방문해서 동상을 보고 이분이 누구냐고 물으면 자연히 한국의 역사를 알려줄 수 있지 않을까. 고궁(古宮)에 들러 한국의 역사를 설명하는 것도 좋지만, 도심 곳곳에서 만나는 역사적 인물들을 통해 한국을 한층 더 잘 소개할 수 있는 기회가 되지 않을까.

김구(金九, 1876년 8월 29일~1949년 6월 26일) 선생은 평생을 조국 대한민국의 독립과 남북의 통일을 위해 그야말로 목숨까지 바쳐가며 헌신하신 이 땅의 애국자이다. 후대의 사람들은 이분을 사표(師表)로 삼아야 할 것이다. 아명(兒名)은 김창암(金昌巖), 본명은 김창수(金昌洙)이다. 호는 백범(白凡)으로서 유명한 『백범일지(白凡逸志)』는 오늘날 필독서(必讀書) 중의 하나가 되었다. 어릴 때부터 돌아가시는 날까지 오로지 국가만을 생각한 애국자로서 김구 선생의 모든 행적을 짧게 표현하기는 어려운 일이지만, 여기에 간략히 소개하면 다음과 같다.

- 1893년 동학(東學)에 입교, 접주(接主)가 되고 이듬해 팔봉도 소접주(八峯都所接主)에 임명/ 해주에서 동학 농민운동을 지휘.
- 1895년 만주로 피신, 김이언(金利彦)의 의병단에 가입.
- 1896년 일본군 중위 쓰치다(土田壤亮)를 살해(명성황후 시해와 관련)/ 체포, 사형 확정, 고종의 특사로 감형/ 1898년 탈옥. / 공

주 마곡사(麻谷寺) 승려 생활 /1903년 기독교 입교.

- 1909년 황해도 안악 양산학교 교사 / 1910년 신민회(新民會) 참가.
- 1911년 안악사건으로 체포, 15년형 선고, 감형되어 1915년 출옥 / 이후 농촌계몽 활동.
- 1919년 3.1운동 이후 상해로 망명 / 대한민국 임시정부 조직에 참여, 경무국장, 내무총장, 국무령(國務領)을 역임.
- 1928년 이시영(李始榮), 이동녕(李東寧)등과 한국독립당 조직, 총재가 됨 / 항일 무력활동 시작 /결사단체 한국애국단 조직.
- 1932년 일본 왕 사쿠라다몬(樓田門) 저격사건/ 홍커우(虹口)공원 폭탄투척 사건 등 이봉창(李奉昌)과 윤봉길(尹奉吉) 등의 의거를 지휘.
- 1933년 장제스(蔣介石)와 한국인 무관학교 설립, 대(對) 일본 전투방책을 협의.
- 1935년 한국국민당 조직/ 1940년 한국독립당 조직, 대한민국 임시정부 주석에 취임.
- 1941년 대한민국 임시정부 충칭(重慶)으로 이전/ 한국광복군 총사령부 설치−사령관에 지청천(池靑天) 임명.
- 1941년 12월 9일 대한민국의 이름으로 대일 선전포고/ 본국 상륙 훈련(낙하산 부대 편성).
- 1944년 대한민국 임시정부 주석에 재선임.

선생은 8.15광복이 되면서 마침내 그리던 독립된 조국으로 돌아오게 되었다. 의당 임시정부 주석의 자격으로 당당하게 귀국해야 함에도 불구하고 미 군정으로부터 정부로서의 정통성을 인정받지 못했기 때문에 개인 자격으로 귀국하게 되는 불합리한 대접을 받게 된다. 이후 선생은 한국독립당 위원장으로서 모스크바 3상회의 성명을 반박하고 신탁통치 반대운동을 주도했다. 또한 대한독립촉성 중앙협의회 부의장, 민주의원 부의장을 역임했고, 한국통일 총본부를 이승만, 김규식 등과 이끌면서 극우파(極右派)로 활약했다.

1948년 남한만의 단독 총선거에 반대하여 통일정부 수립을 위한 남북협상을 제창하고 북한으로 들어가 정치회담을 열었으나 실패했다. 후일 이 일은 많은 논란거리를 제공하게 된다. 그 후 정부 수립에는 참가하지 않고 중간파의 리더로서 있다가 1949년 6월 26일 경교장(京橋莊)에서 육군 포병장교 안두희(安斗熙)에게 암살당했다. 국민장으로 효창공원에 안장되었고, 1962년 건국훈장 대한민국장이 추서되었으며, 오늘날 우리 국민들이 가장 존경하는 인물 중의 한 분으로 추앙받고 있다.

그에 비해 이승만은 자유당 말기에 일어난 부정부패와 선거부정 등으로 급기야 대통령직에서 물러나 하와이로 망명길에 오를 수밖에 없었던 실정(失政) 때문에 제대로 평가받지 못하고 있다. 대한민국의 초대 대통령인 그를 나라를 일으켜 세우고 구한 구국(救國)의 위인으로 보지 않는 비판적인 사람들이 있는가 하면, 반대로 그를 대한민국의 국부(國父)로 추앙하는 사람도 있다. 이처럼 그에 대해서는 평가가 극명하게 나뉜다.

이승만(李承晩, 1875년 3월 26일~1965년 7월 19일)은 아명(兒名)이 이승룡(李承龍)이고 호는 우남(雩南)이다. 이 땅의 마지막 선비로서, 그리고 대한민국 초기의 선구적인 신문명인 학자이며 조국 대한민국의 독립과 공산주의에 대해 불굴의 신념으로 맞서 나라를 구한 애국자이다. 대한민국의 초대 대통령을 지냈으며, 그의 재임기간은 1948년에서 1960년 4월이다. 한반도를 포함한 세계 곳곳에서 냉전(冷戰)이 벌어져 그 영향으로 이승만에 대한 여러 논란이 남아 있다(서구에서 가지고 있는 한국전에 관련된 논란. 이승만은 반공주의자이면서 의지가 강한 인물(storong man)로 한국전을 지휘했다. 그의 대통령직은 부정선거에 대한 대중들의 저항에 의해 끝이 났으며, 하와이로 추방된 후 그곳에서 사망했다).

오늘날 이승만에 대해 '친미(親美)주의자', '독선과 독재를 일삼았고 친일파(親日派)와 야합한 사람', '권력욕에 눈이 먼 사람', '미국에 몸을 숨기고 지내다가 광복 후 독립운동가라고 생색낸 기회주의자'라는 등의 비판을 하는 사람들이 있다. 그의 생애를 간략히 알아보고 난 이후에 이러한 문제에 접근해보고자 한다.

- 1894년 배재학당(培材學堂)에 입학, 미국인에게 한국어 교육 / 명성황후 시해에 대한 복수사건 연루 / 개화사상 심취, 기독교 입문 / 서재필(徐載弼)의 협성회, 독립협회(獨立協會)의 간부로 활동.
- 1898년 정부전복 획책 혐의로 투옥, 탈옥을 꾀하다 붙잡혀 사형선고를 받았으나 종신형으로 감형, 민영환의 도움으로 7년 만인 1904년 석방.
- 1904년 미국으로 건너가 일본의 한국 침략을 저지할 것을 호소/ 조지워싱턴 대학, 하버드 대학에서 수학.
- 1910년 프린스턴 대학에서 철학박사 학위 수여 / 귀국, 조선기독교 청년회연합회(YMCA) 활동, 체포, 선교사의 도움으로 석방.
- 1912년 세계 감리교 대회에 한국 대표로 참가.
- 1914년 하와이에서 잡지 『한국태평양』 창간, 교포 사회에 독립정신 고취.
- 1917년 안창호(安昌浩)와 협의하여 세계 약소민족 대회에 대표 파견.

- 1919년 3.1운동 후 국내 한성 임시정부와 상해 임시정부에서 각각 최고 책임자인 집정관 총재와 국무총리로 추대, 미국 구미 위원부(歐美委員部)를 두어 스스로 대통령으로 행세.
- 1921년 상해 임시정부로부터 불신임 결의 / 이후 미국 정부와 국제연맹 등에 한국의 독립을 호소 / 그를 따르는 우남파와 안창호를 지지하는 도산파(島山派) 간의 대립, 독립운동 노선 분열.
- 1934년 오스트리아 출신 프란체스카와 결혼.
- 1945년 10월 귀국, 독립촉성 중앙협의회 총재, 민주의원 의장 등을 지내며 좌익세력과 투쟁.
- 1946년 6월 남한 단독정부 수립계획 발표.
- 1948년 국회의장, 국회에서 대한민국 초대 대통령으로 당선, 8.15일 취임, 반공주의자로 공산주의 운동 분쇄, 배일(排日) 정책으로 일본에 대해 강경책.
- 1950년 6·25 전쟁 / 1952년 임시수도 부산에서 반대파 국회의원을 감금하는 등 변칙적 방법에 의해 제 2대 대통령 당선.
- 1953년 휴전 반대, 휴전 성립 직전 반공(反共) 포로의 석방 단행으로 전 세계의 이목을 집중시킴.

북한의 불법 남침을 성공적으로 지켜낸 이승만은 이후 1954년 자신의 경우에만 적용되는 '종신 대통령제' 개헌안을 발의했으나 국회에서 1표 부족으로 부결되자 사사오입(四捨五入)의 논리로 변칙 적용, 1956년 3선 대통령이 되었다. 1960년 3월 15일 여당과 정부가 전국적이고 조직적으로 부정선거를 감행하여 4선 대통령에 성공했으나 4.19혁명으로 물러나게 되었고, 이후 하와이로 축출된 이후 1965년 그곳에서 사망, 장례는 가족장으로 치렀다.

미국인들이 추앙하고 있는 미국 건국의 영웅이며 독립전쟁 당시 총 사령관이었으며 초대 대통령인 조지 워싱턴(George Washington, 1732년 2월 22일~1799년 12월 14일)은 그를 종신 대통령으로 추대하려던 움직임에 반대했고, 대통령 권한을 스스로 축소하여 연방정부에 권한을 이양하는 등 초기 미국 민주주의를 완성시킨 인물이다. 정적(政敵)이었던 A. 해밀턴과 T. 제퍼슨을 각각 재무장관과 국무장관에 임명하는 등 정적과도 손을 잡음으로써 미국의 민주주의 체계를 초기에 확립하는 데 크게 기여했다. 만약에 이승만이 미국의 초대 대통령 워싱턴처럼 했더라면 하는 아쉬움이 많이 남는다. 그렇게 했더라면 많은 추앙을 받을 위대한 지도자로 남을 수 있었을 텐데 말이다. 그리고 오늘날 우리 정치의 낙후된 모습이 지속되지 않고 민주주의의 올바른 상(像)이 이어질 수 있지 않았을까?

김구는 순수한 혁명가라고들 말한다. 어떻게 보면 김일성이 북한에서 공산주의 정권을 이미 유지하기로 결정된 상황에서 그의 순수한 남북한 통일정부 수립은 이미 이루어질 수 없는 것이었다. 그럼에도 불구하고 김일성의 초청에 응함으로써 이용당했다는 주장도 있으니 말이다. 그러나 김구 선생은 좌익 민족주의자가 아니었다. 오히려 좌익을 싫어하고 그들의 속내를 정확하게 알고 있었다. 『백범일지』에서도 "공산주의자들은 입으로 하는 말만 고쳤을 뿐이요, 속은 그대로 있어서 민족운동이란 미명하에 민족주의자들을 끌어넣고는 그들의 소위 헤게모니로 이를 옭아매려는 것이었다"라고 말하고 있는데, 지금 현실에 갖다놓아도 전혀 손색이 없을 진단이다. 오늘날 이 땅의 좌익 또는 진보 측에서 선생을 이용하고 있는 건 아닐까.

김구, 이승만은 대한민국의 독립과 건국 과정에 지대한 공을 세운 분들이다. 김구 선생이 불의(不意)에 돌아가시지 않았더라면 많은 역할을 하고 나라에 큰 도움이 되었을 텐데 하고 아쉬워하는 사람이 많다. 나는 이제 두 분을 서로 역사적으로 화해시켰으면 한다. 오늘날 정치적 입장 때문에 두 분을 서로 이용하고 폄훼하는 사태도 있다.

진보 측에서는 이승만 대통령을 친일, 친미, 독재자로 매도하고, 보수 측에서는 김구 선생을 친북 인사로 치부해버린다. 그렇다 보니 두 분에 대한 진정한 역사적 평가가 제대로 알려지지 않은 점이 많다. 5만 원 권 지폐에 김구 선생이 들어갔었어야 한다고 생각하는 나로서는 오늘날 우리의 논란 때문에 그러한 계획이 무산되지 않았는지 하는 의혹이 든다.

비록 흠이 있더라도 우리는 그분들이 가진 건국에 대한 더 큰 공(功)을 기리고 존중해줄 필요가 있다. 여러 가지 흠만 찾아낸다면 이 땅에 진정 훌륭한 위인이 과연 몇 명이나 될까? 처음에 얘기했듯이 두 분에 대한 글을 쓴다는 것이 왜 이렇게 어려운 일인지 모르겠다. 아직 평가는 더 먼 후세에 맡겨야 할 일인지….

오케스트라 지휘자와
같은 인재

2차 세계대전 당시 연합군을 총 지휘한 아이젠하워 장군을 필자는 오케스트라를 지휘하는 지휘자 같은 인물로 생각한다. 그는 카리스마 (charisma)가 넘치는 영웅적인 지휘관이기보다는 연합군 내의 다양한 경력과 성격을 지닌 지휘관 및 참모들을 조화롭게 지휘한 타협적이고 정치력을 겸비한 군인이었다. 특히 고집이 강한 영국군 사령관 몽고메리 장군(Bernard Law Montgomery, 1877~1976년)을 슬기롭게 다스려 전쟁을 승리로 이끌었다. 그래서 만약 전쟁이 일어난다면 작전이나 군수(軍需) 등 어느 특정 분야에만 유능한 지휘관은 전쟁에서 승리하기 어렵다고 말하고 싶다. 작전에 관한 기본적인 소양을 바탕으로 인사, 군수, 정보, 심리전, 병참물자, 무기체계, 적에 관한 폭넓은 지식, 타군(他軍)에 관한 이해와 심지어 정치적 감각도 있어야 한다고 생각한다. 지휘관이 되려는 사람은 단편적인 특정 지식만 가지고 있어서는 안 된다. 전쟁에서 필요한 융통성과 유연함을 갖기 위해서는 폭넓은 교양서적도 읽어야 하고, 젊은 부하들을 이해하기 위한 공부도 해야 한다. 그리고 역설적인 말이지만 살벌한 전쟁터에서도 인본적인 사상, 인간애(人間愛)를 가지고 있어야 한다. 자기는 후방에서 지휘를 하지만 최전방에서 목숨을 내어놓고 싸우는 병사들이나 하급 장교에 대한 인간적인 마음을 갖고 있어야 한다는 말이다.

옛날 미 2사단에서 실시한 BCTP 훈련(Battle Command Training Program, 컴퓨터 모의 기법을 통해 실시하는 과학적인 전쟁 연습) 강평에 참석한 적이 있는데, 강평에 나선 미군 장군이 무척 화내는 것을 본 적이 있다. 그는 훈련에 참여한 장교들에게 그들이 부도덕하다고 질책했는데, 그 이유는 컴퓨터 게임이라고 해서 무모하게 병력을 사지(死地)로 함부로 내몰았다고 꾸짖는 것이었다. 그것이 인상 깊어서 아직도 기억하고 있다.

군대뿐만 아니라 정부, 기업, 학교 등 각종 단체의 장(長)은 이와 같이 자기 분야의 지식에만 정통해서는 조직의 목표를 성공적으로 달성하기 어렵다. 오케스트라를 지휘하는 지휘자는 수십 명의 단원들이 내는 악기의 모든 소리를 조율해야 한다. 연습을 통해 현악기, 관악기, 그리고 타악기 등 각양각색의 악기의 개성을 파악하고, 부족한 부분은 채워주고 넘치는 부분은 조절해주는 능력을 갖고 있어야 한다. 연주자들은 자기들 부분만 연주하면 되지만 지휘자는 다양한 악기들이 내는 소리를 모아 전체의 음악을 완성해야 한다. 한 부분만을 보는 것이 아닌, 전체를 조화해내는 능력을 갖지 않으면 지휘자가 될 수 없고 음악은 완성되지 못할 것이다. 음악의 특성을 파악하여 강하게 또는 약하게, 그리고 시적(詩的)으로 표현할 것 등을 주문해야 하고, 연습을 통해 부단하게 어떻게 연주할 것인지를 지시해야 한다. 결국에는 연주자와 지휘자는 음악과 혼연일체(渾然一體)가 되어 아름다운 한 편의 음악을 완성하는 목표를 달성하게 된다.

조직의 리더는 이처럼 조직의 전반적인 사항을 꿰뚫고 있어야 한다. 특히 다양한 부하 직원들의 특성을 파악하고 있어야 한다. 그리고 조직과 리더와 부하 직원들이 혼연일체가 되어 조직의 목표를 달성할 수 있도록 노력해야 한다. 강한 카리스마도 필요하겠지만, 부드러운 인간애와 덕(德)이 넘치는 모습도 필요하다. 그래서 오케스트라의 지휘자 같은 리더가 되는 일은 결코 쉽지 않다. 필자는 우리나라에 이러한 지도자들이 곳곳에 넘쳐나서 대한민국이라는 조직이 선진국으로 발전해 나가길 바란다. 이러한 교육은 하루아침에 이루어지는 것이 아니다. 어릴 때부터 이루어져야 한다. 지금의 아이들 교육도 국·영·수 과목만 잘하는 절름발이 교육이 되어서는 안 된다. 다양한 인문학(人文學) 교육이 절실히 필요하다. 어느 특정 분야만 잘하는 아이들은 결국 작은 분야의 전문가가 될 수는 있어도 조직의 전체를 지휘하는 리더는 결코 되지 못한다는 사실을 오늘을 살고 있는 부모들이 알았으면 좋겠다. 학교에서 교육을 담당하는 교사, 교수들도 아이들이 다양하고 폭넓은 인간으로 성장할 수 있도록 노력해야 한다고 생각한다.

정치폭력과
언어폭력

우리나라 국회에서의 폭력이 세계 언론으로부터 조롱거리가 된 사례가 여럿 있다. 본회의장 내에서 또는 상임위에서 정상적인 표결행위를 반대하기 위해 스크럼을 짜고 저지하는 행위뿐만 아니라, 그 저지선을 뚫기 위해 멱살잡이와 공중으로 날아오르고 주먹이 오가며, 잠긴 문을 쇠망치로 두들겨 부수는 행동 등 낯부끄러운 행위가 벌어지고 있는 곳이 대한민국 현 국회의 모습이다.

폭력이 난무하는 국회는 정말 정상적인 민주주의를 하고 있는 문명국가로서는 있을 수 없는 일이라는 데 많은 사람들이 공감하고 있다. 그러한 국회와 국회의원에 대해 많은 국민들이 이미 실망한 지 오래이다. 다행히 국회에서는 이러한 국회 내 반민주적인 폭력행위를 제지하기 위한 국회 내 질서 관련법을 개정하기로 했다니 늦었지만 다행스럽다. 제발 국민들이 이제는 국회를 걱정하지 않도록 민주적인 국회가 되길 바란다.

사실 미국은 대통령제 국가에서 모범적인 민주주의를 잘 실현하고 있는 나라로서 항상 우리가 추구하려는 여러 민주주의 제도의 모델이 되고 있다. 많은 학자들이 항상 미국의 민주주의 제도를 예를 들어 설명하곤 한다. 그러나 그런 미국에서도 민주주의를 위태롭게 하는 반민주적인 행위가 있다. 그것은 의회의 문제라기보다는 미국인에 의한 정치인 폭력행위들이다. 그것도 유력 정치인이나 대통령, 또는 대통령 후보자에 대한 폭력행위로서, 이는 미국의 민주주의를 위태롭게 하는 사례들이다.

우리나라에도 과거 김구 선생과 여운형, 그리고 박정희 전 대통령의 암살 사건이 있었고, 김대중 전 대통령의 암살 미수사건 등이 거론되지만, 오래 전의 사건들로 우리의 기억에서 많이 사라지고 있다. 그러나 간혹 일부 과격 단체들이나 철부지한 사람들이 '누구를 죽여라' 라고 하는 끔찍한 말들이 아직 남아 있는 것을 보면서, 국가, 사회의 분열상이 극한으로 흐를 경우에 용납될 수 없는 폭력의 망령(亡靈)이 되살아날 수도 있겠다는 생각이 든다.

미국은 실제 현직 대통령이 암살된 경우가 몇 있는데 다음과 같다.

⑴ 아브라함 링컨(Abraham Lincoln : 1865), ⑵ 제임스 가필드 (James A. Garfield : 1881), ⑶ 윌리암 멕킨리(William McKinley : 1901), ⑷ 존 에프 케네디(John F.Kennedy : 1963).

위에 거론된 미국 대통령들은 암살에 의해 실제로 죽음을 당한 사람들이지만, 암살모의 또는 암살행위가 있었으나 실패한 사례는 훨씬 더 많은 것으로 파악된다. 그런 예들은 다음과 같다.

⑴ 앤드류 잭슨(Andrew Jackson : 1835), ⑵ 테오도르 루즈벨트 (Theodore Roosevelt : 1861), ⑶ 프랭클린 루즈벨트(Franklin D. Roosevelt : 1933), ⑷ 해리 트루만(Harry S. Truman : 1950), ⑸ 리차드 닉슨(RichardNixon :1974), ⑹ 제랄드 포드(GeraldR. Ford : 1975), ⑺ 지미 카터(Jimmy Carter : 1979), ⑻ 로날드 레이건(Ronald Reagan : 1981), ⑼ 빌 클린턴(Bill Clinton : 1994), ⑽ 조지 W. 부시(George W. Bush : 2001, 2005)

대통령은 아니지만 유력한 미국 정치인들의 암살사건도 많이 있다. 마틴 루터 킹 목사(Dr. Martin Luther King, Jr : 1968)나 로버트 케네디 상원의원(Sen. Robert Kennedy : 1968) 등을 포함해서 많은 미국 정치인들이 목숨을 잃은 사건들이 있었다.

우리 국회 내에서의 구태의연한 폭력행위는 당연히 이제는 더 이상 발붙이지 못하도록 해야 한다. 그러한 저급한 민주주의를 역행하는 행위는 국민들로부터 외면 받게 될 것이다. 그러나 지금 내가 걱정하는 것은 우리 국민들이 극한적인 의견 또는 사상적 대립 때문에 대통령이나 그 후보자 또는 정치인에 대한 폭력행위를 하는 것이다. 왜냐하면 요즈음의 우리 사회 풍토가 인명을 경시하고 인터넷이나 영상 등 자극적인 매체의 영향으로 극단으로 치달을 수 있는 우려할 만한 수준의 조짐이 보이기 때문이다. 'oo를 처단하라' 는 등의 끔직한 용어가 길거리 또는 인터넷 상에 버젓이 떠돈다. 그래서 나는 현수막이나 공공장소에서 'oo를 처단하라' 거나 '죽이라' 는 등의 용어를 사용하는 사람이나 단체에게는 엄격한 법을 적용해서 반드시 그들을 처벌했으면 한다.

미국의 예를 들어보았지만, 미국뿐만 아니라 지구상의 많은 문명국가에서도 최근까지 끊임없이 정치인에 대한 폭력행위가 없어지지 않고 있다. 비록 말이나 구호에 그치는 행위일지라도 어느 순간에는 행동으로 옮겨질 수 있는 문제이다. 특히 익명을 전제로 한 인터넷에서는 공공연하게 자기가 싫어하는 정치인에 대한 위협의 말들을 끔직한 수준으로 해댄다. 나는 만에 하나 이러한 말들이 실제 행동으로 나타남으로써 우리나라의 심각한 민주주의 제도의 후퇴나 훼손으로 이어지지 않도록 미연에 방지할 국민적 합의가 있어야 하고, 비록 말로만이긴 하지만 적절한 법적인 조치가 필요할 것이라는 생각이 든다. '소 잃고 외양간 고치는 우(愚)' 를 범하지 말아야 할 것이다.

『삼국지』 그리고 인재

　어릴 때부터 『삼국지』 읽기를 좋아했던 필자가 최근에는 이문열의 『삼국지』를 읽었다. 읽을 때마다, 또 나이가 달라짐에 따라 가슴에 와 닿는 느낌이 다르다. 요즘은 『삼국지』에 나타나는 인재에 관한 것이 주요 관심사가 되었다. 승상(丞相) 제갈공명(諸葛孔明)이 죽은 후 급격하게 멸망의 길을 걷게 된 촉(蜀)나라를 보면, 나라를 지탱해왔던 황제 유비(劉備)의 부재(不在), 관우, 장비, 관흥, 장포, 마속, 황충, 법정, 마초 등의 죽음으로 인해 나라를 지탱하고 모자라는 황제 유선을 보필할 인재가 고갈되어 급기야 나라를 멸망으로 이끈 원인이 된 것 같은 생각이 든다.

　물론 당시의 국력으로 보면 촉나라는 인구 600만 명으로 위(魏)나라의 1/5 수준밖에 되지 않았으니 필패할 수밖에 없었다고 할 수 있겠지만, 제갈공명 생전에는 위나라의 침략을 성공적으로 막아내고 국방과 내치를 잘 감당해오지 않았던가? 결국 제갈공명이란 '슈퍼스타'가 혼자서 모든 일을 처리할 수밖에 없었고, 결국 과로와 스트레스로 명을 재촉한 것은 아니었는지….

　그러면 인재를 발굴하고 교육시키고 자신의 뒤를 이을 훌륭한 후계자를 양성 할 책임을 제갈공명에게 물을 수는 없을까? 간혹 우리는 큰 나무 아래에서 작은 나무가 자랄 수 없듯이 모든 것을 혼자 훌륭하게

1당 백으로 일을 처리해 나가는 어마어마한 슈퍼 인재를 보게 된다. 학력, 학벌, 재능, 일처리 등 모든 것이 완벽한 대단한 사람이 있을 때, 더욱이 그 사람이 윗사람일 경우 그 밑에서는 주눅이 들어 아무것도 할 수 없게 되고 말기 십상이다. 자신의 의견이 묵살되고 핀잔 받는 사태를 방지하기 위해 소극적으로 대처하게 되고, 결국에는 그 사람의 창의적이고 적극적인 행동 습관마저 변하게 되며, 그의 재능마저 급격히 저하되는 경우도 있다.

물론 완벽주의자인 제갈공명은 승상의 위치임에도 아침부터 해질 때까지 모든 일을 혼자 감당해야 했으며, 전쟁에 나갈 때도 자신이 나가지 않으면 걱정이 되어 병든 몸을 이끌고 나가야 했다. 제갈공명의 출사표(出師表)는 못난 황제 유선에 대한 걱정이 구구절절 배어 있다. 나라의 인재 없음과 못난 황제에 대한 걱정이 충성심과 더불어 출사표에 잘 나와 있다.

약간 다른 이야기지만, 맥아더 장군이 육군 참모총장일 때(4성 장군) 아이젠하워는 당시 소령으로 맥아더 장군 밑에서 참모 장교를 했다. 맥아더가 필리핀에 주둔할 당시 아이젠하워는 부관 임무를 수행했으며, 맥아더는 1937년 퇴역한다(후에 1941년 현역으로 복귀). 아이젠하워는 1936년 46세의 나이로 중령으로 진급하게 된다. 소령으로만 거의 16년을 있었으니 요즘으로 말하면 노짱 소령으로 군대를 일찌감치 그만두는 게 나았을 것이다. 당시 사회에서 좋은 보수와 자리를 제시한 사람도 있었다는데….

반면, 맥아더는 그야말로 군 생활을 화려하게 한 사람이다. 정치가였던 할아버지와 나중에 군에서 육군 중장까지 진급한 아버지를 모신 좋은 집안에다가, 웨스트포인트(미 육사)를 수석으로 졸업하고 37세에 준장, 50세에 육군 대장으로 참모총장을 역임하게 된다. 물론 아이젠하워가 맥아더보다 나이는 10살이 적다. 그는 소작농의 아들로 태어나 164명의 동기생 중에서 평범한 61등의 성적으로 졸업한다(후에 지휘 참모대학에서 수석을 하지만).

이러하니 맥아더라는 걸출한 인물 밑에서 아이젠하워가 크게 성공할 수는 없었을 것이다. 왜냐하면 맥아더의 그늘을 벗어난 이후 물론 2차 세계대전이라는 좋은 환경(군인으로서)이 있었지만, 아이젠하워는 군에서의 진출은 눈이 부실 정도로 재능을 아낌없이 발휘하게 된다. 2차 세계대전에서 나타난 미군의 걸출한 지휘관들의 면면은 화려하다. 마샬, 패튼, 브래들리 장군, 니미츠, 킹 제독 등…. 그들에 대해 혹자는 어디서 유령처럼 갑자기 나타난 것처럼 묘사하기도 하지만, 사실 그들은 수십 년간 낮은 계급과 박봉(薄俸), 불안정한 군 위상 속에서 묵묵히 실력을 쌓아온 인재들이었다. 어려운 여건에서도 미군은 그들을 교육시키고 준비시켜왔으며, 그들은 절치부심(切齒腐心)하며 재능과 실력을 겸비해온 것이다.

이건희 삼성그룹 회장도 인재의 필요성에 대해 자주 언급한다. 그의 '천재론'은 시중에 회자되고 인용되곤 한다. 인재를 교육시키고 양성시킬 책무는 국가와 이 시대의 어른들이 책임지고 해나가야 할 가장 중요한 핵심이다. 그리고 국가와 정부는 훌륭한 인재를 사심 없이, 혈연·학연·지연 등의 연고 없이 고루 선발하여 나라의 일을 맡겨야 한다. 도덕적으로 흠집투성이에다가 과도하게 재물을 긁어모은 사람을 주변 인물 또는 측근이라고 무조건 아끼고 중요한 자리를 내어주는 것은 급기야 나라마저도 위태롭게 할 수 있다.

촉나라는 제갈공명이 죽은 후 극히 짧은 30여 년 만에 위나라에 의해 멸망한다. 용렬(庸劣)한 황제 유선은 투항하여 노후를 잘 보전하다 편안히 죽지만…. 인재가 없는 나라는 아무리 좋고 많은 자원이 있어도 결코 흥할 수 없다. 『삼국지』에서처럼 촉나라의 멸망은 인재의 부재(不在)가 가장 큰 요인이었다. 인재를 바르게 잘 육성하여 국가의 동량(棟樑)으로 잘 쓰는 것은 이처럼 중요하다. 또한 주위에 있는 인재를 잘 뽑아 활용하는 것 역시 중요하다. 여러 가지 지연·혈연·학연 등의 이유로 훌륭한 인재를 배척하는 행위나, 그러한 인연으로 능력도 보지 않고 중용(重用)하는 편협한 리더십으로는 대한민국의 발전을 기대하기 어려울 것이다.

세계 모든 국가에
이로운 좋은 나라

　대국굴기(大國崛起)라는 말을 영어로 옮기면 great nation(대국), rising(일어나다)이 된다. 한 마디로 중국은 midium nation이 아니라 (자기들 말로는 세계의 중심인 central nation이지만) 세계에서 알아 주는 초(超) 강대국(대국)이 되겠다는 속내를 대국굴기라는 용어로 드 러내고 있다. 이는 과거 식민지 국가들을 거느렸거나 지금의 미국처럼 강대한 정치, 경제, 특히 군사력으로 세계의 질서를 자국이익 또는 가 치관(價値觀) 위주로 행사하고 있는 또 하나의 패권국가(覇權國家)가 되겠다는 말과 별로 다름없다고 생각한다. 물론 과거 등소평은 중국은 결코 패권국가를 추구하지 않겠다고 공언한 바 있다. 이는 현재 중국 이 당장 경제적, 정치적, 그리고 군사적으로 미국이나 EU를 대적할 만한 상태가 아닌 시점에서 할 수밖에 없는 말일 테지만, 결국 대국을 지향한다는 목표는 곧 패권국가가 되겠다는 말 외에는 다른 것이 아니 므로, 다른 말장난이 필요하지 않을 것으로 생각한다.

　지금 중국은 연 10% 내외의 지속적인 경제발전을 통해 세계경제 순 위 3위국이 되었고, 위안화를 세계 기축통화로 하기 위해 노력하고 있 다. 물론 중국의 경제발전은 지리적으로 가깝고 한류 열풍을 타고 중 국 진출이 비교적 용이하며 역사적 문화적으로 가까운 우리에게 많은 이로움을 준다고 말하는 사람들이 있다. 물론 우리에게 이익이 될 수도 있다. 우리의 현명한 줄타기 외교 협상력이 머리 아프게 할 테지만….

가끔 역사적으로 중국이 혼란에 처해 있는 시기에 우리에게 더 좋았던 시기가 많았던 것처럼, 중국이 통일되어 강력한 지도 체제로 왕권이 강화되어 있을 땐 우리는 숨죽이며 그들의 비위를 살피는 경우도 있었음을 기억해야 할 것이다. 지금은 좋겠지만, 언젠가 부메랑처럼 우리에게 되돌아올 재앙(災殃)을 학자, 정치인들은 미리미리 대비해야 할 것이다.

중국은 그렇고, 우리의 21세기 국가 목표는 무엇이 되어야 할까? 학자들은 국가 경쟁력 지수가 세계 1위인 핀란드(우리나라는 29위)처럼, 작지만 단단하며 여유 있는 반듯한 나라, 즉 소강국(小康國)이 되어야 한다고 한다. 역시 같은 말로 작지만 강한 나라(핀란드, 스웨덴, 네덜란드)처럼 강소국(强小國)이 되어야 한다고 한다. 소강강중국(小康強中國)이라는 이론을 내어놓은 학자도 있다(강소국+소강국+강중국=소강강중국).

이명박 정부는 국정지표로 '선진 일류국가'를 지향할 것임을 천명했다. 국가 목표를 설정함에 있어서 과거 2차 세계대전 이후 많은 선진국 또는 문명국가는 국가주의(國家主義, nationalism)를 철저히 배격하며, 심지어 인간애, 인본주의(人本主義. Humanity)를 위해 애쓰는 좋은 국가(Good nation)가 되길 원하고, 세계 여러 국가와 협동(cooperation)할 수 있는 국가가 되길 원하고 있다. 그렇게 본다면 중국은 대국굴기라는 국가발전 목표를 천명함(비록 TV를 통한 중국 내부적인 국민 계도용 이지만)으로써 그 속내를 세계만방에 드러내어 많은 국가의 경계심을 유발시키는 어리석음(偶)을 보인 게 아닐는지?

물론 우리가 지향하는 바는 '작지만 단단하고', '작지만 강한 나라'가 될 필요가 있을 것이다. 지금 북한이 연일 되지도 않을 강소국 운운하며 미사일을 쏘아대고 핵실험을 하고 있지만, 그들 역시 비슷한 생각을 하고 있는 듯하다. 개인적으로는 우리 스스로 소국(小國)이라고 말할 필요는 없을 것 같다는 생각이 든다. 일본이 물론 우리보다 땅도 넓고 인구도 많고 경제력도 월등히 우세하지만, 강소국 같은 용어를 쓰지 않는데(쓸 필요도 없지만), 우리가 스스로 그러한 용어를 쓴다는 것이 솔직히 자존심이 허락지 않으며, 좀더 크고 넓으며 국민적 자존과 미래 희망을 펼 수 있는 목표를 설정하는 것이 좋지 않을까 생각한다. 그래서 '세계 모든 국가에 이로운 좋은 국가(good nation profitable to the world)'가 어떨까? 하고 생각해본다. 이러한 정도의 수준을 갖추려면 경제적인 힘뿐만 아니라 군사적으로도 도울 정도의 강한 국가가 되어야 할 것이다. 만약 중국이 대국굴기라는 용어 대신 선국굴기(善國崛起)를 사용했다면 세계로부터 좋은 국가 이미지를 가질 수 있었는데…. 물론 중국은 대외적으로는 화평굴기(和平崛起)라는 말을 하고 있다.

　Good nation(선한 국가) Rising(일어나다)….

법정(法頂) 스님과
탁상시계

　법정 스님이 2010년 3월 11일 입적(入寂)했다. 스님의 속명(俗名)이 박재철이란 것을 처음 알았다. 내 이름의 앞 두 자가 같다는 것이 신기했다. 이런 것에서 연관을 찾고자 함은 아니지만, 그동안 몰랐던 속명을 인터넷에서 찾다 보니 그렇다는 말이다. 아무것도 소유하지 않았던 스님이 세속(世俗)을 떠나면서 버린 속명까지 들춰내는 사람은 아마 나 같은 엉뚱한 사람밖에 없을 것 같다.

　스님은 입적하면서 그동안 집필했던 모든 책을 더 이상 인쇄, 출판하지 말라고 유언했다는데, 서점가에서는 스님의 책을 뒤늦게 구하느라 난리가 난 모양이다. 다행히 나는 스님이 쓴 『무소유(無所有)』와 『텅 빈 충만(充滿)』 두 권은 가지고 있다. 아이러니하게도 소유하지 말 것을 중생에게 교훈을 남기고 떠났는데, 중생들은 스님이 남긴 무엇이라도 하나 건지려는 것 같아 보인다. 스님은 산중생활에서 갖고 있는 책들도 사치스럽게 여겨 버리곤 했는데….

　나는 『무소유』의 내용 중에서 내게 늘 다가오고 잊히지 않는 것이 '탁상시계 이야기'이다. 스님이 갖고 있는 유일하게 물건다운 물건이 아마 탁상시계였을 듯한데 도둑이 훔쳐간 모양이었다. 스님은 글에서 이렇게 말했다.

'내게 잃어버릴 물건이 있었다는 것이, 남들이 보고 탐낼 만한 물건을 가지고 있었다는 사실이 적잖이 부끄러웠다. 물건이란 본래부터 내가 가졌던 것이 아니고 어떤 인연으로 해서 내게 왔다가 그 인연이 다하면 떠나가기 마련이라 생각하니 조금도 아까울 것이 없었다. 어쩌면 내가 전생에 남의 것을 훔친 그 과보인지도 모른다고 생각하면, 오히려 빚이라도 갚고 난 듯 홀가분한 기분이다….'

  나는 살아오면서 주식(株式)에서 약간의 손해를 입었다든지, 빌려준 돈을 못 받았다든지, 또는 여러 이유로 손해를 보고 마음이 편치 않은 경우가 있었는데, 그럴 때 늘 스님의 '탁상시계' 이야기로 위안을 삼았다. 지금은 조금 더 나이를 먹으면서 더 이상 무엇을 얻기 위한 일들을 하지 말자고 생각하곤 한다. 오늘도 선배 한 분을 만나 이제 욕심을 부리고 더 가지려 하지 말고, 있는 것 쓰고 죽을 때 자식한테 작은 집이라도 한 채 남겨주고 떠나면 되지 않겠느냐는 이야기를 주고받았다. 스님처럼 '무소유'라는 큰 뜻에는 한참 모자라지만, 스님이 오늘을 사는 우리에게 그래도 많은 욕심은 부리지 말자 하는 것이나 또는 무엇을 잃어버리고 손해를 입었을 경우에도 위안을 삼을 수 있는 교훈을 남겨주었다고 생각한다.

  나는 비록 천주교 신자이지만 종교라는 경계를 떠나 이 시대에 이렇게 훌륭한 어른을 우리나라가 '소유'할 수 있었다는 것에 대해 대한민국의 광영(光榮)이고 우리의 큰 복(福)이라고 생각한다.

누구나
전문가가 될 수 있다

1988년 12월 21일 런던 히드로(Heathrow) 공항을 떠나 뉴욕으로 향하던 팬암(Pan Am) 소속 747-121 기(機)가 스코틀랜드 라커비(Lockerbie) 상공에서 폭발했다. 이 사고로 승객 243명, 승무원 16명, 그리고 지상에 있던 라커비 주민 11명을 포함한 270명이 사망했다. 조사에 나선 '덤프리스와 갤러웨이(Dumfries and Galloway)' 경찰 지구대와 미 연방 수사국(FBI)은 3년에 걸쳐 15,000건의 증언을 확보하는 등의 노력 끝에 1991년 11월 13일 리비아 사람인 범인을 찾아내어 스코틀랜드 법원에 살인죄로 기소하게 된다. 그리고 사건이 일어난 지 13년 만에 리비아 정부로부터 범인(犯人) 두 명을 인도 받아 법정에 세우는 끈질김을 보여주었다(2001년 1월 31일).

라커비 상공에서 폭파된 비행기 잔해는 수십 km 떨어진 곳에서도 발견되곤 했는데, 항공사고 수사대(Air Crash Investigation) 등의 조사기관은 거대한 격납고에 이들 잔해를 모아 모자이크 조각을 맞추듯이 그 큰 비행기를 맞추어 나갔다. 그리고 비행기 동체 왼쪽에 20인치(51cm)의 구멍이 났음을 알아내었고, 이 구멍을 낸 폭파의 원인이 된 단서로 손톱 크기보다 작은 라디오 부품 잔해와 이를 감싸고 있었던 것으로 추정되는 몰타(Malta)에서 만든 천 조각을 찾아내었다. 수사관들은 몰타의 상점을 뒤져 이를 구입한 사람의 인상착의를 확보했고, 손톱 크기보다 작은 라디오 부품 회사를 찾아내어 '리비아'에서 이 라디오를 상당량 구입한 증거를 확보하여 알 메그라히(Al Megrahi) 외 1명의 범인을 찾아내는 데 성공했다(그들은 라디오에 폭약을 넣고 타이머를 부착했다).

이 사건의 조사 과정을 내셔널 지오그래픽(National Geographic) 채널의 다큐멘터리에서 보았는데, 필자는 이들의 치밀한 조사 과정과 거의 불가능할 것 같은 범인 색출이 너무 인상 깊었고, 우리가 어떤 일을 추진할 때 비록 전문가가 아닐지라도 이들처럼 하면 못 할 일이 없을 것이라는 생각이 들었다.

정부에서 일을 하건 기업체에서 일을 하건 간에 자기가 맡은 일에 대해 비록 전문적인 소양이 떨어지더라도 이처럼 세밀하고 꼼꼼하게 작은 일이라도 하나하나 따져 나간다면 업무에 실수가 없을 것이고, 결국 '전문가'의 반열에 오를 것이다. 자기가 모르는 것은 물어보거나 책을 찾아보면 될 것이다. '대충 대충' 하다 보면 문제 해결도 하지 못할 뿐만 아니라 조직에서 '무능한 인사'로 취급받게 된다.

그 거대한 비행기 잔해에서 '손톱'보다 작은 부품 조각을 단서로 문제를 해결해 나가듯이 평소에 하찮게 보고 대수롭지 않게 흘려버리는 것에 문제 해결의 실마리가 있고 반대로 큰 문제를 일으키는 원인이 될 수도 있다. 특히 정부에서 일하고 있는 공직자들은 항상 국민들로부터 비난과 질타를 받는 여러 일들 중에 사소한 행정적인 문제 하나를 해결하지 못한 경우가 많은 것 같다. '전문가'가 아니더라도 정성과 심혈을 다해 세심한 업무 처리를 한다면 국민들로부터 칭찬과 존경 그리고 신뢰를 받을 수 있을 것으로 믿는다.

'누구나 전문가가 될 수 있다. 작은 일에도 최선을 다한다면…'

간추린 역사

3부

History of Korea Summary

대한민국 역사

중국 역사는 단절(斷絕)의 역사이다(필자가 생각하는 관점에서 볼 때). 그래서….

정확히 말하면 몽골이 지배했던 시기와 만주가 지배했던 시기까지 포함해서 전부를 통틀어 중국사(中國史)라고 말하기는 곤란할 것이다. 왜냐하면 중국은 정통 중국인이 단절 없이 유지해온 나라가 아니기 때문이다. 중국의 역사에는 이민족(異民族)인 몽골이 지배한 역사가 있고, 만주(滿洲) 족이 지배한 역사가 공존하고 있기 때문에 그들의 역사는 일관된 역사라고 말할 수 없다. 말하자면 오늘의 몽골국은 자기들 역사를 기술할 경우 분명히 그들의 역사서에 그들이 지배했던 시기의 중국을 그들 몽골사에 포함할 것이다. 그렇다면 중국은 그 기간의 역사를 공백으로 처리할 것인지, 징키스칸이나 후빌라이칸을 자신들의 조상으로 받아들일 것인지, 아니면 이민족이 지배했던 시기로 인정할 것인지를 결정해야 한다. 필자가 알기로 중국은 몽골이 지배했던 원(元) 시대를 별로 중요하게 다루지 않으며, 크게 부각시키려 하지 않으려 하는, 부끄러운 역사쯤으로 치부하는 것 같다.

우리나라의 역사에서 일본 강점기에 일본의 천왕이 우리 역사에 들어올 수 없는 이유와 같다. 만약 만주국이 오늘날까지 존속했더라면 삼백 년에 가까운 중국 역사 또한 빈 공간에 남을 수밖에 없는 형편이다. 다행히 만주가 중국에 복속됨으로써 중국 입장에서는 다행으로 느낄 것이다.

사실 거란이나 여진족의 경우 우리 대한민국과 역사적으로 더욱더 가깝다. 과장해서 말하면, 부여(夫餘)와 고구려 시대를 거슬러 올라가면 이들이 모두 우리 민족이 아닌가 하는 생각이 든다. 사실일 수도 있겠지만 말이다. 중국의 한족(漢族)과는 분명히 다른 우랄 알타이어 족(族)에 속하는 민족으로 말갈족, 선비족, 거란족, 여진족, 예맥족의 뿌리가 우리와 서로 같다는 것이다. 비록 오늘날 중국에 복속되었지만 중국보다는 우리가 더 가깝다는 말이다.

최근 중국은 이곳 요하 지방의 문명을 갑자기 중요시하여 중국의 정통 고대문명의 뿌리로 받아들이려 노력하고 있다. 또 그동안 배척하고 말살하려 했던 청(淸) 왕조를 중국의 정통 왕조로 받아들이려고 공을 들인다. 각종 드라마나 역사적 홍보물에서 청 왕조를 중국의 한 부분으로 받아들이고자 노력하는 것을 볼 수 있다. 자금성(紫禁城)에 새겨진 만주 글자도 지우지 않고 그대로 있는 것을 볼 때 중국이 만주를 중국의 역사 속에 포함시키려고 작정했음을 느낄 수 있다. 아무리 그래도 몽골이 지배했던 원(元)에 대한 흔적은 지우기가 어려워 곤혹스러운 문제에 봉착하고 있는 것으로 보인다. 여러 가지 역사를 왜곡하고 다시 쓰려 노력하는 모습은 동북공정 등을 통해 주변 국가와의 옛 역사를 지우려 시도하는 것 속에 나타난다. 대국(大國)답지 않은 행동의 이면에는 이러한 숨길 수 없는 부끄러움이 있다고 생각한다. 중국의 뿌리라고 하는, 한족(漢族)만으로는 설명되지 못하는 과거 역사가 존재하고 있는 것이다.

대한민국은 비록 사대(事大)를 했고 조공(朝貢)을 바치는 행위를 했을지언정 일제 강점기 35년을 제외하고는 반만 년 역사에서 '대한민국'이 아니었던 적이 없었다. 일제 강점기인 35년간에도 해외에 망명 정부가 존속했기 때문에 진정한 단절의 역사는 한 번도 없었다고 생각한다. 필자의 말이 억지라고 생각한다면 먼저 중국이나 일본 등 주변국에서 강변하는 엄청난 거짓말부터 해명한 후에야 논쟁이 가능하리라 믿는다.

대한민국은 기원 전 70만 년 전부터 이 땅에 사람이 살았다. 일제가 대한민국 역사를 왜곡하고 우리의 석기 시대를 인정하지 않는 등 부정하려 해도 각종 유물과 증거가 드러나고 있다. 이후 고대로부터 삼국 시대, 발해국, 통일신라 시대, 고려, 조선 시대를 거쳐 반만 년을 단절 없이 면면히 이어온 자랑스러운 역사를 가진 나라이다. 고조선, 위만 조선, 부여, 백제, 고구려, 신라, 가야, 발해, 고려, 조선, 대한민국 모두가 한민족(韓民族)이 실질적으로 지배하고 유지한 나라이기 때문에 우리는 단절 없이 역사를 지켜온 자랑스러운 민족이다. 비록 지금은 남북이 갈려 있지만, 북한 역시 이민족이 아닌 한국 민족이 살고 있는 대한민국 역사의 한 부분이다.

그래서 필자는 이 책의 후반부에 '대한민국 역사'를 짧은 지식이지만 요약해서 기술 하고자 한다. 비록 개관(槪觀)이지만 한 번은 읽어보길 바란다. 시간이 된다면 독자 제위(諸位)께서는 정상적인 역사책 한 권을 처음부터 끝까지 한 번 읽어보시길 권하는 바이다. 왜냐하면 그럴 때 '대한민국 역사'에 대한 이해와 자부심이 생기기 때문이다. 필자의 경우는 분명히 그러했으니….

고대, 삼국 시대,
그리고 통일신라 시대

● 대한민국 역사를 체계적으로 설명할 수 없는 부끄러움

고대(古代)부터 현대까지의 한반도 역사를 '한국사(韓國史)'라고 한다. 오늘날 한국사에 관한 책들이 시중에 많이 나와 있는데, 대표적으로 유명한 책이 『이야기 한국사』이다. 그러나 필자는 이를 '대한민국 역사'라고 하고 우리나라 역사를 개관해보기로 했다. 물론 좁은 의미로 볼 때 '대한민국 역사'란 1948년에 수립된 이후의 역사를 말하는 것일 수 있겠지만, 필자는 굳이 고대부터 현대까지의 역사를 '대한민국 역사'라고 이름 지어 부르고 싶다. 전문가로부터의 지적을 감수(甘受)하고서라도, 그리고 국수주의적(國粹主義的) 생각이라고 하더라도 '대한민국 역사'를 고집하는 이유는 필자가 이 책을 집필하기로 생각할 때부터 지금까지 대한민국에 대한 이야기를 해보고자 마음먹은 일관된 태도와 일치하기 때문이며, 반만 년 역사 전체를 '대한민국의 역사'라고 부르고 싶은 고집 때문이기도 하다.

학창 시절 이후 관심이 있어 간간이 역사책을 읽기는 했지만, 전체를 체계적으로 조망(眺望)해본 적은 없다. 아마 역사학자가 아닌 대부분의 사람들이 그럴 것이라고 생각한다. 우리나라 역사이면서도 자신 있게, 짧지만 전체를 얘기할 수 없었던 부끄러움 때문에, 그리고 우리 대한민국의 역사를 제대로, 그리고 체계적으로 얘기할 수 있는 수준이 되지 못하기 때문에 용기를 내어 마지막 장(章)에서 살펴보기로 했다. 필자 스스로 이 글을 쓰면서 공부가 되는 한편 많은 사람들이 대한민국 역사를 관통(貫通)할 수 있는 능력을 가졌으면 하는 바람이다.

역사에는 인물, 문화, 풍습, 예술, 건축물, 사상, 전쟁, 등 모든 것이 함께한다. 그러나 필자는 모든 것이 포함된 글은 지면(紙面) 문제와 필자 스스로 역사학자가 아니기 때문에 모두를 기록할 능력이 되지 못한다. 단지 중요한 줄거리만이라도 우리가 알았으면 하는 심정으로 인터넷과 역사책을 검색하여 소개하기로 한다.

● 70만 년 전 구석기 시대부터 한반도에는 인류가 살았다.

우리나라 역사의 기원(基源)에 대해서는 여러 설(說)들이 존재하는 것 같다. 간단히 정리하면, 70만 년 전 구석기 시대부터 한반도에 인류가 살기 시작했다는 학설이 일반적으로 힘을 얻고 있는 것 같다. 이후 BC 6천 년 신석기 시대를 거쳐 청동기, 철기 시대를 거치면서 점차 발전해왔다. 『삼국유사(三國遺事)』에 의하면 가장 먼저 국가의 형태로 발전한 고조선(古朝鮮)은 BC 2333년에 단군(檀君) 왕검(王儉)이 건국했다. 하느님(환인, 桓因)의 아들인 환웅(桓雄)이 인간세상을 구하고자 천부인(天符印, 제사장의 권위를 상징. 청동검, 청동거울, 청동방울로 추정. 『삼국유사』에는 구체적으로 기록되지 않음) 세 개와 세 명의 신하 풍백(風伯) · 우사(雨師) · 운사(雲師), 그리고 삼천 명의 무리를 거느리고 태백산(太白山) 꼭대기(지금의 묘향산) 신단수(神檀樹) 밑에 자리를 잡았다고 전해진다.

사람이 되기를 원했던 곰과 호랑이 한 마리가 마늘 20개를 가지고 100일 동안 햇빛을 보지 않으면 인간이 된다는 신웅(神雄)의 시험에

임했고, 시험에 통과한 곰은 여자가 되어 환웅과 결혼하여 낳은 사람이 바로 단군왕검이다. 그리고 그가 세운 나라가 조선이다. 단군은 1500년간 나라를 다스리다가 뒤에 아사달 산속으로 들어가 신선이 되었는데, 이때 나이가 1908세였다고 한다.

단군의 뒤를 이어 '기자 동래설'이 있는데, 이는 중국 『한서지리지(漢書地理志)』에 실려 있는 설(說)로서 진실 여부는 밝혀지지 않고 있다. 중국의 진시황제(秦始皇帝)가 죽고 한(漢)나라가 뒤를 잇자 당시 연나라의 부장이었던 위만(衛滿)이 고조선에 망명하여 조선 준왕(準王)의 신임을 얻게 되었으나, 나중에는 준왕을 축출하고 스스로 왕이 되어 왕검성(王儉城)에 도읍을 정했다(BC 194년). 이후 위만의 손자 우거왕(右渠王) 시대에 이르러 한나라 무제(武帝)에 의한 침략을 수차례 막아내었으나 결국 우거왕이 암살됨으로써 위만조선은 3대 80년 만에 망한다. 한 무제는 낙랑(樂浪), 진번(眞番), 임둔(臨屯), 현도의 4군(郡)을 두고 직접 통치했다(BC 108년~107년).

이후 우수한 철기문화의 도입과 한사군에 대한 민족적 저항운동의 결과로 여러 부족국가가 출현하게 된다. 당시 북쪽에는 부여(夫餘)가 송화강(松花江) 일대에서 일어났다. 송화강은 지금 중국 영토로서 백두산 천지에서 발원하여 헤이룽(黑龍江) 강을 관류하는 하천이다. 이곳엔 지금도 우리 민족이 많이 살고 있으며, 중국은 이를 우려하여 동북공정(東北工程)으로 역사를 왜곡하는 작업을 하고 있다.

부여는 BC 100년에 이미 왕호를 사용할 정도로 발전된 나라였으나, 494년 고구려에 편입되었다. 고구려를 세운 동명성왕(東明聖王)은 고주몽(高朱蒙)이다. 주몽은 천제의 아들 해모수와 하백의 딸 유화 사이에서 알에서 태어났다. 부여의 금와왕(金蛙王)이 거두었는데 활을 잘 쏴서 주몽이라는 이름을 붙였다고 한다. 이후 금와왕의 아들들이 시기하여 주몽을 죽이려 하자, 주몽은 그를 따르는 무리와 함께 도망하여 졸본(卒本)에 도읍을 정했다(BC 37년). 졸본은 현재 중국의 요령성(遼寧省) 환인(桓因) 지역이라고 알려져 있는데, 고구려의 주요 지역은 중국의 동북 지방인 것 같다.

주몽은 두 번째 부인과의 사이에 비류(沸流)와 온조(溫祚)를 낳았다. 주몽이 북부여에 있을 때 얻은 아들 유리(琉璃)가 태자에 오르자 비류와 온조는 각각 백성을 이끌고 이주한다. 그때 온조가 자리한 위례성(慰禮城)은 비옥하고 사람이 살기 좋은 반면, 비류가 택한 땅은 습하고 소금기가 많아 사람 살기가 곤란했다. 그리하여 비류가 죽자 그를 따랐던 백성까지 위례성으로 모여들었다. 온조는 백성들이 즐겨 따랐다 하여 나라 이름을 백제(百濟)라고 지었다(BC 18년). 백제는 지금의 경기, 충청, 전라도, 경상도 일부의 땅을 차지했다.

한반도의 남쪽에는 진한(辰韓)이 BC 4세기경부터 대구, 경주 지역 일대를 기준으로 하여 12개의 소국 형태로 부족을 유지하고 있었다. 진한 6부의 고허촌장(高墟村長)이 어느 날 말울음 소리를 듣고 찾아간 곳에 커다란 알이 있었다. 후일 그 알에서 깨어난 혁거세(赫居世)는 기골이 장대하고 비범한 재질이 있어 진한 사람들은 그를 임금으로 추대하고, 호(瓠)를 박(朴 : 박, 항아리, 표주박. 알에서 태어났다 하여 항아리, 즉 박이라 부름)이라고 했다.

박혁거세가 13세 때 경주에서 건국한 신라(新羅)는 삼국 중에서 가장 먼저 세워졌지만(BC 57년), 국가의 기틀을 세우는 데는 가장 늦었다.

이렇게 고대로부터 삼국의 형성까지를 살펴보았다. 지금부터 본격적으로 삼국 시대를 개관해보기로 한다. 엄청난 분량을 요약 식으로 살펴볼 수밖에 없는 이유는 지면 관계와 필자의 얕은 실력 때문이다.

● 700여 년 동안 만주와 한반도 북부를 지배한 고구려

고구려는 BC 37년부터 668년까지 약 700여 년 동안 오늘날 만주와 한반도 북부를 지배했던 국가이다. 1대 동명성왕으로부터 28대 보장왕(寶藏王)까지 이어졌다. 6대 태조왕(太祖王)은 고구려의 중앙집권 국가의 기틀을 마련했으며, 동예와 옥저를 복속시키고 낙랑군과 현도군을 압박하여 영토를 넓혔다. 9대 고국천왕(故國川王)은 왕위의 부자 상속제를 확립하고 5부의 행정구역을 설정하는 등 체제 정비를 통해 왕권을 강화했다. 15대 미천왕은 한반도에서 한사군 세력을 완전히 몰아내고 고조선의 옛 땅을 회복했다.

16대 고국원왕(故國原王)은 백제와 전연(前燕)의 침략으로 국가적 위기를 겪었으며, 371년 백제 근초고왕(近肖古王)과의 싸움에서 죽었다. 고국원왕의 아들인 17대 소수림왕(小獸林王)은 전진(前秦)의 승려 순도(順道)와 아도(阿道)를 맞아 초문사(肖門寺)와 이불란사(伊弗蘭寺)를 창건하여(375년) 불교를 수용, 보급에 노력했다. 유교 교육기관인 태학(太學)도 설립했으며 국가 통치의 기본법인 율령(律令)을 제정하는 등 나라를 재정비했다.

19대 광개토대왕(廣開土大王)은 소수림왕이 이룬 정치적 안정을 기반으로 최대의 영토를 확장한 정복 군주이다. 묘호는 국강상광개토경평안호태왕(國岡上土境平安好太王)이며, 재위 시의 칭호는 영락대왕(永樂大王)이었다. 영락은 한국에서 사용된 최초의 연호로 알려져 있다. 대왕은 백제의 수도 한성(漢城)을 침공하여 임진강과 한강까지 남쪽으로 영토를 확장했으며, 후연(後燕)을 쳐서 요동을 완전히 차지하고, 요서 지방 일부까지 진출했다. 또한 숙신과 동부여를 복속시켜 만주와 한반도에서 우월한 위치를 확보했다.

20대 장수왕(長壽王)은 도읍을 중국의 퉁거우(通溝)에서 평양으로 옮기고 적극적으로 남하정책을 펼쳐 광활한 영토를 차지했다. 일부 학자들은 수도를 한반도 내의 평양으로 옮김으로써 중국의 우리 영토가 없어졌으며, 외침에 대한 전투 의지를 상실했고, 황량한 중국 땅보다는 비옥한 남쪽 땅에 안주함으로써 이후 고구려의 멸망까지 이어졌다고 주장한다. 중국의 남북조(南北朝) 시대에는 각국과 다중 외교를 펼쳐 국내를 안정된 상태로 유지하게 했다. 475년에는 백제의 한성을 함락시켰고, 개로왕을 죽여 고국원왕의 한을 풀고 아산만(牙山灣)까지 지배했다. 이때 백제는 수도를 지금의 공주인 웅진(熊津)으로 옮겼고, 함께 공격당한 신라는 문경새재의 죽령(竹嶺) 이북의 땅을 잃었다. 장수왕은 지금의 지린성(吉林省) 지안현(集安縣)에 '광개토대왕비'를 세웠다.

80년 가까이 재위(412년~491년)했던 장수왕이 죽은 이후 6세기 중반 내우외환에 시달리던 고구려는 국력이 크게 쇠약해졌다. 신라의 진흥왕은 고구려로부터 빼앗긴 한강 유역을 차지했고 지금의 함경도 지역 일부까지 진출해 고구려를 압박했다.

589년 남북조를 멸망시키고 새로 들어선 수(隋)나라는 고구려를 4차례나 침공했다. 그러나 고구려는 612년 26대 영양왕 때 을지문덕(乙支文德)이 수나라의 우중문(于仲文), 우문술(宇文述)의 113만여 명을 맞아 살수(薩水 : 청천강)에서 대첩을 거두게 되었다. 이로 말미암아 멸망한 수나라에 뒤이어 당태종(唐太宗)이 고구려 마지막 왕인 28대 보장왕(寶藏王) 때인 645년에 고구려를 침입했으나 안시성(安市城)의 성주인 양만춘(楊萬春)이 이를 격퇴시켰다. 이처럼 외적의 침략을 성공적으로 막아내었으나 연개소문에 의한 정변과 그의 사후 지배층이 분열되어 정치 상황이 어지러워졌고 민심이 혼란해졌다. 668년 나당(羅唐) 연합군은 혼란에 빠진 고구려를 공격하여 평양을 차지하고 고구려를 멸망시켰다. 당나라는 고구려의 옛 땅에 안동도호부를 설치했고, 고구려의 영토 일부는 신라로 들어갔다. 만약 고구려가 강성해서 삼국을 통일했더라면 중국에 복속된 옛 땅이 오늘날 우리의 땅이 되지 않았을까 하는 안타까움을 표하는 사람이 많다. 그러할 개연성이 크지만, 그렇지 않을 수도 있지 않겠는지? 역사도 인간사와 마찬가지로 변화가 무쌍하니까….

● 백제 왕국, 경기, 충청, 전라, 강원, 황해도, 그리고 제주도까지….

백제(百濟)는 1대 온조왕(溫祚王)이 BC 18년에 나라를 세운 후 31대 의자왕(義慈王)에 이르러 660년 나라가 망하기까지 고구려, 신라와 함께 삼국을 형성했다. 현재의 한강 하류의 하남 위례성(慰禮城)에 도읍을 정했다고 하는데, 학자들 간에는 한강 북쪽 설과 남쪽 설이 상존한다. 진수(陳壽)가 쓴 정사(正史) 『삼국지(三國志)』에 의하면 백제가 마한(馬韓)의 일부였다고 한다. 마한은 경기, 충청, 전라도 지방에 분포한 54개국의 소국을 말한다. 13대 근초고왕(近肖古王, 346~375년)은 남으로 마한 지역을 완전히 병합하고 탐라를 복속시켰으며, 북으로는 고구려를 공격하여 평양성에서 고국원왕을 전사시켰다. 이 당시 백제는 지금의 경기, 충청, 전라도와 강원도, 황해도의 일부를 차지하는 강력한 고대 국가의 기반을 마련하게 되었다. 근초고왕은 강력한 군사력과 경제력을 바탕으로 왕권을 강화시켰으며, 정치, 경제, 문화적 기반을 튼튼히 한 왕으로 알려져 있다.

그러나 5세기 이후 고구려의 적극적인 남하정책에 밀려 21대 개로왕(蓋鹵王)이 전사하고 수도를 웅진(지금의 공주)으로 옮기면서 대외정책이 위축되었다(475년). 왕권의 약화와 정치, 경제적 어려움을 겪었으나 5세기 후반 24대 동성왕(東城王, 479~501년) 때부터 다시 사회가 안정되고 국력을 회복하기 시작했다.

동성왕은 신라와 동맹을 강화하여 고구려에 대항하는 등 나라를 안정시켜 나갔으나 위사좌평 백가(苩加)에 의해 살해되었다. 동성왕의 치세로 백제는 이후 무령왕(武寧王)과 성왕(聖王)이 국가를 중흥시키는 기반을 마련했다. 동성왕을 이어 즉위한 25대 무령왕(501~523년)은 동성왕을 살해한 백가 일당을 정벌하고 신구 귀족세력 간의 균형을 통해 나라를 안정시켜 나갔다. 1971년 충남 공주에서 왕과 왕비가 합장된 능(陵)이 발견되었다. 26대 성왕(523~554년)은 지금의 충남 부여 지역인 사비성(泗沘城)으로 수도를 옮기고 국호를 남부여로 개명하면서 중흥을 꾀했다. 중국의 남조와 활발하게 교류했고 일본에 불교를 전파하기도 했다. 성왕은 신라군과 싸우다 관산성(管山城)에서 전사했다(554년). 신라와 맺었던 나제동맹(羅濟同盟)도 깨어지고 왕권은 급격히 약화되었다. 우리에게 서동요(薯童謠)로 잘 알려진 30대 무왕(武王, 600~641년)은 중국 당나라에 대해서는 친당(親唐) 정책을 썼고, 일본에 천문·지리·역법 등의 서적과 불교를 전달했으나 과도한 토목공사 등 낭비가 심한 데다 신라와의 전쟁으로 국력을 소모시켰다. 그 결과 의자왕 때 백제가 패망하는 원인을 제공하게 되었다. 백제의 마지막 임금인 31대 의자왕(641~660년)은 효성과 형제애가 지극하여 해동증자(海東曾子)로 일컬어졌다. 재위 초기에는 신라를 공격하여 여러 성(城)을 뺏었고 대야성(大耶城)을 함락, 성주 품석(品釋)을 죽이는 등 국정을 잘 돌보았다. 그러나 말년에 이르러 사치와 향락에 빠져 성충(成忠) 흥수(興首) 등 충신의 말을 듣지 않고 국정을 돌보지 않았다. 결국 660년 나당(羅唐) 연합군의 공격을 받고 황산벌(黃山- : 충남 논산시 연산면 일대의 들판)에서 계백장군(階伯將軍)이 목숨을 건 전투를 했으나 결국 항복하고 말았다. 의자왕은 당나라로 압송되어 그곳에서 병사했다고 전해진다.

● 천 년의 로마 제국, 천 년의 신라 제국.

세계 역사에서 로마 제국과 함께 천년 왕조를 유지한 특이한 나라인 신라(新羅, BC 57~935년)는 박혁거세가 나라를 세운 후 동해안으로 들어온 석탈해(昔脫解) 집단이 등장하면서 박·석·김 세 가문이 교대로 왕위를 차지했다. 초기에는 나라 이름이 계림(鷄林), 사로(斯盧), 사라(斯羅), 서라벌(徐羅伐) 등으로 불렸으나, 지증 마립간 4년(504년)에 국호를 신라로 확실히 했고, 왕의 칭호도 거서간(居西干), 차차웅(次次雄), 이사금, 마립간(麻立干)에서 왕(王)으로 정했다. 예를 들면 초기에는 왕을 박혁거세 거서간, 남해 차차웅, 탈해 이사금이라고 불렀었다. 17대 왕인 내물왕(奈勿王, 내물 마립간. 356~402년) 때는 침입한 왜적을 물리치고 낙동강 동쪽의 진한 지역을 거의 차지했으며, 중국의 전진(前秦)과 우의를 맺고 한자(漢字) 등 중국 문물을 들여오며 중앙집권 국가로 발전하기 시작했다. 이때부터 김 씨에 의한 왕위 계승권이 확립되었다.

천년왕조(千年王朝) 신라는, 『삼국사기(三國史記)』에 따르면,

(1) **상대**(上代 : 시조~28대 진덕여왕. BC 57~654년)—원시 부족국가. 씨족국가를 거쳐 고대 국가로 발전, 골품제도 완성

(2) **중대**(中代 : 29대 무열왕~ 36대 혜공왕. 654~780년)—삼국통일. 전제왕권 제 확립. 문화의 황금기

(3) **하대**(下代 : 37대 선덕여왕~56대 경순왕. 780~935년)—골품제도(骨品制度) 붕괴. 족당의 형성. 왕권 쇠퇴. 호족, 해상세력 등장, 멸망

이라는 3단계로 나누기도 한다. 한편 29대 무열왕 이전을 삼국 시대, 그 이후를 통일신라 시대로 분류하기도 하는 것 같다. 시대 구분은 연구하는 학자들이 보는 관점에 따라 다를 수 있겠지만, 신라가 박혁

거세로부터 경순왕까지 일관되게 유지되었던 것만큼은 사실이다.

22대 지증왕(智證王, 500~514년) 때에 국호를 신라로 바꾸고 정치 제도를 정비, 수도와 지방의 행정구역을 정리했으며, 오늘날 울릉도인 우산국(于山國)을 공격하여 복속시켰다. 사후(死後)에 지증(智證)이라는 시호(諡號)를 받았는데 우리나라에서는 처음으로 기록되어 있다. 뒤를 이은 23대 법흥왕(法興王, 514~540년)은 병부 설치, 율령 반포, 공복 제정 등 통치질서를 확립하고 골품제도를 정비하며 불교를 공인했다. 또한 건원(建元)이라는 연호를 사용하고, 김해 지역의 금관가야를 정복하여 영토를 확장하는 등 중앙집권 국가 체제를 완비했다.

지증왕, 법흥왕이 나라를 잘 정비한 바탕 위에 즉위한 24대 진흥왕(眞興王, 540~576년) 시대는 내부결속을 다지는 한편 활발한 정복활동을 전개하면서 삼국 간의 항쟁을 주도하기 시작했다. 진흥왕은 화랑도(花郎徒)를 국가 조직으로 개편하고, 불교 교단을 정비하여 사상적 통합을 도모했다. 고구려의 지배하에 있던 한강 유역을 빼앗고 함경도 지역까지 진출했으며, 대가야를 정복하여 낙동강 서쪽을 장악했다. 한강 유역을 점령함으로써 경제 기반을 강화하는 한편, 황해를 통해 중국과 직접 교역할 수 있는 유리한 발판을 마련, 삼국 경쟁에서 신라가 주도권을 장악하는 발판을 마련했다.

진흥왕은 이렇게 확대된 영역을 직접 순수(巡狩)하면서 이를 기념하려고 비(碑)를 세웠다. 창녕 신라 진흥왕 척경비, 북한산 신라 진흥왕 순수비가 우리나라의 국보로 등록되어 있고, 북한에는 마운령과 황초령 진흥왕 순수비 2개가 발견되었다. 29대 태종무열왕(太宗武烈王, 654~661년) 김춘추는 김유신과 제휴하여 권력을 장악한 이후 삼국통일의 기반을 굳건히 만들어 놓고 재위 7년 만에 백제를 멸망시키는 데 성공했다. 아들인 문무왕(文武王, 661~681년)은 재위 20년 동안 고구려를 멸망시키고 점차 당나라를 몰아내면서 대동강 이남의 영토를 점령하여 신라의 국력을 다졌다. 여기까지가 고대로부터 삼국 시대까지이다.

● 통일신라 시대 또는 발해를 포함한 남북국(南北國) 시대?

통일신라 시대를 최근에는 학자들 사이에서 고구려 유민들이 세운 발해(渤海)의 존재를 들어 '남북국 시대'(南北國時代)라고 불러야 한다는 주장이 제기되고 있다. 아직은 아니겠지만 조금 더 활발한 연구가 이루어진다면 앞으로 우리 역사에서 통일신라 시대라는 용어 대신 '남북국 시대'라는 용어가 사용될지도 모르겠다. 왜냐하면 발해의 역사도 우리의 역사이기 때문이다. 발해는 668년 고구려가 망한 후 고구려 유민들과 함께 1대 고왕(高王) 대조영(大祚榮)이 중국의 동북 지방, 동부, 연해주, 한반도 북부에 이르기까지 광활한 영토를 확장했고, 해동성국(海東盛國)이라고 불릴 정도로 국세가 컸으나, 15대에 망했다(698~926년). 그동안 외면되었던 발해에 대한 연구가 더욱 활발해졌으면 한다.

백제와 고구려가 멸망한 후 한반도는 신라에 의해 통일되었으나 옛 고구려의 영토인 북쪽과 만주 일대를 차지하지 못했고, 발해가 들어섬으로 해서 완전한 통일은 이루지 못한 셈이다. 그러나 신라는 영역이 확대되었고 인구도 크게 늘어났다. 오랜 전쟁이 끝났으며 대외관계의 안정과 강력한 군사력의 확보, 생산력의 증진 등을 바탕으로 정치도 안정되었다. 태종 무열왕은 최초 진골 출신 왕으로서 강화된 왕권을 바탕으로 무열왕의 직계 자손만이 왕위를 세습할 수 있게 되어, 진골 출신의 귀족들의 세력이 약화되었다. 따라서 왕권이 전제화(專制化)되었다.

삼국을 통일한 문무왕의 뒤를 이어 즉위한 신문왕(神文王)은 부업을 계승하여 국력을 기르는 데 힘썼다. 녹읍(祿邑)을 폐지했고, 유학 교육을 위해 국학을 설립했다. 또한 아버지 문무왕의 유언에 따라 동해 수중릉(水中陵)인 대왕암에 능(陵)을 모셨고 감은사(感恩寺)를 건립했다. 35대 경덕왕(景德王)은 당나라 제도를 본받아 신라 전국을 9주 5소경으로 나누고 김대성으로 하여금 불국사, 석굴암을 완성하도록 했다. 이 시기는 화려한 불교 유적과 유물들을 건축, 제작한 시기였다. 37대 선덕왕(宣德王) 이후 원성왕, 소성왕, 애장왕, 헌덕왕, 희강왕, 민애왕, 신무왕, 문성왕(46대)에 이르기까지 왕이 일찍 죽거나 친족들 간에 피나는 왕권 쟁탈전이 일어나 신라의 국력은 피폐해져갔다. 왕위 다툼에서 밀려난 우징(祐徵, 신무왕)을 위해 837년 청해진 대사(淸海鎭大使) 장보고(張保皐)는 민애왕을 죽인다. 왕위에 오른 지 7개월 만에 등창으로 죽은 신무왕의 뒤를 이어 문성왕(文聖王)은 일찍이 청해진에 있을 때 장보고의 딸을 농락하면서 왕비로 삼으려 했으나 신하들의 반대로 무산되었다. 이에 불만을 품은 장보고가 난을 일으켜 신라의 서울을 공격하려 했으나 염장(閻長)에 의해 암살당했다. 그러면서 차츰 신라의 국력은 회복하기 어려운 지경에 이르렀다.

이처럼 권력투쟁과 왕과 귀족의 사치, 정치력이 허물어지면서 곳곳에서 반란이 일어나 892년에는 견훤(甄萱)이 후백제(後百濟)를, 901년에는 궁예(弓裔)가 태봉(泰封)을 세움과 함께 후삼국 시대가 시작되었다. 결국 신라 56대 경순왕(敬順王)은 935년 고려의 왕건(王建)에게 항복한다. 이로써 신라는 992년 만에 멸망했다. 역사에서 나라가 멸망하는 것은 외침(外侵)으로 인한 경우도 있지만 내부의 사치, 향락과 부정, 부패, 그리고 권력 싸움 때문에 나라가 결딴나는 경우가 더 많은 것 같다. 역사를 배우는 이유도 이러한 것을 지혜롭게 받아들여 나라를 보존하고 발전시켜 나가기 위함이 아닐는지….

고려(高麗) 시대

● 44년간 존속했던 후삼국

신라의 혼란이 극에 달했던 892년(진성여왕 6년)에 상주의 호족가문 후손 견훤(甄萱)이 봉기하여 무진주(武珍州, 광주)를 점령하고, 이어서 완산주(完山州, 전주)를 장악하여 수도로 삼고 백제를 부흥시킨다는 명목으로 900년에 후백제(後百濟)를 세웠다.

신라 헌안왕(憲安王)의 서자로 알려진 궁예(弓裔)는 세달사(世達寺)의 중이 되었다가 각지에서 반란이 일어나자 891년 산적 기훤(箕萱)의 부하가 되었다가 다시 892년 양길(梁吉)의 부하가 되었다. 그러나 왕건(王建)의 집안과 손을 잡고 898년 양길을 타도한다. 이후 송악(松岳, 개성)을 수도로 하여 고구려를 부흥한다는 명목으로 901년 후고구려(後高句麗)를 건국하고 스스로 왕이 되었다. 궁예는 906년 국호를 마진(摩震)으로 바꾸고 철원으로 수도를 옮겼다. 914년에는 나라 이름을 태봉(泰封)으로 고쳤으나 궁예의 독단과 전횡 등 공포정치에 왕건이 반기를 든다. 왕건은 신숭겸(申崇謙), 복지겸(卜智謙), 홍유(洪儒), 배현경(裵玄慶) 등의 장수와 함께 궁예를 축출하고 고려를 건국한다.

견훤이 후백제를 세운 후 892년부터를 후삼국 시대의 시작으로 보고 있다. 후백제의 견훤은 926년 신라의 수도 경주를 함락하여 경애왕(景哀王)을 죽였으나, 이후 왕건이 이끄는 고려와의 싸움에서 잇따

라 패배하고, 935년 왕위 계승 문제로 맏아들 신검(神劍)에 의해 금산
사로 유폐되었다가 탈출하여 왕건에게 투항함으로써 936년 멸망하고
만다. 44년간(892~936년)의 후삼국 시대는 다양한 영웅들의 부침(浮
沈)이 있었고, 한반도를 재통일한 고려의 태조(太祖) 왕건에 대한 이야
기 등 소설과 영화, 드라마에서 많은 소재를 제공한 드라마틱한 시기
이다. 그러나 필자는 극히 짧게 요약하여 살펴보기로 하고 고려 시대
로 넘어가기로 한다.

● 중국의 송(宋)과 몽골 두 왕조의 부침 속에 475년간 존속한 고려

오늘날 대한민국을 뜻하는 코리아(Korea)가 고려라는 말에서 온 것
임을 다들 알고 있다. 고려라는 말의 어원(語原)은 여러 가지가 존재하
는데, 구려(九黎)·고려(高藜)·구려(句麗)·고구려(高句麗) 등에서 비
롯되었다는 설(說)이 있다. 그 중에서 고구려가 5세기경부터 고려(高
麗)로 불렸다는 학설이 있는데 중국, 일본 등에서는 그 이후 계속 고구
려를 고려로 불렀다고 하며, 중국은 지금도 고구려를 고려로 부르는
경향이 있다고 한다. 이를 통해 볼 때 고구려와 고려는 같은 개념으로
볼 수 있겠지만, 엄연히 시대적 구분이 있고 국가의 성격이 다르기 때
문에 삼국 시대의 신라와 통일 시대의 신라와 같이 연속된 하나의 국
가는 아니다.

후백제가 망하고, 또한 926년에 멸망한 발해의 유민들까지 흡수한
태조왕건의 고려가 한반도의 통일 국가로 탄생하게 되었다. 고려 왕
조의 시작은 왕건이 궁예를 몰아내고 고려를 세운 918년부터이다. 이
후 고려는 1392년 조선(朝鮮)에게 나라를 내어줄 때까지 475년간 존
속한다.

고려 시대 중국은 문치주의(文治主義)를 꽃피운 송(宋, 960년 건국)

이 중국을 지배하게 되고, 그동안 중국을 혼란으로 이끌던 군벌을 제거하고 모든 지방관들을 문관으로 대체했다. 그 결과 독자적 국가 체제를 갖추기 시작한 거란(요[遼] 나라), 여진(금[金] 나라), 몽고(원 [元] 나라) 등 변방 유목 국가들이 발호하고, 송대의 중국은 동아시아 에서의 정치적 주도권을 상실하게 되었다. 또한 고려 역시 숱한 전란 을 피해갈 수 없었다.

42세에 왕위에 오른 태조 왕건은 국호를 고려, 연호를 천수(天授)라 고 하고 송악을 수도로 삼았다. 발해의 유민을 받아들이고 불교를 호 국신앙으로 삼아 각처에 절을 세웠다. 훈요십조(訓要十條)를 유훈으로 남기고 그는 67세에 세상을 떠났다. 왕건은 혼인정책을 통해 지방 호 족세력을 중앙으로 결집시켜 중앙집권적 지배 체제를 확립했다. 그는 정주 유(柳) 씨, 평주 유(庾) 씨, 경주 김(金) 씨, 황주 황보(皇甫) 씨, 광 주 왕(王) 씨, 충주 유(劉) 씨, 신주(신천)의 강(康) 씨 등과 혼인하여 6 명의 왕후와 23명의 후비를 두었다.

이러한 혼인의 결과 왕권은 안정되었으나, 그가 죽고 난 후 고려는 왕권다툼의 각축장이 된다. 2대 혜종, 3대 정종 때까지 치열했던 왕위 싸움은 4대 광종(光宗, 949~975년) 대에 잠잠해졌다. 광종은 후주(後 周)의 쌍기(雙冀)를 불러다가 과거제도를 처음 실시했고 노비안검법 (奴婢按檢法)을 제정하여 권력과 돈으로 다른 사람을 노비로 만들지 못하게 했다. 광종의 뒤를 이어 5대 경종, 6대 성종(成宗)이 집권하고 송나라의 문물을 받아들여 각종 제도가 중국을 따라 변화되었다. 유교 를 숭상하고 불교를 억압하는 형태를 띠게 되어 연등회와 팔관회 등 불교행사가 폐지되고 유학 열풍을 불러 일으켰다.

성종 12년 993년, 거란은 소손녕(蕭遜寧)을 대장군으로 삼아 고려를 내침한다. 거란군은 국경의 봉산군을 함락하고 많은 고려 군사를 포로로 잡아 항복을 권하는 위협적인 서한을 보낸다. 그러나 서희(徐熙)가 담판에 나서 오히려 압록강 동쪽의 6주를 얻어내는 데 성공, 고려의 영토를 압록강 변까지 확대시키는 성과를 얻어냈다. 그 이후 다시 1010년 11월 거란은 40만 대군을 이끌고 압록강을 건넌다. 현종(顯宗)이 18세에 보위에 오른 다음 해였다. 개경까지 함락한 거란군은 1011년 고려군과의 전면전에서 힘이 부친 나머지 화평을 맺고 물러난다. 1018년 거란의 소배압(蕭排押)이 1015년 강동육주를 요구한 거란의 사절 야율행평을 구금한 행위 등이 원인이 되어 10만 대군을 이끌고 세 번째 침입한다. 강감찬(姜邯贊) 장군은 귀주(龜州)에서 이들을 크게 대패시켰다. 압록강을 건너 살아 도망간 거란 군사는 불과 수천에 불과했다.

10대 정종(靖宗), 11대 문종(文宗, 1046~1083년) 시대는 고려가 안정된 태평성대(太平聖代) 시기로서 정치적 안정과 법제도의 확립 등으로 왕권이 강화되고 국력이 신장된 시기였다. '고려사'는 문종의 치적에 대해 '쓸모없는 관원이 줄어 사업은 간편하게 되었고, 비용이 절약되어 나라가 부유해졌으며, 창고에는 해마다 묵은 곡식이 쌓이고, 집집마다 살림이 넉넉하여 사람들은 이때를 태평성대라고 일컬었다'라고 적고 있다.

12대 순종은 3개월 치세(治世) 후 죽었다. 동복(同腹) 아우인 13대 선종(宣宗)이 보위를 이어받아 거란, 송, 일본, 여진과 교역을 확대하는 등 외교적 역량을 과시하고, 불교를 장려하여 승과(僧科)를 설치하며, 유학(儒學)도 고루 발전시키는 등 치적을 남겼다. 14대 헌종(獻宗)은 어린 나이(11세)에 보위에 오름으로 해서 왕위 다툼의 한가운데 위치하게 되고, 조선왕조 시대의 단종과 세조의 관계처럼 결국 숙부(叔父) 숙종(肅宗)에게 자리를 물려준다. 어린 조카를 밀어내고 즉위한 숙종 대에는 여진(女眞)의 성장으로 변방이 불안해졌다. 이에 윤관(尹瓘)을 여진 정벌군 원수로 삼아 9성을 쌓고 평정하도록 했다.

16대 예종(睿宗, 1105~1122년) 때에 여진족은 더욱 강성해졌다. 이때 천리장성을 쌓았다(1119년). 여진족은 금(金)나라를 세우고 거란을 압박, 몰락 지경으로 몰아갈 정도로 강성했다. 17대 인종(仁宗)이 14세의 어린 나이로 즉위하자 셋째 딸과 넷째 딸을 인종의 왕비로 앉힌 외척 이자겸의 횡포가 극에 달하고 추잡한 권력 쟁탈전이 일어나 왕이 사저에 연금까지 당하는 사태가 일어난다. 이후 이자겸이 일으킨 난을 수습한 왕은 승려 묘청(妙淸)의 서경천도론에 관심을 보이게 된다. 오늘날 세종 시 문제처럼 엄청난 회오리와 국론 분열 속에 김부식의 서경천도 반대가 힘을 얻고 묘청을 중심으로 한 난(亂)이 평정되어 10년 동안 안정을 찾게 된다. 이때 김부식의 『삼국사기(三國史記)』가 편찬되었다.

18대 의종(毅宗, 1146~1170년)은 사치와 향락에 몰두했으며 환관에 둘러싸여 정사를 소홀히 했다 특히 무반(武班)을 홀대하여 1170년 정중부(鄭仲夫)의 난을 초래하고, 그것은 이후 100년간 무신정권이 권력을 잡는 계기가 되었다. 이의방, 정중부, 경대승, 이의민으로 이어진 무신정권 시대는 여러 무인들이 서로 권력을 탐해 난(亂)이 어지럽게 일어나던 시기였다. 이러한 어지러운 정국은 다시 19대 명종(明宗) 말기에 최충헌(崔忠獻)이 수습했다. 최 씨 무인 정권은 60여 년간 그의 아들 최우, 최항, 증손자 최의까지 차례로 정권을 잡았으나 1258년 최의가 살해됨으로써 최 씨 정권과 무신정치가 막을 내리게 된다.

최충헌의 아들 최우(崔瑀)가 권력을 잡고 있던 23대 고종(高宗) 18년에 몽골의 장수 살리타가 고려를 침범했다. 박서(朴犀)는 귀주성에서 몽골군을 크게 격퇴했으나 결국 항복하고 말았다. 이후 6차례의 침략으로 몽골에 잡혀간 사람만도 20만 명이 넘었고, 죽은 사람은 숫자조차 알 수 없을 정도였다. 고종 24~35년(1237~1248년)에 몽골의 침략에 대항하여 호국을 기원한 팔만대장경(八萬大藏經)이 만들어졌다. 24대 원종 때 몽골에 의한 노골적인 복속 정책이 이루어졌고, 25대 충렬왕(忠烈王, 1274~1298년 1월. 중간에 충선왕이 1298년 8월~1308년, 33년 6개월) 이후 몽골은 고려가 등을 돌리지 못하도록 하기 위해 몽골 왕실과 혼인을 맺는 국혼제도를 도입했는데, 이로써 고려는 실질적으로 몽골의 속국이 되었다. 충렬왕부터 마지막 34대 공양왕(1389~1392년)까지 왕으로 호칭된다. 충렬왕이 즉위한 1274년 고려와 몽골 연합군이 일본을 정벌하러 900척의 전함과 4만 명의 병력이 출병, 대마도에 도착, 섬을 장악 했으나 폭풍우가 몰아쳐 실패했다. 다시 1280년에 15만의 병력으로 2차 원정길에 나섰으나 역시 폭풍을 만나 10만 명의 병력이 수장(水葬)되는 등 실패하고 말았다.

그 당시 중국뿐 아니라 세계를 지배한 몽골과 대적해서 40년의 항쟁을 이끈 끈질긴 나라는 고려를 제외하고는 드물다. 고려의 삼별초(三別抄)는 배중손(裵仲孫) 등이 강화도, 진도로 옮겨가며 여몽(麗夢) 연합군에 항쟁했으나 1271년 패퇴하고, 이후 잔여 삼별초군이 제주로 옮겨 끝까지 항전했지만 1273년에 완전히 패망했다.

몽골의 속국이 된 고려는 왕들이 몽골의 공주와 혼인을 통해 몽골에 등을 돌리지 못하도록 하는 정책을 따를 수밖에 없게 되었다. 고려 말 공민왕(恭愍王, 1351~1374년)은 힘이 약해진 원(元)에 대항하여 승려 출신인 신돈(辛旽)을 기용, 원의 세력을 등에 입고 세도를 부리는 권문세족을 척결하려 했다. 그러나 신돈은 지지 기반이 부실한 데다 돈과 여자 문제 등 자기관리에 실패하여 1371(공민왕 21년)에 처형되고 만다. 이로써 그의 개혁의 뜻은 좌절되었다. 공민왕과 노국공주의 사랑 이야기는 유명한 러브스토리의 소재가 되지만, 역사적으로는 여러 가지 불행한 결과를 초래, 공민왕의 암살도 이에 연유한 바가 크다. 공민왕이 살해되고 어린 우왕(禑王, 1374년 9월~1388년 6월. 13년 9개월 재위)이 등극한다. 이때는 이미 중국은 주원장(朱元璋)이 1368년 명(明)을 건국함으로써 몽골에 의해 보호받던 왕실과 정치세력이 이미 힘을 잃어버린 터였다. 말하자면 고려의 멸망은 당연하게 다가와 있는 실정이었다. 당시 겨우 명맥을 유지하고 있던 북원(北元)을 위해 이성계의 사불가론(四不可論)을 무시하고 요동정벌에 나서게 되었다. 1388년 5월 이성계와 조민수의 5만 병력은 압록강 위화도에서 폭우로 진군을 못 하다가, 결국 조정의 뜻을 어기고 회군(回軍)을 하게 된다. 이후 최영(崔瑩) 장군과의 일전에서 승리한 이성계는 우왕을 폐위하고 창(昌)왕을 세운 후 폐위시키고 마지막 34대 공양왕(恭讓王, 1389~1392년. 2년 8개월 재위)을 끝으로 고려는 멸망하고 만다.

고려는 중국의 송나라, 몽골에 의한 원나라, 그리고 명나라 초기까지 중국의 두 개 왕조가 망할 동안에도 475년간 존속한 위대한 대한민국의 나라이다. 왕조가 존속하고 있는 동안 끊임없이 외침에 시달렸지만 끈기 있게 저항한 사람들이 살았던 시대였다. 문화를 꽃피웠고 세계인이 경이롭게 바라보는 팔만대장경을 만들었으며 세계최초의 금속활자를 만들었다. 비록 몽골에 패했지만 40여 년을 항쟁한 대단한 저력을 가진 나라였다.

조선 왕조

● 조선은 한 마디로 어떤 나라였는가

조선(朝鮮)은 1392년부터 1910년까지 519년간 한반도 지역을 통치했던 왕국이다. 1897년 10월 12일 고종(高宗)이 국호를 대한제국(大韓帝國)으로 변경했기 때문에 실질적인 조선은 1897년까지로 보는 견해도 있다. 일반적으로 조선 왕조(朝鮮王朝)라고 부르며, 임금의 어보(御寶)나 국서(國書) 등에는 내부적으로 대조선국(大朝鮮國)이라는 명칭을 사용했다. '이씨 조선(李氏朝鮮)'이라는 말은 일제 교육의 잔재로 한동안 사용되었으나 요즘은 이렇게 부르는 무식한 사람이 우리나라에는 없는 것 같아 다행스럽게 생각한다.

조선 시대를 필자에게 한 마디로 정의하라고 하면, '조선은 국가의 지배 이념으로 유학(儒學)을 받아들임으로써 왕권이 강화되고 양반 관료제에 의한 정치(政治) 발전이 있었지만, 이는 붕당(朋黨)에 의한 파벌(派閥) 정치의 폐해를 가져왔고, 직업의 엄격한 구별과 차별로 인해 국가가 고르게 발전할 기회를 놓쳤다. 또한 외세의 침략에 변변히 대응하지 못하는 무능을 드러내었고 일제에 의해 한반도가 식민 지배를 받는 결과를 초래했다. 고려 시대까지 이어져온 상무정신(尙武精神)이 이 시대에 사라진 것이 아쉽다. 그러나 문화적으로는 한글의 창제, 『조선왕조실록』의 기록, 유교 문화의 학문적 성취 등 우수한 한민족

문화와 지적 능력을 고양시킨 시대였다.'라고 말하고 싶다. 나는 역사학자가 아니다. 그래서 필자의 견해는 조선 시대를 살펴보기 전에 스스로에게 묻고 답한 개인적인 견해이다. 여러분은 조선 시대를 한 마디로 어떻게 정의하시는지?

● 조선의 건국, 태조(太祖), 태종(太宗), 그리고 세종(世宗)….

선죽교(善竹橋)에서 이방원의 사주를 받은 조영규의 철퇴를 받아 정몽주가 제거되자 고려의 무신이었던 이성계(李成桂)는 공양왕을 폐위시킨 후 1392년 7월 새 왕조를 개국하여 조선의 태조(太祖)가 되었다. 1393년에 나라 이름을 조선으로 고치고, 1394년 한양(漢陽)으로 천도했다. 고려가 망하자 끝까지 조선 왕조의 창업에 반대한 신하들이 많았다. 포은(圃隱) 정몽주와 목은(牧隱) 이색(李穡)이 그러했고, 서견(徐甄), 원천석(元天錫), 이숭인(李崇仁) 등 이름 있는 신하도 있었다. 이름 없는 무수히 많은 고려의 충신들은 두문동으로 들어가 살았다. 후에 두문동 온 동네를 불바다로 만들었으나 한 사람도 나오지 않고 그대로 불에 타죽었다고 한다. 야사(野史)에 의하면 이성계 일파는 공양왕을 내친 후 전국의 왕(王) 씨를 한 곳에 불러 모아 수장(水葬)시켰다고 한다. 이 당시 죽음을 모면한 왕 씨들은 산 속에 숨어 살면서 자신들의 성씨를 전(全) 씨, 옥(玉) 씨, 전(田) 씨, 용(龍) 씨 등으로 속여 목숨을 부지했다고 한다.

태조는 부인 3명으로부터 8남 5녀의 자식을 얻었다. 신의왕후 한 씨에게서는 ❶ 진안대군(방우), ❷ 정종(영안대군, 방과), ❸ 익안대군(방의), ❹ 회안대군(방간), ❺ 태종(정안대군, 방원), ❻ 덕안대군(방연), 그리고 2명의 공주가 있었다. 신덕왕후 강 씨에게서는 ❼ 무안대군(방번), ❽ 의안대군(방석), 경순공주가 있었다. 그리고 다른 부인에게서

2명의 공주가 있었다. 이성계는 즉위한 직후에 왕세자 책봉을 서둘러, 계비 강 씨의 소생인 여덟 째 아들 ❽ 방석을 세자로 결정했다. 이에 불만을 가진 다섯째 아들 ❺ 방원은 1398년 이복동생인 방석과 ❼ 방번을 살해하고, 그들의 후견인 격인 정도전을 제거하게 된다. 1차 왕자의 난이었다. 1400년 방원의 동복형인 ❹ 방간이 일으킨 2차 왕자의 난을 진압한 방원은 2대 정종(定宗, 방과)의 뒤를 이어 보위에 오른다. 조선 왕조 3대 태종(太宗, 1400~1418년)이다.

태종은 왕권을 강화하고 통치체제를 정비하기 위해 관료 제도를 정비했다. 이를 위해 사병을 혁파하고 군사를 삼군부(三軍府)로 집중시켰으며, 도평의사(都評議司)를 의정부(議政府)로 고쳐 정무를 담당하게 했고, 중추원(中樞院)을 삼군부로 고쳐 군정을 맡도록 했다. 토지, 조세 제도를 정비하여 국가재정을 안정시켰고, 노비 제도를 정비하고 신문고를 설치하여 억울한 백성이 자유롭게 청원할 수 있는 길을 열었다. 교육과 과거 제도를 정착시켰으며, 안정을 도모하는 방향으로 대외정책을 유지시키는 등 국가 전반에 걸친 개혁을 단행하여, 후대의 세종(世宗) 대왕이 치세를 펼치는 데 튼튼한 밑바탕을 물려주었다. 특히 외척(外戚)과 공신 세력을 대대적으로 숙청하여 그들의 정치적 영향력을 약화시킴으로써 정치를 안정시켰다. 세종이 우리 역사에 훌륭한 업적을 남긴 위대한 왕이 될 수 있었던 것은 태종이 일구어 놓은 바탕이 큰 도움이 되었다.

1418년 6월 양녕대군이 세자에서 폐위되고 그 뒤를 이어 왕세자에 책봉되고 두 달 후인 8월에 태종의 양위를 받아 4대왕 세종(世宗, 1418~1450년)이 즉위했다. 이렇게 다져진 안정을 기반으로 세종은 학문 · 군사 · 과학 · 문화 등 모든 면에서 큰 업적을 이룩했다. 집현전(集賢殿)을 둠으로써 단순한 학문적 사업뿐만 아니라 인재의 양성과 학문의 진흥이 이루어졌다. 이로부터 '훈민정음(訓民正音)'이 창제되었고, '농사직설' 등 실용서적과 역사, 법률, 지리, 문학, 유교, 어학 등 다양한 분야에서 획기적인 성과를 얻어냈다. 또 측우기(測雨器)와 금속활자를 개량했고 아악(雅樂)을 정리했다. 김종서로 하여금 두만강 방면에 육진(六鎭)을 개척하도록 했으며, 압록강 방면에는 사군(四郡)을 설치하는 등 국토의 개척과 확장을 통해 국력을 신장시켰다. 이러한 모든 치적(治積)은 오늘날까지 한국인들로 하여금 세종대왕을 대한민국 역사를 통틀어 가장 훌륭한 지도자로서 존경하고 숭배하게 만들었다.

세종의 맏아들 문종(文宗, 1450~1452년)이 짧은 치세 뒤에 서거하고 아들 단종(端宗, 1452~1455년)이 12세의 어린 나이에 보위에 올랐으나, 병권을 장악한 숙부 수양대군(首陽大君)에게 보위를 박탈당하고 유배되어 죽임을 당한다. 조카인 단종으로부터 정권을 탈취하는 과정에서 김종서, 황보 인 등의 조정 대신을 죽이고(계유정난), 성삼문, 하위지, 이개, 박팽년, 유성원, 유응부 등 여섯 사람을 죽이게 된다(死六臣, 단종복위 사건). 그 외에도 생육신(生六臣) 등 충절을 지킨 사례가 많이 있다. 반대로 수양을 도와 정난공신에 책봉된 43명은 정인지, 권람, 한명회, 양정 등이 있다. 이 당시의 왕위찬탈 과정은 역사 드라마나 영화로 여러 번 소개될 정도로 흥미를 끌 소재가 많이 있다. 세조(世祖, 1455~1468년)가 된 수양대군은 집현전을 폐지하고 신하의 권력을 제한했으며, 왕권을 강화하기 위해 호패법을 다시 복원하고, '동국통감', '국조보감' 등을 만들었다.

세조를 이어 등극한 8대 예종(睿宗, 1468~1469년)은 오래 살지 못했다. 세조의 손자인 성종(成宗, 1469~1494년)은 개국 이후 문물제도를 정비했고 성리학을 기반으로 유학을 장려하여 사라진 집현전의 기능을 담당한 홍문관(弘文館)을 설치했다. 수많은 역사책을 편찬했으며

세종 때부터 이어온 법전 편찬사업이었던 '경국대전(經國大典)' 편찬
을 완성했다.

● 혼란의 시작, 사화(士禍)

성종의 뒤를 이은 연산군(燕山君, 1494~1506년)은 『성종실록』을 편
찬하는 과정에서 김이손이 작성한 사초(史草) '조의제문'을 문제 삼아
무오사화(戊午史禍)를 일으켜 사림(士林) 세력을 죽이거나 유배를 보
냈고, 어머니 폐비 윤 씨 사건과 관련하여 갑자사화(甲子士禍)를 일으
켜 이에 연루된 수많은 신하를 죽음으로 몰고 가는 등 독재군주로 군
림했다. 결국 그는 여러 패륜적인 행위로 인해 박원종이 일으킨 반란
으로 폐출되어 조선왕조 시대의 폭군으로 기록된다. 무오사화는 사초
와 관련된 사화로 일반적으로 쓰는 사화(士禍)가 아닌 사화(史禍)이다.

사림파를 중심으로 연산군을 몰아낸 중종(中宗, 1506~1544년) 반
정을 통해 중앙 정계에 진출한 사림파는 명종(明宗, 1545~1567년) 때
비로소 훈구파(勳舊派)를 몰아내고 조정의 실권을 잡았다. 이때부터
사림은 동인과 서인으로 나뉘어 붕당정치(朋黨政治)가 시작된다. 중종
때 조광조의 개혁에 반기를 든 훈구파에의한 기묘사화(己卯士禍)가 일
어났으며, 명종 때는 왕실의 외척인 대윤 윤임과 소윤 윤원형의 반목
으로 소윤이 대윤을 몰아내고 정권을 장악한 사건인 을사사화(乙巳士
禍)가 일어났다. 또한 국정의 혼란으로 사회가 혼탁하고 민심이 흉흉
하여 도적이 들끓었다. 바로 이때 임꺽정(林巨正)이란 도둑이 출현했
다. 이미 이때부터 조선은 다가올 전란(戰亂)을 당해낼 수 없는 지경의
상태로 빠져들고 있었는지도 모른다.

● 한심한 당파(黨派)싸움….

아들 없이 죽은 명종에 이어 중종의 서손(庶孫)인 선조(宣祖, 1567~1608년)가 왕위를 잇게 된다. 취약한 권력기반 위에서 등극한 선조는 사림을 통해 부족한 기반을 강화하려고 시도한다. 이에 따라 이황(李滉), 이이(李珥) 등 사림을 대거 중용했다. 문치(文治)를 확립하고 훈구, 척신에 의한 폐단을 정리한 초기에 조정은 평화를 되찾았다. 그러나 그것도 잠시, 다시 심의겸(沈義謙)을 지지하는 서인(西人)과 김효원(金孝元)을 지지하는 동인(東人)이 이조 전랑(詮郞) 직을 에워싼 암투로 인해 당쟁이 시작되었다. 1591년에는 세자책봉 문제로 서인이 실각하고 동인이 득세하게 되었다. 실각한 서인 정철(鄭澈)을 사형시켜야 한다는 과격파 측과 유배를 보내야 한다는 온건파 간에 싸움이 벌어져 과격파는 북인(北人), 온건파는 남인(南人)으로 갈렸다. 당파싸움으로 조정은 불안해지고 국력은 쇠약해져갔다. 심지어 1590년 왜(倭)의 동태를 살펴보고 온 통신정사 황윤길과 부사 김성일의 보고가 서로 상반되었는데, 결국 우세한 동인 세력인 김성일의 주장을 받아들여 전란에 대비하지 않게 되었다.

1592년 일본 열도를 통일한 도요토미 히데요시는 철저한 준비 끝에 20만 병력을 이끌고 거의 방비가 되어 있지 않은 조선을 침략해왔다. 이것이 임진왜란(壬辰倭亂)이다. 조선군은 파죽지세로 몰려오는 왜군에 밀려 선조가 서울을 버리고 의주까지 피난을 가야 했다. 그러나 한 번도 패배하지 않고 일본 수군을 대파한 이순신(李舜臣)이 지휘한 조선 수군에 의해 보급이 끊긴 일본 육군은 곤란을 겪게 되었고, 전국 각지에서 일어난 자발적인 의병(義兵)들의 활약과 명(明)의 지원으로 7년간의 전쟁 끝에 일본군을 몰아냈다. 전란이 일어나기 10여 년 전에 십만양병설(十萬養兵說)을 주창한 이이(李珥)의 혜안이 놀랍지만, 이를 물리친 선조는 여러 면에서 무능한 임금이었다.

선조의 뒤를 이어 보위에 오른 광해군(光海君, 1608~1623년)은 전란으로 피폐해진 국토를 정비하고, 사림을 배제하여 왕권과 국방을 강화했으며, 새롭게 떠오른 청(靑)나라와 망해가는 명나라 사이에서 중립외교를 표방하는 등 실리외교를 펼쳐 국가의 안위를 지켰다. 그러나 권력에서 쫓겨난 서인과 남인의 사림 세력은 연합하여 광해군을 몰아내고 인조(仁祖, 1623~1649년)를 옹립했다(인조반정). 사림파의 지지로 즉위한 인조는 다시 망해가는 명나라와 친선 정책을 폈다. 이때 청나라는 1627년 정묘호란(丁卯胡亂)과 1636년 병자호란(丙子胡亂)을 일으켰다. 조선은 인조가 남한산성까지 쫓겨 도망가야 했다. 급기야 삼전도(三田渡, 서울 송파 삼전동에 있던 한강나루)에서 인조는 청 태종에게 세 번 절하고 아홉 번 머리를 조아리는 항복의 예를 올리는 치욕을 당하게 된다(三拜九叩頭禮). 효종(孝宗, 1649~1659년)은 삼전도의 치욕을 잊지 않고 북벌(北伐)에 집념하여 군비확충에 전력을 쏟아부었다. 그러나 국제 정세가 호전되지 않았고 재정이 부족하여 북벌의 뜻을 이루지 못하고 41세의 나이로 세상을 떠나고 만다.

현종(顯宗, 1659~1674년) 시대에는 외침이 없었고 사회가 안정을 되찾았다. 그러나 고질적인 당파싸움이 집권 15년 동안 끊이지 않았다. 이른바 예론논쟁(禮論論爭)으로서 효종의 상(喪)을 몇 년 동안 해야 하는가, 하는 것이었는데 3년 상과 기년 상(1년 상) 문제로 서인과 남인이 서로 싸움을 벌였다. 1674년 다시 현종이 죽자 송시열 등이 다시 예론을 거론하여 탄핵을 받게 되고 남인이 조정을 장악하게 되는 웃지 못할 슬픈 일들이 조선 조정에서 벌어졌다. 오늘을 살고 있는 우리나라 국회의원들이 지금 하고 있는 여러 행태들이 훗날 이처럼 우스운 역사로 기록되지 않을지 두고 볼 일이다. 정치인이 역사를 두려워하지 않는다면 안 될 것이다.

숙종(肅宗, 1674~1720년)은 비상한 정치 능력을 발휘하여 왕권을 회복하고 사회를 안정시켰다. 그러나 이때는 조선왕조를 통틀어 당파 싸움이 극심한 기간이기도 했다. 동서에서 다시 노론, 소론파로 분파 되었다. 그 전에는 훈서, 청서, 그리고 노서, 소서 등의 이합집산이 끊임없이 일어났었다. 이러한 당파싸움의 결과로 중전 민비(인현왕후)가 폐비되고, 궁녀 출신인 후궁 장희빈이 중전까지 된다. 다시 민비가 복위되면서 장희빈이 다시 중전에서 빈으로 강등되고 죽음을 맞이하는 드라마틱한 사건은 사실 치열하고 더러운 당파싸움의 결과였다. 장희빈이 죽고 장 씨의 소생인 세자의 지지 문제로 다시 벽파(辟派)와 시파(時派)로 분리되어 당쟁은 끊임없이 어지럽게 전개된다….

장희빈의 아들인 경종(景宗, 1702~1724년)은 14세에 보위에 올랐으나 병환에 시달리다 후사도 없이 죽었다. 천비(賤婢) 무수리 출신인 숙빈 최 씨의 아들 영조(英祖, 1724~1776년)는 붕당의 폐해를 없애기 위해 탕평책(蕩平策)을 쓰는 등 많은 노력을 기울여 노론, 소론, 남인, 소북 등 사색당파를 고르게 기용했다. 그러나 아들 사도세자(思悼世子, 영조가 아들을 기려 후에 내린 시호)를 결국 당파싸움의 결과 뒤주 속에서 굶어 죽게 만든 사건이 발생하게 되었다. 천민 궁녀의 몸에서 태어난 영조는 특히 백성들을 위한 정책을 많이 펼친 영민한 임금이었다. 가혹한 형벌의 금지, 균역법으로 백성의 부담을 덜어주었고, 서얼 차별을 완화하는 등 치적을 쌓았다. 국방에도 관심을 가져 성을 개축하고 축성했으며 많은 서적을 출간하는 등 치적을 남기고 83세에 세상을 떴다.

사도세자의 아들인 정조(正祖, 1776~1800년)는 조선 후기에 나타난 가장 훌륭한 임금이었으며, 그가 마지막이라고 생각한다. 초기에는 불안한 왕권을 강화하기 위해 홍국영을 이용한 세도정치를 용인해주면서, 규장각(奎章閣)을 설치하여 인재를 모으고, 외척과 환관들의 역모와 횡포를 누르고 새로운 혁신정치를 펼치려 했다. 홍국영을 제거하고 왕권을 강화한 정조는 우문지치(右文之治, 학문 중심의 정치)와 작성지화(作成之化, 만들어내는 것을 통해 발전을 꾀함)를 통해 문화와 실학(實學)을 발전시켰다. 실학의 거장 북학파의 박지원, 실학의 최고봉이라는 정약용, 박제가 등이 나타난 것은 당시 시대적 배경이 있었겠지만, 정조의 후원이 없었다면 불가능한 일이었다. 청에 대한 민족적 자긍심이 일어나 중국에 대한 사대주의 사상이 사라지고 독창적인 문화를 이룩해 나갔다. 정조 시대는 한 마디로 문예부흥의 시기라고 불린다. 안타깝게도 정조는 49세에 지병으로 세상을 떴다. 그러나 정조의 죽음에 관한 음모론이 남아서 많은 책과 영화 소설로 다뤄지고 있다. 그의 죽음을 안타까워한 발로가 아닐는지….

정조 사후 19세기의 순조, 헌종, 철종 3대에 걸친 안동 김 씨와 풍양 조 씨 등 외척세력의 세도 정치 60여 년간은 조선이 무너져 내리는 기간이었다.

● 고종(高宗), 착한 군주인가, 무능한 군주인가

당시 고종을 만났던 외국인들은 그가 교육 수준이 무척 높고 역사에 대해 해박했다고 말하며, "친절하고 상냥하며 자비롭다"고 말한다. "성실하고 유능한 군주이지만 너무 착한 사람이다. 그에게 강인한 성격이 있었다면 훌륭한 통치자가 될 수 있었을 것이다."라고 평하기도 한다. 대체로 군주가 착하다는 것은 덕이 있다는 좋은 말이다. 반대로 강인하지 못하다는 것은 군주로서 무능하다는 말과 같은 뜻이 아닐까? 오늘날 고종이 매우 무능하고 멍청했다고까지 혹평하는 사람도 있다. 하여튼 한 왕조가 끝난 것으로 그친 것이 아니라 이민족에게 나라를 뺏긴 것에 대한 책임론에서 고종은 결코 자유롭지 못하기 때문에 여러 가지 극한 언사(言辭)나 비평을 들을 수밖에 없다고 생각한다.

고종(高宗 1863~1907년)은 12세의 나이로 등극했다. 그에 따라 대왕대비 조 씨가 수렴청정을 했고, 곧이어 아버지 흥선대원군(興宣大院君)이 권력을 행사했다. 당시 조선은 서구 열강의 개항 압력이 심화되었던 시기로, 대원군은 단호한 쇄국정책(鎖國政策)으로 일관했다. 대원군은 프랑스(1866년, 병인양요), 미국(1871년, 신미양요) 등의 침략을 물리침으로써 외세의 힘을 과소평가하는 결과를 초래했다. 대내적으로는 부정부패의 온상이었던 서원(書院)을 대폭 정리하여 오직 47개소만 남기는 등 치적을 쌓았으나 무리한 경복궁 중건으로 백성의 삶은 어려워지고 원성이 높아져갔다.

1873년 고종이 20세가 되어 친정을 하게 되고, 명성황후의 친족 민씨 세력이 정치의 전면에 나서게 된다. 1875년 일본은 운요호(운양호) 사건을 일으켜 1875년 2월 27일 강화도조약(병자수호조약)을 체결, 개항하게 되었다. 이후 1882년 구식 군대와 신식 군대의 갈등이 빚은 임오군란(壬午軍亂), 1884년 개화세력에 의한 갑신정변(甲申政變)이 일어나고, 1894년에는 동학 농민운동이 일어난다. 이를 계기로 1894년 청일전쟁이 일어나 일본이 승리, 일본의 간섭이 노골화되었다. 국내 정세는 어지럽게 전개되고 왕권은 크게 흔들려 힘을 잃었다. 이러한 과정에서도 대원군과 민 씨 일파의 세력 다툼은 계속되고 조정은 혼란에 휩싸여 국난을 제대로 수습할 능력을 발휘하지 못하고 있었다. 1895년 일본 낭인에 의한 명성황후 시해 사건(乙未事變)이 일어났고, 1896년 2월 11일 고종은 신변의 불안을 느껴 러시아 공사관으로 피신했다가(俄館播遷) 1897년 다시 경운궁으로 환궁, 국호를 대한제국(大

韓帝國), 연호를 광무(光武)라 정하고 황제로 즉위했다. 1904~1905년 러일 전쟁에서 승리한 일본은 결국 1910년 한일병합조약을 체결하여 조선을 무너뜨리고 만다. 이 시기는 조선의 마지막 국왕 순종(順宗, 1907~1910년)의 재위 기간이었다. 일제에 의한 강점 과정은 앞 장(일제 강점 과정에 대한 소견)에서 밝힌 바 있어 많은 부분을 생략했다.

일제 강점기

미국은 민주주의가 매우 잘 발달된 국가이다. 그렇다고 문약(文弱)한 나라는 아니다. 미국은 독립 이후 지금까지 군(軍)을 키워오고 그를 바탕으로 전 세계 경찰국가로서의 역할을 떠맡고 있다. 역사를 통해, 그리고 각종 영화와 소설 등을 통해 군과 관련된 헌신과 봉사, 심지어 영웅주의를 끊임없이 심어주어 국민들의 상무정신(尚武精神)을 고양시키는 국가이다. 국방 예산을 GDP 대비 4% 이상 사용하며 전 세계 국가 전체를 합한 국방 예산과 맞먹는 예산을 국방비로 쓰고 있는 나라이다. 오늘날 우리 사회는 문민 우위의 정치, 민주화된 국가라고 해서 군 또는 우리의 군사력 건설을 경안시하는 풍조가 있다. 심지어 군 복무 기간을 단축하거나 군 시스템을 지원병(志願兵)으로 바꿔야 한다는 의견까지 있는데, 이는 결코 옳은 논의가 아니다. 더구나 남북이 대치하고 있는 데다 주변국을 둘러보아도 그러하다. 불과 100년 전 우리는 이러한 상무정신이 실종된 문약한 정부를 가진 탓에 일제에 의해 35년간 강점당했다. 이러한 쓰라린 역사를 잊어서는 안 된다. 지금은 아니지만, 준비가 되면 전시 작전 통제권을 가져와야 할 것이다. 2015년까지 준비를 잘해서 환수 받아야 할 것이다.

1910년 8월 29일 한일합방조약(경술국치, 庚戌國恥)이 체결된 후 한반도는 소위 일본 천왕 직속의 식민통치 기구인 조선 총독부에 의해

1945년까지 35년간 식민지배 하에 놓이게 되었다. 일제는 초기에 헌병 경찰에 의한 무단통치를 실시했다(1910~1919년). 헌병이 일반 경찰행정까지 담당하면서 언론, 출판, 집회, 결사의 자유를 박탈했고 즉결 처분권까지 갖게 되었다. 또한 교육령을 공포하여 조선인의 교육 기회를 축소했고, 토지조사 사업이라는 명목으로 이를 잘 모르는 농민 등으로부터 토지를 강제로 수탈했다. 이 당시 땅을 뺏기고 살기가 어려워진 수많은 한국인들이 만주로 떠났다.

1919년 3.1 독립운동이 일어나는 등 민족적 저항이 거세지자 일제는 통치 방식을 회유적인 방식으로 바꾸게 되는데, 일부 단체 활동과 언론 활동을 허가하고 기초적인 초등교육과 농업교육을 허용했다(1919~1931년). 그러나 이들의 통치 방식의 본질이 바뀐 것은 아무것도 없었다. 여전히 억압과 수탈 행위는 계속되었고 한반도에서 생산되는 미곡(米穀)이 일제의 전쟁 수행을 위해 일본으로 유출됨으로써 한국인들의 굶주림 상태가 지속되었다. 일본의 잉여자본을 해소하기 위해 제사(製絲), 면방직 등의 경공업 중심의 중소자본 투자가 이루어졌다.

1930년대 만주사변이 발발하면서 중국 침략의 병참 기지화한 한반도를 사상적으로 개조하려는 시도가 일어났고 일선(日鮮) 동조론 같은 역사 날조도 자행되었다. 민족 말살 정책에 따라 황국 신민화 정책이 실시되어, 황국 신민의 서사를 암기하고 신사참배와 일본어 사용이 강요되었다. 1937년 중일전쟁이 발발하자 일제는 국가 총동원령 하에 미곡 공출제, 지원병제와 징병제를 실시하여 이 땅의 젊은이들을 전쟁터로 몰아냈다. 강제 징용으로 노동력을 착취했고 10~20만에 이르는 젊은 여성들을 정신대(挺身隊)라는 이름으로 강제 동원하여 군수공장 등에서 혹사시키고, 중국과 남양 지방의 최전선에 투입하여 병사들의 노리갯감이 되게 하는 만행을 저질렀다. 그러나 1945년 8월 5일 태평양 전쟁 패전과 함께 일제시대는 종결, 한반도는 광복을 맞이했다.

일제의 지배에 항거한 민족 항일운동은 일제 강점 첫 해부터 해방되는 날까지 국내와 해외에서 끊임없이 일어났다. 1910년대는 국내에서는 105인 사건, 신민회, 대한 광복회, 독립의군부, 송죽회, 조선 국권회복단 등이 활동했고, 국외에서는 만주의 경학사, 한족회, 부민단이 결성되고 독립군 양성을 위한 신흥무관학교 등이 결성되었다. 또 북간도에서는 민족학교의 설립과 중광단, 정의단, 북로군정서 등 군사조직이 꾸려졌다. 연해주, 중국 관내 등에도 많은 항일 단체가 결성되었으며, 미주 지역에서는 안창호가 주도한 국민회와 흥사단이 결성되었다. 1919년 3월 1일에는 서울과 전국적인 저항운동에 200만 명이 넘는 민중이 참여하여 약 2개월에 걸쳐 투쟁했다.

3.1운동 이후 중국의 프랑스 조계지 상하이에서 대한민국 임시정부가 발족되어 초대 대통령으로 이승만이 추대되었고, 이후 김구가 실질적으로 해방 때까지 임시정부 주석으로 항일 투쟁을 이끌게 된다. 홍범도, 김좌진 등은 독립군을 이끌고 봉오동 전투에서 처음으로 일본 정규군을 사살했으며, 청산리에서 일본군 1,500명을 살상하는 대전과를 올리기도 했다. 국내에서는 6.10 만세사건(1926년)과 광주 학생운동(1929년)이 일어났으며, 부산·평양·전라도·함경도 등에서 노동자 농민의 대중운동이 일어났다. 안중근 의사, 윤봉길 의사, 이봉창 의사 등의 활약은 일제의 간담을 서늘하게 하고 우리 민족의 기개와 항일의지를 만천하에 보여준 의거였다. 비록 위정자들의 잘못으로 나라를 빼앗겼지만, 이 땅의 백성들은 나라가 어려우면 의병을 일으켜 싸우는 민족 전통의 항쟁정신을 이어받아, 일제 강점기 내내 국내외에서 끊임없이 투쟁했다. 동시에 부끄럽게도 일제에 협력한 친일 매국 인사들이 있었다. 을사오적(乙巳五賊)인 박제순, 이지용, 이근택, 이완용,

권중현 등이 있고, 일진회(一進會)를 만들어 일제에 적극 협력한 송병준 등 친일 매국인사들이 있었다. 지금 이들 친일 인사들에 대한 재조사가 이루어지고 있다. 친일인사 인명사전도 만들고 있는데, 이들을 단죄(斷罪)하고 역사에 남기는 일에 소홀함이 없어야 할 것이다. 후세에 교훈이 될 것이기 때문이다. 그러나 만에 하나 억울한 피해자는 없는지 몇 번이고 다시 살펴야 할 것은 한 번 손상된 명예는 영원히 회복하기 어렵기 때문이다.

대한민국 현대사

우리 민족의 위대성을 나타내는 것 중에서 필자는 『조선왕조실록』(朝鮮王朝實錄)을 꼽는 데 주저하지 않는다. 조선의 태조(太祖)로부터 철종(哲宗)까지 25대 국왕, 472년간의 역사적 사실을 연, 월, 일 순서에 따라 편년체(編年體)로 서술한, 세계적으로 유례가 없는 역사 기록물을 우리 대한민국이 가지고 있다는 사실은 문화 민족으로서 한껏 자부심을 가져도 좋다. 무엇보다 이 기록은 반드시 임금이 죽은 후에 기록되어야 한다는 것과 사관(史官)의 독립성과 비밀성이 보장되어 사소한 사항까지 왜곡 없이 그대로 작성할 수 있었다는 정신이 더 위대하고 빛난다고 생각한다.

오늘날 우리는 수많은 정보의 홍수 속에 숱한 학자와 언론 그리고 인터넷의 발달로 그들 각자가 생각하고 주장하는 바를 쉽고 빠르고 광범위하게 접한다. 그리고 각자의 생각과 주장이 시대적 흐름에 따라 주류(主流)를 이루고 있는 일종의 트렌드(Trend)를 따라가는 경향까지 있다. 그러다 보니 해방 이후부터 지금까지의 현대사(現代史)를 논한다는 것은 또 다른 자기 생각과 주장일 수밖에 없을 것이다. 왜냐하면 해방 이후 지금까지를 헤쳐온 우리의 역사를 자랑스러워하는 사람이 있는 반면에, 부끄러운 역사로 생각하고 이를 폄훼하는 시류(時流)가 상당한 영향력으로 이끌고 있기 때문이다.

각자의 사상과 철학 그리고 처한 환경의 차이 때문에 정확한 역사적 판단은 후일로 미룰 수밖에 없을 것이다. 현재는 역사적 인물이 생존해 있는 경우도 있고, 비록 세상을 떠난 인물의 경우도 그들과 매우 가깝게 직간접적인 영향력 속에 있는 정치, 사회적 인물 역시 존재하기 때문에, 어차피 지금의 역사적 판단은 현재 용일 뿐일 것이다. 지금 공개적으로 글을 쓰고 자기주장을 나타내는 사람들은 오히려 과거 조선시대의 사관들보다 독립적이거나 자유롭지 못한 상태에서 글을 쓰고 있다는 것이 필자의 생각이다. 더구나 역사적 소양이 부족한 필자가 지금 마지막 장(章)에서 주제넘은 이야기를 할 수 없는 형편이므로 객관적인 역사 연표가 정리된 자료를 검색하여 여기에 적시(摘示)하는 걸로 대체하고자 한다.

- 1945년 8.15   광복, 조선건국 준비 위원회 결성(여운형)
  - 1943년 11월 12일   카이로 회담(한국독립 약속)
  - 1945년 2월 11일   얄타 회담(미, 영, 소 : 38도선 설정)
  - 1945년 7월 17일   포츠담 선언(미, 영, 소, 중 : 카이로 선언 재확인)
- 1946년 3월 20일   제 1차 미소 공동위원회 / 2차(7월 10일)
- 1947년 5월 21일   신탁통치 안(소련 : 신탁통치 지지단체, 교섭단체 인정/ 미국 : 모든 정치단체 인정)
- 1947년 11월 14일   UN 총선을 통한 한국 독립정부 수립 결정
- 1948년 4월 3일   제주도 4.3 사건 발생
- 1948년 5월 10일   총선거 실시. 제헌의원(이승만, 이시영)
  - 1948년 9월 9일   북한, 조선민주주의 인민공화국 수립
- 1948년 10월 19일   여수, 순천 10.19 사건(27일 진압)

- 1948년 12월 12일   U.N 한국 정부를 합법정부로 인정
- 1949년 6월 29일   김구 암살
- 1950년 6월 25일   6 · 25 전쟁 발발
  - 1950년 9월 15일   인천 상륙작전
  - 1950년 9월 28일   서울 탈환
  - 1950년 10월 19일   평양 점령
  - 1950년 10월 25~26일   압록강까지 진격/ 중공군 개입
- 1951년 1월 14일 1.4 후퇴 / 38도선 부근에서 전쟁 교착
- 1952년 7월 4일   발췌 개헌안 / 대통령 직선제(이승만 재임
                     을 위해)
- 1953년 7월 27일   휴전협정 조인
- 1954년 11월 29일   사사오입 개헌 / 이승만 종신 대통령 길 열림
- 1960년 3월 15일   3.15 부정선거
  - 4월 19일   4.19 혁명
  - 4월 26일   이승만 하야 성명발표
  - 6월 15일   내각 책임제와 양원제 헌법개정
  - 7월 29일   총선거 민주당 압승(윤보선 대통령/제 2공
                     화국)
- 1961년 5월 16일   5.16 군사정변(박정희)
- 1962년 1월 1일   연호를 단기에서 서기로 변경
  - 1월 13일   경제개발 5개년 계획
- 1963년 10월 15일   박정희 대통령 취임(제 3공화국)
- 1964년 6월 3일   6.3 시위(한일외교 반대)
- 1965년 1월 8일   월남파병 결정
  - 6월 22일   한일협정 조인

● 1970년 8월 15일	8.15 선언(북한에 대해 평화적 선의의 체제경쟁 제의)
● 1972년 7월 4일	남북 공동성명(3대 원칙 : 자주, 평화통일, 민족 대단결)
− 8월 30일	남북 적십자회담(평양)
● 1972년 10월 17일	10월 유신(제 4공화국)
● 1973년 6월 23일	6.23 선언(남북 UN 동시 가입/호혜평등 원칙)
● 1974년 1월 18일	남북 불가침협정 제의
● 1979년 10월 26일	10.26 사태(박정희 김재규에 의해 피살)
● 1979년 12월 12일	12.12 사태(신군부 : 군권, 정치권 장악)
− 12월 21일	최규하 대통령 취임
● 1980년 5월 18일	5.18 광주 민주화 운동
● 1981년	전두환 대통령 취임(제 5공화국)
● 1986년	아시안 게임
● 1987년 6월 29일	6월 민주항쟁/6.29 선언 : 5년 단임 대통령 직선제
● 1988년	노태우 대통령 취임(제 6공화국)
● 1991년	남북한 UN 동시 가입
● 1993년	김영삼 대통령 취임(문민정부)
● 1994년	김일성 사망
● 1998년	김대중 대통령 취임
● 2000년	남북 정상회담

마침표

Epilogue

우리는 누구인가?

태어나서 지금까지 살아오면서 나라는 존재(存在)가 이 지구상 어디쯤에 어떠한 의미와 형태로 위치하고 있는지 정확히 가늠하기가 어렵다. 시작과 그 끝을 알지 못하는 우주(宇宙) 한가운데로 범위를 넓히면 더욱더 '나'는 불가사의(不可思議)한 존재가 되어버리고 만다. 우리가 지금 위치하고 있는 태양계의 나이는 45억 5천 년이나 된다고 한다. 지구와 같은 별은 셀 수가 없다는데, 어림잡아 지구상에 존재하는 해변 가의 모든 모래알만큼이나 많은 별들이 우주에 존재하고 있다고 과학자들은 말한다. 이러한 긴 우주의 역사 속에서 우리가, 내가 살아가는 100년도 되지 않을 세월의 시간은 불교에서 말하는 1초의 1/90에 해당하는 찰나(刹那)보다도 짧은 시간에 불과할 뿐 아닌가! 우리의 존재 역시 티끌보다 작은 미약한 생물체의 하나가 아닐까 하는 생각이 든다. 장자(莊子)는 '삶이란 한때의 기(氣)가 모인데 불과하다. 그러니 비록 사람에게 장수(長壽)와 단명(短命)이 있다하나 그 차이가 얼마나 되겠는가? 무한한 세월에 비하면 잠깐이라고 말할 수 밖에 없다.' 라고 말하고 있다

이러한 차원(次元)에서 생각해보면 현실이 꿈인지 꿈이 현실인지조차 불분명할 수도 있겠다는 생각에 간혹 빠져들곤 한다. 현실에서

는 분명히 죽었는데, 그 사람은 꿈속 다른 차원의 세계에서 계속 그 삶을 이어가고 있지는 않은지, 공상(空想)에 빠질 때가 있다. 매일 잠을 자면서 우리는 꿈을 꾼다고 한다. 다만 우리가 기억하지 못할 뿐이란다. 그렇다면 우리는 매일 밤 다른 또 하나의 세계에서 살고 있는 건 아닐까?

누구나 한번쯤 생각해본 문제이겠지만, 결국 '나'는 누구인가라는 물음에 깊이 빠질 때가 있다. 더구나 태어나기 전의 세상을 생각하면 한 마디로 캄캄한 암흑세계일 뿐이고, 앞으로 이 세상을 조금 더 살고 다음 세상으로 간다고 생각하면 그 세계는 더욱 두렵고 어둡게 느껴진다. 세상의 종말(終末)이 올 것이고 그것이 불과 머지않은 장래의 일이라는 생각이 들곤 하는 것이다. 세상의 종말이란 현재 우리가 살고 있는 지구가 없어진다는 의미라기보다는 우리들 각각의 사람들이 얼마 남지 않은 세상을 떠나는 바로 그 날이 또한 '세상의 종말'과 같은 뜻이 아닐까?

종교를 가지고 열심히 기도하고, 그리하여 평온하며 어둠 대신에 빛과 환희가 기다리는 내세(來世) 또는 천국에서의 삶을 기다리는 많은 사람들은 지금의 세상을 어떤 눈으로 바라보고, 자신의 존재가 어떻게 투영(投影)되는지 알고 있을지 궁금하다. 우리가 죽어서 가는 그곳은 우리가 매일 밤 꿈속에서 만나는 그곳처럼, '악몽'을 꾸는 사람의 지옥(地獄)과 아름다운 꿈을 꾸는 사람의 천국(天國)이 아닐까 하는 생각을 해본다. 악몽을 꾸지 않으려면 좋은 것만 생각하고 항상 마음을 정갈하게 유지할 필요가 있다. 과거의 좋지 못한 실수와 경험은 마음을 닦아 정화시켜야 할 것이다. 꿈속 악몽에서 벗어나는 길에 천국과 극락(極樂)이 있을 것으로 생각해보면, 바로 그곳에 종교가 위치하고 있는 것 같다. 그래서 진정한 신앙인은 백일기도를 하며 나와 내 자식의 복을 기원하는 것이 아닌, 진정한 나의 꿈속 평화를 위해 '몸과 정신'을 닦는 행동을 해야 한다고 생각한다.

『대한민국을 검색하다』라는 글을 마치면서, 오늘의 자랑스러운 대한민국이 되기까지 명멸(明滅)한 숱한 이름 없는 조상들이 있었고, 그분들은 또다시 오늘의 나이고 우리가 아닐까 하는 생각을 해본다. 비록 찰나의 세월을 보낼지언정 인류의 부단한 발전은 기계적 문명을 이루어낸 한편, 또한 정신이나 사상 그리고 지식(知識)에 관한 탐구의 결과로 무한한 우주의 신비를 밝혀냈다. 그래서 지금 나 그리고 우리는 무엇인가 하는 정신적 사유(思惟)를 할 수 있게 된 것 같다. 이 글을 마치며 지금까지 살펴본 주제와는 다른 '생뚱' 맞은 에필로그를 쓰고 있는 이유는, 대한민국에 관한 많은 주제를 정리하면서 나와 우리에 대한 이야기 역시 이 주제의 한 부분이 아닌가라는 생각이 들었고, 내가 그리고 우리가 살아온 이야기 같은 것은 이미 그러한 주제들 속에 포함되어 있기에 극히 주관적이고 관념적이지만 '나'라는 주제를 다뤄보고 싶었다. 그러나 이 또한 역시 깊이 있게 다뤄볼 정도의 능력이 되지 못한 채 '주절거리는' 수준에 머물고 말았다.

그러나 한 가지 덧붙이고 싶은 말은, 바쁜 오늘을 고단하게 살아가는 이 땅의 숱한 '나'와 '우리'는 어느 밤 시간에 TV를 끄고 조용히 한 번 이 문제를 생각하는 시간을 가져보았으면 하는 것이다. 아마 이러한 시간을 많이 가질수록 우리는 조금 더 관용하는 마음을 갖게 될 것 같다. 살벌한 세태(世態)를 조금이나마 부드럽게 만들 수 있는 계기가 될 것 같다는 생각이다. 화장한 시체의 유골은 수습되어 납골당(納骨堂) 같은 곳으로 모셔지지만, 태우고 남은 재(灰)는 골프장이나 화훼농가로 보내져 골프장 잔디 관리와 꽃 재배를 위한 거름이 된다고 한다. 죽어서 다시 새로운 생명을 유지하는 일에 사용된다고 하니 우리의 몸뚱이도 쓸모가 있는 것 같다.

　'나는 누구인지?' 이에 대한 답은 죽을 때까지 모를 것이다. 그러나 이에 대한 답을 찾아가는 일은 우리의 정신을 정화(淨化)시켜주고 물질문명 세계 속에서 그나마 작은 보람이 있는 정신적 작업일 것이라고 믿는다.

글을 마치며

　지금 이 시간 보잘 것 없는 책 한 권을 쓰기 위해 숱하게 많은 자료를 검색하고, 짧은 앎을 안타까워했던 시간들을 되돌아보면서, 내가 쓴 글에 대한 자부심(自負心)보다 심한 부끄러움이 더 많이 느껴진다. 아마 낡은 옛날 일기장을 더 이상 들춰보지 않은 것처럼 내가 쓴 글을 다시 읽을 용기가 나지 않을 것만 같다. 여행을 좋아해서 은퇴 후 몇 곳을 돌아다녔고, 일천한 경험을 바탕으로 '여행기'도 한 권 냈다. 이 글을 쓰면서도 책이 출판된다면 출판이 되기 전에 '배낭' 하나를 메고 어디론가 도망쳐버리고 싶은 생각이 간절하다. 글을 쓰기 전에는 몰랐는데, 글을 쓰기 시작하면서 평생 '글쟁이'로 사는 사람들의 고통과 그들이 감내해야 할 스트레스를 조금 이해할 것 같다. 은퇴 후 호기롭게 1년에 책 한 권씩 죽을 때까지 쓰겠다고 아내에게 얘기했는데, 그 약속이 지켜질 수 있을지 모르겠다.

　우리는, 나는 누구인가?
　오늘을 살고 있는 우리는, 나는 앞의 글처럼 자기 연민(憐憫)에 빠져 헤어나오지 못할 나약한 존재일까? 아니면 70만 년 전에 이 땅에 살았던 어느 조상의 피가 지금 우리에게 전해져 내려온, 굳건한 심성과 용기를 지닌 우리 그리고 나일는지? 대한민국에 관한 사실과 내용을 찾아가면서 가급적 주관(主觀)을 배제하려고 노력했으나 늘 안타까운 오늘의 현실의 큰 벽에 막혀 좌절하면서 주관적인 토로(吐露)를 쏟아낼 수밖에 없었다. 그 큰 역사적 사변(事變) 속에서도 잘 이겨온 대한민국인데, 지금의 작은 소동(騷動)과 혼돈쯤 못 이겨낼까? 괜히 조바심을 치고 있는 것은 이 땅에 살고 있는 필자를 포함한 기성세대와 골수 보수주의자들의 기우(杞憂) 때문이 아닐까?

오늘을 살고 있는 우리와 나는 현명한 사람들일 것이다. 그래서 지금 세계 속에 이만큼 당당하게 대한민국이 자랑스럽게 서 있지 않은가! 비록 오늘 우리 앞에 놓인 모든 개인적인 역경과 국가적인 어려움이나 혼돈(混沌)은 반드시 극복되기 마련이다. 밝은 미래가 다가올 것이다.

이 책 속에 '대한민국'에 관한 모든 것을 담아낼 수 없었던 것은 짧은 지식 때문이라고 고백하며, 단편적인 글의 모음이 될 수밖에 없었던 것 역시 '긴 호흡'으로 한 가지 문제라도 제대로 짚어낼 수 없는, 전문적인 소양의 부족 때문임을 밝힌다. 그래서 평생을 한 분야에 집착하여 전문가의 반열에 올라선 사람들을 진정으로 존경하게 되었다. 물론 이 글을 바탕으로 더욱 더 공부하고 연구해서 좋은 글을 한 번 써보고 싶은 욕심이 있다. '간추린 역사' 역시 졸속(拙速)으로 끼워넣었는데, 부끄럽지만 우리들 모두가 우리의 역사를 한 번 개관(槪觀)이라도 해줬으면 하는 충정(衷情)의 발로(發露)로 감히 용기를 냈다.

이 글을 쓰면서 인터넷이나 관련 서적을 참고했지만, 기존의 주의(主義)나 주장(主張)은 읽으려 하지 않았다. 왜냐하면 적어도 그 부분만큼은 필자의 개인적인 소신과 목소리를 내보고 싶었기 때문이다.

졸저(拙著)를 인내하며 읽어주신 독자 여러분께 진심으로 감사드리며, 현역 장군 시절 나를 보좌했던 인연으로 자료수집과 편집에 많은

도움을 준 용세민 군에게도 고마운 마음을 전한다. 끝으로 글을 쓰는
동안 충고와 도움을 준 아내 양미화(梁美花)에게 이 책을 헌정한다….

후기(後記) ···
집필 동기

『대한민국을 검색하다』라는 책은 오늘을 살고 있는 우리 대한민국의 자랑스러운 모습을 찾아보고 또한 우리에게 닥친 위기가 무엇인지를 살펴봄으로써 현명하게 미래를 대비할 수 있는 지혜를 찾고자 집필했다. 복잡한 전문적인 글에서 탈피하여 누구나 쉽게 읽을 수 있도록 했다. 가벼운 마음으로 '대한민국'을 한 번 조망(眺望)할 수 있는 기회가 되었으면 한다. 학생들을 지도하는 선생님들이나 여러 분야에서 지도자의 위치에 있는 분들에게는 강의하고 지도하는 논점(論點)을 한번 뒤돌아보는 양념 같은 책이 되었으면 한다. 또한 우리나라의 학생이나 젊은이들이 한 번쯤 이러한 문제에 대해 진지한 생각이 일어났으면 한다. 무엇보다 오늘날 많은 가벼운 주제들만 난무하는 가운데 한번쯤 우리나라에 관한 문제를 같이 고민하고 공부하는 계기가 되었으면 하는 바람이다.